魅丽文化 桃天工作室

校门告白

鱼歌 著

YU GE
WORKS

图书在版编目（CIP）数据

权门告白 / 鱼歌著. -- 南京 : 江苏凤凰文艺出版社, 2018.9
ISBN 978-7-5594-2837-0

Ⅰ. ①权… Ⅱ. ①鱼… Ⅲ. ①长篇小说－中国－当代
Ⅳ. ①I247.5

中国版本图书馆 CIP 数据核字 (2018) 第 201112 号

书　　名 权门告白

作　　者 鱼　歌
出版统筹 汪修荣　邹立勋
选题策划 桃夭工作室
责任编辑 胡小河　姚　丽
文字编辑 曾　枰
责任监制 刘　巍　江伟明
出版发行 江苏凤凰文艺出版社
出版社地址 南京市中央路165号，邮编：210009
出版社网址 http://www.jswenyi.com
印　　刷 湖南凌宇纸品有限公司
开　　本 880 mm×1230 mm 1/32
字　　数 317千字
印　　张 10.5
版　　次 2018年9月第1版，2018年9月第1次印刷
标准书号 ISBN 978-7-5594-2837-0
定　　价 36.80元

目录
CONTENTS

目录
CONTENTS

第1章

你愿意跟我结婚吗？

大伯竟然为了钱把她卖给一个五十好几的糟老头。

那是她的亲大伯啊。

她不该对他们没有防备之心的。

她恨。

不知道过了多久，林浅渐渐有了意识，睁开眼，外面的天已经微亮，动一动手指，她能动了。

林浅撑着破败的身子坐起来，利落的短发此刻凌乱得有些狼狈，碎发遮眼，她本能地撩了一下额前的头发，微微仰头，下颌的线条柔和，下巴清润微翘，精致的五官恍若天成。

短发及耳，帅气的肩颈线条一览无余，在微弱的光线下，好一个明眸皓齿的少年，哦不，是少女。

林浅用薄被紧紧裹着自己的胸口，薄被下面是她光洁无瑕的身子。

昏暗的房间里，她一双似葡萄的眼睛灵动而又明亮，左右扫视着这里。这里充斥着一股复杂的味道，酒精味、香水味、烟味，还有男人的……令人作呕的味道。

她整个人酸麻胀痛就跟散了架一样，特别是两腿之间，一动就扯着肉一样，火辣辣地疼。

身旁的男子还在熟睡，他是趴着睡的，后脑勺对着她，微弱的光线让她只是看到了模糊的背部轮廓。

他沉稳均匀的呼吸声不大，要仔细听，才能听到。

不要脸的糟老头，待我浅小爷养精蓄锐，一定叫你后悔莫及。

林浅小心翼翼地掀开被子，慢慢地滑下床，在地上捡起凌乱的衣服，手抖着赶紧穿上。已经顾不得衣服破不破了，她得趁男人醒来之前逃出去。

对，逃出去！

可是，事与愿违，当她站起来想要往门口跑的时候，右腿软了一下，整个人朝着地面一头栽了下去。

咣当一声，什么东西被她的手给碰下来了？是他的裤子，裤腰上系着皮带，皮带头是金属质地，落地有声。

床上的男人明显被吵醒了，双手一撑要起来。

林浅着急啊，右手握住皮带头，左手抱着裤子，心一狠，一发力，猛地朝男人的后脑勺上砸去。

“呃……”男子发出了一声闷响，又重重地趴了下去。

林浅没想太多，把裤子丢过去盖住那男人的脑袋，撒腿就跑。

必须逃出去！

天色大亮，李不言按响了主子房间的门铃，可是里面无人响应，于是，他直接刷卡进入。

一进去，见到眼前的情景，李不言的心都抖了起来：“老大，老大，你怎么了？”

“嘶……”顾城骁眉头紧蹙，一夜宿醉，前面昏，后面痛，头好像被什么东西盖着。

李不言堂堂七尺男儿，吓得都快哭了：“老大，万幸您终于醒了，您没事吧？能不能告诉我发生什么事了？”

昨天晚上老大喝了酒，他送老大到房门口时，老大明明很清醒，还让他早点回房休息，早知道是这样，他一定送老大进屋，确保他安全了再离开。

李不言扶着顾城骁慢慢坐好，顾城骁看到枕巾上面的血，感觉耳朵上也有血，他伸手往后一摸，痛。

再看看李不言手里的他的裤子，他的脸瞬间黑了，谁把裤子盖在他头上的？！

李不言仔细打量着皮带头，上面那颗名贵的黑曜石沾染着同样的血迹，他不可思议地说：“不可能吧，您自己打的？”

顾城骁深邃的双眸剜了他一眼：“我又不傻！”他的目光默默地飘到了旁边，果然，洁白的床单上染着一朵大红花！

意识到是被人袭击的，李不言立刻说：“老大，我马上联系医院和警方。”

医院，贵宾休息室，顾城骁衣着整齐地伫立在窗前，他颀长的身姿优雅地立着，浓眉如墨，眼如点漆，波澜不惊的面上透着沉稳大气，眉宇间的专注又透着几分不羁与张扬。

接近一米九的身高，让他足以俯视众人，清贵的身影遗世独立。

昨天晚上的事情，他记得很清楚，那点红酒还不至于让他酒后乱性。他脱衣准备洗澡，忽然发现床上躺着一个白衣少年，窗外皎洁的月光把那少年照得一清二楚，少年面目清秀得犹如落入凡间的精灵。

顾城骁当下就发怒了，他的床连他妈都不允许碰，更何况是一个陌生少年。再者，因为从不近女色，许多人都在传说他在部队待久了喜欢男人，这一刻，他也有些恍惚，甚至怀疑自己的取向是真的有问题。

他二话不说，一把揪住了少年胸口的衣领，想用实际行动证明他才不喜欢男人。

可是，等等……软的？

那一刻，他如遭电击般僵在原地。

近距离地查看，他看清楚了，这是一个少女，带着清香的少女，触感极佳的少女，令人遐想的少女。

也不知道真是酒精的缘故，还是为了证实自己的取向没有问题，他内心的怒火一瞬间转变成了欲火，一点一点地放松了警惕，一步一步地靠近了少女。

想到这里，顾城骁皱起了眉头，平静的脸上添了几分怒气，我的自制力怎么可能这么差？！

他执行任务的时候，也不是没有女色诱惑，有御姐，有萝莉，各种类型，可他都是逢场作戏、点到即止，偏偏昨晚那个比较中性的少女，无论是青涩的身体，还是欲拒还迎的姿态，都那么精准地对上了他的胃口。

匆匆而来的脚步声打断了顾城骁的思绪，李不言拿着报告喜悦地说道：“老大，您的后脑勺只是皮外伤，没有大碍，身体各处也没有其他的伤。”

顾城骁冷漠地直言：“是你太紧张，我早就说了我没事。”

李不言战战兢兢地说道：“老大，您的事就是大事，怎么能怠慢？幸亏检查得详细，不然，也不知道您的血液中含有柳叶春的成分。”

“柳叶春？”

“没错，那是一种……药物。”

“废话，我当然知道。”顾城骁眸色一深，肯定是顾南赫搞的鬼，他话锋一转，问道，“让你查的人查到了吗？”

李不言：“查到了，经过酒店监控比对，她的个人资料都在这里。”

顾城骁接过资料快速翻阅了一遍，他凌厉的双眸突然目光一敛：“你确定是她？”

“确定。”老大啊，是不是她，您还不知道吗！

B大，林浅上课不但睡觉还打呼噜，态度又恶劣，被喊去了辅导员那里。

话说，在学校，“浅小爷”的名号也是出了名的，不学无术，调皮捣蛋，整人坑人，坏事做尽，她就是让老师最头痛的那种学生，自己不好好学，还要影响其他同学。

要不是那个她十多年没见过面的亲爹以她的名义捐赠了学校一座体育馆，她根本没资格进这个大学。

辅导员一见她就头疼：“你给我站好，把耳钉摘了。”

林浅往另一个方向一斜：“我不，我喜欢。”

“你瞧瞧你自个儿像什么样子？男不男，女不女。”

林浅穿着一件浅蓝色的格子衬衫，下面是直筒长裤，再加上一头短发，远看跟男生无差别，近看就跟痞子似的，还是跟男生没差别。

“你一个女孩子家家的，能不能安生一点？站好！”

林浅照旧抖着腿，一副“我就这样，你能奈我何”的模样，跩跩的样子特别贱，也特别帅。

“你爸的电话号码是多少？”

“不知道。”

“不知道？你爸的电话号码，你不知道？”

“哈，老师，我连我爸是谁都不知道。”

辅导员又气又心疼，现在的孩子越来越难管了：“那你妈的呢？”

“也不知道。”

辅导员不忍追问了，真怕问下去，她来一句“我无父无母没人管”，辅导员心软，叹气道：“唉，林浅啊，你说老师该拿你怎么办？你看看你这成绩，不想毕业了？那体育馆可就白捐了。”

B大教学严谨，不管你是通过什么途径进来的，只要犯严重错误或者成绩太差的学生，一律劝退。

“体育馆跟我无关！”林浅就是不想承认，从来没有因此而感激过那个人。

这时，同班同学楚墨枫拿着一沓资料走进了办公室，身为学生会副主席的他，一直都是大家眼中的好学生，学习好、形象好、家世好。

看到他，林浅狠狠地瞪了他一眼，然后吊儿郎当地对辅导员说：“杨老师，我下次不跟高老师顶嘴了，他的课我睡觉总成吧？”

“你再这样老师没办法管你了。”

“那最好，从来没要你们任何人管过我。”她仰着头，下嘴唇一兜，一口气把盖在眉心的刘海吹开，天下没人能管得了老子，老子也不要你们管！

从辅导员那里出来的时候，林浅快步追上了前面的楚墨枫。

夕阳斜照的校园里，林浅将书包往背后一甩，踩着落叶踏着风前行至此，她一掌拍在楚墨枫的肩上，大声抱怨：“楚墨枫，你太没义气了，老高走下来你怎么不叫醒我？”

楚墨枫一米八的个子比她高出了好大一截，他没有低头，只将视线往下一移，不屑地问：“为什么要叫你？”

“好歹咱们高中时还同桌一场，你竟然见死不救！”林浅一丢书包，一脚踩在路边的台阶上，凌空一跃，双手一勾，直接跳上了楚墨枫的背。

“下来！”楚墨枫不悦地呵斥，无奈她跟八爪鱼似的抱着他，怎么甩都甩不掉，“你属狗皮膏药的吗！”

“你说对了，我还是强力款的。”

楚墨枫也不是真的甩她，要真甩，肯定能甩掉，他弯着腰，跺着脚，语气懊恼地说：“你别把我惹急了。”

“把你惹急了会怎么样？”她双腿箍着他的腰，双手交叉抓着他胸口的衣领，脸颊紧贴着他的耳朵，说话都是贴着他的脸颊说的，“哈哈，楚墨枫，你倒是说啊，把你惹急了，你会怎么样？”

楚墨枫突然停住，双手抓着她的手，不是要扯开她的手，而是在保护她别掉下去，他扭过头，细长魅惑的眼睛直视她的双眼。

“林浅，你给我下来！”楚墨枫还没说话，一道突如其来的、尖锐的女声传来，他们抬头看去，只见南音虎视眈眈地堵在前面，她后边还跟着她的一群跟班。

南音是播音系的高才生，跟楚墨枫一样也是好学生，学习好、形象好、家世好。

南音喜欢楚墨枫是众所周知的事情，如今看着林浅趴在楚墨枫的背上疯闹，她是又气又嫉妒，何况，她一向都看不起这个林浅。

“林浅，你快下来！”南音气急败坏地说，“别用你那脏手玷污了楚墨枫。”

林浅真的就不下来了，她双手抱紧了楚墨枫的脖子，故意贴着他的脸问他：“楚墨枫，她是你女朋友？”

楚墨枫淡定得好像与自己无关一样：“不是啊。”

南音内心钝痛，以这种方式被拒绝，好受伤。

此时，夕阳斜斜地照过来，正好照在林浅的脸上，她趴在楚墨枫的背上，撒娇地垂着头，细碎的头发盖在眼前，黑瞳里闪着光，整张小脸精巧而又可爱，还自带柔光效果。

她软糯糯地问：“那……我做你的女朋友好不好？”

时间仿佛静止了一般，在这初秋的校园里，金黄的余晖，斑驳的树影，还有那渐起的凉风，以及激荡不停的懵懂之心。

楚墨枫与她对视着，眼皮忽然一跳，淡定的眼眸中多了一分喜悦。

他刚一张嘴想说好，林浅突然戏谑地用一只手捏住他的下巴，一只手捏住他的喉结，挑衅地对南音说：“我就对他动手动脚了，我就玷污他了，你来咬我啊！”

南音抓狂了，指着林浅怒骂道：“你这个不男不女的家伙，你爸妈生你出来简直就是浪费粮食，难怪会被他们抛弃。连亲生父母都不要你的人，还活在世上干吗！”

林浅充满玩味的笑容顿时变得凝固，她忽地从楚墨枫的背上跳下来，眼里充满了戾气，父母是她的底线。

“楚墨枫，听说她昨晚一夜都没有回寝室，也不知道跟谁出去鬼混了，别染上乱七八糟的病。”

谁知，楚墨枫冷冷地说道：“这位同学，我们好像不熟。”

南音：“……”

其他人：“……”

“还有，她昨天是回家了，不是跟谁出去鬼混。她是我同班同学，我没法离她远一点。”

当着众人的面，楚墨枫啪啪打脸南音，南音真的是气得要死，她喜欢的男生怎么可以为了一个男人婆伤她的心？

林浅一脸得了便宜爱卖乖的贱样，笑着说：“嘿，承蒙两位厚爱，你们可真了解我。”

秋风起，楚墨枫迎风而立，他清高孤傲的身影在人群中是拔尖的，他转头看了一眼林浅，突然说了一句：“我考虑考虑。”

“啊？”林浅发蒙地杵在原地，他说的啥？

顾城骁开车回家，一到家门口，母亲叶倩如就迎上来了，低声提醒着说：“儿子，你爸最近血压又高了，你可别顶撞他。”

顾城骁当下就有一种不好的预感。

进了客厅，顾源在沙发上正襟危坐，父亲戎马一生，即使退休了，也不失大将风范，顾城骁毕恭毕敬地走上前，抬手敬了一个军礼：“爸，我回来了。”

顾源话不多，字字是重点：“转业手续都办好了？”

“是。”

“你虽然转业了，不过，一天是军人，一辈子都是军人，你要时刻谨记自己军人的身份。”

“是。”

“还有，”顾源话锋一转，“我跟郑紫琪什么关系都没有，定什么定？”

叶倩如走过来说：“紫琪对你的心意，我们做家长的都知道，我们对紫琪也很满意，再拖下去，紫琪年纪也大了。”

“等等，”顾城骁不得不打断，“爸，妈，我们只是同事。”

顾源板起脸：“我的话，你不听？”

顾城骁诚恳地说道：“爸，我才二十八岁，不着急结婚。”

“你不着急结婚，人家姑娘着急啊。”顾源已经下定了主意，说，“就趁现在有空，赶紧把终身大事办了。”

顾城骁深呼吸两下，一忍再忍：“这是不可能的事。”

顾源一听，拍案而起：“你别以为我退休了就治不了你，这两年我让你往东你偏偏往西，其他事情，你忤逆我，我可以不提，但这件事，你要敢不听，我就要人革了你的职！”

“爸，你……”

眼看父子俩就要吵起来，叶倩如赶紧拉开两人：“好了，好了，都少说几句。儿子啊，二十八岁是不着急结婚，但你这工作连谈对象的时间都没有，好姑娘都要被别人挑走了。”

顾城骁这回算是明白了，原来父母俩这一唱一和的，就是要逼婚啊。

叶倩如挤了挤眼睛，低声提醒：“你爸血压高，你别气他。”

“……”那他还能说什么？

顾源已是胜券在握，悠悠地说：“你自己决定，没人逼你，反正小刘约了我喝茶，正好要谈谈你调度的问题。”

父亲口中的小刘，正是刘闵畅首长，顾城骁气得牙痒痒，却又无可奈何。

“我对象……怀孕了……”这几个字，顾城骁几乎是从牙缝中挤出来的。

“什么？”二老震惊不已。

叶倩如一秒变脸，惊喜地问道：“哪家的姑娘啊？先带回来瞧瞧。”

顾源一脸严肃：“看把你能的，你什么时候有对象了？”

“我找对象，分分钟的事。”

顾源皱一皱眉头，明明心里暗喜着，面上却多了几分责怪，道，“怎么这么不小心，你打算怎么办？”

叶倩如还是一脸惊喜：“赶紧带回来，我们好谈谈结婚的事情。”

顾源的面子有些挂不住，微微发怒道：“还是说正事吧，城骁，你也老大不小了，你敢搞出人命，就要敢于承担责任。”

顾城骁悄无声息地咽了一下口水，这个玩笑是不是开大了？

顾源背过身去，丢下一句“带回来瞧瞧吧”，就走了。

带回来瞧瞧，让我带谁回来瞧瞧？

林浅在回家的路上，还是遇到了南音那一群人。

在学校里，他们不敢动手，可是走出了学校就不一样了。

不过，林浅也不是胆小的人，一个一个地数着对方的人数：“一、二、三……八、九，南音，你上不上？要不要算上你？”

南音翻了个白眼：“给我上，往死里打，出了事，我摆平。”

一对九，林浅瞬间被围攻了……

林家，一辆白色路虎停在门口，这是顾城骁私下里最低调的代步车。

“顾大少，幸会幸会，接到您的电话，我还以为我在做梦呢。”林培毫不掩饰内心的激动，握着顾城骁的手就侃侃而谈，这说不定就是他未来的女婿啊。

顾家世代都是军政名门，顾家的长子顾城骁，人称“顶级钻石单身汉”，他是人中翘楚，长了一副绝世容颜。

如今两年过去，顾城骁的胸前又多了几枚军功章。

只不过，他在最近突然宣布转业，没人知道原因。

但依然不会动摇他的地位。

这样一个神级的人物，突然降临林家，林家上下都激动不已。

朱曼玉拉了一下丈夫的衣角，暗示他不要太卑微，毕竟，唯有娘家强一些，女儿嫁过去才会得到尊重。

“叔叔阿姨好，我的意思在电话里已经说得很清楚了，那么，她人呢？”

在电话里，顾城骁十分有诚意地表明要与“林小姐”结婚，林培诧异之余，也实在是受宠若惊。

林培激动地说：“在里面，请进。”

林培是一名退伍军人，退伍之后辞去了国家给安排的工作下海经商，当年对顾源司令员的提拔心生感激，现在对顾源的儿子顾城骁，也是敬重加仰望。

静坐片刻，朱曼玉带着女儿林潇慢慢走下楼，精心打扮过的林潇宛若山林间不食人间烟火的仙子，粉面含春，红唇轻启，一步一娉婷。

顾城骁依旧坐在那里，不看，不说，不动声色。

不一会儿，外面忽然传来了年轻女孩的怒骂声。

“林浅，你有病啊，走路都能摔成这样，眼瞎了，还是脑残了？”

听这声音，是林家的二小姐林渝回来了，后边还跟着默不作声的林浅。

“爸，妈，我回来了。”刚踏进门，林渝就愣住了，屋里大家都在，大姐打扮得跟仙女下凡似的，沙发上还坐着一位穿军装的男人。

林渝的目光一瞬间就被吸引住了，只见眼前的男人五官硬朗，棱角分明，修长的双腿呈直角放着，深灰色风衣勾勒出宽厚的肩膀和精瘦的腰身，最重要的是，他的周身明明包裹着一层夕阳金光，眼中却蒙着一层亘古不变的寒意，冷傲金贵的表情如同宇宙中掌控万物的天神。

顾城骁察觉了女孩窥探的目光，他偏了一下头，面露不悦。

八面玲珑的朱曼玉赶紧拉过小女介绍道：“顾大少，这是我的小女儿林渝，刚放学回来，还在念书。”

电话里顾城骁只说要和“林小姐”结婚，他们也不知道是跟林潇，还是跟林渝，只是直觉应该会是大一点的林潇，毕竟林渝才二十岁，心智还不成熟。

顾城骁眯了眯眼睛，余光瞥到了林渝身后的小“少年”身上，他微微一怔，正眼望过去。

他要找的人，总算是找到了。

如果不是事先知道，他看到的第一反应，也会觉得这是一个男孩子。

只见少女穿着浅蓝色格子的长袖衬衫，领口倾斜，露出了一边的锁骨，此时窗外夕阳斜照，一道道金光打在少女的身上，将她的锁骨照得明暗有致。

“你过来。”他说，眼神直直地看着林浅。

朱曼玉反应极快，推着林浅往外走，还低声说：“衣衫不整的，像什么样子，今天家里有贵客，你少在这里丢人现眼，出去，出去。”

“等等。”

林培见状，以为是林浅的轻浮惹恼了顾城骁，他赶紧解释道：“她是我弟弟跟前妻生的女儿，唉，从小就没爸没妈的，没人管她，顾大少可别怪罪，她也怪可怜的。”

这一席话，深深刺痛了林浅的神经，她直接顶撞了大妈：“我就不出去，怎么了！”

“你……”

“让她进来。”顾城骁说，下命令一般的口吻。

朱曼玉恨恨地咬了咬嘴唇，只用林浅一人能听到的声音训斥道：“你个扫把星，搅黄了我家的好事，我跟你没完。”

林浅本来不愿意凑这份热闹，但大妈这一说，她今天非进去凑凑热闹不可。

让他们不痛快的事情，她很痛快。

“让她进来。”他又说，冷冽的声音如一道冰刺，让这屋子里的气温一下子下降了几摄氏度。

林浅肩膀一抖，手不自觉地拽紧了书包带子，她走进去，不卑不亢地抬起头来，仰望着前面的那尊大佛。

夕阳太亮，距离太远，她看不清他的脸。

“你的脸怎么受伤了？”

林浅眼珠子一转，弱弱地说：“不小心摔的。”

摔的？分明就是被揍的。

顾城骁低沉的声音犹如暗夜里的低音炮，声音不大，却稳如泰山般不可动摇，他说：“你，跟我结婚吧。”

众人惊愕，此时的林浅，鼻青脸肿，衣衫不整，凌乱的短发跟鸡窝似的，而且，她发育不良，跟棵豆芽菜似的，她才二十岁啊，心性不定，幼稚贪玩，顾城骁到底看上她哪一点？

重点是，林浅已经被卖给华总了啊，昨天晚上他们已经……而且这个华总也太不怜香惜玉了，把她整得这么惨。

朱曼玉使劲地捏着丈夫：“你倒是说话啊。”

林培刚刚张了张嘴，顾城骁就迈步走了过来，人未到，气势已将他镇住，到嘴边的话就这么硬生生地咽了下去。

顾城骁无视林氏夫妇，径直走到发蒙的林浅面前，郑重其事地问道：“林小姐，你愿意跟我结婚吗？就现在。”

“啥？”林浅的脸上写着一个大大的“蒙”字。

“我是说，”顾城骁放缓并且加重了说话的语气，“你，林浅，愿意嫁给我，顾城骁吗？”

林浅眨巴眨巴眼睛，用了三秒钟的时间确定自己不是在做梦，一个大伯大妈都阿谀奉承的长得又好看的男人，正在向她求婚。

“我愿意！”她脱口而出。

让他们不痛快的事情，她很痛快！

顾家古色古香的大宅子里，顾源和叶倩如坐在沙发的一边，顾城骁和林浅坐在另外一边，中间的茶几上放着两本新鲜出炉的红本本。

谁都没有吭一声，气氛一度冷到了冰点。

原本异常欣喜的顾家二老，此刻唯有沉默，之前有多期待，现在就有多失望。

瞧瞧瞧瞧，这是女孩子吗？衣衫不整，鼻青脸肿，耳朵上还有好几颗耳钉，虽然时下很流行破洞裤，但这人身上的衣服和裤子破得也太狂放了点吧？！

顾源和叶倩如打死都想不到，儿子的审美观竟然如此奇特，他们久久都挤不出一个字来。

良久，叶倩如压抑着胸腔内的咆哮，极度隐忍地问了第一个问题："真有了？"

"我……"

林浅刚一开口，顾城骁就强势地接过话茬："没到时间，现在说多忌讳。"

"好，不问这个，那姑娘，你多大了？"

又是顾城骁抢答的："年龄不是问题，能领证就行。"

顾源阴沉的面色又沉了一点，对于未来儿媳，他没要求对方跟顾家门当户对，但起码的大方得体总得有啊，眼前这个人……简直不堪入目。

叶倩如顿觉胸口憋闷不已，她捶了一下胸口，问道："小姑娘，你爸妈知道吗？都同意？"

顾城骁不急不缓地说："她的家人没意见，哦，对了，她的家人，爸应该认识，林培，以前帮你做过事。"

顾源想了想，那都是几十年前的老战友了："林培的闺女？"

林浅倒是想回答，但看顾城骁的脸色，并不想她多嘴，她也就闭嘴了。

顾城骁拉着她站起来，说："爸，妈，人你们看了，饭我们就不吃了，走了。"

"你……什么态度啊？"

"臭小子，你给我回来……回来！"

不管生气怒骂的二老，顾城骁拉着弱鸡似的林浅快步离开，能晚上七点走，绝对不留到晚上七点一刻。

从进门到离开，也就短短十分钟，这整个过程林浅都处于发蒙的状态。

夜幕笼罩着大地，璀璨的繁星在属于它的天空绽放着光彩，林浅没有看清楚顾家，却看清了顾家二老的脸色，他们对她很不满意。

他们会满意，就怪了。

"那个……"她实在不知道叫他什么，"咱们这事，算是成了，还是没成？"

"证都领了，还能不成？放心吧，我的事，我能做主。"

"那为什么是我？"

皎洁的月光下，林浅转头看着他的方向，却依然不敢直视他的眼睛，低垂的双眸带着浓浓的疑惑，比那月光还要令人沉醉。

直到很多年以后，顾城骁都没有忘记林浅第一次问这个问题时的谨小慎微，他想，那个时候的她太无助太弱小了，以至于随便抓到一棵稻草，都要紧紧拽住，生怕失去任何求生的机会。

顾城骁没有回答她，虽然他是被下了药，但他不可否认当下的意乱情迷，也不可否认侵犯了她的事实。这件事就跟遮羞布一样，盖着他道德底线上的烂疮，他不愿跟谁提及。

初秋的晚上，夜风带着几许清凉，习习吹来。

凉风，加上顾城骁眼底的凉意，林浅觉得有点冷，她用双臂紧紧地抱着自己。

顾城骁悄悄地放慢了脚步，在林浅毫无察觉的情况之下和她并肩走着。

忽地，单薄的小肩头被披上了一件外套，宽大的军装外套，还带着陌生男人的体温。

林浅身子一抖，手忙脚乱地要把军装拿下来："不要，你穿着吧。"在她的眼里，军装是很神圣的东西，给她穿是糟蹋了军装。

男人的手压了一下她的手背："晚上凉。"

低沉缓和的声音浸润了她的耳膜，一扭头，她看到他骨节分明的手，手指修长，指甲干净，也感受到从男人指尖传来的温度，她的心脏没来由地一阵乱跳。

到目前为止，林浅对顾城骁的了解仅为他是一名军人，似乎有着不错的家世，其他的一无所知，就连他为何会娶她，她都不知道。

反正她以后不用回林家了，先逃离虎穴，以后的事以后再说，船到桥头自然直。

姑且不说她从小到大受了大伯一家多少的虐待和羞辱，就大伯为了让自己的公司度过危机，不惜将她的初夜卖给一个糟老头这一点，她都无法再与他们同在一个屋檐下生活了。

今天之所以回去，她其实就是想与大伯一家决裂的，她的初夜就当是回报他们这些年的养育之恩，以后生老病死再无瓜葛，却不想，遇到了这位顾大少。

回到城邸，顾城骁将车子停稳熄火，转头看着旁边的女孩一脸安静的样子，不忍叫醒她。

他俯身上前，女孩鼻尖发出了均匀沉稳的呼吸声，他饶有兴致地轻轻拨开女孩盖在眉毛上的刘海，即便她受了伤，即便不打扮，即便像个小男生，但是，单看这张脸，小丫头绝对是个大美女。

要不然，昨天晚上他也不会一看到这张脸，多年练就的顽强意志力就彻底崩盘了，这是他有生以来第一次因为一个异性而把持不住。

正所谓“食髓知味”，过去二十八年，他都不曾尝过这种滋味，现在尝到一次，自然想尝第二次，自然，他也想以后经常能够尝到。

“林浅，林浅？”他轻声叫她，“到家了，醒醒。”

林浅揉揉眼睛，迷迷糊糊地下车，睁开眼睛，映入眼帘的画面是一整排豪车整齐地排在她的眼前，有霸气的军用越野 N 辆，有轻巧的名贵跑车 N 辆，还有超酷的重型机车 N 辆，简直比车展还要精彩一万倍。

“哇，”林浅浑身上下每一个细胞都活了起来，“你的邻居们个个都是富豪啊。”

顾城骁嘴角一斜，没有解释：“跟我来。”

“等一下，那个……”

“我叫顾城骁。”他强调一遍。

“哦，那个，我们，就这样结婚了？”

“不然呢？”

好像哪里不对啊，不、不，分明哪里都不对，她说：“会不会太草率了一点？”

顾城骁的脸说变就变，立刻沉下来，眼神也变得狠戾：“你自己答应的，我可没逼你。”

“可是，我……我很穷，我还在上学。”

面对她的种种理由，顾城骁淡定地说：“你说的这些问题统统不是问题。”

林浅张了张嘴，却始终找不到辩驳的理由，事实上，她现在说什么都没用了。

这时，旁边传来叮的一声，一位身穿中山装、面带笑容的儒雅男士走了出来。

“大少爷，您回来啦，新车库已经整顿完毕，您是否满意？”

什么？林浅左看看右看看，这跟广场似的车库，是他家的？那么，这些车，全是他的？

这简直“豪无人性”！

管家询问的同时，顺手将整个车库的灯都开了。

原来，林浅看到的只是车库的一个角落，所有的灯一亮，昏暗的车库顿时亮如白昼，一辆辆崭新的豪车在灯光的照射下熠熠生辉，仿佛都在召唤着主人的宠幸。

顾城骁抬眼看了一下，淡淡地回应一句：“还行，比之前整洁多了。”

管家的视线又转到了林浅的身上：“这位是大少爷的客人？”

“通知下去，以后，她就是你们的少奶奶。”

老管家呆若木鸡，盯着眼前这个“小男生”，许久都没有反应过来。

少奶奶？男的？他从来都不知道大少爷还有这癖好啊！

从地下车库坐电梯直接上了二楼的卧室，顾城骁让林浅直接避开了下人们。

林浅始终抱着自己的书包，一脸警戒的样子。

看来，他不单单是一个军人这么简单啊。

“别紧张，以后这里就是你的新家，今天太晚了，明天再带你认识其他人。”

灯依次被打开，林浅站在门口四处打量着屋里，这里好大，光是客厅目测就有三百平方米，装修走的是简洁风格，但每一处的细节都尽显奢华。

“怎么不进来？”说话的时候，顾城骁好心地伸手过去帮她拿书包，可她一下就避开了，那逃避和警觉的眼神，完全是出于本能。

顾城骁尽量柔和地对她笑笑：“你放心，虽然我们现在是夫妻，但夫妻之间也要互相尊重，你不愿意做的事情，我不会逼你做。”

林浅始终微微地低着头，她目前只关心一个问题：“我睡哪？”

“当然睡卧室，这还用问吗？”话音一落，顾城骁看到她满脸的抗拒，于是，又补充了一句，“如果你需要适应，我可以先睡客卧。”

“谢谢。”林浅说完，直接钻进了主卧，只留下顾城骁一人，清冷地站在外面的小厅里。

确定她不会再出来之后，顾城骁的脸上恢复了以往的冷肃，就这大半天，他几乎拿出了自己全部的耐心和细心，可是，收效甚微。

他的骨子里也是一个传统的人，做人的原则和军人的担当，让他没有办法把那件事当成一夜情来看。

无论如何，人家一个清清白白的女孩子给了他，他绝对会负责。

他原本想与她慢慢接触、慢慢来，但父母的逼婚让他不得不出此下策。

这时，手机忽然响了起来，是李不言的来电，他立刻接了起来。

“老大，我已经把你这次的任务整理成报告送上去了，刚刚得到的回复，恭喜你，又多了个一等功。在转业之前还能再拿一等功，老大您可真厉害。”

“嗯。”能用一个字解决的事情，他绝不用两个字。

“老大，刘司令让您好好休假，军功的事还得走流程，正式下来怎么也得个把月，您耐心等待。”

“嗯。”

“单位有我们在，您大可放心，有事我会联系你。”

“嗯。”

“那我就不打扰您了，早点休息。”

一通电话，顾城骁说了三个一样的字，这才是他的常态。

李不言也习惯了老大的惜字如金，问候完就挂了电话。

次日，顾城骁与堂弟顾南赫在外面的健身房碰面了。

顾家兄弟俩往器械上一坐，不需要什么包装，自身就是一个发光体。

顾南赫是顾业集团的总裁，顾业集团掌控着全城的经济命脉，顾南赫更是鼎鼎大名的青年领袖，他年轻、高调、爱玩、爱出风头，与顾城骁的性格完全相反。

不过，他只是门面上的总裁，真正在顾业集团背后出谋划策的人却是顾城骁。

再加上，他们的大堂哥顾东君是B市有史以来最年轻的政要高官，顾家一门就出了三位赫赫有名的大人物。

而顾东君能坐上高官之位，背后少不了顾城骁的支持和帮扶。

在顾城骁的助推之下，他们兄弟三个齐心协力，互相协助，各司其职，把整个顾家的地位又提到了几个等级。

运动过后，两人均是大汗淋漓，汗涔涔的肌肤透着健康的光泽，也散发着无穷无尽的荷尔蒙气息。

要不是接受了二妈的指令打听小嫂子的事情，顾南赫肯定不与他同行，每次与他同行，自己的光芒总会被掩盖，瞧那些花痴的女人，比往常他一个人健身的时候要多上数倍。

有无数女人都被顾南赫的热情奔放所吸引，但有更多的女人，被顾城骁的神秘和冷傲所折服。

“二妈打电话给我妈诉了一整夜的苦，两个女人最终决定派我来开解你。不过，哥，我肯定站在你这边的，二妈那边，我也会安抚好，你尽管放心。”

“哥，小嫂子长什么样？”

“哥，新婚之夜，你有没有把小嫂子折腾得下不了床？”

“哦，不对，二妈说她怀孕了，真有你的，我怎么都想不到你会先上车后补票。”

……

在顾南赫炮轰似的问了半个小时的问题之后，顾城骁终于开口了，不过，他并没有回答顾南赫那些没营养的问题，而是问了一个困扰他一整夜的问题，或许，也可以说是请教。

“赫，现在的小姑娘喜欢什么？”

这简直就是奇闻啊，顾南赫像看到宇宙黑洞一样惊恐地看着他，都说他在部队待得久了，对异性的欲望被多年的军旅生活消磨得直接降到了零，如此无欲无求的冷血魔头竟然脸不红、心不跳地问顾南赫——现在的小姑娘喜欢什么。

天哪，这货终于开窍了！

“哈，哥，你问我，可是问对人了，从我以前交过几百个女朋友的光辉战绩来看，女人喜欢的东西无非就是一个字——钱！”

顾城骁抛来一个字：“俗。”

“嘿，你别说，就是这么俗的东西最牢靠，并且钱的数量由年龄大小所决定，年龄越大，需要用的钱越多，小嫂子才二十岁，还是学生，不需要花多少钱就能搞定了，相信我。”

“所以？”

“所以，你先给她买些衣服啊、鞋子啊之类的东西，再问问她喜欢什么，然后有针对性地买。”

“这样可行？”

“肯定啊，我保证肯定可行。”

顾城骁似懂非懂地点点头，顾南赫的建议，他会考虑。

请教完，他的脸色又恢复了高冷，忽而话锋一转，质问道："前天晚上在你们的派对上，你给我喝的酒里面是不是掺了东西？"

"……"完了，他要秋后算账了，顾南赫支支吾吾地说道，"这个……就是觉得好玩，玩玩的。"

当时他看顾城骁十分清醒，还跟后来的李不言讨论工作上的事，所以他觉得柳叶春对他哥当过特种兵的人来说，根本没有作用。

"你别以为我不知道，那点酒还不至于让我醉。"顾城骁凛冽的眼神淬着毒，目光像一把锋利的小刀，一刀一刀剜着对方，令对方不得不说实话。

顾南赫哆哆嗦嗦地说："你、你、你……你不是没事吗？"

"除了下药，没有往我房间里送人？"

"绝对没有，伤天害理的事，我可不干，我是想让你在派对上找一个能看对眼的美女呢。"

顾城骁面色一沉，这么说来，林浅出现在他房里与顾南赫无关，那到底是怎么回事？林浅是遭谁的毒手了？

与此同时，住在城邸的林浅终于有了要醒的趋势。

她在床上伸了一个懒腰，睁开眼，看到比林家的客厅还要大的房间，猛然惊醒，隔了三秒才反应过来，哦，昨天有个男人带我回家了。

凌乱的思绪慢慢清晰，昨天顾城骁带她去了民政局，然后去了顾宅，最后来到这里，因为当时天色已暗，她又昏昏欲睡，所以，她也不知道自己的具体位置。

开门出去，外面的小厅里空无一人，她走了一圈，只能用四个字来形容眼前所见，那就是——"豪无人性"。

二百七十度无死角的绝赞景观，全是玻璃的通透墙壁，采光极佳，可以看到楼下超大的庭院和游泳池。

这种身家背景的男人，还长了一张帅得倾倒众生的脸，为什么会娶我？

她再一次翻开结婚证，两本红本本红得跟假的似的，她仔细看了他的名字和年龄，原来他的名字是这样写的。

"我的天，比我大八岁！"林浅惊叹出声，"老男人行不行啊？"

这时，她忽然听到外面有开门的声音，转头看去，只见顾城骁高大的身影从小厅外进来。他穿着一套白色运动装，脖子上搭着一条白毛巾，正拿着毛巾的一端擦汗。

只一眼，林浅就看呆了，他这副白面书生外加运动男孩的形象，很养眼好不好，跟昨天那个成熟古板的形象简直判若两人，这个人傻钱多的男人，可塑性很强嘛。

顾城骁也仔细地看着她，到底是年轻，新陈代谢旺盛，昨天颧骨上的红肿今天已经消下去了："醒了？"

"嗯。"

"楼下有早餐，下去吃。"

"我们能不能先谈条件，再说别的？"

顾城骁一愣："谈什么条件？"

林浅挺直了背脊，刻意保持镇定，不紧不慢地说："第一，鉴于本人还是学生，为了不影响学业，婚姻关系不得向外透露；第二，各自的生活互不干涉，互相尊重个人隐私；第三，一切行为需在对方自愿的前提下才能进行。"

顾城骁有些疑惑，高深莫测的眼睛犹如一潭深渊，他郑重地说道："林小姐，你是成年人，应该知道'结婚证'的作用，难道你认为我娶你是玩玩而已？那么，我现在很清楚地告诉你，关于结婚这件事，我很认真。"

再也没有比这件事更加认真的事了，不止你是第一次，我也是第一次，我们都应该为彼此的第一次负责。

林浅吓得小肩膀都在颤抖，看他的眼神都充满了畏惧。

顾城骁一看到她楚楚可怜的样子，就心软了，自己酿的果，自己吞，自己发的火，自己受，他尽量缓和着语气说："我就是想告诉你，我是真心要娶你，以后我们就是夫妻了，你可以相信我、依靠我，遇到问题，也可以找我商量。"

比如说，前天晚上是谁把你送到我房间的？

再比如说，昨天你到底是被谁打成这样的？

林浅忽然嘴巴一扁，眼睛一酸，眼泪就出来了，她哽咽道："可我还没做好准备嘛，你答应我好不好？"

她这一哭，顾城骁就严肃不起来了，他拿出了平生最大的耐心，像爸爸哄女儿一样哄着说："别哭啊，行，你想怎么样，就怎么样吧。"

林浅满意地点点头，擦干眼泪，立刻露出了一副奸计得逞的嘴脸："这么说，你是答应了？"

“答应，答应。”

林浅娇俏地一笑：“好，谢谢。”

顾城骁回房洗澡，林浅自得其乐地下楼用餐，不但脱离了林家，还有了一座大大的靠山，重点是，不用耽误学业，这实在是天上掉下的馅饼刚好被她捡到了啊。

怀着一种小人得志的兴奋感，林浅兴高采烈地走下楼。

就在这时，楼下众人齐齐鞠躬欢迎：“少奶奶好！”

哎呀，妈呀，林浅心肝一抖，脚底一滑，吓得一个不小心跌了一跤，屁股重重地摔在台阶上，还不受控制地往下滑了两级台阶。

“少奶奶小心。”楼下众人吓得心脏都提到了嗓子眼。

站得最近的年管家眼明手快地奔上去扶她：“少奶奶，您没摔着吧？”

林浅受宠若惊的程度绝对不亚于在光天化日之下见到了传说中的UFO，她战战兢兢地扶着栏杆站起来，后退两步说：“我没事，你不用扶我，我自己下去。”

年管家愣了一下，随后听话地鞠躬回应：“好的，少奶奶。”

“……”这一刻，林浅的脑海里完全是凌乱的。

要知道，她在林家可是底层的丫鬟啊，这到了顾家，就成了顶层的主人，一夜之间如此巨大的转变，一度让她以为这是在做梦。

啪啪两下，她狠狠地打了自己两耳光：“哇，好痛。”她龇着牙咧着嘴，用力地揉着自己的脸。

别说林浅吓到了，下人们也都吓到了，虽然年管家已经给他们打过预防针，但少奶奶本人还是超出了他们的想象。

短头发、白T恤、背带破洞裤、脏球鞋，耳朵上一排耳钉，还都是黑色骷髅头造型，完全就是个非主流假小子，似乎，脑子还有点问题。

林浅揉着摔痛的屁股，一瘸一瘸地走下楼，在众目睽睽之下，她也很不好意思。

年管家小心翼翼地伺候道：“少奶奶，用餐这边请。”看她一直在揉，他又说，“我马上联系医生为少奶奶诊断一下。”

“啊？不用！”林浅断然拒绝，“我没事，我学校还有事，得赶紧走了，再见，不送。”

“少奶奶，您早餐还没吃。”

“不吃了，谢谢。”她实在是无福消受啊。

下人们都看傻了，只见少奶奶就跟个小老鼠似的蹿到了门口，一闪就跑出去了。

年管家追了几步，没追上，大喊道:“张开，张开，快开车送送少奶奶。”

B大校门口，一辆崭新的保时捷卡宴在正门口停下，林浅从车上下来，朝司机挥了挥手表示感谢。

这一简单正常的举动却在校园内悄无声息地掀起了轩然大波。

“林浅被重口味大款包养”的消息一传十、十传百，用不了半天就传遍了整个校园。

下午放学，林浅还没离校，就被辅导员一通电话喊去了办公室。

办公室里已经聚了不下二十人。

林浅故作轻松地走到门口，大喊一声：“报告。”

众人闻声，齐齐往门口看。

“她就是林浅。”南音愤恨地喊了一声，众人的眼神立刻变得狠厉，仿佛要将她生吞活剥了一般。

“进来，”辅导员也很担心，招招手说，“过来，我这边。”

林浅依言走到辅导员的身边，不卑不亢地以笑脸示人。

她大概扫了一眼在座的人，除了辅导员和几位校领导之外，有昨天见过的干架的男生女生，也有没见过的他们的家长。在家长面前，他们一个个都成了乖宝宝，完全没了昨天打她时的狠劲。

让她好笑的是，他们一个个全都鼻青脸肿不说，有的胳膊打着石膏，有的裤子脱了一边露出大腿上的瘀青，有的脱了上衣露出背上的抓痕，总之，每个人都带着让家长心痛不已的伤。

连没有参与的南音都身负重伤，她的右脸上有三道抓痕，从嘴角一直延伸到耳垂，严重的地方还有血迹，很明显是被打了一巴掌。

对于一个年轻貌美、靠脸吃饭的播音系校花来说，这三道抓痕简直要了她的命，更要了她父母的命。

“你家长呢？”其中一个学生家长质问道。

辅导员刚要开口解释，林浅直接说：“我可以负责，不用叫家长。”

“哼，你负责？我儿子的前途，你一个小孩能负责？”

“就是，我们是看在学校领导的面子上才不报警的，你不把你爸妈叫来，我们立刻报警。”

校领导一阵紧张，辅导员连忙出来劝慰：“各位家长不要激动，打架的不是林浅一个人，要是报警处理，对孩子们的前途都不好。”

“林浅，”辅导员用斥责的口吻问道，“到底怎么回事你给说说。”

林浅撩了一下头发，一只手往辅导员的椅子靠背上一搭，开始叙述，把事情的前因后果都讲了一遍。

“你瞎说！”南音跳出来说，“我才没有，大家都可以给我做证，是林浅在半路堵住我的去路要打我，他们都是看不过去，来帮我的。哪知道林浅连他们一起打，还说他们多管闲事。”

“是，就是这么回事。”

“对、对、对，南音说得没错。”

几个人都对了口供，势要把林浅踩死为止。

南音哭得梨花带雨，咸咸的眼泪流在脸上，伤口都刺刺地疼，她哽咽着说：“林浅，我知道你从高中开始就看我不顺眼，因为我举报过你考试作弊，但是，作弊本来就是不对的，你应该自我反省，而不是怀恨在心。”

林浅气得牙痒痒，你可真够阴险的，不但颠倒是非黑白，还提这种陈年往事，你不提，我还忘了，我作弊关你什么事！

家长们听了，无不摇头：“这种学生的品行也太差了吧。”

“这种学生应该立马开除，还有什么可犹豫的？”

林浅不骄不躁地拿出手机，心想，蹦跶完了就歇菜吧。

“杨老师，我有录音为证。”

什么？录音？南音和几个学生都怔了一下。

林浅点开录音，将声音调到最大。

——“一、二、三……八、九，南音，你上不上？要不要算上你？”

——“给我上，往死里打，出了事，我摆平。”

这是林浅自己录的，从南音一伙人包围她开始，她就偷偷地按了录制键，虽然没有画面，但声音是很清楚的。

“这一定是林浅伪造的，我没说过。”南音一边哭，一边说，极力为自己辩解。

没有不相信自己孩子的父母，南音哭得越委屈，南音的父母就越生气：“我们女儿的脸伤成这样，不是林浅打的，她还能自己打自己不成？这份委屈，这份冤枉，我们不受，报警！”

如果说林浅的录音是真的，那么，南音就是主谋，其他学生就是帮凶，谁都不愿意接受林浅的证供，如同谁都不愿意相信自己的孩子会打架滋事一样。

有一家来的不是家属，而是律师，律师戴着黑框眼镜，特别严肃，他上前一步说："这是故意伤人罪，根据《刑法》第二百三十四条规定，故意伤害他人身体的，处三年以下有期徒刑、拘役或者管制。这段录音也有伪造证据的嫌疑，要依法处置。"

林浅大义凛然地说："报警就报警，我才不怕，这录音就是我录的，动没动手脚，我清楚，朗朗乾坤，昭昭日月，我就不信，警察叔叔还不了我清白。"

就在双方僵持不下的时候，外面进来了一个人，神色匆忙地跑到校领导跟前，还给他们看了一段视频。

杨老师也瞧见了，那是一条题目为"校园暴力到底何时才能停止，且看女学生英勇反抗神回击"的热门视频，短时间内就上了热搜榜，还是妥妥的第一名。

这段视频很明显是正好被路人拍到然后上传至互联网的，这段视频没有声音，只有画面，结合林浅那段没有画面、只有声音的录音，真相就这么简单直白地给揭露了。

家长们面面相觑，整了半天，原来他们都是被南音骗了啊。

南音倒抽一口凉气，她的父母尴尬得脸都红了，羞愤至极。

有几个家长开始低声质问自己的儿子，那些学生一个松了口，其他的也都纷纷松口。

"我不知道，是汪洋让我去的。"

"我也不知道，我都听汪洋的。"

"我更不知道了，我都不认识林浅。"

他们口中所说的汪洋，这么巧，正是B市富商汪海成的独生子汪洋，又这么巧，汪洋此刻人在医院，来谈的是汪家的律师。

这下林浅得意了，她一拍大腿，说得特慷慨激昂："九个人群殴我，我还不能还手？我又不傻哪能光让他们打，我当然要正当防卫了。律师先生，法律有没有规定合理的正当防卫是无罪的？"

律师是见过大场面的人，淡定地说："是否无罪应该由法官来判，而不是律师。"

林浅白了他一眼，跟这种衣冠楚楚的伪君子讲话一点意思都没有，她转而看向南音的父母，说道："叔叔阿姨，这份委屈，这份冤枉，我不受！"

南音的妈妈还在试图维护，低声责问道："那她的脸是被你打的吧？"

"还真不是我打的。"林浅思路清晰，有条不紊地说，"她伤的是右脸，我又不是左撇子，我用右手打脸，也是打她的左脸。而且，那条路是不是你们回家的路，你们不清楚吗？"

南音的父母一句都反驳不了。

"至于她脸上的伤是怎么来的，只能问她自己。如果是我打她，一定比这更狠。"

有家长疑惑地说："九个打你一个，他们都受了伤，三个孩子还进了医院，你倒好，完好无损。"

"这位阿姨，您错了，我的脸也被打肿了，"林浅撩起遮住眼睛的刘海，"你们看看，我的伤也很明显的。至于你们的孩子为什么比我伤得更重，呵呵，那就是个人本事的问题了。"

在场的家长再也没有了之前的趾高气扬，有的已经在小声责问自己的孩子了。

林浅得意扬扬地朝辅导员挑了一下眉毛，辅导员瞪了她一眼，小声训道："认真点！"

可林浅分明看到了辅导员嘴角那不经意的笑意，她听话地点点头："好啦，好啦。"

虚惊一场，林浅并不想追究什么，因为怕麻烦，打个架而已，哪那么多操心的事。

不过，接下来的事，虽然林浅不操心，但学生家长们不能这么轻易饶了南音，而学校势必也会对南音进行处罚。

事情败露之后，南音的人设彻底崩塌了。

怂恿打人本就不对，究其原因更是让人咂舌。

人人都知道汪洋在追求南音，南音却只当他是备胎，这一次，南音因楚墨枫而迁怒于林浅，竟然利用汪洋来打击报复林浅，这种做法，人人唾弃。

第2章
奶奶是戏精

林浅坐在顾家派来的专车里，感觉就跟做梦一样。

车子驶进城邸必经的小径，前面一位白发苍苍的老奶奶拄着拐杖慢慢悠悠地走着，张开谨慎地放缓了车速。

就在车子与老人擦肩而过的时候，车门突然砰的一声响，林浅亲眼看到路旁的老人应声倒下。

“停车！”她本能地大喊一声，一边解安全带，一边说，“我下车看看。”

张开有些不放心，提醒一句：“少奶奶，我们的车没碰到她，现在碰瓷的老人很多。”

“既然没碰到，那你担心什么，我下去看看。”

林浅开门下车，只见老奶奶整个人扑倒在车后面。

或许是没想到车里的人速度这么快吧，老奶奶眼见离车有些远，又往后车轮挪近了些，整个人就差没往车底钻了。一见有人下车，她赶紧哀号起来：“哎哟，我这把老骨头啊，撑不过今天了。”

林浅没有错过老奶奶那灵活的微调，但也不准备揭穿她。

“奶奶，您怎么了？”

老人伸手哆哆嗦嗦地指着他们的豪车：“小姑娘，你有眼睛，没瞅见啊？”

林浅装起傻来：“啊？瞅见啥啊？”

老人招招手，示意她蹲下身，说：“你们的车撞到我了，我这把老骨头怕是活不过今天了。”

林浅蹲下身子一瞧，笑着说：“奶奶，我们的车是往前开的，怎么也不会在后面撞到您啊。”

老人虽然满头银丝，但眉清目秀，精神矍铄，所谓鹤发童颜正是像她这样的。

重要的是，林浅看到老人的第一眼，就想起了自己的亲奶奶。

“我好端端在走路，是你们的车开过，起了风，把我给推倒了，归根结底就是你们的车的责任，也就是你的责任。”

这明摆着是碰瓷，林浅却没有揭穿，还笑着逗趣道：“好，我的责任，我认，那奶奶，我送你去医院看看？”

老奶奶摆摆手：“我才不去医院，那医院啊，去了就出不来了。”

“那您想怎么样？”

“小姑娘，我要到前面去，你载我一程可好？”

“您要到前面去？可您刚才分明是往后走的。”

老奶奶支支吾吾又说不上话来，林浅抿嘴一笑，爽快地答应了：“行，奶奶，您想去哪，我送您。”

“真的？”

“嗯。”

“哎哟，太好了，谢谢你小姑娘。”

“我叫林浅，奶奶，我扶您起来吧。”

“欸，好啊，小浅。”

林浅扶着老奶奶站起身，张开见状，忍不住过来制止：“少奶奶，人家摆明是讹咱们，你怎么……”

“讹就讹吧，跟老人家计较什么。”

张开很无奈，可他只是一个司机，只能听主子的。

上了车，张开很不客气地揭穿道：“老奶奶，我天天在这小区里进出，从来没见过你，你不住这里吧？”

奶奶白了一眼司机，不理会司机，反而问林浅：“小浅，他是你男人？你怎么找了这么一个没爱心、没良心的男人？”

“……”张开真是无辜躺枪。

林浅笑得合不拢嘴：“奶奶，他不是我男人，他只是担心我而已。”

“还好，还好，像你这么热心善良的姑娘，就该配大肚量、大智慧、有大才能的男人。”老奶奶说得振振有词，丝毫没了刚才的可怜相，“小浅啊，我手头就有这么一个男人，我给你介绍介绍？”

林浅觉得这位奶奶实在太逗趣了，在她无聊透顶的生活中突然来了这么一位活宝老人，而且这么像她过世的亲奶奶，她就忍不住想跟这位奶奶多聊聊。

“谢谢奶奶，我已经结婚了。”

“结婚？”老人诧异得很，“看你小小年纪，怎么这么早就结婚了？”

“唉，一个单身老男人看我长得可爱，就硬要娶我，我也没办法啊，哈哈。”

张开：“……”

老奶奶：“……”

“对了，奶奶，您还没说您要去哪，这都进小区了，您家在哪？”

老人故意板起脸，佯装生气道：“哼，我是去顾家讨债的，堂堂顾家的少爷竟然欠我一个老太婆十万块钱，我非找他理论去。”

张开：“……”

林浅兴趣大增：“您是说……顾家少爷顾城骁？”

“对啊，对啊，就是他，你认识他？”

“岂止认识，还有那么一丁点熟，奶奶，他就是一个钱多人傻的主。”

张开：“……”

老奶奶：“……”

“奶奶，这么巧，我也去顾家，您就跟我一起去吧，我帮你要回来！”

“好，你真是个热心的好姑娘。”

林浅喜滋滋的，也不知道在乐什么，大概是想看看衣冠楚楚的顾城骁是如何被人追着讨债的吧，可算是有好戏看了。

城邸，在门口迎接少奶奶的年管家看到与少奶奶一同下车的老人，吓得目瞪口呆。

“老……”

“喀喀，”老人对着年管家一瞪眼，打断道，“小浅啊，我这么跟你进去没事吗？”

“没事儿，奶奶，您进来吧。”

“欸。”

林浅扶着老奶奶进屋，年管家偷偷地擦了一把额头上的细汗，定了定魂，才跟进去。

张开停好车，跑上前凑到年管家的耳边低语几句，年管家一副“我知道了，你别多事”的表情，让张开下去了。

客厅里已经准备好了丰盛的晚餐，老奶奶笑着问：“哟，正好开饭啊？”

林浅：“可不是，奶奶，一起坐下吃吧，您坐，坐。”

“这……不太好吧，”老奶奶佯装担心，“拿人手短，吃人嘴软，我吃了这顿饭，那姓顾的小子不会赖账吧？”

“不会，你看他像是会赖账的人吗。”

“哼，越是有钱的人越是一毛不拔。”

“奶奶，顾城骁怎么欠你钱的？”

老人径自拿起筷子夹了一块红烧肉吃，也不管站在旁边焦急得满头是汗的管家和下人们，她优哉游哉地说：“他招惹我孙媳妇，我孙子和媳妇本来恩恩爱爱的，孙媳妇见了他，就要跟我孙子离婚，还要我孙子给她十万块钱青春损失费，你说这钱该不该顾城骁出？”

林浅听了只想笑：“哈哈，还有这种事，该，就该他出，谁叫他招惹有夫之妇，还拆了人家的婚姻，依我看，得叫他出双份。”

年管家：“……”

众下人：“……”

林浅就是看热闹不怕事大，追着问：“奶奶，那您孙子离婚了吗？”

“没呢，等着他给钱不是。”

“哦，那要让顾城骁对您孙媳妇负责啊，不能害人家成了离异妇女就拍拍屁股走人，奶奶，您应该喊上您孙媳妇一起来找顾城骁，哈哈，那就精彩了。”

老奶奶：“……”

年管家和众下人：“……”

老奶奶忍不住好奇地问：“小浅，我听他们喊你少奶奶，你是……”

林浅笑笑，一副无畏无惧的样子，说：“奶奶，不瞒您说，顾城骁就是我跟你说的那个老男人，唉，早知道他这么三观不正、这么道德败坏，我肯定不嫁给他。”

老奶奶干笑了两下，感觉这个玩笑开得有点大，于是带着解释的意味替顾城骁说话了：“都是我那孙媳妇水性杨花，怪不得顾城骁……对了，他那么厉害，还能硬逼着你嫁给他？”

“那可不，拿刀架在我的脖子上逼着我嫁，这种事，就他干得出来。”

老奶奶：“……”

年管家和众下人以及刚刚从二楼走下来的顾城骁：“……”

“大少爷好。”

顾城骁点了点头，转而有些无奈地喊了一声：“奶奶，您怎么又一声不吭地跑来？”

啥？奶奶？林浅睁着诧异的大眼看看顾城骁，再看看奶奶：“你奶奶？亲的？”

她当然知道奶奶是在碰瓷，更知道奶奶说的那些话都是假话，她以为奶奶是有精神方面的问题，又觉得老人家十分有趣，谁又能想到她竟然是顾城骁的亲奶奶呢！

林浅默默地回头看了一眼年管家，嘀咕：“你怎么不告诉我啊？”

年管家一脸无辜，怯怯地摇摇头。

奶奶笑着说：“这不是惦记你这里的红烧肉吗，小浅，你也来一块？”

望着顾城骁喜怒不明的脸，林浅赶紧站起身，低着头，缩着肩，一声不吭，连大气都不敢喘。她刚才跟奶奶说了他不少坏话，她就知道不能在背后议论别人，唉。

顾城骁不急不缓地走来，入座，正色道：“奶奶，医生说您饮食要清淡，红烧肉少吃点。”

“国外有个老人天天把可乐当水喝，医生也劝她别喝太多可乐，结果，那医生都去世好几年了，老人还活得好好的。”奶奶又夹了一块肥瘦适当的五花肉塞进嘴里，“我难得来你这，吃你一块红烧肉，你少废话。”

顾城骁：“……”

林浅一时没忍住，扑哧一下笑出声来，接触到顾城骁危险的眼神之后，她立马捂住嘴，将头低了下去。

奶奶拉着林浅，说：“小浅，你站着干吗，坐下。”

“奶奶，我不敢……”

“你喊我一声奶奶，奶奶就会罩着你，坐下，当着我的面，这小子不敢欺负你。”

林浅心直口快地说：“那不当着您的面，他就要加倍鞭笞我了。”

奶奶哈哈大笑，觉得这个孙媳妇有意思极了，脸蛋也俊俏非凡，哪里像叶倩如说的那么不堪。

饭后，林浅乖乖地坐在沙发上看电视，顾城骁正襟危坐，时不时向她投去审视的目光，搞得她紧张兮兮的。

奶奶拿着手机，极具威严地对电话里的儿媳说：“你甭给我叽叽歪歪的了，这个孙媳妇，我很满意，城骁终于做了一件让我高兴的事情，你少来瞎掺和。”

叶倩如气得差点背过气去：“妈，不是您自个儿说喜欢紫琪，还要亲自出马吓走林浅吗？”

奶奶：“可我现在更喜欢小浅，怎么了？我还没有喜欢谁的自由了？”

叶倩如年轻的时候也常常受到婆婆的刁难，如今终于多年媳妇熬成婆，谁知道她这个当婆婆的还没把儿媳妇怎么样，她的婆婆就把她的儿媳妇给护起来了。

这让她心里更加憋屈。她说道：“妈，咱讲讲道理，我和顾源都不同意这门婚事，林浅这个丫头真的不适合城骁。”

“我看挺好的，你别说了，我还等着他们给我生个玄孙子呢，就这样，挂了！”

老太太说挂电话就挂，林浅用脚指头也能想到电话那头顾城骁的老妈有多气愤。

问世间是否此山最高，一山还比一山高。

奶奶不但是顾城骁的克星，更是顾城骁的老妈的克星。

老太太慈眉善目地看着林浅，拉着她白嫩嫩的小手，越摸越喜欢，越看越喜欢。

“这肚子有几个月了？”

林浅向顾城骁投去求助的目光，嘤嘤嘤，我该怎么回答？

顾城骁轻咳一声：“咯咯，奶奶，她刚怀。”

老太太笑得嘴角都咧开了：“好，好，刚怀是看不出来的，太好了，明年我就能看到我的玄孙了。”

林浅那叫一个坐如针毡啊。

奶奶当天就在城邸住下了，城邸多的是房子，本来奶奶的房间在副楼的二楼，但奶奶以一个人住在副楼太冷清为由，非要住在主楼的二楼。

姜还是老的辣。

虽然顾城骁以负责为由娶了怀孕的林浅，但老人家始终不相信自个儿的孙子会如此鲁莽，更何况，她以前从未听孙子谈起有女朋友一事，突然闪婚，又突然宣布怀孕，她总觉得事有蹊跷。

所以，她要亲自验证。

客卧要留给奶奶，顾城骁顺理成章地搬回了主卧，奶奶果然是个神助攻。

房门一关，林浅就跟躲避病毒似的离开他三米远：“我可不跟你睡。”

顾城骁冷峻的眼神狠狠地剜了她一眼，却又带着三分宠溺、七分无奈，留恋地看了她一眼：“坐。”

“不做，谁要跟你做，你都亲口跟我说，绝对不会逼我做不愿意做的事。现在我不同意，你别想霸王硬上弓。”

看着这位絮絮叨叨的小朋友，顾城骁又好气又好笑，伸手一指沙发，解释道：“我是让你坐下。”

“……”好吧，是我想多了。

“今天的情况，你也看到了，奶奶在监督我们。”

“监督？”

“你以为奶奶是平白无故跑过来的？”

林浅无意识地摸了摸自己的脸，向他抛去一个“你们的世界，我不懂”的眼神。

“你应该早点习惯。”看着她别别扭扭的样子，顾城骁也有点不自在，单身那么多年，突然要跟一个大姑娘睡在同一间房子里，他也需要适应的，“你还有什么想说的？”

既然他问了，那么，林浅就要开始发表意见了：“首先，以后我自己上下学就行了，你别让你家司机接送我了，在学校太扎眼了。”

“其次，别让你家厨房给我准备早餐了，我去学校的路上随手都可以解决。”

“还有，明后天刚好是周末，我一早就约了同学去徒步爬山，明天晚上，我不回来了，先跟你说一声。”

林浅越说，顾城骁的脸色就越沉，她怯怯地说：“要不，咱们互相留个电话号码，有事电话联系？”

顾城骁从来都不是一个好脾气的人，他原有的闷气还没完全消除，她又嫌弃他的各种安排，好像他打乱了她的人生计划似的。他心中的怒气不打一处来，心里升起一团火焰，噌噌地往上冒。

这时，房门的锁突然咔的一声，奶奶没有敲门，直接开门进来。

顾城骁的反应尤为敏捷，在林浅还没反应过来的时候，他就转换座位坐到了她的身边。

“你……”

二话不说，他直接俯身过去，一只手圈住林浅的细腰，一只手捏住她的下巴，以嘴封唇。

“喀喀，这就亲上了啊，年轻人就是沉不住气。”奶奶遮着眼睛，人却没有回避的意思，笑着说，“城骁，你出来，我有话跟你说。”

林浅有些恼火，生生地被吃了豆腐占了便宜，却不能指责他。

“哦，来了。”顾城骁直直地看着她，带着警告，又带着意味不明的暧昧，“别辜负了奶奶这么为你撑腰。”说完之后，他还蜻蜓点水似的又碰了一下她的嘴唇。

“无赖！”林浅哑声骂他。

顾城骁站起身，收手的时候，手指故意轻轻地捏了一下她丰盈的唇。

被他这么逗弄了一下，林浅胸口小鹿乱撞，恼火全都成了无名火，生气全都转化成了心动，说不上来地心急气躁。

不得不说，这个男人长得实在太好看了，就这样一个霸道的小动作都充满了吸引力，每一个画面都像电影大片的特写镜头，每一帧都能让她舔屏。

门口，奶奶见孙子还不出来，等得有点着急，又催促一句：“好啦，好啦，就别难舍难分了，我不过跟你说几句话，要不了三分钟。”

“来了。”

奶奶笑意盈盈的，欲说还休，看一眼里面的俏丫头，拉着自个儿的孙子出了门。

“小子，我可跟你说，我知道你们新婚宴尔，你这又是血气方刚的年纪，可怀孕前三个月是危险期，特别是头一个月，尤为危险，你再想，也得克制一点，知道不？”

这奶奶一开口，顾城骁就知道她要说什么，可这样听着，还是觉得怪怪的。他堂堂七尺男儿被长辈训诫这方面的事，难免羞臊：“知道知道。”

“你在敷衍我，我都瞧见你对那丫头亲亲搂搂的了，一进门就干那事，你是有多迫不及待？”

“……”

“阿城，听奶奶一句劝，克制一点，等我的玄孙平安出生，还不是随你们折腾？”

“……”

“我要求不高，也就三年抱俩吧。”

“……”

“你别不好意思，我是看着你长大的，你一撅屁股，我就知道你在想什么。”

顾城骁挺了挺背脊：“我没撅屁股。”

奶奶佯怒瞪他一眼：“我就这么一说，你可别把我的话当成耳旁风，我这玄孙子要是有个三长两短，我可饶不了你小子。”

“奶奶，我……”

“你甭说了，我的话说完了，你记牢就行，现在进去好好陪你媳妇儿吧，我再看会儿电视。”

“您还不休息？”

“老年人才睡得早，我可是年轻人。”

“……”

“进去吧，进去吧，好好照顾小浅。这丫头挺好玩的，奶奶喜欢。”

奶奶说着，把顾城骁推回了房间。

他全程都是莫名其妙。

同样感到莫名其妙的，还有傻愣愣地坐在沙发原处的林浅。她脱了鞋，双脚踩在沙发上，那样子，随意而又洒脱，桀骜中带着不羁，再加上那酷炫帅炸天的骷髅头耳钉，好似一个荒唐无稽的小流氓。

被奶奶当面训诫，顾城骁本就不悦，现在又瞧见林浅这副吊儿郎当、没心没肺的模样，真是气不打一处来。

不求你给我分担，也别给我添堵啊！

“奶奶说什么了？”可林浅丝毫没发觉他的暗火，还兴致满满地询问起来，“该不会是她老人家怕你对‘宝宝’不利吧？”

说这话的同时，林浅挺起小腹，像模像样地摸着小腹，眉梢带着取笑的意味，语气也十分调侃，明目张胆地看着顾城骁的笑话。

顾城骁讨女孩子欢心的本事不大，但治人管人就是他的强项了。看着林浅坐没坐姿，躺没躺姿的样子，还语气轻浮，他二话不说，走上前，直接上手将她悬空抱起。

“喂，你干吗？！”

“如果你想失去奶奶这个靠山，你大可以喊得再大声一点。”

“……”林浅立马放低了声音，咒骂道，“浑蛋，竟敢威胁我，我就说嘛，你昨儿个的和颜悦色就是假正经，装的。”

顾城骁微眯着眼睛，语带警告：“那我就浑蛋给你看！”

说罢，他紧紧地抱着她往大床那边走，她好歹也是一个打架好手，面对七八人的围攻都面不改色，可面对一个他，被他如此桎梏着，竟然动弹不得，使尽吃奶的劲都挣不开半点。

多年的部队生涯让顾城骁练就了比常人更为强健的体魄，穿衣显瘦，脱衣有肉，还都是肌肉，林浅那点三脚猫功夫在他的面前根本不足挂齿。

“顾城骁，你想干吗？”

“你不是骂我浑蛋吗？那我就做浑蛋该做的事。”

不与她多费唇舌，顾城骁就跟扔小鸡崽似的将她扔到床上。

林浅的反应已经够快了，身子一挨到床就一骨碌爬起身，可顾城骁的速度更加快，几乎是同一时间就倾身将她压住。

“顾大少爷，你肯定对‘浑蛋’有误解，浑蛋可不会这样对一个女孩子，现在的浑蛋可绅士了，对女孩子尤其尊重。”

“哦？”

“嗯，‘浑蛋’其实就是一句口是心非的话，就跟‘讨厌’类似，是小两口之间的互动，你可别当真啊。”为了不受欺负，林浅也是绞尽脑汁。

“难道你不觉得，我骂你‘浑蛋’，其实就跟我说你‘讨厌’一样吗？哈哈哈，那都是比较亲近的人之间说的，你觉得呢？”

顾城骁自然明白她的小伎俩，这丫头聪明得很呢。

他低头，凑得更加近：“哦？所以，你的意思是……我们是比较亲近的……小两口？”

他说话的时候，故意停顿，热气喷洒在她的脸上，还带着淡淡的薄荷香，如此近距离的贴近，他俊朗的面庞有棱有角，剑眉星目，英气十足，高挺的鼻梁更添立体感。最性感的是他的薄唇，七分怒意，三分笑意，一张一合魅力十足。

林浅很不争气地面红耳赤，特别是在他断断续续地说着这话的时候，她连心跳都咚咚咚，好像要从嗓子眼里跳出来一般。

“这段时间，你最好跟我配合好，不然，你在顾家的日子会很难过。”

“可我又没真的怀孕，你这样欺骗老人家，你的良心不会痛吗？”

“既然你这么担心‘没怀孕’这事，那我可以让你‘真怀孕’。”

林浅的思绪果断清醒，提醒道：“君子一言，驷马难追，你可是答应了我条件的。”

顾城骁才舒展开来的眉头又微微一皱，不过，他确实收起了力道，不再那么蛮横地禁锢她了：“你呀！”他重重地叹一口气，翻身而下，静静地躺在她的旁边。

床很大，足够两人躺着且互不干扰，林浅瞎担心了好一阵，直到对方很久没有动静，她才后知后觉地醒悟过来，这个顾城骁就是在耍她玩。

好一会儿，正当林浅睡意泛滥之时，顾城骁突然说：“以后无论你有什么事，都可以找我，我会等到你心甘情愿成为我的妻子为止。”

林浅瞬间清醒，睡意全无，她从来都不是声控，可是在这样寂静的夜里，顾城骁沉稳浑厚的声音，比那大提琴还要好听，不重，却狠狠地敲击着她的心房。

“为什么？”

“什么为什么？”

“你为什么突然要娶我？”

这是她第二次问这个问题，第一次他以沉默回应，这一次，他轻声问道：“你真的不认得我？”

“我……我应该认得你吗？”

“那天晚上的事你都忘了？”

“哪天晚上？”林浅努力地搜索着曾经与顾城骁的交集，可是，真的没有啊，在大伯家那次就是她第一次见到他。

顾城骁欲言又止，他刻入骨髓的事情，她却茫然不知，他心中愤愤不平。

难道，现在的年轻人真的不在乎这种事？

难道，真的是我太古板、太保守了？

“哪天晚上啊？”林浅是个急性子，最受不了被吊着胃口，追问着，“到底什么事嘛？你别卖关子行不行？”

“没事！睡觉！”顾城骁不悦地起身，从柜子里拿了一床薄被出来，躺下，一盖，真的睡觉了。

“欸，你……”林浅抿着唇，好不容易平息了他的怒火，她不想再挑衅他，扯过另外一床被子盖上，身子往边上挪了挪，也睡觉了。

一张床，两个人，楚河汉界，界限分明。

时间眨眼而过，一晃，林浅到顾家已经快一个月了，她渐渐习惯了顾家的家风和做派。顾城骁并不像她认知中的军官一样常年待在部队，而是跟白领一样早出晚归。她想象中的顾城骁一出去就半年之后再回来的情况根本不会有，他天天都回来。

虽然顾家家风严谨，但好在还有个老顽童在，林浅特别喜欢奶奶，奶奶也特别喜欢她。

祖孙俩可谓情投意合，有时候疯闹起来，连顾城骁都看不过去。

那一天，他们等了好久都不见林浅回来。

"小浅平时比你早回来，今天都这个点了，还不回来。"奶奶有些担心，"你就不应该答应她自己上下学的要求，她一个孕妇，路上要是出点什么状况，可怎么得了？"

顾城骁看了看时间，也觉得不妥："奶奶别着急，我给她打个电话问问。"

他心中暗自庆幸，幸亏与林浅互留了电话号码。

可是，他还没拨通，林浅的电话就先打进来了。

"喂，都几点了，还知道回来吗？"

"请问是林浅的朋友吗？"

顾城骁一顿，语气立刻变得生疏而又凝重："是。"

"先生您好，我这里是B市军区总医院急诊室，林小姐刚刚被送过来，意识模糊，我们只问出了她的名字，她现在昏迷不醒，正在抢救。我们是在她口袋里找到的手机，不知道您是否方便过来一趟或者联络一下她的家人。"

顾城骁越听越灼心，没等对方讲完就说："我立刻过来。"

军区总医院，急诊室里除了医生护士，还有警察。

护士看到顾城骁，意外之余也十分恭敬，得知他是为了林浅而来，更是诧异不已。

"顾大队，这是林小姐的手机，她被送来的时候就已经意识不清楚了，医生怀疑是脑震荡。"

"进去多久了？"

"半个小时。"

“怎么伤的？”

护士如实答道：“看伤势像是被打的。”

“被打？”这样的结果让顾城骁震惊不已。

“嗯，人是警察送来的。”

顾城骁眉头紧蹙，看向前来办事的警员，急急地问道：“被谁打的？”

警员是第一次见到顾城骁本人，毕恭毕敬地说道：“顾大队，我们是下午五点四十分接到朝阳群众报警，说八字桥边有人聚众斗殴，我们立刻出警，五点五十分在八字桥河道边发现了他们。全都是社会青年，一听到警笛声就跑，我们一发现伤者就赶紧送来了。我的同事正在调取现场监控，相信很快就会真相大白。”

顾城骁恳切地说：“请尽快。”

“是！”

这时，护士提醒了一句：“顾大队，最好联系一下林小姐的直系亲属。”

“我是她丈夫。”

护士：“……”

警员：“……”

在场的所有人：“……”

顾城骁——老首长的独生子，年轻英俊的小伙子，成就最卓越的天之骄子，竟然，结婚了……

顾城骁——结婚了！

结婚了！

他一句“我是她丈夫”，碎了多少怀有梦想的女人的心啊！

出事的是顾城骁的夫人，这引起了警方的高度关注，办案警员一刻都不敢怠慢，很快就锁定几个人，然后像拉网似的将全部人等一一抓获。

这边林浅还没苏醒，那边就已经破案了。

没错，就是蓄意报复，还是林浅自己惹的祸。

这帮年轻人全是汪洋叫来的，经调查其原因，原来，汪洋的左腿正是前阵子被林浅打断的！

顾城骁看着警方提供的最终调查报告，神情极为复杂，心情也极为复杂。

他原以为林浅只是调皮了点，哪里知道她还能闯出这么大的祸，打断人家的腿啊，真能啊。

重点是，汪洋可是B市富商汪海成的独生子，汪海成的发家史一直是毁誉参半，官方说法是他白手起家，可小道消息说的全是他走私贩毒，赚了钱之后洗白上岸，然后又是建学校又是建医院，做了无数慈善。

汪家在京城也是举足轻重的商贾之家，林浅却打断了人家独苗的腿，光是这一点，顾城骁也是佩服她的。

但佩服，不代表认同。

天色大亮，外面秋高气爽，明媚的阳光越过窗棂，跳跃着进入房间，令整个房间都暖意洋洋的。

林浅的额头上贴着一块正方形纱布，鼻青脸肿不在话下，已经这样了，她照样睡得舒舒坦坦。医生说她只是皮外伤，并无大碍。

顾城骁一宿没合眼，担心、疑惑、生气、无奈，全写在脸上，下巴和嘴唇上有了些许青灰色的胡楂，平添了一丝成熟男人的魅力。

"嗞……"终于有了要醒的意思，她吃力地睁开眼睛，两个眼眶都是肿的，眼皮像有千斤重，硬生生地撑开，疼得要命。

可是，当她的视线触及那个冰冷的男人时，她又把这份疼痛忍了下去，神色无恙地说："嘻嘻，早上好呀。"

顾城骁白了她一眼，讽刺一句："还能笑，说明伤得不够重。"

"……"

"疼吗？"他问。

"不疼，一点都不。"她赶紧摇头。

"死鸭子嘴硬，"顾城骁没好气地说，"那再来几拳？"

林浅心一慌，加快了摇头的频率。

自知理亏，她难得没有怼回去，环顾四周，她这是在医院病房里歇着，而顾城骁，想必是守了她一晚上。

"不用你管我，我已经自己解决了。"

自己解决了？她所谓的"解决了"，就是打一架？

顾城骁拉了一把椅子过来，坐下，不急不缓地说："我没想管，也不用我管。"

林浅暗自松了一口气，她躺在床上，动动四肢，感觉身上的每一块肌肉都在痛，她低垂着眼眸，不知道该怎么面对他。她也要面子，她也有自尊，她不想自己这么狼狈不堪的一面被他看到。

"我没事儿，你忙去吧。"她下了逐客令。

顾城骁却在她放松警惕的时候突然告诉她："警方已经破案，那十五个男青年全被抓捕归案，并且已经交代了犯罪事实。"

"啊？"林浅吓得花容失色，挣扎着想要坐起来，她本就破了相的脸更加惨不忍睹，实在令人震惊。

顾城骁按住她的肩膀，将她按压回床上，厉声训道："老实躺着！"

警方给了他现场的监控录像，这个林浅，一个姑娘家家的，对着十五个社会青年毫不畏惧，说上就上，花拳绣腿耍得有模有样，打了十来分钟还屹立不倒。

幸好有热心群众及时报警。

幸好有治安警察及时赶到。

幸好，他们没对她做更加出格的事。

顾城骁一想到那段监控视频就后怕，那么多拳头砸在她的身上，那么多脚踢在她的身上，双拳难敌四手，血肉之躯，哪会不疼？

更何况，她不过就是一个身量纤纤的小姑娘啊。

而那些男青年也没有完好无损，伤重的几个一样鼻青脸肿，被警察抓捕归案之后还来过医院，他也见到了。

"林浅，想不到你胆子这么大。"

"既然事情已经败露，那我就不谦虚了，当时要不是我脚滑跌了一跤，我未必会被打中脑门。"

"……"你真不谦虚啊。

"他们就是一群酒囊饭袋，我根本没把他们放在眼里，我当时就说了，打一架，有仇报仇，有怨报怨，最后不管谁输谁赢，都一笔勾销。我都懒得跟他们废话，能用武力解决的事情，绝对不多费口舌。"

"……"原来你是这样的林浅，顾城骁的脸色一阵青、一阵黑。

死猪不怕开水烫，林浅现在就这态度，反正已经最差了，不怕更差，她说："让您开眼界了，不好意思，不管你愿不愿意接受，这就是真实的我。"

这一夜发生了好多事，顾城骁一边了解着事情的进展，一边关注着林浅的状况，早已有了心理准备，但她这不屑一顾的态度还是让他感到气愤。

"你就不害怕吗？"

"为什么要怕？"

“你就意识不到危险吗？你是一个女孩子。”

“女孩怎么了？女孩哪里比男孩差了？他们十几个男孩加起来，还不如我一个女孩呢。”

压抑了许久，顾城骁不停告诉自己，不能像在部队里训斥战士一样训斥她，他尽量温和地循循善诱，可她呢，巧舌如簧，丝毫意识不到自己的错误。

“你不用瞪我，你管不了我，你见我烦就快点走。要是把你气伤了，我可不负责。”

顾城骁倏地一下站起身，忍耐已经到了极限。

可就在他要开口训斥时，门外响起了敲门声，还有一个阿谀奉承的男人的声音同时响起：“顾大队，我是汪海成，我把我家这个混账东西带来了，任您处置。”

汪洋的左脚还打着石膏，双手拄着长拐杖，被老爹硬拖过来，一脸的不情愿。

但这个桀骜的小子还是向林浅低了头：“对不起。”

林浅的内心一万个不相信，那个眼睛长在头顶的富家子弟，那个堪称能摆平整个京城的豪门富少，那个自称天下无敌的傲娇汪少，竟然对她说“对不起”。

这实在是不可思议！

汪海成强按着汪洋的脖子，死死地将他按向地面：“你给我跪下，顾太太不原谅你，你甭想给我起来。”

顾城骁看够了苦情戏，实在觉得聒噪：“行了，汪总，他打着石膏，你让他怎么跪？”

汪海成这才作罢，乞求着说：“顾大队，这件事都是我的错，是我没有管教好这个逆子，您大人有大量，千万别跟这个逆子计较。”

林浅愣愣地看着这对父子，她是从旁人口中听说汪洋的背景的，听说汪洋是富商汪海成的独子，听说汪洋有仇必报，听说汪家只手遮天。

可这只手遮天的老子和小子，在顾城骁的面前，竟然成了孙子。

顾城骁淡淡地说道：“警方会秉公处理，汪总不必如此。”

汪海成看着顾城骁冰冷的脸不寒而栗，他又无奈又惧怕，不求情的话，怕自己儿子会坐牢，可说多了，又怕更加惹恼顾城骁，他是左右为难，手足无措。

虽然听说顾城骁已经离开部队了，但他在军中的关系还在。

“汪总，请回吧，我太太需要休息。”

顾城骁那命令似的口吻让汪海成不得不听，他推着拄着拐杖的汪洋悻悻地退出了病房。

病房里，林浅将被子往上一拉，完全没了之前说“不用你管我”的洒脱以及说“我已经自己解决了”时的霸气，她想，或许她还不了解顾城骁。

顾城骁冷冷地看着她，一双凌厉的眼眸像覆了一层霜，让林浅不自觉地、慢慢地又将被子拉高了些，直到把眼睛都盖上。

有些人就是自带威严，林浅在那群混混面前跩得人人称奇，跟十几个男青年对打都毫不示弱，可在顾城骁的面前，她连跟他对视都不敢。她承认，她怕他。

她怕他凶，怕他生气，怕他打人。

可是，她更害怕的，是他对她失望。

顾城骁郑重而又严厉地训斥道：“你真这么天真地以为你一个人能打赢他们一群人？”

“嗯。”

顾城骁重重地叹一口气：“你这不长记性的脑子，活该被打。”

“不就是打架吗，我都习惯了。”

顾城骁怒火中烧，厉声吼道：“女孩子家家的，有没有一点女孩子的样子？你看看你，你听听你说的话，像话吗！”

林浅倔强地说：“我就这样，你看不惯，可以不管，我没叫你管。”

“你以为我想管你？我要真管起来，只怕你会后悔。”

“没让你管我，你没资格管我！”

“好！”顾城骁怒吼一声，复杂的眼神中包含最多的就是失望。他转身走出病房，头都没回。

林浅动了动嘴唇，终是没有开口，只能眼睁睁地看着他决绝地离去。

她环顾四周，空无一人，这种孤独的感觉熟悉而又讨厌。

她如愿了，因为没人再管她。

可她也失落着，因为，没人再管她。

好事不出门，坏事传千里，林浅重伤住院的消息很快就在校园内外传开。

同时传开的还有另外一个消息，那就是——汪洋已经办理了休学手续，不日就要出国了。

汪洋出国并不让人意外，只是在这节骨眼上突然出国，事情就显得蹊跷了。

不知真相的吃瓜群众在私下意淫了好几个版本，其中一个最为夸张的就是“后妈说”，有传说，包养林浅的土豪就是汪海成，汪洋替南音出头只是一个借口，真正的原因是不满林浅要当他的后妈。

林渝去医院探望林浅，林渝和林浅是一对相爱相杀的堂姐妹，她们同龄，自小一起长大，平常总爱互怼互骂，但林浅真出了事，唯一来探望的人，只有林渝。

林渝一五一十地把听到的这些八卦转述给了林浅：“你哪天出院啊？再不去澄清一下，你就真的成汪洋的‘后妈’了。”

“澄清？我找谁澄清去？”

“那就不管这些风言风语了？”

“怎么管，只怕越描越黑，不如不去理会，时间长了，大家自然就知道是假的了。”

“也只能这样了。喂，你到底哪天出院？”

不是林浅不回答她，而是林浅也不知道，顾城骁前天生气离开之后就没再来过，奶奶也没有音信，顾家也没人过来。

而她，也不敢打电话找顾城骁。

“有你们这样做夫妻的吗，”林渝不禁联想，“这个顾大少不是脑子有病就是身体有病，娶你八成就是一个障眼法，目的就是为了掩盖他身体有疾。”

林浅飞了个白眼给她：“你这是在咒我呢？”

林渝突然放低了声音，问道：“你跟他有没有……那啥过？”

“没有，我不愿意，他没有强迫我。”

林渝一拍大腿，一副“被我猜中了”的模样：“我就说嘛，人家好好的红二代，还能娶你一个素昧平生的小丫头？他肯定那方面不行。”

“你别瞎说。”

“我们学校那些谈对象的，哪对情侣没发生过关系？有钱的上酒店、上宾馆，没钱的去小树林也能办事。男人脑子里装的全是那种事，下半身思考的动物，能忍得住？他一个正常的奔三的男人，结婚这么久都不碰你一下，肯定有问题。”

林浅听她这一说，也觉得有道理：“乌鸦嘴，别真让你说中了。”

林渝微微一笑，略施粉黛的脸上唇红齿白，有着少女的甜美，也有着小女人的妩媚：“姐帮你想想哈，我觉得顾大少必有隐疾，不靠谱，我建议你还是跟楚校草暗度陈仓吧，说不定还能找到‘性福’的出路。”

“怎么扯到楚墨枫的身上去了？”

“你一出事，楚墨枫就来找我了，他向我打听你在哪家医院、哪间病房，开玩笑，我是那种随随便便出卖姐妹的人吗？我想着，万一被顾大少发现了你们的奸情，那就不好了，所以我一句都没跟他透露。”

“打住，我跟楚墨枫只是同学。”

林渝呸了一声：“你不讲义气啊，大家都在说，南音之所以找人打你，是因为你抢了楚墨枫。”

“那大家都在说我是汪洋的后妈呢，我是吗！”

“嘁，我看楚墨枫那着急的样子不是装出来的，你要不是被顾大少提前订走，你跟楚墨枫也能组成一对校园佳偶。”

“你再乱说，我跟你绝交。”

“好、好、好，不说就不说嘛，那你到底出不出院？”

“出！”

林浅终于出院了，在医院养了三天，身上的伤也好得差不多，只是脸上的瘀青还没彻底消掉。

她无家可归，只能搭了林渝的顺风车回学校。

夕阳西下，晚霞漫天，暖暖的余晖洒在大地上，把一切都照得金光闪闪。

校园道路两边的梧桐叶都枯了，秋风起，黄色的枯叶沙沙作响，袅袅而下。

树荫下，不时有学生走过，或结伴，或独行，双脚走在阳光斑驳的小路上，咔嚓咔嚓地响，别有一番滋味。

就是在这样美好的夕阳之下，林浅看到了楚墨枫。

树荫下，他背对着夕阳坐在单车上，一只脚蹬在踏板上，一只脚踩在地上，肩上背着网球拍，头戴一顶白色的鸭舌帽，穿着白色的运动套装、白色的球鞋，一回头，半边脸染上了金色的阳光，柔和、平静、英俊，好看到令人窒息。

这个画面恍若电影镜头，仿佛世间所有美好的形容词都不足以描绘出它的美。

林浅呼吸有些急促，舍不得错过这样惊人的画面，甚至连眨眼的次数都不由自主地减少了。

她知道，那是怦然间的——心动。

楚墨枫看她过来，径自下了车，把自行车随意地往树上一靠，只背着球拍潇洒地走来。

他一只手提着球拍，一只手插在裤子口袋里，迎风而立，逆光而行，举手投足都是满满的自信和骄傲，随意一撇嘴，都是洒脱自然外加气场强大。

这大概就是出身好的人自身携带的一种叫气质的东西。

楚墨枫目标明确，直直地逼近林浅。

林浅起先还想低头装作没看到，可人家都走到她的脚跟前了，她再装作没看到就太假了。

他们的距离太近，近得她连呼吸都有些压抑，她赶紧往后退了两步。

“有事儿啊？”她刻意漫不经心地问。

楚墨枫不作声，而是低头凝视着她的脸，斑驳的树影下，她脸上的瘀青分外明显，可这样也挡不住她的俏皮靓丽，一双灵动的眼睛又黑又亮。

不可否认，他对她最先有感觉正是因为这双独一无二的大眼睛，而后让他彻底动心的，是她隐藏在狂妄不羁之下的简单和善良。

“没事了？”

林浅又后退两步，伸手撩了一下眉角的头发：“开玩笑，我能有什么事？！”

她双手很自然地往腰上一叉，左脚站定，右脚一踮一踮的，一副流氓做派。

楚墨枫早就习惯了她这样，不以为意，他脸上有着淡淡的微笑：“没事就好，这几天我都担心得睡不着觉，你怎么连电话都不接？”

“我干吗要接你电话？！我们又不熟。”

她这样明显地撇清关系，楚墨枫却不恼，反而还耐心地说：“咱俩高中同桌，大学还是同班，这样都不熟，那怎么样才算熟？”

“楚墨枫，你今天怎么了？能不能正常一点？”可能是受了林渝那些话的影响吧，林浅总觉得跟楚墨枫相处起来怪怪的。

“我一直都很正常啊。”

“不是，我们不是一向井水不犯河水吗？你从什么时候开始想法跑偏的？”

“这是你的误解，谁跟你井水不犯河水了。”

“我……”林浅郁闷极了，最烦这种不说清楚又说不清楚的状况了，“楚墨枫，你到底想干吗？”

楚墨枫半边身子沉浸在余晖之中，以冷酷出名的禁欲系校草，突然之间变成了暖男，他不疾不徐，不骄不躁，青涩的笑容带着一丝小羞涩，说：“那天你问我的事情，我考虑清楚了，现在，我正式回答你，好。”

林浅像丈二和尚摸不着头脑：“你在说什么？”

“你自己问的问题，你不知道？”他放低了声音，提醒她一句，“那天，你趴在我的背上问的。”

林浅不停地在脑海里搜索，她记得她跳到他的背上欺负他的事情，就是被南音一伙人围堵的那天，都过去好久了，她真的不记得说了什么。

她说：“我每天说那么多话，哪能每一句都记得？”

楚墨枫略带失落，提醒道：“你问我，你做我的女朋友好不好。”

“……”什么？我记性不好，你别骗我。

“我经过慎重考虑，现在正式回答你，好。”

林浅一愣：“你别逗我玩行吗？”

“你看我像是在逗你玩吗？”

“那是我逗你玩的，大哥，让让，我赶着投胎。”

谁知，楚墨枫迈开长腿，一下拦住了她的去路。

“林浅，其实我早就喜欢你了。”他说。

“……”一定是我的听觉出了问题。

秋风起，枯叶落，在梧桐叶片片飞舞的时候，一高一矮的两人伫立在树荫下，林浅低着头，而楚墨枫则动情地倾诉着自己那暗淡无光的暗恋岁月。

“你在别人眼里的缺点，在我看来都是优点，那个时候，我就知道自己已经喜欢上你了。

“可那时候我不敢承认，不敢流露一丝感情，更加不懂如何去喜欢一个人，所以才会故意对你那么冷漠。”

此时的林浅，早已蒙了。

“这段时间，我一直在挣扎，我是经过深思熟虑才决定跟你表白的。为了你，我可以不顾所有人的反对，我不相信关于你的那些不好的传言，你给我一个机会好吗？”

外人眼中的林浅就是一根老油条，她自己也这么认为，最厚的就是脸皮，最差的就是脾气，可面对楚墨枫的动情告白，她不但大脑空白，还脸颊微红。

这一切在楚墨枫看来，都是她也喜欢他的表现。

喜欢一个人的时候，就连她无意间看你一眼，你都觉得她也是喜欢你的。

不等林浅回应，楚墨枫就上前一步，主动去牵她的手。

在他的手刚刚碰到她的时候，她如同触电一般，猛地甩开了。

呆滞之后的过激反应，更容易让人误会，楚墨枫更加坚定她也是喜欢自己的。

他脸上挂着淡淡的笑，有青涩，也有羞涩：“以后有我保护你，没有人会再欺负你。”

林浅心跳加快，紧张得都能听清自己狂乱的心跳，但，她还是坚定地拒绝了：“对不起，我不能接受你。”

给顾城骁戴绿帽子，她还要不要命了？！

“为什么？”楚墨枫笑容略微僵硬。

“没有为什么，我不喜欢你。”

“你说谎！”

“我为什么要说谎？你以为你是谁？我从来都没有喜欢过你，至于你喜欢我……怪我喽？”

她要走，楚墨枫直接挡住她的去路，她往左，他也往左，她往右，他也往右。

“喂，楚大少爷，我总有拒绝的权利吧？难道我喜欢王俊凯，王俊凯就能当我的老公？”

楚墨枫没作声，一把抓住她的胳膊，硬拉着她，不让她走。

“放手，光天化日，大庭广众，拉拉扯扯不好吧！”

“就算你现在不接受我，我也要让全校的人知道，你——林浅，是我——楚墨枫，喜欢的人，以后，谁都别想动你一根头发！”

“……”

京城楚家，也是出了名的名门望族，不说只手遮天，也是有权有势。

像楚墨枫这样的贵族少爷，确实可以利用自己的权威很好地保护一个女生。

可是，林浅并不需要啊，她不知道该怎么说，才能让他明白。

就在两人拉扯着僵持不下的时候，绿荫小径上突然开来了一辆霸气的路虎，本就不宽的小路在庞大的路虎的衬托下，显得有些狭窄，那画面也有些突兀。

路虎车降下车窗，林浅只用余光就瞄到了来者是谁，顿时，犹如芒刺在背，背脊深深地发凉了。

“上车。”顾城骁不悦地说，板着脸，瞪着眼，目光如炬，愤怒异常。

林浅本能地甩开楚墨枫的手，明明自己没做错什么，可还是觉得做了亏心事被抓包一样。

“上车，磨蹭什么？”顾城骁的愤怒全都写在脸上，他不生气的时候就很严肃，这一生气，简直就是见佛杀佛，见神杀神。

林浅一哆嗦，正要转身，却听见楚墨枫开口说道：“哦。”

哦！哦？

林浅一脸发蒙地抬头，只见楚墨枫乖乖地走到车边，对里面的顾城骁说：“二表叔，等我一会儿行不？”

二、二、二……二表叔？

林浅瞬间石化。

“不行！”顾城骁看着两人，那怒火直冲小侄儿，也直冲林浅，“我赶时间！”

“那我的单车……”

“后备厢！”

楚墨枫感受到二表叔的忍耐已经到了极限，只好乖乖听话，刚才在林浅面前霸气侧漏的贵公子形象瞬间崩盘，在不怒自威的顾城骁面前，他真的就是小宝宝了。

林浅双脚似有千斤重，定在原地一动不动，她转动眼珠子，朝车里看了一眼，小肩膀一抖，差点吓得灵魂出窍。

她要求他们的关系不在学校公开，好嘛，他确实说到做到，不认她，不叫她，不找她。

可他那眼神，分明就是要吃了她啊！

楚墨枫整个人都是垂头丧气的，把单车一折，轻轻松松就放进了后备厢里，然后，他走上前，经过她身边的时候，低声说了一句：“你好好想想再回复我，我等你。”

“……”我的死期快到了，你知道吗？

楚墨枫上了车，顾城骁换了倒车挡，一踩油门，直接倒车。

他的倒车动作迅猛而又精确，只两秒钟就回归了正途，他握紧方向盘，踩紧油门，车子好似离弦的箭，咻地一下扬长而去，留给林浅的，唯有飘零的落叶以及萧瑟的秋风。

第3章

这辈子最屈辱的事情

车子开出了学校，在路上开了一段，顾城骁终于忍不住问道："你在学校不好好读书，跟女学生乱搞什么关系？"

"我没乱搞啊，我喜欢她，我在追她。"楚墨枫如实说。

顾城骁很生气，手一抖，连正在行驶的车子都明显地歪了一下。

"追到了吗？"他压抑着所有情绪，沉沉地问道。

"她拒绝了。"

顾城骁松了一口气。

"可我知道她也是喜欢我的。"

车子又歪了一下。

就在这时，前面突然响起了一阵剧烈的碰撞声，前面的校车当即一个急刹，不好，要追尾！

分秒之间，顾城骁一个急刹，在楚墨枫来不及发现任何事情的时候，砰的一声巨响，连人带车一头撞上了高架桥下面的桥墩。

楚墨枫的肾上腺激素猛然升高，剧烈的撞击让他头昏目眩。

撞击的瞬间，顾城骁也迷糊了片刻，车内的安全气囊全部弹开，挡风玻璃全花了，但他第一个想到的依然是楚墨枫的安危。

"小枫，醒醒，没事吧？小枫……小枫……小枫？"

楚墨枫慢慢从撞击的惊恐中回过神来，他睁开眼睛，只觉得双眼刺痛，胸口憋闷不已。

顾城骁即刻解下安全带，拨开安全气囊，托住侄子的后脑勺："小枫，小枫？"

只见楚墨枫脸色苍白，嘴唇微抖，双眼充血，呼吸急促，整个人都不太对劲。

“小枫，听得到我说话吗？”顾城骁一边喊他的名字，一边检查他的头部和背脊等处。

楚墨枫发出十分微弱的声音：“听……听得到……”

声音只是微弱，但并不虚弱。

顾城骁暂时松了一口气，帮他解开安全带，又把他胸前挤着的安全气囊推开，“深呼吸，深呼吸……好些没有？”

楚墨枫感觉好了许多，原来刚才的憋闷感是被全安气囊挤压所致，他以为自己快挂了。

他大呼出一口气，又贪婪地用力吸着新鲜空气，惊魂未定：“二表叔，我以为我死了。”

顾城骁欣慰地摸了摸他的头，说：“哪那么容易死！”

“大难不死，必有后福，我肯定能追到林浅。”

“……”

外面的警笛声由远及近，交警紧张地敲窗询问：“里面的人有没有事？”

顾城骁定了定心神，开门下车：“我侄子受了点小伤，应该没有大碍，前面的校车没事吧？”

与顾城骁同时发生车祸的，还有前面的校车，如果顾城骁没有及时发现异常，没有及时掉转车头，后果将不堪设想。

交警正是从前面的车祸现场赶过来的，他说：“前面好几辆车撞一块儿去了，伤情我还不知道，校车没事儿，就是一车的学生全吓哭了。先生，你们人没大碍的话，我就先过去那边帮忙了，一会儿就有救护车过来。”

交警没有认出顾城骁，顾城骁也没有多问，挥挥手，让交警赶快去那边帮忙。

顾城骁先下了车，再绕到副驾驶，把双腿发软的楚墨枫扶了下来。

下了车，他们才知道，就在这短短的几秒钟之内，前后一共发生了三起车祸。前面三车追尾，后面三车追尾，他们的车撞上桥墩，只有中间的校车安然无恙。

楚墨枫暗自庆幸的同时，也倒抽了一口凉气，由衷地感叹道：“二表叔，要不是你反应敏捷，校车和咱们的车都会成为三明治中间的夹心。”

看着前面冒起的浓烟，顾城骁来不及多想，拿了后备厢里的灭火器就往车祸现场跑去。

同一路段三场车祸，道路彻底瘫痪。

校车里都是小学生，一车的学生都吓坏了，哭声震天，好在都平安无事。

顾城骁狂奔向前面路段追尾的三辆车，车祸现场十分惨烈，尤其是中间那辆车。

等等，那辆车不是……

顾城骁来不及思考就冲了过去，可是，灭火器并不能把车头的大火扑灭。他丢掉灭火器，徒手将高温且已经变形的车门撬开，他顾不得被浓烟刺痛的双眼，憋着气，直接将昏迷在驾驶室里的女司机拖了出来。

果然是她。

“郑紫琪，郑紫琪？”顾城骁将人平放在路边，探了探脉搏，没有，他跪在地上，毫不犹豫地给她做口对口的人工呼吸。

与此同时，后面的救援部队赶到，立刻对车祸现场进行了灭火。

“咯……”郑紫琪终于提上了这口气，她深呼吸着，第一反应就是圈住顾城骁的脖子，她差一点就死了，“城骁，是你救了我。”

顾城骁叹了口气，拍拍她的背安慰道：“没事了。”

郑紫琪更加紧地抱着他，哭着，感动着，从来没有像现在这样如愿地紧紧抱住他：“城骁，谢谢你，谢谢你……”

她拼命地感受他，这是来自她深爱的男人的气息，他的胸膛，他的魄力，他的英勇，全都让她难以自拔。

顾城骁拍拍她暗示道：“可以了。”

但郑紫琪好像没听到一样，依旧紧紧地抱着他。

顾城骁没辙，直接掰开她的手松开她，语气并不热络：“我去别处看看，你先歇会儿。”

“城骁……”郑紫琪愣愣地看着他的背影，迷恋到无法自拔，这是她从小就深爱着的男人，爱了许多年了。

城邸，顾城骁抬头看着窗外的天，弯月悬在高空。

他望着夜空，面庞微冷，神情严肃。

“阿城，听奶奶说林浅的孩子掉了，正好，你也不必负这个责了，赶紧办离婚。”他妈说。

“立刻离婚，现在，马上！”他爸说。

“阿城啊，我说不过你爸你妈，我先回去了，你好好照顾小浅。”他奶奶说。

想到这些，顾城骁很是头痛，他自是不会理会父母的说法，但是小丫头实在是太荒唐了，倘若让长辈们知道事情的真相，别说是爸妈，就连奶奶都会生气，恐怕到时候，奶奶就是第一个要赶林浅走的人。

思忖良久，他拨通了李不言的电话：“天亮之前，我要看到关于她的一切资料。”

他以前不查，是出于对她的尊重，现在想来，她根本不需要这份尊重。

与此同时，回到寝室的林浅并没有引起室友的过度关注，因为这就是她的常态。

至于那些流言，不相信她的人，她不必解释，相信她的人，她不需要解释，室友们谁都没提起，她也没有问。

那一夜，林浅躺在寝室的硬板床上翻来覆去怎么都睡不着觉，手机拿起好几遍，有好几遍连他的电话号码都翻出来了，可最终还是没有打过去。

她不知道说什么。

她万万没想到，楚墨枫竟然叫顾城骁二表叔。

二表叔是什么鬼？那她不就成了楚墨枫的二表婶吗？还能不能简简单单地做同学了？

翌日，楚墨枫早早地来到女生宿舍楼下，白色运动套装，白色鸭舌帽，亮银色拉风墨镜，再加上一辆运动单车，就这高大俊朗的阳光型男形象，立刻成为女生宿舍最耀眼的焦点，没有之一。

秋天的清晨，雾气还未散去，草丛里的叶子上还凝着白霜，气温不低，可楚墨枫特意起了个大早，为心仪的女孩送早餐来了。

“这一大早的，我没做梦吧？楚仙人跌落凡间了？”

“错不了，是楚校草，贼帅。”

“欸，你们说楚校草到底是来等哪个姑娘的？”

林浅就是在室友们七嘴八舌的讨论声中醒来的，该睡的时候睡不着，该起的时候起不来，说的就是她这种人。

她揉揉眼睛问道：“祝梵梵，你们都在看什么？”

“浅爷，你醒啦，是楚校草在楼下吸引狂蜂浪蝶，我们在猜到底是哪个幸运儿被他看上了。”

"……"林浅顿了三秒钟，然后如遭雷击般从床上坐了起来，我的天哪，他疯了吗！

林浅又火速钻进被窝，火速拿出手机，火速给楚墨枫拨打了电话。

"喂，你在楼下干吗，你有病啊！"

"我给你带了早餐。"

林浅在被窝里压低了声音怒吼："马上滚，立刻，马上！"

楚墨枫却坦坦荡荡地说："林浅，从今天开始，我正式追求你，我要用实际行动向你证明我的诚意，我对你是真心的。"

林浅差点一口老血吐出来，可惜卡了一嗓子的痰，她简直服了他，继续保持你的高冷在天上待着不好吗？何必下凡走群众路线呢！

林浅没辙了，这件事必须让顾城骁来解决。她说道："这样吧，我们约个地方谈谈，但是，现在，请你立刻消失。"

还是那条绿荫小径，深秋的暖阳照下来，透过叶片的间隙，在路面上落下一个一个小光圈，闪闪烁烁，一片斑驳。

路边有长椅，楚墨枫将单车停在旁边，长臂一挥，将长椅上的落叶拂去："坐吧。"

林浅谢绝了，眼睛一直看着小路的尽头。

"看什么？"

"等人。"

"等谁啊？"楚墨枫有些不解，也有些不悦，"你还约了谁？"

"他来了，你就知道了。"

楚墨枫难掩失落，他坐在长椅上，双手插在口袋，两条大长腿自然地放着，他无聊地踩着脚边的落叶，眼神一直没有离开过她。

"欸，你别动，你头上有枯叶子。"

林浅站定，不动，楚墨枫站起身，抬手将她头发上的枯黄落叶拂去。他低头，她抬头，那一刹那的四目相对，不说火花四射吧，也有默默的情愫在里面。

他们是从高二就坐在一起的同桌，那时候，懵懂的少男少女，喜欢一个人却不知道怎么去喜欢，明明想靠近一点，却因为方式不对而越走越远。

楚墨枫是娇生惯养的大少爷，而林浅则是从小被放养的爱捣蛋的丫头。自从遇到林浅，他学会了跟家里反抗，学会了争取自己想要的东西，在潜移默化中，他的生活从童话世界慢慢转变成普通生活。

“我昨天出车祸了。”

林浅没理，依旧看着路。

楚墨枫摘下墨镜，看她：“你看，我的眼睛都受伤了。”

林浅瞥了他一眼，冷不丁地说：“都充血了，还放电，你想给我造成心理阴影吗！”

楚墨枫不但不生气，还笑了起来，跟个孩童一样，露出了天真灿烂的笑容：“你真逗，我就喜欢跟你待在一起，有趣极了。”

“……”饶了我吧。

顾城骁就是在这个时候出现的，他开着一辆军用越野车，面无表情，老远就看到一男一女无比般配地站在那里。

他从来都不觉得自己比林浅大八岁是一个问题，但是，看到同龄的他们有说有笑地站在一起，他突然觉得自己才是外人，他融不进他们年轻人的世界。

庞大的越野车带着主人的脾气，无情地碾着梧桐落叶而来。

“二表叔，你怎么来了？”最意外的是楚墨枫。

顾城骁淡淡地吐出两个字：“有事。”

秋风起，枯黄的梧桐叶簌簌落下，顾城骁遗世独立地站在车门边，一把将楚墨枫旁边的女孩拉到了自己的身侧，那孤傲的神情，那深邃的双眸，仿佛他就是宇宙之神，有着主宰世界、号召天下的本事。

楚墨枫满脸疑惑，愣愣地看着两人。

顾城骁拉着林浅手腕的手慢慢松开，转而滑至她的腰间。

而林浅，这个时候也不再排斥与他的亲近，顺势抓住他的大手，让这个拥抱显得更加亲昵。

“这？”楚墨枫整个人都是蒙的。

“她是你二表婶。”伴随着顾城骁亘古不变的淡漠，楚墨枫不可置信到说不出一句话。

如果不是亲耳听到，如果不是亲耳听到二表叔说出口，楚墨枫怎么都想不到，他们两人会是这种关系。

慢慢地，他从石化中苏醒过来，虽然戴着墨镜，但其他两人依然能看到他脸上的震惊和难受，他开始质疑。

“什么时候的事？”

“一个月之前。”

“我是问，你们什么时候认识的？”

“一个月之前。”

楚墨枫悲伤得面容扭曲，林浅心里也难受得紧，那是一种自己无法控制的心绞痛，痛得她喘不上气来。

顾城骁没有忽略两人的情绪，理智告诉他，这件事不是谁的错，所以，他依然保持着表面的淡定：“因为不想影响她的学业，所以我们没有公开。”

楚墨枫直接问起了林浅：“你是自愿的，还是被逼的？”

林浅：“……”

顾城骁：“小枫，这个问题过分了啊。”

可是，楚墨枫像是没感受到来自地狱阎王的忠告一样，继续问：“你嫁给一个刚刚认识的、比你大这么多的男人，真的没有什么苦衷吗？”

从小到大，他对二表叔都是恭敬有加，甚至是言听计从，因为二表叔说的话就跟二表叔的身份一样有权威，他不敢忤逆。

可是现在，他冒死也要追问一句：“林浅，你到底有什么难处，告诉我好不好？”

贴身靠着，林浅当然感受到了来自顾城骁的愤怒，在楚墨枫问话的时候，她分明感受到了顾城骁的紧绷。他放在她腰间的手，很用力地捏着她，那是他隐忍的愤怒。

那是他的侄子，他应该更加难做吧。林浅心想。

林浅抬起头，说：“我这么烂，你二表叔这么好，他愿意娶我，我都高兴死了，是你想多了。”

楚墨枫深呼吸着，眼睛又胀又酸涩，痛得难受：“那为什么不早点告诉我？”

虽然有些不忍心，但林浅还是摆出了一副帅炸天的贱样子，还毫不在乎地冷笑一声：“我哪知道你暗恋我这么久啊。”

“……”楚墨枫彻底被打击到了，紧握的拳头瑟瑟发抖，被摧毁的不单单是他的骄傲，还有他的自尊。

那个人，如果不是他自小就崇拜的大楷模、大英雄，他一定会追问出真相，他不相信林浅会嫁给一个刚刚认识的人。

可是，那个人是顾城骁啊，顾城骁有着完美的形象，有着过硬的人品，有着滔天的权势，随便哪一点都足以秒杀他，他自愧不如，还拿什么去竞争？

他相信林浅说的，像顾城骁这样的男人愿意娶她，她当然愿意。

换位思考，他也愿意。

所以，这场战役始终只有他一个人在战斗，可怜的是，他连并肩作战的战友都没有，可悲的是，他连继续战斗的理由都没有。

楚墨枫忽然点点头，像笑，又不像笑，像哭，也不像在哭："好，我明白了，我……上课去了。"

林浅张了张嘴，始终没有发出声音，喉头微紧，鼻头微酸，有液体在眼眶里打转。

看着略有摇晃的楚墨枫的背影，林浅有些担心，一直目送着他。

顾城骁对她今天的表现从没满意过，楚墨枫一走远，他就倏地一下甩开了她，板着脸训斥道："他暗恋你，你就没一点感觉？"

林浅反驳道："我要是知道，那就不叫暗恋了。"

"林浅，你很得意嘛，这么刺激他，你很开心？"

林浅生气地瞪着他，怎么看都觉得他是在说风凉话："这件事怪得了我吗？我又不知道你们的关系。"

"呵，你的意思是，他要不是我侄子，你就可以跟他谈恋爱了，对吧？"

"我没那么想过，是他喜欢我，我又不喜欢他。"

"你不喜欢他，你哭什么哭？"

"谁哭了？"

"怎么，看到他这样，你心疼了？你现在是不是特后悔跟我结婚？要是再晚点认识我，说不定你俩的好事就成了。"

"你给老子闭嘴！"林浅怒气冲天，红着眼，指着顾城骁直嚷嚷，"是啊，老子是后悔了，老子知道你脑子是进水了还是装屎了非要娶老子！"

顾城骁瞠目结舌。

"老子招谁惹谁了，长得好看是老子的错吗？叫你们叔侄一个两个都忘不了老子，你有种，就听妈妈的话，跟老子离啊，你个妈宝男！"

顾城骁听得一愣一愣的，她张口闭口"老子"，这个黄毛丫头真是一次又一次地刷新了他对她的认知。

到底，她还有什么本事是他不知道的。

到底，她还有什么样子是他没见过的。

"你以为老子想嫁给你啊，你整天板着一张扑克脸，便秘还是咋的。

你心情不好，非得拉着我心情不好，什么心态这是？心理变态吧！

“这么喜欢老牛吃嫩草，你去幼儿园吃啊。你去幼儿园吃嫩草，老子才真的服了你个王八蛋。

“啊！你干吗，放老子下来，喂！顾城骁，啊！”

庞大的越野车停在路边，落叶纷纷，车身颤颤，远远望去，车子震动的幅度还不小。

夫妻之间关起门来，什么事情都可以做。

顾城骁将林浅丢进车里，车门一关，没等林浅坐正，他就大力按住她的腰，啪啪打了三下。

“你有病啊，死变态！”林浅伸手护着屁股，仰起头，大声骂他。

她这一骂，更加激怒了顾城骁。

他二话不说直接上手脱她的裤子，嘣的一下，牛仔裤的扣子直接崩掉，在绝对强大的势力之下，牛仔裤毫无招架之力，首先阵亡。

密闭狭小的空间里，林浅遭遇了她这辈子最屈辱的事情。

啪啪又是三下，清脆无比，林浅顿时觉得自己的屁股都要炸了，怎么可以这么痛？！她痛到发麻，痛到怀疑人生。

“啊！变态……啊！王八蛋……啊！浑……”蛋字还没有出来，顾城骁又对着那白花花的地方痛下重手，啪地一下，嫩白的皮肤立马见红。

“啊！”她再也不敢骂了，骂他一时爽，屁股太遭殃。

她揉着痛处，忍不住呜呜地抽泣起来，又痛，又觉得羞耻。

顾城骁打她打得掌心都有点发麻，确实，他打的时候没有留情，太不像话了，一个女孩子家家的，说话这么难听，当街骂人就跟泼妇似的，句句戳人的心窝子，不给她点教训，她都不知道到底谁是天王老子。

他扬起手，语带威胁：“还骂不骂我了？”

“不骂了，不骂了，呜呜，啊……”

“还敢不敢顶嘴了？”

“不敢了……”

“听不听我的话？”

“听、听、听……”

终于，他的手一松，林浅就跟蔫了似的直接滚下去，侧着身子掉在了车子前后座位之间的过道上。她哽咽不止，牛仔裤还挂在胯上，又是狼狈，又是羞耻。

过道太窄，她想伸手提裤子都难，看一眼凶神恶煞的顾城骁，她跟个受了委屈的小孩一样，放声大哭。

她所有的愤怒情绪以及所有的自尊傲骨，全都在这一顿被扒了裤子的狠揍中没有了。

她不敢再有。

顾城骁瞥了她一眼，用余光瞄了一下她的“伤处”，白净细嫩的肌肤此刻已是红肿不堪，一道道手指印非常明显，最惨的地方，毛细血管都爆裂了，露出了斑斑点点的殷红。

听着她的哭声，他手麻的同时，心也软了，重重地叹一口气，问道：“能不能让我省省心？”

林浅抽泣不止，哭得上气不接下气，话都说不好了，只能乖巧地点点头。

打也打了，训也训了，终是不忍心，顾城骁将她拉了起来，亲自帮她提上裤子。

车里空间小，她紧挨着他，一个没站稳就坐到了他的腿上。

她有些害怕，怕再被打，赶紧挣扎着要起来，伤处连着腿，她的双腿都在打战。

谁知，顾城骁不但没生气，还搂了一下她的腰，知道她痛，又分开了双腿，让她的屁股悬空坐着，抱着她，护着她。

这个动作真的很像抱小孩，严厉的爸爸抱着因为捣蛋而被打哭的女儿，爸爸又生气又心疼，更多的是无奈。

“哭够了没有？”

林浅吸着鼻子，哭声渐止，从来没有这么狼狈过。

顾城骁身体往前，伸手去够前面的纸巾盒，这个过程，他都紧紧地抱着她，生怕她再跌下去。

交战过后，就是反省，顾城骁的语气没之前那么凶了，多了几分耐心，也多了几分柔情。

“清楚自己的身份吗？”

“嗯。”

“无论如何，以后都要跟他保持距离，以前幻想过的事情，以后都给我灭了，不能再想。”

林浅擦着鼻涕，噘起小嘴辩驳一句：“以前就没幻想过，以后更不会了。”

“以后，不准打架，不准惹事！”

“那要是别人打我呢？我也不能还手？”

“你只要不惹事闹事，好端端的，谁会来打你？”

“……”难道你不知道这个世界到处都充满着邪恶吗？

“好好上课，修身养性。”

“……”我的天哪，老子忍你很久了，不过，老子可以忍更久。

“我的话听到没有？”

“嗯。”

顾城骁隔着裤子摸了摸她的痛处，她痛得直嚷嚷：“啊，痛，别在这个时候吃我豆腐行不？”

为了给她加强观念，顾城骁郑重其事地提醒道：“我是你丈夫。”

臭不要脸的，打人的时候怎么不想想你是我丈夫，有这么变态的丈夫吗？林浅在心里暗骂一阵，然后怯怯地问道：“那刚才算不算家暴？”

顾城骁眉头一皱：“就你刚才那些不堪入耳的话，要是你是我的属下，敢这么大逆不道，我能抽你八鞭、十鞭，抽到你下不了床为止。”

“抽？”林浅眨一眨眼睛，眼珠子悄然往下移，视线就这么定在了他膨胀的某部，脑海里全是少儿不宜的画面，太污了。

顾城骁从她泛红的脸颊读懂了她的意思，又好气又好笑，故意逗她：“你也想试试？”

林浅的脸一下子红了，赶紧低头。

这一低头，她一眼就看到了他掌心的胶布：“你的手怎么了？”

“昨天遇到了车祸，才没机会跟他说清楚，不然，你以为我能听之任之？”

“车祸？”林浅想到楚墨枫受伤的眼睛，难怪，她赶紧仔细打量顾城骁，“你没事吧？”

“有事还能坐在这里抱着你？”

林浅看着他，这么近的距离，这么亲昵的动作，这一眼，就看得她脸红心跳的。她噘起小嘴，一脸的委屈，嘟囔着说：“我以为你再也不理我了嘛。”

顾城骁喉头一紧，他的目光变得异常柔和，语气也不自觉地放轻放缓了，甚至还带了一丝含有宠溺的怒意：“还不是被你气的？”

林渝说过，男人都是下半身思考的动物，脑子里装的全都是那种事，所以，林浅是有预感的。

当他性感的薄唇贴上她耳垂的那一刻，她猛地抵住他的胸膛，说："我们可是谈好条件的，难道你想反悔？"

顾城骁淡笑："第三条，一切行为需在对方自愿的前提下才能进行。那么，请问，你现在不愿意？"

流氓啊，说一个字亲她一下，她整个人都酥了："我……"才开口说了一个字，她的嘴巴就被堵上了。当那股强烈的男性荷尔蒙气息席卷而来的时候，她的手根本不是在阻挡他，而是在攀附他。

自古夫妻"床头吵架床尾和"，这场充满火药味的战役，最后在一个难舍难分的热吻中演变成了"唇舌大战"。

面对顾城骁这种顶级好看的皮囊，林浅果断放弃了自己的底线。

美男诱惑，她受不住啊。

傍晚，获得恩准的林浅堂堂正正地回到城邸。

一日不见如隔三秋，这好几日不见，大家看林浅的眼神都不一样了。

那天少奶奶住院，老爷和夫人在城邸等了大少爷好半天，大少爷一回来就被二老围攻了。

夫人苦口婆心地劝大少爷离婚，老爷也是言辞犀利地警告了又警告。

老夫人一开始还帮少奶奶说几句话，可无奈夫人火力太猛，又有老爷撑腰，老人家最终决定回老家不管了。

大家都知道，是少奶奶怀了孕，大少爷才忤逆父母娶了她，现在她流产了，少奶奶又不讨二老的喜欢，大家都以为这桩婚事铁定要黄。

可是，大少爷不但没有听老爷和夫人的话，还把衣帽间重新布置，聘请多位设计师为少奶奶购置装备。

男人对女人的重视程度，决定了女人在家里的地位，无疑，少爷对少奶奶是很重视的。

林浅推开衣帽间的门，她发誓，她从来没见过这么大、这么豪华、这么充实的大衣柜，这里比大堂姐林潇的衣帽间大了十倍还不止。

小玲在一旁说："少奶奶，大少爷很早之前就定制了这一批衣柜，全是最高级的木材，你闻闻，还带着天然的香气。昨天装了一天，今天挂衣服挂了一天，全都是眼下最流行的款式。大少爷对你可上心了。"

林浅已经感动到说不出话来了，看看顾城骁那么严肃，甚至有点冷漠的人，竟然还能做这么暖心的事，她就忍不住心里泛酸。

她从来不觉得这段荒唐的婚姻能够带给她什么。

可不想，顾城骁是这么认真地履行着一名丈夫的职责，对她好，无条件地对她好，甚至超过预期地对她好。

她自幼父母离婚，打从有记忆开始，爸爸和妈妈就不住在一起，见了面只有争吵。

父母离婚之后，他们都走了，撇下她走了，谁都不要她。

她是跟着爷爷奶奶在大伯家长大的，她从小就知道自己是被抛弃的孩子，爸爸不要她，大伯大妈更是嫌弃她。

所以，她从来都不知道被人在乎是一种什么样的感觉。

这种感觉，暖暖的，让她很开心，酸酸的，让她很想哭。

不知道什么时候，顾城骁忽然出现在门口。

小玲弯着腰问："大少爷，都整理好了，您可否满意？"

林浅闻声，立刻转身，只见顾城骁穿着一身墨绿色的军装站在那里，这套军装有别于上午的军便装，精致而又庄重，林浅不懂有什么区别，只看到军装上的装饰物件比较多，胸口还别着一枚军功章。

再平凡普通的男人穿上军装都能加分，像顾城骁这种级别的颜值，就更不用说了。

此时的顾城骁脸上洋溢着自豪的微笑，剑眉星目，器宇轩昂，眉宇间那与生俱来的王者气质让他看起来无比高贵，令人崇敬，也令人生畏。

而那个镇定自若的微笑又中和了这份高贵，让他显得平易近人。

这样的男人，俊得仿佛从画中走出来的一样，美得让人目瞪口呆。

顾城骁灼热的目光望向林浅，他浅笑着说："不必问我，问少奶奶，她的满意最重要。"

林浅感觉自己心跳都漏了半拍，连呼吸都变得急促了，他的眼神就跟磁铁一样，深深地吸住了她。

小玲被狠狠地塞了一把狗粮。

"少奶奶，你满意吗？"顾城骁调皮地追问了一句，嘴角上扬，勾起一丝浅笑。

林浅感觉到了来自天神的召唤，她含羞地说："满意，很满意。"

这两人眉来眼去的，小玲赶紧识趣地离开，再不离开，恐怕会被这狗粮腻死。

林浅呆呆地倚在柜门上，有些恍惚，还有些懊悔，想想这段时间对他的疏远和冷漠，她觉得自己简直眼瞎，捡到宝了都不知道。

顾城骁摘下军帽，单手托在手臂上，嘴角带笑，走路带风：“少奶奶，你看看还有什么缺的，缺了再买。”

这种甜蜜暴击，林浅实在承受不住啊，当老古板不再古板，当扑克脸不再像扑克脸，她很不适应好吗。

随着他步伐的移近，她本能地往后退，紧张得说话都不利索了：“没、没、没……没什么缺的……”

身后就是衣柜，她后背紧贴着衣柜门，退无可退，可是，顾城骁就跟没注意到似的，一直逼近，直到——把她紧紧地压在了衣柜门上。

林浅转开头：“想干吗啊你？”

顾城骁单手撑在她的头顶旁，曲着腿，弓着背，笑意盈盈地反问道：“你觉得我想干吗？”

此时太阳已经移到了西边的山头，金黄色的余晖斜斜地照进来，正好照在林浅的脸上。她偏着头，微睁着眼，巴掌大的小脸上嵌着精致的五官，那两排浓密的睫毛又长又翘，像扇子一样覆在卧蚕上。

她无意地舔了一下干燥的嘴唇，顿时，涂了口水的双唇变得丰盈润泽，在余晖的照耀下反着光，像是召唤着谁一样。

她含羞带笑，闭上眼睛，扬起下巴，抿着嘴唇，迎接着他的吻。

然而，他的吻久久没有落下来，她猛然睁开眼睛，他就跟看好戏一样看着自己。她满脸涨红，娇嗔地推了一下他：“你在耍我？”

顾城骁笑了一下，捧起她的脸轻轻吻着，他喜欢极了她这迫不及待的小模样。

他用手指梳着她的头发，她的头发好像长长了些，初见她时，整个耳朵都是露出来的，现在都盖住耳朵了。她的头发又软又顺，如果长长了，肯定很好看，如果长长了，她肯定像个女孩儿。

“你今天怎么穿得这么隆重？”

“见领导。”

林浅看着他胸前的勋章，在阳光的照射下金光灿灿的，她就问：“见领导还有纪念品？”

“……嗯。”

林浅仔细看了一眼，小小的勋章上还有凸起的字：“一等……奖？”她装傻，故意问，“什么一等奖，跑步第一名，还是跳高第一名？”

说着说着，林浅自己乐得大笑起来，顾城骁反而故作深沉：“跑步第一名，跳高第一名。”

林浅忍俊不禁，没想到他也有这么幽默风趣的一面。

她笑着笑着，他的脸就凑了过来，性感的薄唇又贴了上来，他单手捏着她的后颈，不停地加深这个吻。

他迫不及待地回来，甚至在上级授奖的时候，在他最后一次以军人的身份接受一等功的时候，他的脑海里都是她调皮又可爱的脸。

他一边吸吮着她的唇瓣，一边带着醋意地说道：“我不管你以前喜欢谁，尽快把他从这里挪开。”他加重力道，按了一下她的胸口，“我才应该是你心里的那个人。”

这霸道的口吻和强势的举动，把林浅教训得服服帖帖的。

林浅从来没有遇到过像顾城骁这样的男人，你冷落他、疏远他，他耐心地哄得你没脾气为止，你骂他、折腾他，他给你一顿揍，把你揍得服帖为止，他从来不在言语上跟你多废话，却用最实际的行动最有效地办好事情。

她看似是自由的，但其实已经被他贴上了“他的女人”的标签，她是他的私有物，他不允许她有任何的异心。

久久得不到回应，顾城骁像是发怒的雄狮一样，突然将她的双手反扣在背上，轻而易举地将她沿着柜门提了起来。

林浅惊呼出声，心跳骤然加快。

“没听到我的话？”他反问道。

“听到了，”林浅看着他，目光中带着一丝惊恐，也带着一丝雀跃，“我明白自己的身份，我不敢有二心。”

顾城骁也看着她，她嘴唇微肿，杏眼清澈，那几缕盖住眉毛的凌乱的短发，调皮得恰到好处。她的美不是妖娆的美，而是带着男孩子气的英气美。顾城骁就喜欢这种英气美，不矫揉造作、真实的、帅气的、豪爽的美。

他没有将她放下来，而是将她举到与自己一样高，然后又是一通天旋地转的吻。

男人的这份霸道和强势，彻彻底底把林浅熨得服帖了。

等到被他吻着辗转压到了床上，她才突然醒悟过来，惊呼一声：“妈呀，老子什么时候成了颤抖体质了？”

顾城骁拍她的小脸：“又老子，你一个女孩子家家的，整天把‘老子’挂在嘴边像什么话？！”

“顺口嘛。”

“看来，是时候拿出真家伙，让你知道到底谁才是真正的‘老子’了。”

在自己的地盘上，顾城骁为所欲为，连单手解皮带的动作都堪称精准，嗒的一声，分秒搞定。

林浅想提醒他拉窗帘，毕竟光天化日之下，她很害羞的好不好，可还没等她开口，他就堵住了她的嘴，直到感觉身上凉飕飕的，她也没找到机会说话。

顾城骁一只手撑起身体，另一只手开始解自己的衣扣。

可是，当他刚好解开第二颗纽扣的时候，身上的手机突然响了起来，铃声伴着震动一起，让他顿时僵住了。

这铃声是他专门设置的部队的电话铃声，野狼队的电话，而且还是这个时候打来，多半是有重要的事情。

他不敢耽搁，嘴巴嘘了一声，暗示林浅别出声，他保持着“在上”的姿势，接通了电话。

“喂？”

顾城骁安静地听着电话里的声音，他面色深沉，表情严肃，听完之后利索地回了一句：“马上通知下去，紧急开会。”

挂断电话，他赶紧从林浅的身上下来，拾起皮带，快速系在腰上。

“你去哪？”林浅蒙了，什么大事能比眼前的事大？什么情况能比眼前的情况急？

顾城骁已经恢复冷静，那张冷淡的扑克脸又出现了，平静到好像刚才什么事都没发生过一样，他转回衣帽间拿上了军帽，一边戴上，一边往门口走：“部队有急事，我必须马上过去一趟。”

“啊？那你什么时候回来？”

“不知道。”

林浅光溜溜的身上凉飕飕的，万万没想到，他会在这时候把她扔下：“喂，顾城骁，你关键时刻掉什么链子啊？！”

正准备开门的顾城骁停下脚步，回头无奈地看了她一眼，他也很不舍，他也很为难，可他只能抱歉地说：“乖乖在家等我回来。”

“……”

开门，关门，顾城骁火急火燎地走了。

林浅简直醉了，嘴巴还麻麻的，脖子还湿湿的，胸口还黏糊糊的，顾城骁竟然就这么放开了她。

他把人家都脱光了，亲也亲了，摸也摸遍了，然后竟然走了。

有这种操作吗？

他还是男人吗？

把老子的热情勾起来，自己却跑了，老子墙都不扶，就服你！

顾城骁最近忙碌起来了，一走就是好几天。

课堂上，郁闷了好几天的林浅依旧兴致缺缺，连上课都打不起精神，一直单手撑着下巴，两眼放空。

她现在从身体到内心都很不爽，对顾城骁很不爽。

楚墨枫无故旷课，引起了大家的讨论，品学兼优的优等生竟然也会旷课，大家都很好奇他发生了什么事。

而关于林浅的传说，一直都没有间断过。

“惊天大消息，有人看到林浅昨天从一辆豪华越野车上下来，衣衫不整，面带潮红。”

“肯定是富商无疑，林浅跟汪大少爷结了梁子，富商不敢在家里当着儿子的面宠幸林浅，所以就到学校来偷欢呗。”

“英文系的都在传，说林浅从南音手里抢走了楚墨枫，南音才要教训林浅的。”

“太龌龊了，我要是南音，我也打她。”

脑洞大开的八卦制造者凭着自己的主观臆想总结出了以下这段传奇佳话：林浅在被富商包养的同时，劈腿校草，害得富商家无宁日，也害得校草无心学业。

完美！

下了课，林浅准备回家，就像顾城骁所期待的一样当个乖学生，按时上课，放学回家。

她今天从那个豪华的衣帽间里挑了一件白色长款卫衣，下面配了浅灰色的打底裤，脚下一双姜黄色的马丁靴，再配上一个再简单不过的黑色双肩包，在这个秋风扫落叶的季节里，穿出了独特的时髦感。

风很大，她将卫衣的帽子戴在了头上，低头快速走着。

这时，身边路过的女同学突然使坏地朝她的脚勾了一下，她是真的感受到自己的脚被硬生生地勾了一下，要不是她反应灵敏，肯定要摔个狗吃屎。

“呀，谁这么不长眼啊？！”可是，对方先下手为强，朝她泼起了脏水，“哟，原来是臭名昭著的浅小爷啊。”

闻言，林浅回头一看，原来是南音的姐们张燕。

当初南音带着几个学生拦她的时候，张燕就是其中一个，他们围殴她的时候，张燕也是出拳出力的。

张燕个头不高，又长了一张圆脸，一直以来都是走可爱路线，齐刘海、羊角辫、娃娃领，再加上可爱的妆容，谁见了都会夸她一句“好可爱”。

然而，毕竟她是二十岁了，不是十二岁，这一身的粉红，连靴子都是粉红色的长毛靴，难免给人一种装可爱的嫌疑。

“呵，我当是哪只从乱草丛中蹿出来的小可爱挡了爷的道，原来是装可爱啊。”

“你……”张燕瞬间被激怒。

“哈，你的裙子好像我家客厅的窗帘，淘宝上买的吧？九十九包邮？”论嘴毒，林浅当仁不让。

张燕被气得说不出话来，活剥了林浅的心情都有了。

“小可爱，早点回家去找妈妈吧，外面危险，哈哈。”

“……”

换作以前，林浅必定有仇报仇，可是现在，她只是过过嘴瘾，就潇潇洒洒地转身走了。

张燕本身就是来找碴的，现在又被气得不轻，岂会轻易放过她？！张燕冷笑一声，不屑地说道：“是啊，我当然没有你有钱，你傍上大款自然大牌加身，我这种穷学生，就只能穿穿便宜货了。”

林浅驻足，回过头来看她，质问道：“你这话什么意思？”小妞胆儿挺大啊，还敢往枪口上撞！

张燕上下打量着林浅，冷笑道：“三万七的卫衣，两万八的裤子，五万六的鞋子，十二万的双肩包，林浅，你什么时候变得这么有钱了？”

林浅愣了一下，随即没心没肺地大笑起来：“哈哈，那我打五折卖给你好不好？你说好，我立马脱下来给你，一手交钱，一手交货，没现金，可以支付宝转账。”

“……”这个贱货到底是真蠢，还是装蠢？！

笑完之后，林浅又摆起了二流子的姿势，连看她的眼神都是往上飘的，说：“爷最近心情不畅，你最好别惹我。”

张燕也不是吃素的，张嘴就是一句：“你不就是个被包养的婊子吗，别人怕你，我可不怕你。”

“你说什么？”林浅眯起眼睛，语带威胁。

“我说什么，呵，全校都知道你跟富商在学校里公然车震的事，你还要不要脸？玩够了楚墨枫，又攀上了富商，你还想立贞节牌坊？我呸！”

此时正是下课的时间，路上来来往往许多人，张燕扯开了嗓门公然叫嚣，周围的同学全都围了过来。

一时间，岔路口迅速围满了人。

“大家快来看啊，车震的女主角今天穿了一身大牌来学校耀武扬威了。你们都不知道吧，林浅撬了南音的墙脚，妥妥的第三者。可是她本来就是被富商包养的小情人，富商满足不了她，她就勾搭楚校草，谁知道，船翻了……”

张燕噼里啪啦说了一大堆，围观的人越来越多，围了里三层、外三层。

在大家看来，这一切不过是验证了这些天的传言而已。

“就是这个林浅，在无数个男人床上轮流睡，简直就是B大的耻辱！”

张燕话音刚落，林浅毫不犹豫地抬手就是一耳光，朝着张燕那张粉嘟嘟的圆脸，啪地一下，清脆利落。这口气，她一直在忍，顾城骁让她修身养性，抱歉，她做不到。

“啊……”张燕毫无防备，一巴掌直接被她打翻了，屁股直接坐在地上。

上午刚下过雨，这会儿虽然天晴了，但路面上还没有干。张燕这一坐，裙子上全是湿的泥水，黑乎乎的一大片，就连她那漂亮的长毛靴子也脏了。

“林浅，你敢打我？！”张燕恼羞成怒。

“满嘴臭屎，再让我看见你喷粪，我还打！”林浅动了动手腕，一副要干大事的架势，“别以为老子不知道，就是你们英语系这帮人在背后传我的坏话。呵，南音没脸出面，派了你这个小瘪三来恶心我，你真的恶心到我了。”

张燕一身狼狈，论口才，她丝毫没有回击之力，论武力，她也不占上风，不过要是论卖惨，她未必会输给这个男人婆。

张燕趁机瘫坐在地上，干脆不起来了，红肿的脸上梨花带雨，确实也是疼的。

这时，围观群众中有同学愤愤不平地说道：“怎么打人啊？有后台了不起啊！”

这一吆喝，更多的同学开始光明正大地指责林浅：“这种人就是作风有问题，败坏B大的风气。”

张燕眼角带泪，但林浅分明看到她正朝自己得意地笑呢。

林浅低头看着坐在地上的张燕，说：“醒醒吧，别那么傻，中了某人的计，你把人家当朋友，人家未必把你当朋友，真正的朋友不会把对方当枪使。”

张燕愕然，笑容僵在脸上，林浅这掏心窝子的话，她又岂会不明白，要不是她欠了南音钱还不了，她也不会受南音摆布啊。

如果林浅真如传言所说是汪富商的小情人，她又哪敢得罪林浅，不要命了吗。

林浅扭头要走，不想留在这里听那些污言秽语。

“把人打伤了就想走，架子可真大，果然，有富商罩着就是好啊，走路都可以横着走了。”

“就是，不准走，我们都是见证者，林浅打人，学校必须严惩。”

“对，严惩，严惩。”

这时候，林浅想走还走不了了，她真恨不得一拳过去挥开那些什么都不知道就会跟风的傻子。

可是，顾城骁的警告言犹在耳：“以后，不准打架，不准惹事！”

就在林浅成为众矢之的的时候，楚墨枫突然从人堆里开辟出一条“血路”来，大喊一声：“谁在造谣？”

顿时，众人的目光又转向楚墨枫，楚校草啊，最高冷的禁欲系大帅哥啊，全校票选最佳男友的冠军啊，真人比照片上更高、更帅、更加养眼啊。

楚墨枫戴着墨镜，越发地高冷，他一米八多的身高在人群中还是很显眼的，再加上他突出的颜值和气质，宛如鹤立鸡群。

“首先，南音和林浅谁都没有跟我交往过，何来林浅挖墙脚一说？”

众人哗然，当事人亲自来证实，那肯定错不了，哇，楚墨枫还是大家心目中那个禁欲系的高冷校草。

“这几天我旷课并不是如传言中所说受了情伤，而是我出了车祸。”说着，楚墨枫摘下墨镜三秒钟，让大家看到他布满血丝的眼睛，然后又说，“其次，关于林浅和汪富商在学校车震一说更是天方夜谭。”

“最后，希望大家停止散播这些不实的谣言，真正败坏B大风气的，是那些恶意中伤他人的人。”

这些话从楚墨枫口中说出来，比林浅亲自解释要可信得多。

谣言都是虚的，在阴暗的地方尚可以蔓延滋生，一旦见光就不攻自破。

林浅看着楚墨枫，由衷地感谢他的仗义，也由衷地觉得对他抱歉。

就在大家半信半疑的时候，一辆正好途经此地的黑色轿车突然停下。

车门被打开，从车子后座下来的人，简直让大家惊掉了下巴。

“这人好眼熟啊……谁，谁，谁？”

“这是汪富商啊！”

林浅在病房里见过汪海成一面，那时候他低声下气地求着顾城骁，俨然一副恨铁不成钢的老父亲形象。

她很意外会在这里碰到他，也很好奇他下来干什么，看热闹吗？

人群很自觉地让出一条通道，汪海成没有让随从跟着，只身一人朝林浅的方向走了过去。

楚墨枫也很意外汪海成的到来，礼貌地问候道：“汪伯父好。”

汪海成对楚墨枫说：“昨天听你爸说起了那场车祸，你没事吧？”

“没事，伤到了眼睛，得养一段时间。”

“顾大队呢？”

“他也没事。”

“没事就好。”汪海成的视线越过楚墨枫落到林浅的身上，他再往前一步，微笑着点了点头，“林小姐，还认得我吗？”

林浅一阵激动：“当然，难得汪先生还认得我。”

汪海成淡笑着说：“看到林小姐好好地站在这里，容貌也恢复如初，我也就放心了。”他郑重地弯下腰，标准的九十度，句句恳切，“都是小儿的鲁莽与不懂事伤害了林小姐，我身为父亲，有不可推卸的责任，在这里，我郑重地向林小姐道歉，对不起了。”

林浅：“……”

楚墨枫：“……”

在场其他人：“……”

一群人都风中凌乱了。

林浅太震惊了，以同样的姿势向汪海成弯下腰，说："汪先生，您不必这样，在病房你们已经道过歉了，而且我的伤也都好了，没事了。"

汪海成保持着弯腰道歉的姿势，稍稍放低了声音，说道："感谢林小姐的不追究，也请代我向顾大队表达这份谢意，以后汪某定当好好管教那个逆子。"

"……好，好，汪先生请起来说话。"哎哟，妈呀，搞什么啊，至于吗？

汪海成终于直起身来，当时在病房的时候，顾城骁没有接受他的诚意和道歉，也表明了立场让警方秉公办理，不过最后他还是很顺利地将儿子送出了国，也就是说，顾城骁的不插手，才是他真正要感谢的。

他心里清楚，顾城骁对自己的太太很重视，没有在学校公开他们的关系想必也是为了保护她，那么，倘若顾城骁真的要追责，只要顾城骁一句话，汪洋肯定有牢狱之灾。

就像熟人唠嗑一样，汪海成笑着对两人说："你们忙，我还要去见见校长，处理一下汪洋的烂摊子。唉，这个不争气的小子，尽叫我操心。"

楚墨枫："好的，汪伯父，您请便。"

汪海成走了，林浅默默地松了一口气，她习惯了别人对她趾高气扬，习惯了别人对她辱骂叫嚣，还真是不习惯别人对她讨好奉承啊。

特别是，那人还是汪海成，在全国财富指数都是排得上号的大富翁。

那些早已在风中石化的学生，直到富商的车离开，都没有反应过来。

这简直是天下奇闻啊，一个堂堂的B市富商，竟然当众向林浅道歉，还是九十度弯腰那种，这简直就是神一样的逆转。

最震惊的就是坐在地上的张燕了，幸好有这么多人共同见证，要是只有她一个人的话，她说出去，别人都不会相信。

看热闹的学生们很快散去，张燕吃了哑巴亏，还弄得一身脏，捂着红肿的脸悄无声息地遁走了。

第 4 章
那是他的初吻

京城的秋天特别短暂，几场雨之后，气温骤降，特别是一到黄昏，暗得早，也冷得快。

“回城邸？”楚墨枫问。

“嗯。”

“有人接送吗？”

“以前有，现在没有。”

“为什么？”

林浅一笑置之：“为了减少影响呗，都在说我傍大款，谁听了那些谣言都会不开心的，毕竟我也是要脸的。”

楚墨枫静静地看着她，想从她轻描淡写的语气中寻找到一丝线索：“没错啊，你是傍上大款了。”

“……”

两人一起走向地铁站，为了避嫌，中间空出了一个人的位置，林浅知道楚墨枫肯定有话要对她说，可他久久不吭声，她也很尴尬。

一直到走出校门很远，楚墨枫终于开始说话了，可他没有转头，而是微低着头，眼睛一直看着前面的路，声音也是淡淡的。

他说：“我准备出国了。”

林浅沉默。

“跟你没关系，这是我爸老早就安排好的事。”

林浅也不知道说什么，怎么会跟她没关系，可他这么说，她也不能去揭穿：“什么时候走？”

“就这几天，学校的手续办完了就走。”

之后，又是很长时间的沉默。

“是不是我觉悟得太晚了？”楚墨枫忽然问，冷涩的秋风中夹杂着悲凉，把一切都吹得萧条冷淡，“如果我早点觉悟，早点发现我对你的感情，早点跟你表白，是不是……结局就不一样了？”

林浅不自觉地打着寒战，今天可真冷啊，明天得穿秋裤了。

楚墨枫似乎也不在意答案，就自顾自地说着：“我一直都觉得我俩不用着急，现在才大二，什么事都可以慢慢来。我们一起上课，一起毕业，一起工作，一起为以后的幸福生活努力奋斗，多好啊，你觉得呢？”

突然吹来一阵凛冽的寒风，有些刮脸，有些刺眼，林浅心头泛着酸，眼眶也红了，她真怕他在这个时候问她一句喜不喜欢他。

“你以前喜欢过我吗？”

真是怕什么来什么，林浅心里揪着疼，从来没想过像楚墨枫这样的天之骄子有一天还能扮演“悲情男主角”的角色。

“算了，还是别告诉我了，没意义。”楚墨枫苦涩地一笑。

林浅的那颗心哪，五味杂陈，翻涌着，无处安放那份隐隐的小伤感。

前面是路口，楚墨枫注意着两边的车辆，始终走在她前面一步。

此时天色灰蒙蒙的，渐渐暗了下来，可路灯还没有亮，所以来往车辆都闪着车灯。

楚墨枫伸手把墨镜拿了下来，明暗交替的街面上，林浅看到了楚墨枫那张完整的、俊逸的侧脸。

那是一张比顾城骁要稍微柔和一点的侧脸，帅得没那么霸道，没那么有侵略性。

“如果没有他，我们有没有可能在一起？”他问道，还是不死心，想知道答案。

林浅愣了一下，就那一下，她突然觉得这张侧脸好令人心疼，五官都忧伤地拧到了一起。

她停下脚步，在离路边一步之遥的地方停了下来，她觉得自己没有资格与他并肩，她承受不了这份带着遗憾的深情。

绿灯了，嘀嘀，汽车鸣着喇叭驶过来。

楚墨枫不多想，伸出手，一把抓住林浅的胳膊，一使劲，直接将她拉了过来。

林浅撞到他的怀里，然后立马弹开。

谁知，楚墨枫抬起另一只手，倏地扣住了她的后颈，把她扣向自己的同时，还用大拇指抬起了她的下巴。

她来不及反应，她来不及思考，楚墨枫冰冷的嘴唇就这么贴了上来，他强吻了她，那是他的初吻。

林浅瞪大了双眼，脑子一片空白。

此时，头顶的路灯光亮了起来，一整条街的灯光在同一时间都亮了起来，照得路面一片明亮。

“林浅，”一个熟悉男人咆哮的声音在身后响起，“你在干什么？！”

说话间，男人的大掌已经捏住了她的肩膀，那力道，她都觉得自己的肩胛骨要碎了。

“顾城骁？”

顾城骁一把拽开林浅，跟摔跤似的，林浅直接摔倒在地。

楚墨枫本能地伸手去拉，可手刚伸出去，就被顾城骁擒住了。

顾城骁捏住他的手腕，使劲一折。

“啊……”楚墨枫痛喊出声，脑子瞬间清醒了，“二表叔，我的错，都是我的错……”

他这样的认错，更像是在保护林浅，对顾城骁来说，无疑是火上浇油。顾城骁一咬牙，目光如炬，面露凶狠，接着就是一拳。

“呃……”楚墨枫往后退了好几步，舌尖立刻尝到了一丝腥甜。

路口有人打架，周围的人立刻围上来看热闹，路过的人也都放慢了脚步，纷纷转过头来。

林浅站起来，她也很无助，茫然地看着顾城骁：“我……”

“你给我闭嘴！”

“……”

后边的车一个劲地鸣着喇叭，此时正值晚高峰，一辆车堵在路口，很快就会造成交通瘫痪。

顾城骁气得红了眼，淬了毒的眼睛狠狠地瞪着楚墨枫，他指着楚墨枫，却说不出威胁恶毒的话。

那可是他的侄子啊！

“走！”顾城骁拉上林浅，怒不可遏地将她推进副驾驶。

“二表叔，听我解释好吗？二表叔……”

顾城骁根本不搭理他，一踩油门，扬长而去。

林浅缩着身子坐在副驾驶座上，咚咚咚的心跳声比外面纷繁嘈杂的声音都要响，她都不敢看顾城骁此时的脸，瞄一眼都不敢。

前几天楚墨枫对我表白被他撞见，他多生气啊，今天楚墨枫强吻我又被他撞见，我还有活命的机会吗？林浅心想。

想到自己被扒了裤子狠揍的画面，她都觉得肉疼。

顾城骁的武力值太高，头脑又精明，她完全不是他的对手啊。

夜幕降临，华灯初上，昏暗的天空开始淅淅沥沥地下起了小雨，气温骤降。

林浅原本就觉得有些冷意，身旁又杵着这么大一块“冰块”，冷得直哆嗦。

车子一路走走停停，终于驶出了拥堵区，顾城骁把车开得飞快，不消一会儿工夫就回到了城邸。

顾城骁沉默着直接坐电梯上了二楼，林浅是后来上去的，她到二楼的时候，发现他正在书房里翻找着什么。

这是闹哪样啊，要杀要剐，您倒是说话啊，这么一声不吭，更加瘆人啊。

林浅最受不了这种冷暴力，一个大男人，有话就说，有屁就放，能不能干脆点干点爷们该干的事儿？！

于是，林浅踩着小碎步也进了书房：“你得听我解释一下……”她拼命凑到顾城骁的面前寻找存在感，“今天在学校有人找我的碴，是楚墨枫帮我解了围。最近有关我的传言很多，而且很夸张，楚墨枫帮我澄清了一下。”

顾城骁黑着脸，一声不吭，此刻的他，紧抿着唇，眉头微皱，目光森寒，像极了地狱里的阎王爷，生死一线全掌握在他的手里。

“后来，我说回家，他说一起走，那我也不能拒绝，对吧？毕竟人家帮了我，我要谢谢他的。”

林浅有些心伤，明明是她被占了便宜，明明是她受了伤害，为什么还要她解释、道歉外加哄人呢。

“我哪知道他会这么做，我也吓了一跳，你相信我好吗？”她也是胆子大，冒死堵在他的面前，“顾城骁！”

顾城骁冷峻的面容没有一丝缓和，可这个样子的他让林浅的小心肝都要化了，因为——太帅了！

“你相信我好吗？”她拉着他的手臂，声音软软的，还朝他眨眼睛。

顾城骁抽出手臂，凶狠地转过头来瞪着她，质问道：“你当我的话是耳边风？”

“没有。”天地良心，她哪里敢，她要是不听他的话，早就把故意找碴的张燕打残了。

“那你还去撩他？”

“……”天地良心，分明是他在撩我，“我没有，我也不知道他会这样做。”

“不知道？一句不知道就可以推卸责任了？”

“你什么意思？”

顾城骁正色说道：“小枫是我看着长大的，我太了解他了，他有几个胆，我心里有数。表白的事是因为他提前不知道，现在他已经知道你的身份了，不可能还对你抱有幻想。”

林浅转头看着他，直面他那阎王般的眼神：“所以，你的意思是，我在招惹楚墨枫？”

顾城骁没说话，但表情说明了一切。

“是不是因为他是乖学生，我是坏学生，所以一旦有错事，就是我的错？”

“不要转移话题。”

“我没有转移话题，我就是想知道，是不是因为他是你看着长大的，你相信他品行好，所以这件事只能是我的错，只能是我这个品行差的坏学生在招惹他？”

无论面对谁，一旦对方有辱她的尊严，她势必会全力反击，并且遇强则强。

顾城骁的说法跟以前的老师一样，但凡有她参与的事情，无论真相如何，都是她的错。

他跟他们一样，不了解清楚事情的原委就妄下定论，这是对她人格的侮辱。

顾城骁答不上来，确实，他有这种先入为主的观念。

林浅苦笑一声，替自己感到悲哀：“你都这么认为了，我说再多也没有用，你觉得怎么样就怎么样吧，我懒得说。”

一句“懒得说”把顾城骁的怒火燃烧到极致，他拿着手里的资料袋，冷冷地说道：“你懒得说，我也懒得理，我还得回单位，你好自为之。”

“欸……怎么又要走？”

顾城骁说到做到，真的懒得理她，径自往电梯走去，头也没回。

“喂，喂……顾城骁，”林浅没辙了，赶紧追上去，“你什么时候回来？”

“不知道。”

“又是不知道，那你知道啥？”

顾城骁走进电梯，背对着她：“你们的事，我什么都不知道，也不想知道。”

语毕，电梯门也关上了，林浅跟吃了黄连一样难受，这算什么？

事实证明，顾城骁只是回来拿东西的，拿完了东西就走，去学校或许只是顺路。

林浅站在那里，电梯门合上之后就是一面全身镜，她呆呆地看着自己，心里隐隐作痛，委屈、气愤、心酸，各种情绪不停翻涌。

她苦笑一下，笑自己傻，他当然相信自己的判断，他是多么英明神武的人，哪里会信错人？

而对楚墨枫，无论怎么样，她都无法生他的气，所以，这件事她只能吃哑巴亏。

眼睛酸涩不已，眼泪在眼眶里打转，她深呼吸一下，握紧了双拳，抬起头，用力撑起眼皮，两只手不停地扇着风。

她绝对不允许自己在这种时候哭，绝对不！

再次坐进车里的顾城骁，丝毫不比林浅好过，一个是他的至亲，一个是他的妻子，他们在人来人往的大街上接吻，这是身为一个男人最可悲的时刻。

他很想相信林浅，可他前脚一走，她后脚又跟楚墨枫在一起，她明明答应了绝无二心，今天就上演这样不堪入目的一幕，这是在羞辱谁呢！

他就不该对林浅抱有幻想，他就不该期待林浅真能乖乖地安分守己。

或许，她本来就是一个不安分的人，不介意自己的第一次给了谁，不介意嫁给谁，更不介意婚后出轨。

或许，是他太高估自己了，他以为凭自己的条件足以吸引她，可是，他再优秀，也改变不了她水性杨花的本质。

水性杨花，他真的很不愿意用这样的词语来形容林浅，这个初见时犹如白月光一样的女孩儿。

B 市野狼站队总部。

野狼战队是民间国家的一个秘密团队，所有成员都是从退伍或转业的特种兵当中挑选出来的，他们的主要工作就是——除暴安良。

顾城骁当过卧底，破过许多大案，同时也成了各大犯罪集团最大的目标。在黑市上，顾城骁的人头被喊到了一亿美金。

国家为了保护他的人身安全，不再让他从事一线工作，所以安排他进了这个秘密团队。

虽然离开了部队，但一日是军人，一辈子都是军人，他身上流着军人的血液，他依然有一颗报国的赤子之心。

顾城骁的到来让室内的温度骤降，冷着脸的他活脱脱一个阎王。

上级的脸色就是下属的天气，好几天都是阳光灿烂的，他回去一趟，就乌云密布，战士们很想知道老大到底经历了什么。

高纪钦、魏男、郑子俊三人互相使了个眼色。

高纪钦：老大怎么了？

魏男：不知道，感觉要吃人。

郑子俊：要命的话就专心点。

"鲸鱼那边联络得怎么样？"顾城骁突然发话。

突击中队的中队长高纪钦战战兢兢地回应道："报告老大，鲸鱼那边一切顺利，野狼战队所有部门已经准备完毕，就等您下命令。"

顾城骁的眼神犹如一把利剑，猛地刺向高纪钦，让高纪钦冷不丁地一颤，眼神迟疑，他开始怀疑自己哪里出了错。

顾城骁走到他的面前，不满地瞪着他，严厉地反问道："就等我下命令？我让你在十秒内立刻击毙要犯，你办得到？办不到就把你这中队长的头衔去掉好不好？"

在场所有人："……"

高纪钦："……老大，您这是强人所难。"

顾城骁质问道："是不是你说的就等我下命令？"

"……"您是老大，您都对，高纪钦不得不低头认错，"我口误。"

顾城骁暗叹一口气，随后命令道："所有人听好。"

"有！"三人立正高喊。

"五分钟后出发，协助警方破案，务必将毒蛇拿下。李不言，带上我的狙击步枪，这次由我上前线。"

众人意气风发，齐声高呼："是！"

这次任务他们要面对的是一个贩毒集团，缉毒大队部署调查一个贩毒组织长达三年之久，现在终于要收网了，因为犯罪团伙人数众多，还涉及境外贩毒集团，情况急，任务风险大，所以缉毒大队向野狼战队发出了援助请求。

这是临时接到的通知，在接到通知的当下，他就连夜派了宋景瑜先去与缉毒大队接头，现在，也该是他们出发的时候了。

早前顾城骁在南非当了大半年的卧底，“狼王”不在，“小狼们”都没接到什么大案子，野狼战队也已经很久没有集体出动了。

这次缉毒任务，战友们早就已经磨刀霍霍了。

五分钟后，以顾城骁为首的野狼战队快速登上战机，义无反顾地朝着浩瀚无垠的夜空进发。

林浅已经好几天没有看到楚墨枫了，从辅导员那里得知，楚墨枫突然办理了休学手续，跟汪洋的情况一模一样。

楚墨枫的休学，她并不意外，只是太过突然，突然到她对他的歉意又增添了几分。

她也已经好几天没有看到顾城骁了。她问年管家，年管家只是摇摇头：“大少爷是有任务了，只要没有消息，就是最好的消息。”

只要没有消息，就是最好的消息，当时的林浅，并不明白。

她只知道顾城骁是带着对她的误会和愤怒走的，这让她即便在城邸享受着大少奶奶的安逸生活，也仍然提着心，吊着胆。

那天正好是周六，林浅还在被窝里赖床，突然被一个电话吵醒了。

“喂？”她闭着眼，大脑还处于半沉睡的状态。

“楚墨枫休学了？”是林渝的声音，她在电话那头疯狂地追问，“为什么他突然休学，难道顾大少发现了你们的奸情？”

“……”

“汪洋休学出国了，楚墨枫休学出国了，顾大少这是要杀人灭口吗！我的天哪，林浅，你说汪洋和楚墨枫不会已经在国外……了吧？！”

林浅深深地佩服林渝的脑洞，懒懒地说了一句：“你想多了，还有，我再强调一遍，我跟楚墨枫没有奸情。”

“嘁，鬼才相信。”

“你再乱说，我们绝交！”

林渝听得出来她的认真："欸欸……好，我不说这个了，跟你说重点，张燕失踪了。"

"什么？"

"我们班微信群里都在聊，辅导员挨个问，大家都没见过张燕，辅导员已经报警了。"

林浅揉揉眼睛，也有些担心起来："怎么回事？"

"她好几天没回寝室，室友报告了辅导员，辅导员联系家长，家长表示张燕没有回家，现在张燕的父母应该在去学校的路上，辅导员都让我们回忆最后一次见到张燕是什么时候、什么情况。别的我不关心，可是，你当众打过张燕，我很替你担心。"

这就是林渝打电话来的目的。

林浅仔细想了想，说："那不是上个礼拜的事情吗？"

"是啊，张燕已经失联整整五天了，就从挨了你一顿打之后就不见了。"

"……"

"南音一直在群里强调是你打了张燕之后，张燕才失联的，这个发霉的绿茶婊，被记过了也不安生，一有机会就往你身上泼脏水，简直脑子有病。"

"张燕失联跟我没关系。"

"我当然知道，可是我就怕警察信了南音的话，来怀疑你。"

"无所谓啊，怀疑怕什么，我又没做。"

"浅爷，你什么时候这么大度了？有人污蔑你，你也不跳起来？"

林浅愣了一下，是啊，她浅小爷从来都不是个大度的人，她疾恶如仇，睚眦必报，谁敢污蔑她，让她听到一句，她就拳头相送。可是，现在，好像有一股无形的力量在督促着她，督促着她做一个乖乖的好学生。

林浅打了个哈欠，懒洋洋地说："我懒得理南音这只臭虫。"

林渝听出了她声音当中的乏意，关切地追问道："林浅，你到底怎么了？不应该啊……是不是顾大少因为你跟楚墨枫的事欺负你了？"

"……我说了，我跟楚墨枫没奸情！"

"你傻啊，你不会说那是之前的感情吗？就说没来得及处理就被他押去登记了……"

"我们绝交！"林渝还没说完，林浅直接挂了电话，这一个两个的，为什么就是不肯相信我呢！

林渝的电话又打来，林浅直接挂了，不一会儿，林渝又传过来几张聊天截图，全都是南音在班级群里的哭诉。

——“那天她给我打过电话，电话里她哭得很委屈，说被林浅打了，还说林浅骂她装可爱。”

——“以我对她的了解，她最不能接受别人说她装可爱了。”

——“我劝她不要计较，她是斗不过林浅的，可她就是不听，我让她先回寝室再说，她让我别管，就挂了电话。”

——“同学们，当时你们谁在现场？有没有听到林浅是怎么骂张燕的？”

——“如果警察找我，我会如实说的，我真的很担心很担心我最好的朋友。”

张燕失联很快就引起了全社会的关注，入秋以来，连续发生了好几起女大学生失联案，这次是在京城B市，又是在名校B大，所以格外引人注目。

是巧合，还是另有隐情，谁都不得而知。

林浅在挂断林渝的电话之后的十分钟，就接到了辅导员杨老师的电话，辅导员要她去趟学校。

“警察正在查张燕失联的案子，凡是跟张燕有过接触的同学都被问了，所以你放心，不是怀疑你，只是询问。”辅导员给她打着预防针，生怕她乱想。

“好的，我知道了，我马上过去。”

林浅爽快地答应了，她立刻赶去学校，她也很想知道张燕去了哪里，并且真心希望她是安全的。

到了学校，偌大的老师办公室里已经有好些学生在了，有的在等，有的在格子间里问话。

林浅一走进办公室，原本嘈杂的办公室瞬间变得针掉在地上的声音都可以听到，在场约莫二三十个学生，全都跟见了杀人凶手似的看着她。

可能是太过安静的原因，教导主任的办公室里清晰地传出了悲恸的哭声，那是闻讯赶来的张燕的亲人们。

南音坐在一边，看样子已经被问完话了，正在悠闲地刷着手机。

她一见林浅，嘴里蹦出一句：“凶手来了！”

在安静的办公室里，谁都听见了这一句声音不大的话，众人哑然，没人敢接话。

虽然林浅的冤屈已经在楚墨枫的助力下洗清了，但是，另外一个关于她的重大消息在全校学生中间传得沸沸扬扬——林浅的神秘背景强大到不可言说。

正因为这样，所以无人敢当众议论林浅的不是。

但是，南音就是一个例外。

她不但在班级群里说，还在公开场合说，更在前来调查的老师和警察面前说，各种加油添醋，让大家都有了一种先入为主的观念。

张燕只是失联，可林浅已经成了“杀人凶手”。

林浅看到辅导员朝她招手，坦然地走了过去：“杨老师。”

“过来，坐，这位警察同志给你做笔录，你尽量说得翔实一些。”

林浅从辅导员焦虑的眼神中体会到了一丝温暖，自从她上了大学，没少让辅导员操心的，可辅导员是实实在在地为她好。她听话地坐下，回头朝辅导员投去一个淡定的微笑，说：“杨老师，不是我做的，您放一百个心。”

辅导员欣慰地点点头：“好，好，你配合警方调查。”

警察问了很多问题，林浅一一作答，前前后后反复叙述了三遍那天发生的事情。

好在那天发生的事有很多见证人，大家都可以证明是张燕先惹了林浅，林浅只是还击，只不过，她还击的方式确实是过了点。

“之后你去了哪里？”

“之后我就回家了。”

“有没有人证？”

那天发生的事情并不愉快，但在生死关头，一切都是浮云，她说：“之后我就跟楚同学一起走去地铁站，还没到站，我家人就来接我了。”

警察问得十分严谨，当时就提出了疑问：“既然有家人来接，为什么还要去地铁站？”

“……”林浅也不知道顾城骁为什么会突然出现，支支吾吾地回答道，“他来之前没告诉我，也可能他只是路过刚好碰到我。”

对于这样的回答，警察有了疑心。

“再之后呢？”

“再之后我就回家了。”

“有没有人证？”

“我家人啊。”

“你的哪位家人？”

林浅一愣，这就要承认自己已婚的事实了？当着辅导员的面，她怎么好意思承认？

警察看她答不上来，疑心更重，辅导员在旁边听得也冒了一头的冷汗。

“好，这个问题跳过，那么，林同学，你这几天都在干吗？有没有人证？”

“这几天我除了在学校上课就是在家里啊，有同学和家人可以证明。”

“坐地铁？”

“对。”

“请你出示一下刷卡记录。”

林浅拿出手机，给警察看了一下每天坐地铁刷卡的记录，警察又是拍照又是扫码的，调查得很仔细。

“楚墨枫同学，我们警方会联系他，至于你的家人，请你留下他的联系方式，我们也要询问一下。”

林浅有些为难：“我能不能征得他的同意再留？”

警察诧异得有些想笑，反问一句：“那他要是不同意，你还不给了？”

“……”林浅被问住了，心里顿时有些紧张，这件事要是被问到顾城骁那里，他肯定又要生气了。

“不留也行，我们的同事可以上你家里去调查。”

“……”那整个城邸估计都要炸了吧，还不如留电话号码，她说，“那我留一下他的手机号码吧，他正在出差，可能现在联系不上。”

警察的疑心更加重了，查案的人都有着大开的脑洞，警察心里一下子就怀疑到了林浅口中的这个“家人”身上，当然，林浅也脱不了干系。

为了不打草惊蛇，警察决定就问到这里：“可以了，有事会再联系你。”

“哦。”

B 市，野狼战队总部。

漆黑的夜空中，有直升机在半空盘旋，以顾城骁为首的狼王军团从直升机上的绳索降下来。

顾城骁面无表情，眼神冷漠，后面跟着的高纪钦、宋景瑜、魏男、郑子俊。以及其他几个战士，也都面如土灰。

这次任务完成得还算可以，击毙了三名负隅顽抗的主谋，抓获贩毒人员数十名，缴获各类毒品数量巨大，缉毒大队很满意，上级领导也很满意。

可是，顾城骁并不满意，竟然让最大的幕后主脑四叔给跑了。

一路沉默着回到办公室，顾城骁首先下了一个命令：“高纪钦，我不管你用什么办法，都要查到四叔的踪迹，立刻去。”

高纪钦心有疑惑：“老大，我们捣毁了他的老巢，抓了他的手下，他也坠海了，那里我们勘察过，他跳下去生存的概率很小。”

“你太小看四叔了，没见到尸体，就不要妄下定论，就算只有百分之一的可能，也要找。”

“可是老大，就算四叔活着，又能怎么样，他的老巢都没了。”

“狡兔三窟，你不懂吗？”顾城骁不生气的时候很严肃，生气起来就是可怕了，“不要怀疑我的判断，如果你还想留在野狼的话。”

“……”高纪钦沉着脸，不敢再说，抬手敬了一个军礼，“是，我立刻去。”

顾城骁之所以这么重视四叔，是因为他在做卧底工作的时候，已经对四叔的大名耳熟能详。

当时他是卧底，任务不同，身份不同，却在不同的犯罪团伙中都听到了四叔的大名。

归队后，顾城骁专门成立了针对四叔的专案小组，四叔所带领的金三角集团是一个跨国性的庞大贩毒集团，有组织、有纪律，是一个半军事化的非法武装组织。

那是一条真正的毒蛇，与多个犯罪团伙都有来往，四叔的存在就是一场灾难。

所以，当缉毒大队请求援助的时候，他不作多想就同意了。

眼下，他扫了一眼兄弟们，连续几天几夜的高强度激战，个个都熬红了双眼，所幸最后都安然无恙地回来了，结果也算顺利。

他舒了一口气道：“都回去休息吧，养足了精神，再全力配合高纪钦。”

众人异口同声地高呼：“是，老大！”

深秋的夜里，白霜茫茫，顾城骁衣服都没有换，连夜回到了城邸。

没有当场击毙四叔虽有遗憾，但还不至于让他黑脸发怒，他真正生气的原因还是林浅。

不学无术，阳奉阴违，屡教不改，他真的不知道林浅在学校里是干什么的，不好好念书，整天打人，打人也会上瘾的吗？就这么爱打吗？

因为打人，还闹到了警局，天知道当他接到警方的电话被问讯的时候，有多么丢脸！

这样一来，整个系统上上下下都知道他顾城骁家里，藏了一个凶悍的不良娇妻。

啪的一声，卧室的大灯被开启，原本漆黑的卧室刹那间亮如白昼。

顾城骁还穿着作战服，通体的黑色让他像是一位不善的闯入者。他直挺挺地站在床边，像地狱阎王正在执行审判一样，目光严厉地审视着床上的人。

此时的林浅还在睡梦中，三更半夜，正是睡得深沉的时候，雷都打不动，顾城骁的到来完全没有影响到她的睡眠。

她用被子蒙着脑袋，整个人都在被窝里，要不是枕头上露了一点黑发，远远看去就跟没人在似的。

顾城骁那个气啊，犹如九座火焰山齐发，他直接掀开棉被，只见林浅就穿了件吊带背心和小内裤，白皙的皮肤在灯光下像发着光一样好看，四肢纤细匀称，巴掌大的小脸好似蒙着一层透明绒毛。

这样的女孩儿，睡着的时候如此乖巧可爱，若不是事先知道她的恶劣行径，若不是正在气头上，顾城骁哪里下得了手。

可此时，“活阎王”充分展现了冷血无情的一面，大吼一句：“起来！”

林浅缩了一下身子，想睁开眼睛，却被刺眼的光线激得紧闭双眼，冷，是她全部的感觉。

深秋的B市，还没有集中供暖，夜里气温只有几摄氏度，林浅冷得瑟瑟发抖，浑身起了鸡皮疙瘩。

待眼睛适应了灯光，林浅睁开眼睛，看到顾城骁，她的本能反应是笑了一下，人在脆弱的时候最希望有一个肩膀可以依靠。

可是，再看看他凶神恶煞的表情，她就笑不出来了，疑惑地问：“你怎么回来了？”

“不想我回来管着你是吗？”他气归气，但声音明显低了许多。

林浅又冷又羞，一边伸手去拉被子，一边说：“问你什么时候回来，你说不知道，我还以为要十天半个月呢。”她对他的突然闯入有些不满，揉着眼睛抱怨说，“干吗呀，还要不要人睡觉了？回来不提前打个招呼不说，还吵我睡觉，你看你是不是缺德？”

“……”顾城骁那如九座火焰山一起喷发的嚣张的气焰啊，就在她含混不清的软萌声中，不知不觉被冲淡了。

他的气，从接到警员问询开始升级，一路累积，从直升机到办公室，还有开车回家这一路，他的怒火已经膨胀到了极致，甚至在掀她被子的刹那，他都有狠揍她一顿的想法。

然而，看着她凌乱的鸡窝头，说话软软的，头发软软的，身体也软软的，他的脾气也就不自觉地变得软软的。

“你……”他双腿分开而站，一只手叉腰，一只手指着她。

林浅揉着眼睛，仰起头打了一个哈欠，摇头晃脑的，人都快倒下去了：“好晚了，睡觉好不好？”

一个哈欠让她眼泛泪水，长睫毛也湿了，一双大大的杏眼越发水灵。

“你……”千算万算，顾城骁就是算错了质问的时机，看着她这一脸无辜的呆萌样，他的怒火真的烧不起来。

“我什么我……你不说话，我睡觉喽？”

她几乎是半眯着眼睛说的，嘟着嘴，带点娇嗔，一副天真无辜又可怜的样子，让铁汉都有了柔情。

顾城骁暗暗吐出一口气，感觉那股子怒气憋得他心疼，可是又爆发不出来，谈事还是跟爷们谈更爽快，跟女人根本没法谈事，特别还是在晚上。

林浅久久得不到回应，仰起头看着他，半张着嘴，发出一个疑惑的声音：“嗯？”

顾城骁觉得，自己的怒火已经转化成了另外一种火，他突然弯腰逼近她。

“嗯？嗯嗯？”突然放大的脸让林浅吓得连连后退。

时间仿佛静止一般，周围的空气也都凝固了，顾城骁将她压在了床头上，她的背撞到了后面的床头软包，而顾城骁，撞到了她。

“干吗呢你……”她刚要抱怨，一下就被他堵住了嘴巴，以吻封缄，这是他惩罚她的方式。

一切都是突如其来，林浅都蒙了，如果不是顾城骁咬得她嘴唇痛，她还以为自己在做梦。

顾城骁丝毫不给她喘气的机会，带着欲望，带着愤怒，还带着无限的娇宠，疯狂地吻着她。

他的大长臂伸到床头柜，啪的一声，大灯熄灭，屋里瞬间漆黑一片。

黑暗之中，顾城骁没了任何顾忌，怀里的女孩儿嘤嘤反抗反而提高了他的情致。

他吻着她，将她压下，只用一只手就将她的两个粉拳死死地扣在了头顶，他知道她在反抗，全身上下都在反抗，但这种反抗对他而言根本没有影响。

这一顿火，他不发泄一下不行。

林浅推他，漆黑之中，她突然想起自己失身的那个晚上。

虽然她不想承认，但大脑中的某种记忆还是毫无预兆地让她联想到了那个晚上。

那是她最痛苦的一晚，也是她最痛苦的经历。

而如今，顾城骁对待她的方式，让她更加痛苦和不堪。

张燕的失踪与她无关，白天在学校面对那么多同学老师以及警察质疑的目光，她委屈，却无从辩白。

而之前与张燕的纠纷也让她很后悔，莫名地就对张燕的失踪有了一些内疚。

又委屈，又内疚，她心里并不好受。

看到顾城骁回来，她其实很高兴，仿佛一颗漂泊的心终于有了可以着陆的地方，她可以尽情地依靠他、依赖他，尽管他还在因为楚墨枫的事生气。

这个男人，因为别的男人吻了她而气得六亲不认，连自己的亲侄子都打，这样一个小肚鸡肠的男人，要是知道自己娶的老婆不是完璧之身，会如何？

想到这个问题，林浅的反抗更加强烈了，她不是不愿意跟他同房，而是，她真的没有做好心理准备，而且——

“什么东西？”顾城骁摸到了一些不明物体，那触感像一块吸饱了水的厚海绵，还有温热的、黏稠的液体正在往外淌，流了他满手。

“……”嘴巴终于得到自由的林浅很是无语，气恼而又尴尬地蹦出两个字，“你猜？”

顾城骁喘着粗气，左手极为不舍地放开她的手腕转而朝床头柜上的台灯一挥，台灯亮了，发出不太明亮的暖黄色的光线。

他摊开手掌靠近台灯："我晕！"

说实话，台灯下的顾城骁格外魅惑，生气的时候也特别的男人，特别还是在动了情欲的状态下，完全就是一个男性荷尔蒙爆发的人间尤物。

林浅无辜又尴尬地说："是你一直没给我说话的机会。"

看着他抽搐的脸部肌肉，林浅实在难以启齿："头一天来，量大……"

她羞愧地扯着被子把自己的脑袋盖起来，真恨不得找个地洞钻进去。

顾城骁也一样好吗，他说话的声音都变得极为不自然："我去下洗手间。"

林浅躺在床上，现在是一点睡意都没有了，天花板上似有暖气吹来，是顾城骁把中央空调打开了。

渐渐地，整个房间暖了，她的身体暖了，她的心也暖暖的。

那件事情，她再也不能瞒着他了，与其到时候被他发现，不如自己坦白。

顾城骁冲了个冷水澡，再出来的时候只在腰间围了一块浴巾，肌肉上还挂着水珠，颗颗晶莹饱满。

他也挺不好意思的，但是他又不想表现出来，要知道，他今晚可是回来找她算账的，谁知道找到了她的"大姨妈"啊！

"你不去？"

"去。"

林浅不敢直视他，湿身诱惑啊，她和她的"大姨妈"都很激动。

等一切就绪，两人相敬如宾地躺在床上，两双眼睛都睁得大大的，丝毫没有要睡觉的意思。

顾城骁心里堵着气，林浅也有心事。

"你……"

"你……"两人同时开口。

"你先说……"

"你先说……"今天好像特别有默契啊。

顾城骁深吸一口气，又说："你先说。"他以为她要说她在学校打了同学的事情。

林浅酝酿了许久，也一直在犹豫，可是想想刚才的情况，怕是自己再不说就晚了，于是，她慢吞吞地开口道："顾城骁，我不是……"她如鲠在喉，实在难以启齿。

顾城骁转头看着她，躺在枕头上，同一水平线，相隔几厘米，他清楚地看到了她脸上的纠结和痛苦。

他当时心里还鄙视她，打人就是不对，认个错有这么难吗？

可下一秒，他看到她眼角缓缓流下亮晶晶的眼泪，小脸也因为哽咽而涨得通红，他终于意识到了事情的严重性。

“怎么？”

林浅不敢转头，更不敢面对他，她咬了一下牙齿，一口气说道：“就在我们见面之前一天，我被迫跟其他男人发生了关系。”横也是死，竖也是死，她不如死个痛快。

“……”顾城骁的思绪飞快地运转，她说她被迫跟其他男人发生了关系，也就是说，她确实不知道那天晚上的男人就是他，她还是被迫的，为什么是被迫的，被谁所迫？

回想一下，他尤记得那天晚上的她是半昏迷状态，而不是酒醉。

顾城骁单手撑起身子，将她的脑袋扳过来，她的眼泪和她的痛苦全都展现在他的眼前，他不自觉地放柔了声音，问道：“怎么回事？”

林浅吸一吸鼻子，把事情的原委一五一十地告诉了他，最后，她说：“他是抚养我长大的亲大伯，我知道他也有他的难处，如果这么做，可以帮他渡过难关，那么，我认，但是我与他的情分从此一刀两断。我不会追究这件事，也不会报答他。”

顾城骁将她的脑袋抱在怀里，原来是这样，原来是这样。

他一直误会她是在装傻，他以为现在的小年轻都不在乎这种事，他还一度以为她天生就是水性杨花。

“难怪你大伯大妈知道我要娶的人是你会这么惊恐，原来是这样。”

“你别去找他们的麻烦好吗？毕竟他们对我有养育之恩，而且我爷爷年纪大了，受不了刺激。”

顾城骁叹了口气，说：“其实你不用有这么大的负担，你不是一直想知道我为什么指名道姓地要娶你吗？”

“嗯？为什么？”

“因为跟你上床的糟老头不是别人，而是——我！”

“啊？”这样的惊吓岂止一点半点，林浅直挺挺地坐起来，不可置信地看着他，要不是看他眼神笃定，她一定不相信这是真的。

在这之前，顾城骁并不愿意揭开这块遮羞布，毕竟这是对他的意志力最大的否定。

但眼下，林浅含着泪也要把自己的伤口揭开，把女孩子最不堪的一面坦白给他看，那么，他一个大男人还有什么不可说的呢？！

“我发誓，我事先并不知道，我正要睡，却发现你在我的床上，然后就……”现在说起来，顾城骁已经没有之前那么懊悔了，反而有一种“感谢命运让我们相遇”的感叹。

“事后我通过酒店监控确定是你，而我通过血液检查，才知道自己被下了药。药是我的堂弟顾南赫下的，他在捉弄我。”

林浅惊呆了，这一切听起来是那么玄幻：“他为什么要给你下药？”

说到这个，顾城骁也有些不好意思：“他看我孤家寡人多年，想让我开开荤，纯属恶作剧。”

“……”对于男人之间的这种想法，林浅也是不理解。

“你呢，又怎么会正好出现在我房间？”

林浅摇摇头：“我不知道，那应该问我大伯啊。”

顾城骁长臂一伸将她搂进被窝里，说：“我大概猜到你肯定是遇到什么事，才会那个样子出现在我房间，我一直在等你的求助。你有什么困难，我肯定帮你，可是你一直没说，我也不好意思向你坦白那天晚上的男人是我。”

顾城骁低头轻吻着她的耳朵，叹气道：“我真的不知道原来那天晚上的事情给你留下了这么大的阴影……抱歉……”

林浅有些恍惚，这个高高在上的、犹如天神一般的男人，竟然抱着她那么温柔地对她说抱歉。情绪一来，她忽然泪如泉涌。

“怎么又哭了？怎么了？”

“我高兴，幸好是你。你知道吗，大伯大妈把我卖给了华天明，那是一个又胖又丑还有特殊癖好的猥琐老男人。”

“什么特殊癖好？”

“他喜欢幼女，糟蹋过许多女孩子，所以我真的很气我大伯，他怎么可以这么对我！不过，还好是你，我觉得我太幸运了。”

顾城骁暗想，这个华天明真是一个变态，若林浅真是被这种变态糟蹋了，他想想也会心痛死。

他笑着吻干她的眼泪：“所以我不但不会追究你大伯的责任，反而还得谢谢他，要不是他的自私，我还遇不到你。”

林浅再一次恍惚起来，这个男人正在对她说情话啊，男人的甜言蜜语到底要不要信呢？

“你……你不嫌弃我？……”

几乎没有任何思考的时间，顾城骁脱口而出：“从来没有。”

林浅整个人都蒙了，她自己都嫌弃死了自己，他竟然不嫌弃她，是真话吗？

可是，像他这样要风得风、要雨得雨的男人，也没必要说假话吧。

“又发呆？”

林浅眨眨眼睛，无比认真地说：“顾城骁，你现在说得再好听，哄得我再开心，我也给不了你。”

顾城骁哭笑不得，憋着笑委屈地说：“来日方长，我还不至于这么猴急。”

来日方长，林浅怎么越听越觉得他意有所指呢？！

虽然那种事的经历就那么一次，但是，林浅脑子里可是再清楚不过了，没吃过猪肉，还没见过猪跑吗，她在寝室里跟室友们说过很多黄段子，足以配上“老司机”的称号。

她现在有了那么一次半梦半醒的经历，以她的性格，可能就直接吹上天了。

她抬起腿就往他大腿上一放，眼泪未干，娇笑先起：“那你要不要说说为什么刚才一回来就对我发火？”

说到这，顾城骁脸上又起了怒意，三分宠溺，七分责怪：“你还好意思问，警察都问到我这里来了，你怎么又打人？”

林浅叹气道：“现在她人失踪了，我也很担心，可是，当时真的是她先挑事，我忍无可忍才打了她一个耳光。

“你都不知道她说话有多难听，说我是富商包养的小情人，是汪洋的后妈，说我是小三，招惹楚墨枫，拆散了楚墨枫和南音，说我跟富商在学校车震有伤风化。我当时听到的比我现在跟你说的要难听一百倍，你说我气不气？我本来脾气就不好，她再给我到处喷粪，我不打她，对得起自己吗！”

“……”顾城骁竟然无法反驳。

林浅继续絮絮叨叨地说道：“当时边上都是人，张燕当众辱骂我，我打了她，她赖在地上不肯起来，旁边的人都跟着她一起骂我，骂我不要脸，骂我仗势欺人，最后还是楚墨枫出来帮我解了围。

“再后来就是你看到的情况了，我解释，你也不听，发脾气甩脸子生着气就走了。

“早上接到警察的电话，让我去学校做笔录，很多跟张燕有接触的同学都被喊去调查了。我不是打了张燕吗，张燕就是被我打了之后失联的，所以我成了最大嫌疑人。

“我被怀疑，那我得找人证自证清白不是，那天是你载我回家的，那我只好留下你的电话号码了。警察问我你是我什么人，我都没好意思说，辅导员在旁边，还有一群八卦女也在，我哪敢说啊，警察就觉得我更加可疑了。”

顾城骁忽然插话问道：“那你跟小枫到底有没有事？”

“当然没有了。”

“我谅你也不敢，那以前呢？”

“以前也没有啊，我哪知道他怎么突然就对我改观了，他一直很嫌弃我。现在他喜欢我，怪我喽？”

有时候，她那贱兮兮的表情，顾城骁真的很讨厌，他伸手捏起她的嘴巴，一下一下捏着把玩着，他恨恨地说：“不怪你，怪你的大姨妈。”

“这是哪跟哪？你直接说你很想跟我大干一场得了，咱夫妻之间用不着这么含蓄。”

“……能不能要点脸？你是女孩……”

“错，”林浅突然掰开他的手，打断他的话，“我是女人！”

“……”顾城骁白了她一眼，“女流氓还差不多，腿往哪儿放啊？”

林浅不好意思地笑笑，毕竟跟他也不是很熟，她悠悠地把腿挪开，翻个身背对着他：“睡觉了，再不睡，天都该亮了。”

顾城骁恨得牙痒痒，好不容易压下去的那股火又在身体里乱窜了，他靠过去，咬住她的耳朵，恨恨地说：“我迟早会被你折磨死。”

林浅乐不可支，语带笑意地说：“啊？放心好了，我没那嗜好。”

“……”

“关灯了，睡觉了。”

林浅把台灯一关，屋里瞬间变得黑暗，顾城骁安安静静地躺了三秒钟，又凑过来问：“大姨妈多久走？”

他的声音很低很低，又很好听，似大提琴低沉的暗吟，幽幽地撩拨着她的耳膜，她一笑，故意说："你猜？"

又是你猜，顾城骁想掐死她！

夜深了，林浅背靠着男人的臂膀安然入睡，踏踏实实地睡熟了。

顾城骁也闭着眼睛，原来把话说开是这么轻松，以后他不需要回避那件事，以后，他跟小丫头就是真正的夫妻。

不过，至于为什么这件事会阴错阳差地落到他的头上，为什么这么巧，小丫头会被送进他的房间，他一定会追查个水落石出。

第5章 女人与女人之间的战争

查案是顾城骁的专业强项，而不动声色地秘密调查又是他强项中的强项。

那天晚上的阴错阳差，顾南赫成了他心中的头号嫌疑人，毕竟顾南赫敢给他下药，然后再送个女人给他什么的，也不是不可能。

或许，两拨送人的人中间出了什么差错，就被调包了。

可是，以他的专业水准推断，这种狗血的情节会出现的可能性极小。

所以，他决定好好问一问顾南赫。

那是一个远离繁华都市的温泉会所，依山傍水，四季如春，鸟语花香，有汤屋，能娱乐，在这个气温骤降又还没供暖的时节里，有许多人会来这里度假。

比如说，最会享受的顾南赫，这个周末，他包下整个温泉会所，并且邀请了众多朋友过来玩。

顾城骁和顾东君就在被邀之列。

顾南赫本来就对林浅好奇，约了好几次，二哥都不答应，这回二哥终于松口了，所以他专门约上了大哥，一起来看看这位让二伯二妈头痛的“老二媳妇”。

一下车，林浅就蹿到了顾城骁的前面，看着那显眼的“温泉会所”几个字，有些无力招架：“喂，大领导，你啥意思啊？明知道我现在不能泡温泉，你故意带我来这儿惹我急是不？”

“这里不止可以泡温泉，肯定有你爱玩的。”顾城骁自然而然地牵住她的手，“怎么这么冷？”他就像一个威严的父亲，怎么都觉得女儿穿得少。

有一种冷，叫“爸爸觉得你冷”。

林浅直接无视了他的问话，左看看右看看，眼睛都不够看了，抓着他的手，一边甩，一边问："欸欸欸，那边是室外的温泉吗？等腊月下雪天再带我来好不好？外面下着雪，我们泡着温泉、吃火锅，那该有多爽！"

经她一提醒，顾城骁想起某年某月在冰天雪地的大兴安岭跟兄弟们一起泡温泉吃烤肉的场面，确实挺爽的，他捏捏她冰凉的小手，说："好，如果我没时间，你也可以自己来，带上你的朋友。"

"哈哈哈，好啊，好啊。"

两人还没进大门，顾南赫就已经望眼欲穿地奔到门口迎接了。

"Hi，小美眉，"顾南赫直接跳过顾城骁，视线直直地落在了林浅的身上，"我叫顾南赫，是我二哥的三弟。"

林浅蒙了两秒，很快反应过来，而且嘴巴比脑子反应得还要快："你好，我叫 007，是 008 前面的那位 007。"

顾城骁直接笑了出来，顾南赫的表情十分搞笑，而在一旁低头看手机的顾东君也因此转过头来。

林浅不露怯，也不别扭，就是挺意外的，眼前这个陌生的怪叔叔跟顾城骁有五六分相像，就算不是亲兄弟，也必定是有血缘关系的兄弟，而且他也姓顾。

顾南赫轻咳两声，收起了不羁的笑容，礼貌而又郑重地点了点头："我顾南赫，他顾东君，我们仨是堂兄弟，老大，老二，老三，你好，嫂子。"

林浅朝他指的方向看去，只见一位风度翩翩的儒雅男士徐步走来，他也与顾城骁有几分相像，但气质没那么霸道，显得更加沉稳一些。

林浅默默感叹，顾家真是被上帝偏爱的家族啊，堂兄弟三个都是人模狗样、衣冠楚楚，老大沉稳，老二贵气，老三雅痞，各有千秋，单看一个都是光彩照人，三个站在一起，那简直就是耀眼夺目。

被这三尊大佛围着，她分明感受到了来自前台服务员嫉妒的目光。

"我哥，我弟，"顾城骁很正式地为他们介绍，"内人，林浅。"

内人？！

这个称谓让林浅一阵紧张，主要是被肯定的喜悦，也有对这个称呼的不适应和不习惯，她隐隐一笑，乖巧地点头："大伯哥好，小叔好。"

顾东君礼貌地点头："你好。"

调皮的顾南赫可没这么好说话，他直接调侃起二人来："小嫂子，我早就对你久仰大名了，不夸张地说，我几乎每三天就要接到二妈的电话跟我提到你，今天终于见到你的真人了，不容易啊。”

林浅露出了尴尬但不失礼貌的微笑，婆婆提到她，能有什么好事，她直爽地问：“那小叔打算怎么拆散我跟你二哥？”

“……”顾南赫既意外又惊喜，连忙表明立场，“小嫂子，你放心，我们兄弟仨都是一头的，要不然，二哥也不会带你出来见我们，对不？小嫂子，二哥可重视你了，就你那一屋子的衣物，我都有点心疼，他买的时候眼睛都不眨。”

林浅转头看看顾城骁，他一脸淡定，哼，真会装。

她忍不住使坏，用手肘轻轻推他一下，抿着嘴，扬起了得意的甜笑：“你就这么喜欢我，这么离不开我啊？”

顾城骁：“……”我兄弟面前，能不能给我留点面子？

顾南赫扑哧一笑，连一向严肃的顾东君都扯开了嘴角，但他很快就收起了情绪。

“哈哈，二哥，我现在有点明白你了，小嫂子太有趣了，走、走、走，咱进去坐下再说吧。”

他们刚一转身，迎面就看到一个熟人，四人之中除了林浅，其余三人皆是一愣。

郑紫琪就这么出人意料地出现在这里，盘发高贵，妆容精致，一袭宝蓝色的丝绒长裙，吊带、V领、低胸，性感得很端庄，妖娆得很大气。

这是一个气场强大的美女，这是林浅对郑紫琪的第一印象。

而郑紫琪的视线并没有像别人一样逗留在三位帅哥身上，她是直直地看着林浅。

这是一个充满戾气的眼神，让林浅莫名地后背一凉。

顾南赫：“郑小姐，你怎么会在这？”他包下了会所，在场的人都是他邀请的，可他并没有邀请郑紫琪。

郑紫琪冷厉的眼神依旧打量着林浅，笑笑说：“怎么，顾总裁要计较我的不请自来？”

“不跟女人计较”是顾南赫的至理名言，他摇摇头说：“那倒没有，我喜欢热闹，朋友越多越好，一起进去玩玩吧。”

郑紫琪的视线又转向顾城骁，不冷不热地笑言：“顾大队长，难得你也有空出来玩。”

顾城骁冷着脸，稍稍一点头，就径自拉着林浅进去了。

“怎么不介绍一下你身边这位小姐？”郑紫琪拦住两人的去路。

顾城骁面无表情，抿唇不语。

可这样的表情本身就是一个信号，因为他之前是笑着的。

林浅并不笨，女人的第六感告诉她，这位郑小姐肯定跟顾城骁有一腿。

其实，顾城骁的心情好坏全都挂在脸上，本来他就属于面瘫的人，表情也不多，现在忽然变得面无表情，那就代表他心情不好。

林浅注意到，顾城骁现在的脸色比昨天半夜突然回家时候的脸色好不到哪里去，都是摆着一张扑克脸。

而且不单是顾城骁，连他的两位兄弟都面色沉重。

“是你女伴？女友？”郑紫琪步步紧逼。

“内人，林浅，”顾城骁说，“同事，郑紫琪。”

郑紫琪的面部表情有了片刻的凝滞，转瞬即逝，她走近一步，优雅地向林浅伸出手，面带笑意，却语带挑衅地说：“你好，小妹妹。”

这种情况下，一般人都会称呼一句“顾太太”，可郑紫琪来了一句“小妹妹”，顾城骁当即就不满了，她这是故意找碴？

林浅却毫不在意，朝着郑紫琪浅浅一笑：“你好，小阿姨。”这损人的小句子，她都是张口就来。

郑紫琪：“……”

顾家兄弟仨：“……”

郑紫琪的脸色有点僵，想不到这个黄毛小丫头还有一张利嘴，她故意摇曳了一下裙摆，硬扯开笑容说：“小妹妹，这里面都是大人玩的，小孩子不合适。”

林浅却笑得格外甜，大大的杏眼都弯成了两道月牙，她挽住顾城骁的胳膊，头一偏，往他手臂上靠着，撒着娇说：“老公，那你要保护好我哦，万一我走丢了，被坏阿姨拐走了，怎么办？”

郑紫琪：“……”我当你找了个什么大家闺秀，原来就是一个做作女，顾城骁，真想不到你的口味这么奇特。

顾家兄弟仨：“……”原来你是这样的林浅。

郑紫琪被怼得说不出话来，那场面异常尴尬，她内心又愤怒又憋屈，更多的是不甘心。

顾城骁结婚的事情，一夜之间传遍了整个朋友圈，她早上一醒就发现手机里无数条询问的信息。

——“瞒得这么好，什么时候跟顾大队结的婚？”

——“等你们的好消息好几年了，终于等到了，什么时候办酒啊？”

——“小郑，哦，不，现在应该叫顾太太了，恭喜啊。”

——“今天顾老三在温泉会所设宴，听说顾大队也去，怎么，瞒不住了，所以想正式公开了？”

这些类似的信息看得她莫名其妙，但她唯一肯定的是——顾城骁结婚了。

顾城骁结婚了，新娘却不是她，当时她还以为那是一场梦，等梦醒了之后她发现，她是最后一个知道她追求多年的男人结婚了。

等她反应过来再去看这些问询的信息，每一条都跟针一样扎着她的心。

所有的人，都以为她才是顾城骁的最佳配偶；所有的人，都认为她和顾城骁才是天造地设的一对，包括她自己。

今天她来，就是想看看，到底顾城骁娶了谁，到底是谁取代了她的位置。

林浅挽着顾城骁进入宴会现场，里面正在进行的是一场高级商务宴会，一眼望去都是俊男靓女。

她当即就蒙了，脑子一片空白，只见大厅里面的装修极为奢华，现场有很多人，有酒水、甜点，还有现场演奏的乐队。

他们一行人进来，里面的人都很自觉地让出中间一条通道来，用期盼的目光看着他们。

面对此情此景，林浅的脑海里突然冒出来这么一句话——是骡子是马，拉出来遛遛就知道。

很明显，她是骡子，而且还是一头连门面都没有装扮好的骡子。

“不是说带我来玩吗，怎么来这种地方？”她用只有顾城骁能听到的声音问。

顾城骁拍拍她的手背安慰一句：“跟着我，我们走走过场就走。”

人群都在窃窃私语：“快看，顾家兄弟仨全来了。”

“顾大队身边的女人是谁？”

“郑紫琪啊……不对，那不是郑紫琪。”

“哎呀，郑紫琪不是跟在最后头吗，你瞧。”

“什么情况这是？”

郑紫琪是跟在后面进来的，她并不想赤裸裸地面对这个残忍的事实，但她没有办法。

在林浅出现的那一刻，她就成了众人眼中的可怜人，与其让大家认为她已经躲起来疗伤了，她不如直接站出来以证明她很好。

顾南赫："两位哥哥，小嫂子，你们里边坐，我去招呼招呼。"

顾城骁和顾东君都不是喜欢热闹的人，他们直接去了里面的包厢，顾南赫可是一个爱玩爱疯的人，他一来，宴会的气氛一下子变得轻松愉悦起来。

包厢十分雅致，与外面只隔着一面屏风，既保持了连通，又注重了隐私。

顾东君一入座就开口问道："前些日子，汪海成把军区总医院旁边的那块地免费赠予总院，是你干的？"

"哦？他这么大方？"

"我也很诧异，之前总院让政府出面跟汪海成谈，他都不肯，没想到短短几天，他忽然转性，免费拿了出来。这没理由啊，我想来想去，这件事只有你能办到。"

"大哥，你抬举我了，汪海成洗白得不错，但黑总归就是黑，或许他只是想积点德，为子孙着想吧。"

林浅在一旁安静地听着，她想起在医院病房里，汪海成道歉求饶时候提的条件，其中一条就是把总院旁边的地免费送给总院，于是，她就天真地问了一句："你当时不是没有答应吗？他怎么还是送了？"

顾城骁："……"

顾东君笑了一下，含蓄地说："谢了，兄弟，你又帮大哥解决了一个大难题。"

顾城骁笑而不语。

林浅看看两人，一头雾水："听你们说话真费劲，我都听不懂。"

顾城骁摸摸她的脑袋，说："听不懂就对了。"

"欺负我没文化？"

"嗯，就欺负你没文化，所以你要好好学习、天天向上。"

"……"林浅噘起嘴不理他，转身往后面看大厅，那里是真正上流社会的宴会，跟她这种小老百姓一起聚餐吃个烤串有很大的不同。

这时，悠扬的音乐响起，宴会大厅的中央陆陆续续有男女结伴跳舞，顾南赫搂着郑紫琪成了全场焦点。

顾南赫是目前最庞大的顾业集团的当家人，年纪轻轻就坐上了总裁的位置，地位显赫，身份尊贵。

更要命的是，他还长了一张倾国倾城的脸，爱高调，爱显摆，爱交际，所以他的国民知名度要比顾城骁高很多。

顾南赫在公开场合的一举一动都有可能登上热搜榜，比很多当红明星的流量还要高。

而郑紫琪，将门之女，巾帼不让须眉，在他们这个圈子里同样备受瞩目。

重点是，郑紫琪多年来一直苦苦追求顾城骁，为了追男人，她自己都加入了野狼战队。

这两人凑在一起共舞，关注度加倍，八卦指数飙升。

"顾城骁结婚，郑紫琪改变目标了？"

"她跟顾南赫也不差啊，那现在就剩下顾东君了。"

"欸欸，你们刚才看清楚顾城骁身边的女人了没？谁家的？"

"没看清脸，不过看穿着打扮，应该年纪不大，至少比郑紫琪年轻。"

"所以说，女人要那么强干什么？还追着去当了特种兵。"

下面众多名媛都在嘲笑讽刺郑紫琪，但这并不影响郑紫琪在宴会上发光发亮。

柔美的灯光下，顾南赫带着郑紫琪在悠扬的音乐声中翩翩起舞，虽然两人在各方面都很般配，但总有说不上来的不登对。

这两人不来电。

顾南赫笑得很绅士，眼神只在她脖子以上移动："郑小姐，我这个人心直口快，说错了，你别介意，感情的事不能勉强，懂不？"

郑紫琪没什么表情，虽然面容精致、身材傲人，虽然脚步稳健、舞姿轻盈，虽然气质高贵、举止优雅，但还是隐藏不住她眼底的落寞。

"顾总裁这么着急干什么，我又没做什么。"

"呵呵，这样都不算做什么，那我就不知道你做了什么是怎样的。"

"顾总裁说笑了，还是专心跳舞吧，你都跟不上了。"

"好。"

无疑，郑紫琪是一颗闪耀的钻石，没有什么能够阻挡她发光发亮。

今天的她非常放得开，舞越跳越妖娆，裙摆越撩越敞开，与顾南赫结束共舞之后，还带来了一场个人 solo。跳到激动之处，她直接将长长的裙摆撕成了超短裙摆，一双蜜色的美腿展露无遗。

宴会的画风骤转，乐团也配合演奏着热辣的音乐，气氛一下被调动至最高点。

全场的人，特别是那些眼馋的男士，欢呼声此起彼伏。

音乐的节奏越来越快，郑紫琪越跳越投入，一双纤细的高跟鞋踩得又稳又快，舞步很稳，力道很足，脚步却依旧轻盈。

她腿上的肌肉线条非常漂亮，看得出是常年在锻炼的，可是又不会练得太过，多一分嫌多，少一分嫌少。

就这样，凝聚所有人目光的郑紫琪一跳就跳进了顾城骁所在的包厢里。

林浅："……"哪里来的怪阿姨？！

顾城骁："……"这个有点过了吧！

顾东君："……"我只是一个吃瓜观众。

郑紫琪踩着妖娆的舞步行至顾城骁的面前，音乐就跟配合好似的，就在此时，忽然转变成了悠扬的华尔兹，她眼神笃定，款款地朝他伸出邀请之手。

不过就是一次普通的共舞，她就不信顾城骁还能当着众人的面拒绝她。

"顾大队，我能请你跳一支舞吗？"

如果说这是一场女人与女人之间的战争，那么，郑紫琪这喧宾夺主式的强势进攻，直接秒杀了毫无准备的林浅。

屏风内的吃瓜观众屏息静观，屏风外有更多的吃瓜观众翘首以待。

"顾大队，只是跳一支舞而已，这么简单的事情，您不会不答应吧？"郑紫琪胜券在握。

顾城骁站起身，然而，他并没有接受邀请，而是往边上走了一步，长臂一捞就捞起了一脸呆滞的林浅："走，我们换个座位。"

"嗯？你不跳一个？"

顾城骁没好气地瞪了她一眼，催促道："走啦。"

顾东君若无其事地站起身，再尴尬也保持着儒雅的风度，他默默地跟上了顾城骁和林浅。

屏风内的吃瓜观众撤了，屏风外的吃瓜观众也赶紧撤。

郑紫琪脸面全无，风光过后的落寞要比没有风光过的落寞更加让人难过，她失笑着瘫坐在顾城骁刚才坐过的沙发上。沙发上还有他的余温，他就这么无情地、狠心地拒绝了她一个再简单不过的要求。

可是，她并不后悔，至少她的举动搅乱了林浅。

我不好过，谁都不要好过！

顾家兄弟三个换了一个包厢，顾南赫笑得前俯后仰，林浅没心没肺地点评着郑紫琪刚才的舞姿："小叔，没有你的拖后腿，她那段solo跳得特别好，真的。"

顾南赫："我要早知道她玩得这么开，我直接贴上去给她助威。"

林浅："助威是假，吃豆腐是真。"

顾南赫："知我者，小嫂子也。"

林浅："承让，承让。"

顾南赫："小嫂子，敌军都打到家门口了，你不出去迎战？"

林浅："迎战也得有战袍啊，就我这……算了。"

顾南赫："要战袍还不简单，走，我带你去换战袍。"

林浅："真的？"

顾南赫："骗谁都不能骗我嫂子啊，走。"

顾城骁："……"

顾东君："……"

这两人商量得倒是挺快啊。

林浅就这么愣头愣脑地被带了出来，然后又被顾南赫喊来的一个女性好友拉走了。

顾南赫回到包厢，包厢里只有顾城骁一人坐着："欸，大哥呢？"

"厕所。"

"哦。"

顾南赫瞧一眼那边失落的郑紫琪，人还坐在那里伤春悲秋呢，他既幸灾乐祸，又饱含期待地说："二哥，郑小姐还没走，也不知道还有没有下一场艳舞，哈哈哈。"

"林浅呢？"顾城骁问。

"放心啦，一定给你一个惊喜，"

顾城骁招招手让他过去，隐晦地问道："记不记得上次派对你阴我的事？"

顾南赫连忙打哈哈："嗯哼。"

"我问你，你得老实回答。"顾城骁的眼神突然淬了毒，不冷不热地看向堂弟，"除了给我下药，你有没有准备女人？"

顾南赫收起了玩心，二堂哥这种眼神，他还是懂的，他一本正经地说："我发誓，除了放了点柳叶春，我其他什么都没做。我那天是想让你放松放松，让你自己在派对上结识新朋友，后来你也没行动，所以我以为柳叶春对你没用。"

顾城骁皱起了眉头，顾南赫见状，越发紧张："哥，二哥，好哥哥，我亲哥，我知道你的底线，太过的事，我可不敢做。我有几个胆子啊，伤天害理的事，我可不干。"

顾城骁瞟了他一眼："够了，没个正经。"

顾南赫苦着一张脸，无比真诚地道歉："哥，我真错了，我不该阴你……"可他转念一想，这事有蹊跷啊，"哥，听你的意思是，那天晚上你房里有女人？"

顾城骁以沉默回应，这大大地激起了顾南赫的好奇之心。

"难道就是……小嫂子？"

难怪啊，那就难怪了，这就能解释他为什么突然闪婚并且指定结婚对象是林浅了。

"她也是受害者，这件事我还在查，你当不知道。"

顾南赫意识到事情的严重性，不免紧张，问道："那二哥，等查清楚了，小嫂子还是我的小嫂子吗？"

"废话，她永远都是。"

"好，那我明白了。"

今天顾城骁之所以应邀过来，一来是想带林浅出来玩玩，二来正是为了当面问一问顾南赫这件事。现在事情问完了，那他也要带林浅上别处去玩了。

他往外面看了看："你把她弄哪儿去了？怎么还不回来？"

顾南赫赶紧给他顺毛："女人打扮哪有这么快，想要惊喜，总得耐心等待嘛。"

"惊喜？不会是惊吓吗？"

"不会，不会。"虽然顾南赫嘴上这么说，可他心里没底。

"哥，那你结婚之前跟二伯二妈说你女朋友怀孕的事，是假的？"

他转移话题问。

“不这么说，他们能答应我结婚？”

“所以，小嫂子根本没有小产，她压根就没怀孕，对不？”

顾城骁斜了他一眼，不作答。

这不就等于默认了吗，顾南赫简直对他佩服得五体投地，双手抱拳连连作揖：“小弟我又学了一招。”

“不要贫嘴！”

就在这时，顾东君急急忙忙从外面进来，一向儒雅稳重的他很少有心急的时候：“城骁，快出去看看，你媳妇被郑紫琪堵在偏门口了。”

顾城骁一听，急忙起身。

顾南赫留心看了一下那边的包厢，人果然不在了，他一边紧跟着二哥，一边絮絮叨叨地说：“糟了，所以，我就说嘛，千万不能惹女人生气。”

偏门口围着许多人，多数是看热闹不嫌事大的女人，可这些女人都是盛装而来，与其说是人群，不如说花丛更为恰当。

而花丛中，最为出挑的就是衣着暴露的郑紫琪的背影。

在情绪高涨的时候，她一撕裙摆引得全场欢呼，可一旦热情冷却，与周围衣着完好的名门闺秀相比较，她这超短裙就有点格格不入了。

其实，郑紫琪并没有堵林浅，只是她的姐妹们陪她离场的时候，恰巧遇到了刚进来的林浅。

尴尬的身份加上尴尬的相遇，让远远看到的顾东君误以为林浅被郑紫琪堵了。

此时的林浅，一袭淡紫色长裙，身姿曼妙，肩部和衣袖是透明的同色薄纱，与长裙面上的蔷薇花刺绣融为一体，令人叹为观止。

百丈蔷薇枝，缭绕成洞房。蜜叶翠帷重，浓花红锦张。

诗句的绝美意境全都跃然衣上。

裙子美，人也美，在一众长发飘逸的名媛之中，林浅的短发成了她的出彩之处。

她右边的头发被编成辫子放在耳后，左边的头发自然散落在耳畔，端庄中带着几分俏皮，优雅中带着几分活泼，而裙子一字领的设计更加突出了她的肩颈曲线，又平添了几分性感。

她脸上的妆容很淡很淡，如同她身上的淡紫色，不争不抢，却无比和谐。

可是，她的美貌丝毫没有因为妆容的寡淡而减弱半分，相反，所有人都在为她的清丽脱俗而感叹。

所有人，包括郑紫琪和她的姐妹团，都被这仙气十足的新人物震撼到了。

郑紫琪是感叹她的变化，而姐妹团是感叹这个圈子又多了一个敌人。

“她是谁？”

“不知道，不认识，没见过。”

“雅雅，你问问。”

“你怎么不问？！”

听着姐妹们的低声交流，郑紫琪不紧不慢地上前一步，淡淡地开口道：“林小姐。”

郑紫琪始终不愿意称呼林浅为“顾太太”。

林浅轻轻点头，抿唇浅笑，这一动作，犹如落入凡间的精灵向凡人发出了友好的信号，犹如那成千上万个花骨朵瞬间开成了一片蔷薇花，简直倾倒众生。

她揪着裙摆退至门边，脚尖轻点地面，微微鞠躬，礼貌而又优雅地说道：“众位小姐先请。”

郑紫琪与姐妹们挽着手慢慢走出去，人人都忍不住回头打量林浅，甚至走了两步就不约而同地停步，干脆站在原地看着她。

“紫琪，她是谁啊？”

“林……林氏企业的？”

“林氏企业的林潇、林渝姐妹俩我都见过，不是她们，也没听说她们还有一个姐妹啊。”

“说不定是哪个十八线的小明星，顾总裁不是最喜欢跟明星、网红之类的玩吗？！”

郑紫琪内心怒意翻涌，她低吼一句：“安静点！”

姐妹团：“……”

备受瞩目的林浅一步一步踩着高跟鞋缓缓地走向大厅中央，她的脚步慢得有点过分，且姿态生涩，可这丝毫不影响她“小仙女”的人设，反而给人一种涉世未深的天真感。

顾城骁定定地站在那里，以为她受了欺负，急忙赶来，看到的就是这样一幕。

“哇，哦，这哪里是惊喜，简直是惊艳。”顾南赫看得目不转睛，一双桃花眼都醉醉的，“哥，以前我不相信，但现在不得不信，你的眼光实在太毒辣了。”

听二妈的描述，林浅就是一个发育不良、丑陋不堪、愚蠢木讷的小丫头，他知道这里有二妈的偏见，可想来肯定也好不到哪里去。

刚才的初次见面，林浅爽直可爱的性格让他忽略了她的外貌。

他现在再一看，他二哥才是“真相帝”，小嫂子只要稍加修饰就足以碾压在场的任何一位名媛，她同时具备了可爱的性格和天使的美貌，简直就是一块浑金璞玉。

在众人惊艳的目光下，林浅终于走到了顾城骁的面前，她朝他伸出一只手，笑着问道：“顾大队，我能请你跳一支舞吗？”

轰！郑紫琪仿若五雷轰顶，刚才她就是这么对顾城骁说的。

故意的，林浅绝对是故意的！

顾城骁满眼的嗔怪，小声说了一句：“别闹。”

林浅执着地往前走了一步：“顾大队，只是跳一支舞而已，这么简单的事情，您不会不答应吧？”

轰！这又是跟郑紫琪一模一样的话。

不过，她的结局会跟郑紫琪一样吗？众人翘首以待。

这时，顾城骁似是很无奈地叹了口气，好像在说——真是拿你没办法。

他握住她的葱白玉指，从容浅笑，说道：“荣幸至极。”

两人相拥起舞，林浅笑意盈盈，眼睛格外清亮，顾城骁也饱含深情地看着她，他们的眼中只有彼此。

林浅的舞步并不熟练，远远不如郑紫琪来得炉火纯青，但是她与顾城骁的共舞格外好看，郎情妾意，你侬我侬，这是一段非常有感觉的共舞。

反观郑紫琪，热辣的炫舞以及撕裂后变成的超短裙，并没有为她博得心爱男子的青睐，反而还让她成了别人口中的笑话。

既然来了温泉度假村，不好好享受一下，岂不可惜。

虽然“大姨妈”来了，但林浅也有许多可以参与的项目。

换上浴袍穿梭在各个温暖如春的特色场所，也是一种极大的放松和享受。

他们在四面围着透明玻璃的阳台上找了张软包沙发坐下，桌上放着精致可口的点心，一边闲聊，一边享受着大自然的馈赠。

林浅惬意地躺在沙发上，跷着二郎腿，头枕着顾城骁的大腿，怎么舒服，怎么来。

“她爸跟我爸是老战友，我们是在一个院里长大的，她从小就很有主见，想要什么，都会尽全力去得到。在我非常正式地拒绝了她六次之后，她竟然参军了，还一路开挂，进了特种部队。”

“现在我转业进了别的单位，第一天去报道的时候，她也在。原来，她早知道我的去向，所以早早就向上级申请了。”

“她也转业了？”

“是的。”

林浅疑惑地问：“这么生猛，凭她自己进的？”

“是的，后台再硬，也得看个人能力。她成绩好，样样都争第一，再加上家里的关系，在特种部队里如鱼得水。说实话，我要跟她有什么，早就有了，何必等到现在？以前我当她是妹妹，后来当她是朋友，再后来，直到现在，包括以后，我都只会当她是同事。

“不知道这样的解释，林浅同志是否满意？”

林浅俏皮地一笑：“其实我根本就没怀疑你，因为……有人跟我说你在我以前没有谈过恋爱。”

顾城骁捏她的小脸，语带威胁：“谁跟你说我隐私的？”

“我才不会暴露我的眼线呢，哈哈，你都快奔三的人了，连女人的手都没摸过，你是打算当个老处男吗？”林浅竭尽全力地取笑他，好不容易逮到一个机会，“那岂不是多亏了我，才让你尝到了鱼水之欢、人间极乐？嗯，咱们彼此彼此，很公平。”

顾城骁有些羞臊，谁都有不擅长的事情，情爱这方面，他确实启蒙得晚，开窍得也晚。

他的身份和修养让他做不到像林浅一样在公共场合随意地谈论这些私密之事，他只能假装严肃地说：“回家再收拾你。”

“哈哈，你脸红了吗？”林浅抬头看着他，目光充满新奇，“哈哈，顾城骁，你是脸红了吗？”

顾城骁低下头，双手包着她的脸，将她的脑袋固定住，慢慢往下压。

林浅享受极了这种与爱人之间的甜蜜互动，特别是顾城骁超高的颜值，完全让她沉醉，他越往下压，她的心跳就越快，越期待接下来发生的事情。

于是，她很配合地闭上眼睛，嘟起小嘴。

咦，怎么还没碰到？她的下巴又翘起一点，再翘起一点，再翘起一点……

直到——

“你在耍我！”她睁开眼睛，看到顾城骁正装模作样地打量着她，她那个臊啊，脸蛋立刻染上了两抹红晕：“你讨不讨厌？！”

顾城骁抓住她伸出的小粉拳，一本正经地说：“既然我们都把最珍贵的第一次献给了对方，那就更应该珍惜彼此以后的无数次。”

他的声音低得不能再低，连害羞的样子都这么严肃，林浅就忍不住想笑，她眨眨眼睛，一脸天真地问：“呃？老司机，你在说什么？我听不懂呢！”

“……”顾城骁真拿她没辙，直接抱着她的头撞了一下自己的头，让她好好感受一下它的硬度，警告道，“别以为你现在有‘大姨妈’保护，我就不敢动你，你不可能永远有它保护，到时候……”

林浅配合地抱紧自己，七分娇，三分羞，摇着身子，软软地说：“奴家好怕怕哟。”

“……”小妖精！

野狼战队指挥中心，高纪钦急匆匆地来到大队长办公室，兴奋地禀报道：“老大，你的预感果然没错，经过三天三夜的追查，我们在海岸的乱石中发现了类似血迹的东西，经过DNA比对，是人类的血迹无疑。那个地方人迹罕至，我们有理由怀疑这正是四叔的血迹。”

顾城骁面色冷肃，这是一个最坏的结果。

高纪钦跟了他许多年，对老大的处事风格也有所了解，主动回禀道：“老大，我已经增派人手在各个机场、车站、码头，包括各家医院，寻找四叔的踪迹。他受了伤，只要他就医或者出行，必定会留下线索。”

这时，魏男也神色匆匆地从外面赶来，一进来就禀报道：“老大，你推测得没错，B大的女大学生失联案果然跟金三角有关。”

高纪钦再一次由衷地佩服自家老大，说：“魏子，我刚刚查到四叔还活着的证据。”

魏男点了点头：“这帮人不止贩毒，还残害祖国的花朵，简直畜生不如。”

在与缉毒大队联手的那段时间，缉毒大队与特战队互相交换了一下信息，缉毒大队的卧底发回的最后的情报是——在金三角某个临时基地发现了数名被绑架的少女。

那位卧底警员不想打草惊蛇，所以没有追查跟进，只将这个消息发给了警队。

后来捣毁金三角的任务大获成功，卧底警员也回到了警队，而警队在清扫金三角各个基地的时候并没有发现这些被绑架的少女。

金三角有很多庞大的贩毒集团，集团成员众多，内部关系错综复杂，可以说，一朝捣毁，随时复燃。为了防止它死灰复燃，缉毒大队还有很多后续的事情要做，所以顾城骁就把这个案子接了过来。

正好又碰上林浅牵涉其中，所以，整个野狼特战队上下都很重视这个案子。

虽然大家都没有见过林浅，可他们对这位嫂子是既好奇又尊重。嫂子的事就是老大的事，老大的事就是整个野狼特战队的事。

当初知道有这么一起失联案，顾城骁凭着多年办案的经验，当场就推测失联案跟金三角的绑架少女案有关。

果不其然。

“老大，这帮人很有经验，避开了所有路面监控，可是，天网恢恢，疏而不漏，我们在学院路上一家便利店门口的监控里发现了他们的踪迹。

“他们只是路过，画面也不是很完整，当时张燕多半是被挟持了，而挟持她的男人正是被我们在云川悬崖上捕获的马荣。马荣是六指，监控画面正好拍到了他的手，也是六指。

“根据时间推断，绑架张燕很有可能是他们去云川之前最后的犯案，所以，张燕以及那些失踪少女，很有可能被他们带到了云川，藏在了云川某个地方。”

这也算是一个好消息。

顾城骁当机立断：“立刻去审问马荣，无论用任何手段。”

魏男领命敬礼：“是！”

“高纪钦，继续你的搜索工作，搜得仔细一点，不能放过四叔，失踪的女生，我们也要救，你亲自过去。”

“是，我马上出发。”

张燕失联的日子一天拖一天，毕竟人是在学校失联的，家长们天天在学校闹。

不但如此，家长还听信了南音的话，到处找林浅。

学校和警方都出面证实了林浅的清白，可家长还是不依不饶，天天在校门口堵，在宿舍楼门口堵，还拉起了“凶手林浅快出来”“名校包庇凶手林浅”之类的大横幅。

他们把“凶手”这顶帽子直接扣在了林浅的头上。

学校处境尴尬，直接让警察来调解，可张燕人找不到，是死是活都是未知数，家长不可能就此罢休。

林浅是最无辜的，寝室不敢回，校门不敢走，上下学都跟做贼似的胆战心惊。

顾城骁又是好几天不回家，她身边没有亲人，没有朋友，她从来没有像现在这样感到孤单彷徨过，心里慜得慌。

地铁一站一站驶过，她看着那张熟悉的行程表，林家附近那个地铁站就快到了。

想想时间，她也有快三个月的时间没有回林家了，当初发着毒誓，说要与林家老死不相往来，可生活了二十年的地方，不是一个毒誓就可以完全切断念想的。

奶奶去世了，爷爷还在，林渝老说爷爷又念叨林浅了，其实她也想念爷爷。

想着，林浅不受控制地站起身，出了地铁，却不想，在林家遇见了华天明——那场交易的始作俑者。

她刚踏进林家大门，就听到客厅里大妈惊诧的声音：“什么，您是说那天晚上没做成？”

“可不是，我连人都没见着，就急急忙忙赶飞机去了。”

林培再次确认，问道：“华哥，所以说，那天你跟我小侄女啥事都没发生，对吗？”

“是啊，老弟，我刚才不是说得很清楚了吗？我急着去美国签那份七亿的订单，一刻都等不了。”

朱曼玉推了一下丈夫，圆滑地将这份尴尬掩盖了过去：“你啊，说你迟钝还真迟钝，重点是华哥赚大钱了呀，他还惦记着我们公司有没有度过危机，这份恩情，我们一定要记住。”

林培像是恍然大悟一般，一把握住华天明的手，感激涕零地说道：“华哥，多亏了您的帮忙，华氏企业才得以度过困难时期，您的这份恩情，我林培永世难忘。他日只要您用得上我的地方，只要吭一声，小弟我一定赴汤蹈火、在所不辞。”多亏了您没对我小侄女做什么，我才保住了项上人头啊。

林浅在门外全听到了，心想，果然是两口子，唱戏的本事都是杠杠的。

华天明的余光瞥见一个人影正从门口经过，转眼看去，眼前一亮：“哟，小浅，你可回来了。”

林培和朱曼玉转身看去，可不就是林浅吗，他俩吓得大气都不敢出，两人默默地握紧手，免得在华天明面前失了态。

华天明笑容满面地朝小姑娘招招手，他比较有福相，笑起来，脸上的肉都堆到一起去了，本就不大的眼睛被挤得没了地方，看上去就跟没睁开眼似的。

“小浅，几个月不见，你又漂亮了啊，过来，过来。”

林浅看到华天明那满脸的横肉就反胃，那件事她跟大伯大妈还有华天明都心知肚明，她道行不够，做不到像他们那样好像什么事情都没发生过。

“过来，过来，我带了礼物给你。”华天明的眼睛直直地看着林浅，这个小妮子是他看着长大的，越长越水灵，那小脸，那小腰，那细腿，就跟漫画里走出来的少女似的，弄得他晕乎乎的。

华天明惦记林家的姑娘好多年了，他就好这口。

林潇越长大越成熟，美是美，但不是他喜欢的风格。

林渝也可以，鬼马精灵，活泼开朗，笑起来又特别甜。

林浅尤其符合他的口味，所以在林培提出以林浅作为交换的时候，他想都没想就答应了，要不是临时有事，他早就把林浅收入囊中，那滋味，光是想想，都让人销魂蚀骨。

“谢谢，我不需要。”林浅拒绝道，回头又对大伯大妈说，“我是来看爷爷的。”

华天明不急也不恼，拿着礼盒硬塞进林浅的手里，甚至还想摸一把林浅的手：“小浅，这是华叔叔的一点心意，你要是不喜欢，华叔叔再给你买喜欢的。”

林浅往后一躲，那嫌弃厌恶的眼神，仿佛华天明是一只得了瘟疫的丧家犬，她愤怒地说道："老子不稀罕你的东西！"

"……"华天明有点儿尴尬，但还是满心欢喜地看着她，嘴角有止不住的笑意，瞧这个刁蛮的丫头，脾气还挺火暴，我的亲亲小辣椒，叔叔太喜欢你了。

林培和朱曼玉自然明白华天明的心意，钱已经付了，人就是他的。

可是，如今计划赶不上变化，得罪谁都不能得罪顾城骁啊，林培赶紧上前帮腔："华哥，我这有件事得跟您谈谈。小浅，看爷爷去吧。"

林浅巴不得，转身就走，早知道会碰到这个人，打死她都不来。

华天明的眼睛依依不舍地望着林浅，他说："林老弟，我实话跟你说了吧，我今天来的目的就是小浅，咱当初不都讲好了吗！"

最怕的就是这，一边来问林培要人，另一边又让他保密，他愁得是满脸褶子："华哥，我看这小浅也有自己的主意，咱还是不要逼她好了？"

华天明一听，脸当场就垮了下来："林老弟，你这话是什么意思？当初你可不是这样说的，现在钱一到手，公司一渡过难关，你就想赖账？"

"不、不、不，绝对不是，华哥，我也是有苦衷的……"

八面玲珑的朱曼玉这个时候也傻了，她还记得那天林浅回来的时候恶狠狠地看着他们的眼神，她身上和脸上还有伤，如果说那天晚上她不是被华天明那啥了，那又是被谁？

朱曼玉真的不敢想，华天明不好惹，顾城骁更不好惹，而且顾老司令还下了严令，让他们保密，否则就杀无赦。

杀无赦啊，她再大的胆子，也不敢跟顾家抗衡。

就在华天明咄咄逼人之时，一直在二楼听下面的人讲话的林潇忽然走下楼来，说："爸，妈，林浅和顾城骁的关系早就在圈子里公开了。"

林培和朱曼玉都有种背脊发凉的阴森感，公开了，也就是说，顾家不会退货，林浅坐稳了顾家少奶奶的位置。

"唉……"朱曼玉一下瘫倒在沙发上，完了，要遭报应了，左右都是一刀。

华天明也愣了好半天，他反复琢磨着林潇这句话，刹那间眼神有一种细微的变化："顾城骁？京城顾家那个？"

林潇："是的，我想大概是因为林浅隐瞒了顾城骁这件事，所以，这么久都没人追究，毕竟也不光彩。"

林培有些无措："潇潇，你怎么会知道这件事？"

"你不用管我是怎么知道这件事的，"林潇鄙夷地看了一眼父母，讽刺地说，"要么别做，做了就别留下把柄，你们就祈祷顾城骁永远都不知道这件事吧！"

朱曼玉满眼的绝望，林培也像斗败的公鸡般颓丧，他们都是过来人，试问哪一个男人可以忍受自己的枕边人遭受那样的羞辱？！

从林家出来，林浅的心情比之前好了许多，如果不是遇到了华天明那个恶心的人，她的心情会更好。

其实，自从知道那天晚上的男人是顾城骁之后，她就已经不恨大伯大妈了，没有他们的自私狠毒，就没有她和顾城骁阴错阳差的结合。

想想现在生死未卜的张燕，再想想自己，她觉得她已经很幸运了。

天色渐暗，地铁站迎来了下班高峰期，站台上人满为患，整条通道都挤满了人。

林浅挤在人群中，被人群挤着往前走，方向都有些不受控制。

"别挤，别挤，我往左边，让让，麻烦你们让让。"

在林浅无数次表明要往左，可包围着她的人群还是固执地往右去的时候，林浅终于意识到了异样——此时的她正被一群人高马大的男人包围着，他们圈着她往他们要去的方向移动着。

"大哥，让我过一下行吗？我要去那边。"林浅直接去推他们的胳膊，试图从他们中间的缝隙挤出去。

可是，后面一个男人突然用厚纱布捂住了她的嘴，她刚想大叫，一张嘴，一股刺鼻的气味直接钻入她的口鼻。

周围都是赶地铁的人，人挤人，到处成团，近身的人都不知道这里发生了什么，更别说远处的人，林浅就这样被一群男人"守护"着带进了电梯。

那股刺鼻的气味太过嚣张，以至于林浅当下就知道了它的厉害，四肢发软也就一瞬间的事。天旋地转之间，她的眼睛都睁不开，在彻底失去意识之前，她放弃了挣扎。

她想，无论如何都要保留一个清醒的脑子，好知道是谁要害自己。

"虎子，OK 了，背她。"

林浅闭着眼睛，听到了"虎子"这个名字，然后那个叫虎子的男人就将她背了起来。

她努力地睁开沉重的眼皮，伏在虎子的背上，她看到了两个衣着类似的男人，而正说话的两个男人在另外一边。

“四叔是不是小题大做了点，不就是一个小丫头吗？至于让我们全都出动？”

“这只能说明四叔很重视她。”

“丫头确实长得不错，回去先让哥爽一爽，然后你们挨个上。”

众人一阵淫笑，林浅都能感觉到虎子趁机摸了她屁股一下，还有人弹了一下她的小腿。

这帮淫贼！她在心里暗骂。

“都别瞎起哄，四叔指定要的人，谁敢动？不要命了？”

众人一阵叹息，林浅都能感受到虎子在叹气。

“尼莫，你不说，我不说，他不说，四叔怎么会知道？”

“她不会说吗？”

“我会有办法让她闭嘴的。”

“达志，你别乱来，四叔最近脾气不怎么好。”

“行啦，啰唆。”

林浅仔细听着，一一记下他们的对话，以及他们的名字。

也就是说，这里至少有五个男人。

一对五，她从来都不畏惧人数上的差距，她曾经一个人打趴了九个人，也曾经使尽浑身解数都不及顾城骁的一只手。

她畏惧的，是他们不明的身份和目的。

他们所说的四叔是谁？为什么四叔指明要抓我？在大庭广众之下，他们公然掳走良家妇女，哦，不，少女，为何？

林浅感觉到了危险的气息，这与她平时跟那些小流氓打架是完全不同的。

一阵刺骨的寒风吹来，她知道他们已经出了地铁站，寒冷而又清新的空气让她清醒了几分，眼皮也没那么重了。

外面的天色已经暗了下来，他们一行人前后分散着走，一点都没有要躲避监控器的意思。

做贼的都心虚，可他们走得堂堂正正。

虎子背着林浅，不明情况的路人都以为是男友背着女友，那是多令人羡慕的一对啊。

林浅眯着眼睛，用力地深呼吸着，越深呼吸越清醒，只是身体依然没有力气。

她清楚地知道自己被虎子甩进了一辆面包车。

面包车开开停停，坐得她又有了眩晕感，难受至极。

“饿了，先找个地方吃饭。”

“她没问题？”

“没问题，上次那个粉红小可爱昏睡了六个小时，这次的药量比上次大，她这一夜都醒不来。”

“那成，虎子留下看着，我们给你带饭。”

“好。”

“你小子可别趁机乱来啊，四叔指定要的人，别乱来。”

“明白，尼莫哥。”

四人下了车，虎子坐到驾驶室，他打开音乐，一边休息，一边哼歌。

他们根本没有想到，林浅在一闻到刺鼻气味的时候就屏住了呼吸，还主动放弃了挣扎，所以她吸入的迷药并不多。

此时的林浅就跟破抹布一样被遗忘在面包车的后座上，她慢慢地睁开眼睛，只看到虎子坐在驾驶室里摇摆着双手，很陶醉的样子。

现在就是一个逃跑的好机会，外面车水马龙，喧嚣杂乱，想必也有很多的路人，只要她逃出这辆面包车大声呼救，就可以获救。

林浅深吸一口气，尽管四肢无力，她还是要试一试。

她垂下一只手臂和一条腿，撑着车厢，然后慢慢地往下爬。

这时，她看到了座位下一团毛茸茸的东西，借着驾驶室微弱的灯光，她仔细瞧着，那是一只靴子，长毛靴子，粉红色的长毛靴子。

张燕？！是张燕的靴子！

她记得特别清楚，那天张燕就穿了这双粉红色的长毛靴子，她当时还取笑张燕装可爱了。

——“上次那个粉红小可爱昏睡了六个小时……”

那人说的不会是张燕吧？！那张燕被他们……林浅一阵激动，内心的正义之火和愤怒之火轰地一下燃爆了，太可恶了，简直丧尽天良，这帮泯灭人性的畜生！

人在愤怒的时候往往会有无穷的潜力，林浅咬紧牙关，匍匐着身子慢慢地往前爬。

她一定要逃出去，不止为了自己，还为了救出张燕。

车里音乐大开，虎子正自我陶醉着，林浅拼尽全部力气终于爬到车门边，距离不长，她却已是满头大汗。

她撑起身子，伸出手臂去拉门，可是——打不开。

她不确定是车门锁死了，还是她力气太小。

汗聚成一股沿着脸颊滑至下巴，这寒冷的大冬天，她竟然大汗淋漓，又紧张，又气，又累。

可是，岿然不动的车门让她有些绝望，她深深地感觉到了心有余而力不足的无奈和悲凉。

她再耗下去，另外那四个人就要回来了，到时候她更难逃走。

就在这时，驾驶室的车窗忽然被敲响了。

虎子一看，从容地关了音乐，大大方方地降下车窗，对着外面的交警笑呵呵地说："我等人，马上走，行个方便吧。"

"我们查酒驾，请配合一下。"

林浅来了精神，使出全部力气，跟鬼魅一样突然从漆黑的后座飞扑出来，披头散发地躺在两个座椅中间："救命……救……"

虎子吓惨了，交警也愣住了。

说时迟，那时快，虎子一把将林浅甩在后面，不顾交警的警告和阻拦，抓紧方向盘，踩下油门，夺路而逃。

这一跤，林浅摔得很痛很痛，后脑勺连同整个后背直接撞到了车厢上，摔得她感觉骨头都要散架了。

不远处传来了警笛声，虎子一边飙车，一边往那灯火阑珊处瞧了一眼："我跟你们拼了。"

虎子一踩油门冲出去，由于速度过快，林浅就跟滚球似的整个人撞到车子的最后面。

剧烈的疼痛让她浑浑噩噩的脑子越发清醒，惊人的车速让她感到前所未有的害怕。

原来，这才是这个社会上真正的恶势力，她平常说的"能用武力解决的事情绝对不多费唇舌"那一套，根本就是小打小闹。

虎子驾驶着面包车疯了一样在路上疾驰，下班高峰期还没有过去，机动车道上很堵，他就冲上非机动车道，甚至人行道，哪里有路，就往哪里开，也不管路上有没有人。

林浅随着车子被甩来甩去，别说她现在没力气，就算有力气，也未必站得起来。

警笛声越来越多，越来越近，警察正在全力追捕和围堵他们。

林浅用力抓着座椅下面的铁杆，慢慢地、一步一步地爬起来，她感觉到自己的体力正在一点一点恢复。

外面依然有嘈杂的喧闹声，大喊声、尖叫声、哭声，还有撞击声，此起彼伏。

她不知道面包车开到了哪里，也不知道虎子想开去哪里。

不过，她能肯定的是，虎子现在肯定很慌张。

“你自首吧，你逃不掉的。”她对着前面说。

“臭娘们，信不信我一枪打死你？！”

他这样的恐吓，让林浅吓得双腿发软，可是，不远处的警笛声又在无形中给她增强了信心。

就在这时，前面的路口突然走出来一对母女，年轻的母亲牵着小女儿的手，小女儿看样子只有四五岁，一蹦一跳的。

“停车！”林浅本能地大喊起来，“前面有人，停车！”她又扑了过去，抓住方向盘不松手。

“想死啊？！滚！”虎子一抬手肘，狠狠地击中她的脸。

说时迟，那时快，年轻妈妈反应再快，也不及车速飞快，眼看就要撞上了，母女二人都吓蒙了。

吱……轮胎与地面之间发出尖锐的摩擦声，林浅趁虎子抬手打她的时候，用力转动方向盘，面包车急转弯，一下子冲向旁边的绿化带。

面包车方向急转，可车速一点没变，由于惯性，整个车身都倾斜过来，冲过了绿化带。

“啊！”所有人都尖叫起来，包括车里的林浅和虎子。

绿化带的后面是一个斜坡，斜坡下是一条景观河。

由于车速过快，转弯过急，面包车翻转九十度落地，玻璃一瞬间全部被震碎，然后又失控地滑下了斜坡，撞开了景观河岸边的防护栏，直接冲进了景观河里。

B市的冬夜气温已经降至零下，景观河很深，河面已经结冰，河水混着薄冰，冰冷刺骨。

面包车一冲下去，没了车窗的阻挡，河水灌了进来，车子迅速下沉。

在面包车翻车落地的那一刻，林浅就觉得再痛也不过如此，哪知道还会掉进冰冷的河水里。

那种刺骨噬心的冰冷，直接把她从死亡线上拉了回来，再逼着她经历一遍更加痛苦的死亡过程。

那一刻，死个痛快对她而言，竟然成了一种奢望。

面包车终于完全沉没下去，只有河面上荡漾的水波在路灯下反射着阴寒的光芒。

几乎同时，一个矫健的身影毫不犹豫地纵身一跃，一头扎进了河里。

医院，抢救室门口，顾城骁坐在走廊的座椅上等消息。

他的身上还在滴水，清洁工阿姨在旁边拖着地，好心地问他："这位同志，你要不要换身衣服？"

顾城骁抬了抬腿，说："抱歉，给您添麻烦了。"

阿姨摇摇头："这倒没关系，我是怕你冻坏身子。"

"谢谢，不碍事。"

阿姨叹了口气，拖着地走远了。

电话响起，铃声在安静的走廊里格外响亮，还伴着回声，他慢慢接起来，语气深沉："喂。"

郑子俊："老大，魏男已经把其余四人抓捕归案，正一个一个审问呢，这边虎子只是受了一点皮外伤，我办完手续就交给公安部门去了。"

顾城骁："好。"

郑子俊："嫂子那边怎么样？"

顾城骁麻木地抬头看了一下手术室的灯，迷茫地说："不知道啊。"

郑子俊与顾城骁是自从有记忆起就在一起的兄弟，从小，郑子俊就没有从顾城骁嘴里听到过"不知道"三个字，更没有从他的脸上看到过慌张的神情。

今天，因为林浅，他终于感受到了顾城骁的失常。

"老大，放心吧，嫂子一定没事。"

"借你吉言。"

顾城骁挂了电话，寂静的走廊传来一串军靴的脚步声，换上干衣服的宋景瑜拿着另外一套干衣服急急忙忙跑来。

从那冰冷的河水里上来，寒风一吹，铁血壮汉都要冷得抖三抖，就算他们是训练有素的特种兵，也不过是血肉之躯。

“老大，快把衣服换一下吧。”

顾城骁如磐石般坐在那里，一动不动，他正在回想下午林浅给他发的消息，她说她很想他，也在回想在救护车上的时候，她唯一说的那个字——痛。

痛，他也很痛啊！

接手张燕失联案之后，他们通过调取查看无数的道路监控录像锁定了几辆可疑车辆，这辆面包车就是其中之一。

经过分析研究，他们最终锁定了这辆面包车，车是报废车，车牌是假的，查不到任何相关信息。

这辆车一直停在某车库里整整半个月，他们只能守株待兔。

直到今天傍晚，面包车终于迎来了它的主人。

金三角贩毒集团在云川的老巢被围剿之后，虽然几个重要的首领死的死，被抓的被抓，但还有众多成员潜逃在外，他们通过秘密的方式互相联络着。

傍晚的时候，疑犯从停车场开走了车，特战队立刻展开了跟踪行动。

通过地铁站的监控，他们看到疑犯是如何一步步把目标女孩困在包围圈，最后成功掳走女孩的。

放长线，钓大鱼，这是顾城骁制定的追捕方针，他想把张燕等无辜的女孩们救出来，更想把潜逃的四叔找出来。

交警查酒驾的事情打乱了他们的计划，后面的一系列突发事件让特战队员们措手不及。

特别是顾城骁从军用望远镜里看到那个被绑架的女孩一闪而过的侧脸时，他惊得五脏俱颤：“他们绑架的女孩是林浅！追，快追！”

车里所有的兄弟都惊呆了，林浅，不就是他们的嫂子吗！

金三角的余党是为了报复他而绑架了林浅，他痛恨自己为什么不及早防范，做足了所有措施，却唯独忽略了身边的人，他的心真的很痛。

宋景瑜看他情况有些不对，又说：“老大，老大，无论如何，请您先把衣服换了，一会儿嫂子出来，你不还得照顾她啊？”

顾城骁这才回神过来，看一眼依旧亮着的手术灯，再看一眼手腕上的表：“已经半个小时了……看着点，有情况立刻喊我。”

“行。”

顾城骁就在阴暗寒冷的楼道里换了干净的衣裤，换上干衣服，整个人都暖和起来。

他一出来就问：“面包车打捞起来没有？”

宋景瑜：“得用吊车吊起来，但现在车流量大，吊车开不进去，得晚点，过了高峰期才能开进去。”

顾城骁：“好，你跟子俊一起归队吧，监听到的那段听不清的对话让沈自安好好研究研究，或许能找到什么线索。”

宋景瑜立正敬礼：“是！”

时间一分一秒过去，军医院的走廊越发寂静阴冷。

护士邀了顾城骁几次去暖和的家属等待区，可他都婉拒了，因为这里，是他能待的离林浅最近的地方。

身为野狼战队的一员，他肩负着保家卫国的光荣使命，为了祖国安定，为了社会安稳，为了人民的人身和财产不受侵害，他哪一次任务不是拿着命在拼？！

虽然是拼命，但每一次，他都有足够的把握可以赢，他就是这么有自信。

可是，此刻，他忽然有一种无力感，一种就算他拿命拼搏都无济于事的无力感。

他能主导自己的命运，可他掌握不了别人的命运。

他与林浅一切都刚刚开始，有很多事还没有开始，甚至，他连一个正式的名分都没有公开给她。

这时，抢救室的门突然被打开了，顾城骁猛地站起来，激动、焦虑、期待、担心，这些复杂的表情全都显现在他那张被林浅定义为“面瘫”的脸上。

“医生……”他紧张到不知道怎么问才妥当。

医生面色轻松，给了他一个安慰的眼神，说：“顾大队，别担心，顾太太只是轻微脑震荡，外加受了风寒，多休养几日就没事了。”

顾城骁紧绷的脸瞬间变得愉悦，还有点不可置信：“真的吗？可是，她头后面的伤口很大，流了那么多血，真的没事？”

“伤口是被玻璃碎片所伤，确实有点深，碎片已经取出来了，并未伤及头骨，请放心。”

“她在哪？”

“等她从麻醉中苏醒过来就会被送去病房，顾大队请到病房等待。”

听着医生确定的话语，顾城骁心里一块巨石终于落地，他后退一步，郑重地向医生鞠了一躬：“万分感谢。”

医生也是军人出身，他敬了一个军礼，向顾城骁致以崇高的敬意：“职责所在。”

二十层，是军医院最高规格的干部病房，顾城骁和他的特战队队友们，可以算是这里的常客。

听说是顾城骁的太太要来住院，几个年轻的小护士既心碎又好奇，到底是什么样的女孩能成为她们梦寐以求的人。

“天哪，顾大队在给她擦脸，妈呀，她好幸福。”

“握手了，握手了，啊，我老公竟然握了别人的手！”

“怎么看，他都好帅，特别是温柔的样子，哦，我受不了了，为什么躺在床上的人不是我。”

“呜呜呜，为什么嫁给他的人不是我。”

病房里，顾城骁一直守在床前，林浅有点低烧，他每三分钟换一下她额头上的冷敷毛巾，每五分钟用棉球蘸了水擦她的嘴唇，每十分钟用温毛巾帮她擦手、擦脚、擦脖子，时间精准，手法轻柔，眼神充满爱意，且不要任何人代劳，凡事都亲力亲为。

这样一个颜值高、能力强、家世好、地位高的军人，还同时具备了感情专一的必杀技，只要是个女人，都会倾慕他。

“咯咯！”护士长瞪着那一群在病房门口偷窥的人，反问一句，“都不用上班了？”

“……”众护士肩膀一抖。

护士长低吼一句：“都干活去！”

小护士们吓了一跳，你拉我，我拉她，互相推搡着闪了。

护士长只剩摇头叹气，叹气之余，她也忍不住往病房里偷偷看了一眼，不怪这群小姑娘春心荡漾，连她这个即将退休的老妇女都忍不住多看顾城骁几眼，他实在是太完美了。

护士长深吸一口气，敲门进去，轻声问道：“顾大队，需要帮忙吗？我看你一个人照顾着挺累的。”

“谢谢，不用，我可以。”

“那有什么需要，您尽管吩咐。”

“好，谢谢。”

护士长由衷地说：“顾大队，您对您太太真好。”

顾城骁笑着看向林浅，淡淡地说道：“应该的。”

第6章

小别胜新婚

特战队关押室。

今天的收获颇丰，一举拿下五名金三角在逃成员，而且还直接验证了四叔没死的事实。

四叔没死，也就是说，对金三角贩毒集团的剿灭行动还不能停止。

情报中队的沈自安通过技术分析，将面包车里几人的对话提取出来。

他们的对话不但证实了失联女大学生张燕被绑架并且受侵害的事，还证实了四叔已经开始了对顾城骁的报复。

不过，让他们费解的是，顾城骁结婚一事十分低调，四叔受伤在逃，是如何知道林浅的？

这个疑问，让大家不得不怀疑——他们当中有内鬼。

“不会吧。”魏男很不愿意往这方面想，身边哪一个不是一起出生入死过的兄弟。

沈自安说：“我们能派卧底潜进敌营，敌营为什么不能？”

“……”魏男无法反驳，但他依然坚持自己的观点，“老大结婚虽然没有张扬，但毕竟是公开了，而且知道的人不在少数，四叔既然冲着老大而来，知道也不奇怪。”

宋景瑜：“高纪钦在云川也不知道在干吗，这么久了，还没找到人。”

郑子俊：“老大说了，狡兔三窟，说不定四叔早就不在云川了。”

魏男忽然想到什么，说：“这样说来，那老大岂不是很危险？还有顾老他们。”

大家互相看看，不约而同地认定了一点，沈自安总结道：“柿子专挑软的捏，顾家的任何一员，四叔都不敢动，四叔敢动的只有林浅，不但容易下手，还戳中了老大的弱点。”

就在这时，云川警方突然传来一个紧急消息——端掉金三角一个潜藏的窝点，发现数十名被囚禁的少女。

宋景瑜："四叔呢？抓到人没有？"

李不言摇摇头："没提到四叔。"

众人沉默，这场仗，何时才能到头？

翌日，天微微亮，林浅慢慢睁开了眼睛。

这里很暖和，暖和到她可以暂时忘了那河水的冰冷，不过，昨夜的惊心动魄，她还需要时间去消化。

那么强烈的感官记忆，恐怕她这辈子都忘不掉。

窗台上的百合花洁白娇嫩，给这个充斥着消毒水味的房间带来了一丝别样的香味。

她看看四周，看看天花板，又往窗外看了看，看到了东边窗外那一片金色的朝阳。

"醒了？"顾城骁的声音有些沙哑，他在床边守了一夜，"没忘记我吧？我叫什么名字？"

林浅的反应有点迟钝，不动声色地问："你叫……猪头？"

顾城骁呼出一口长气来，哭笑不得："你这一本正经胡说八道的本事，从哪里学来的？"

林浅绷不住了，嘴角一咧，顷刻间露出了灿烂的微笑。

她这一笑，原本苍白的小脸立刻有了生气，眼睛变得亮晶晶的，那是一种死里逃生的庆贺。

顾城骁站起身，捏了一下她的鼻子："哭鼻子干吗？丢不丢人？"

林浅抬起下巴，眼睛往上看着，不想让眼泪流下来，可一抬头，触痛了后脑的伤口，痛得她眼泪直流。

她吸着鼻子嘟囔着说："我哪里哭鼻子了，我是痛，很痛好吗。"

顾城骁双手捧起她的脑袋，小心翼翼地护着："好、好、好，你说什么就是什么，那现在感觉怎么样？"

两人面对面地看着彼此，他说话时候的热气扑打在她的脸上，很亲密的感觉。林浅心跳都漏了半拍："你不招惹我，我就性命无忧了。"

顾城骁眯着眼睛，狠狠地鄙视她："说话还是这么不正经，正好说明你脑子没事，那我就放心了。"

"……哪有不正经，我还没有说出内心真实的想法呢。"

“嗯？你真实的想法是什么？”

林浅看着他冒着青灰色胡楂的下巴，英俊、成熟、性感、魅惑，在这个重见天日的美妙早晨，她见他的第一个念头就是：“老公，有句话叫小别胜新婚，这要不是在医院，我肯定直接把你扑倒，饿狼扑羊，你知道吗？”

顾城骁有点后悔问这个问题，他不能承认自己一个奔三的大龄青年被一个小丫头撩得有点不好意思，于是，他故意板起脸，一本正经地训道：“又胡说，你要时刻牢记自己是个女孩子，怎么能……”

“停！”林浅伸出手直接捂住他的嘴巴，娇俏地一笑，“那咱回家说，嘻嘻嘻。”

“……”顾城骁真的拿她一点办法都没有。

“嘤嘤嘤，老公，我有点头晕。”

“哦，老公，我好像有点胸闷。”

“老公，我饿了……”

顾城骁：“……”

病房里一上午还挺热闹，医生查房，护士送药，完了之后，又来了一拨野狼特战队的人，以录口供为名来探望传说中的嫂子。

两名警员在病房里单独给林浅录口供，顾城骁等几个都在外面走廊上等。

这一排的型男帅哥，要颜值有颜值，要身材有身材，就在洒满阳光的狭长走廊上一站，就像电影大片一样豪华养眼。

大眼帅哥宋景瑜，健硕硬汉魏男，忧郁迷人的郑子俊，当然最受瞩目的还是王一般的男人顾城骁。

野狼男团齐聚在此，把整层楼的人气都提高了，女医生、女护士，还有一些女性病人家属，不管是不是这层楼的，都跟赶集似的过来围观。

然而，处于风暴中心的男人们还浑然不知。

顾城骁一脸严肃：“有没有问出四叔的行踪？”

宋景瑜摇头：“据他们供述，都是四叔单方面联络他们，他们并不能联络到四叔，更不知道四叔的具体位置。”

顾城骁反问道：“他们的话能相信吗？继续盘问，这些人狡猾得很。”

宋景瑜：“是。”

魏男忽然提了一嘴：“老大，嫂子的身份暴露，这次他们就是冲着嫂子来的，这以后嫂子的安危……”

顾城骁沉默片刻，说：“我自有打算。”

没过一会儿，病房门开了，警员录完了口供：“顾大队，夫人的口供基本上跟我们知道的无异。”

顾城骁点点头：“你们辛苦了。”

冬日的暖阳照进房间，林浅笑意盈盈地坐在病床上，她的周围全是阳光，衬得她的笑容越发美丽动人。

这是大家第一次见到林浅，一个拥有甜美笑容的小女生，是大家对她的第一印象。

“嫂子好，我叫宋景瑜，大家都叫我鲸鱼。”

“嫂子好，我叫魏男，你可以叫我魏子。”

“嫂子好，我叫郑子俊。”

林浅看着他们，想都没想，脱口就问：“各位帅哥，你们脱单了吗？”

“……”众人一阵尴尬，纷纷转头去看老大。

顾城骁板着脸，实在摸不清林浅的路数，他低低斥骂一句：“又闹什么幺蛾子？”

“哈哈，你们别紧张，正所谓‘肥水不流外人田’，我正好有几个单身的好姐妹，介绍给你们好不好？”

顾城骁翻起了白眼，摊上这么一个老婆，太丢人了。

不过，众兄弟对林浅简直感激涕零，一口一个“嫂子”叫得特别亲热。

林浅大大咧咧地一拍床，说：“来、来、来，一个一个说，我都给你们记下来，年龄、籍贯、兴趣、爱好，年轻人讲究志同道合。”

此情此景，林浅就跟古代偶像剧里最会来事儿的媒婆似的，因碰上几个优良的资源而兴奋得不行。

“越详细越好，家庭成员有哪些都写上。”

顾城骁见状，又好笑，又好气，又无语：“你们……这像不像话？”

宋景瑜：“老大，你是饱汉不知饿汉饥。”

魏男：“就是啊，老大，我们时时刻刻向您看齐，您都有嫂子了，兄弟们连女朋友都没有呢……嫂子，我喜欢性格温柔的妹子。”

林浅连连点头，打着包票说：“没问题，没问题，这样吧，找一天大家都有空的时候，约出来一起唱个歌吃个饭。谁跟谁看对眼了，自己约，不好说出口，就找我说，怎么样？”

“好、好、好，这样再好不过了，嫂子，你有几个姐妹啊？别到时候不够分。”这话说得宋景瑜自己都忍不住笑了，他再一看顾城骁严肃的扑克脸，赶紧憋住了。

“我吧，堂姐还有两个，室友还有三个，女同学无数，你们想要什么样的，就有什么样的。”

“好，嫂子万岁。”

顾城骁杵在一边，黑着一张脸，这绝不是他想象中的画面，绝对不是！

“队里工作一大堆，都不用干活了？”没辙，他终于摆起了领导的架子。

林浅盘着腿，别人不敢顶撞他，她却敢，她说：“工作再忙，也不能耽误人家找对象啊，这不是好事情吗，拉动内需。”

“……”顾城骁一口老血卡在喉咙口，“那你不要休息了？”

“为了大家的终身幸福，我牺牲点休息时间算什么。”

“……”

众人齐喊：“嫂子威武！”

鉴于林浅良好的恢复情况，住了两天院，医生就批准她出院了。

“顾太太，你回家之后，万一有头晕、恶心、胸闷之类的情况，一定要及时到医院来。一个月之内不能剧烈运动，尽量少运动，轻微脑震荡一般来说不会留下后遗症，但也是需要注意的。”

“好、好、好，谢谢医生。”

出了医院，林浅就跟放归树林的小鸟儿，欢快得不行。

因为后脑勺剃了一小片头发，所以，她戴了一个针织护耳帽，米白色的颜色，头顶一个毛球，两边忽闪忽闪的大耳朵，造型特别可爱。

“顾城骁，这个帽子是你挑的？”

“嗯哼，好看吧？”

“……把老子的气质都遮没了，好看个屁。”

顾城骁板起脸：“再说一遍‘老子’试试？！”

“我，我，”林浅纠正着拍着自己的胸口，“我一向走高冷御姐的路线，你突然要我戴这么可爱的帽子，我哪还高冷得起来？”

顾城骁开着车，抛来一句：“要当御姐，首先得长齐头发。”

“……”

安静了没三分钟，林浅突发奇想地问：“顾城骁，我能不能去看看那几个怂包？敢把老子……咯咯，敢把我五花大绑，我非抽他们几鞭子不可。”

顾城骁开着车，偏了一下头，甩了一个白眼给她：“死了这条心吧，你见不到的。”

“不是可以指认吗，这种龌龊的王八羔子就该下地狱，几鞭子算什么，顾城骁，只要你帮忙肯定可以的，对不？”

顾城骁看她还问得来劲了，再次严肃认真地说道：“胡闹，我可没有这种特权。”

林浅撇撇嘴巴，不服气地低吟着：“哼，不行就不行，凶什么凶！”

“……”这就凶了？我这就凶了？我哪里凶了？

难怪孔夫子会说，唯女子与小人难养也，这句话简直就是至理名言，太对了。前几天她还埋怨他只顾工作不回家，现在好好地陪了她两天，她又对他诸多埋怨。

前面红灯，顾城骁停下车，看着她又扭头又噘嘴、一脸生气的样子，他耐着性子小声地哄她，几乎是低声下气地跟她解释道：“队里有队里的规矩，一切都得按规矩办事，哪是你想见就见，想抽鞭子就抽鞭子的？再说了，对疑犯也不能滥用私刑啊。”

林浅下巴抬得老高，一点都没有松口的意思，典型的得了便宜还卖乖的样子：“我就想使鞭子，就想使鞭子，就想、就想、就想！”

顾城骁用平生最大的耐性，轻声细语地说：“我给你使鞭子，成不？”

林浅那噘得老高的嘴一下子弯成了波浪形，想笑，又一个劲地憋住笑。

绿灯了，后面的车鸣响了喇叭，顾城骁抓稳方向盘，慢慢启动车子。

开着开着，他空出一只手来，默默地伸过去，手指扒拉了两下她的手背，然后紧紧地握住了。

“干啥？”林浅甩着手，眼睛一直看着窗外。

顾城骁不但没被她甩开，还用十指相扣的方式握得更紧：“没干啥啊，拉拉手而已。”

“专心开车好不好，顾大队长？！”

“一只手也能开啊。”

林浅故意提高了音量，用训诫的口吻说道：“单手开车妨碍驾车安全，开车接电话都要扣分，你这一边开车、一边撩妹子，要是被交警叔叔看到，肯定要处罚的，到时候，你可没有免责这种特权。”

这现学现卖的本事，顾城骁也是服气的。

“快放手，路面天眼神通广大，说不定，你这种不文明驾驶的行为早就被拍到了，嗯……你……”

顾城骁见她喋喋不休、得寸进尺的小样儿，右手倏地绕到她的颈后，包住她的后脑勺，将她转向自己，然后以迅雷不及掩耳之势碰了一下她的小嘴。

也就一下，很快速的一下，快到林浅还没反应过来就结束了。

“你……好意思吗……”她脸红得呀，害臊得说话都结巴了。

顾城骁得意扬扬地看着前面，一副专心开车的姿态，他算是明白了，要治她压根就不能讲道理，女人就是不讲道理的生物。

一路说说笑笑地回到家，几乎整个城邸的下人都过来探望林浅，少奶奶又住院了，少爷又要心疼了。

“没事，不用上来，少奶奶需要休息。”顾城骁下了逐客令，打发了最后一拨下人，唯独留下了年管家，“我妈说了什么？”

年管家有所顾忌地看了一眼林浅。

“没关系，你直接说。”顾城骁命令道。

“是，少爷……夫人其实在下面坐了一上午，刚走不久，你一直没回来，她就等不下去了，她说等晚上再来。”

顾城骁微微皱起了眉头，吩咐道：“我知道了，你让厨房准备一下，晚上请老爷和夫人一起过来用餐。”

“是。”

出乎大家意料的是，晚上不但叶倩如来了，连郑紫琪也来了。

来者皆是客，顾城骁再不高兴，也不能赶人家出去，更何况，郑紫琪还是他母亲带过来的。

入座，长方形的西餐桌前，叶倩如和郑紫琪坐在一边，顾城骁和林浅坐在一边，郑紫琪和林浅对面而坐，低头不见抬头见。

这就尴尬了。

为了缓解尴尬，顾城骁首先问道：“爸怎么没来？”

“你爸最近身体不痛快。”

“哪里不舒服，怎么不告诉我？”

叶倩如朝林浅那儿瞥了一眼，不满地反问道：“你又要顾工作又要顾家里，还能顾得上你老子？”

林浅的肩膀一抖，叶倩如这话明显是说给她听的。

“我这个当妈的，要见你一面，都得提前预约，来得不巧，还得等半天，老爷子一点小毛病就不用打扰你了。”

“……”顾城骁重重地叹了一口气，对于女人的刻意刁难，他是无从招架的，怎么回应都是错，干脆闭嘴。

叶倩如打量了一下林浅，这是她第二次看到林浅本人，说实话，比第一次见的时候要顺眼多了，至少眼是眼，鼻是鼻，嘴是嘴，衣服是衣服。

这段时间，叶倩如对林浅的身世调查得很清楚，其父母离异，各自成家，她虽然跟着父亲，但她父亲早就携眷移民澳洲，根本不管她，她是跟着爷爷奶奶在大伯林培家长大的。

如果只是身份上的差距也就算了，可林浅还是一个闯祸精、捣蛋鬼，在学校目无师长、欺辱同学、横行霸道，老师和学生对她的评价都很差。

说白了，林浅就是一个没爹教、没娘养的孩子，她真的不知道自己儿子到底看上林浅哪一点。

她的儿子，端正、高贵、尊荣，前途光明，是她和丈夫的毕生心血和这一辈子的骄傲，怎么可以让这样一个没品的丫头拖后腿呢！

最让她生气的是，他们做父母的都没有答应，两人就把婚事昭告天下了，老爷子几十年的老战友说他不讲义气，连儿子结婚都不通知，老爷子有苦说不出，气得血压连连飙升，这不，只能躺在床上静养了。

叶倩如越想越生气，看林浅也是越看越厌恶。

“听说你在学校是个小霸王，趾高气扬，走路横行，现在低着头干什么？”

林浅一阵头皮发麻，这个精明的老太婆可不是好糊弄的，她慢慢抬起头，一对上婆婆的脸，她嘻嘻一笑：“妈……”

“别叫我妈，我可不敢当。”叶倩如及时打断她的话，气氛再一次跌至冰点。

顾城骁想说点什么，但林浅在桌子下面的腿碰了两下他的，暗示他不要动怒。

既然婆婆已经调查得那么清楚，那她也没必要装了，她不但不生气，还笑得更欢：“那我跟年管家他们一样喊您夫人吧，只要您开心，怎么都好。”

伸手不打笑脸人，林浅笑意盈盈的样子，硬生生将叶倩如的火气压了下来。

叶倩如思量许久的、还没说完的话语，就这么卡在了嗓子眼里。

“顾夫人，郑小姐，吃饭吧，难得来一趟，也不能叫你们饿着肚子说话。有什么话，先吃饱了再说。”

顾城骁也帮着腔：“妈，先吃饭吧。”

这场战争没挑起来，叶倩如憋着火，郑紫琪也心里不爽。

吃着，叶倩如忽然说：“城骁，我跟你爸已经决定认紫琪做干女儿了，我实在喜欢她，她当不成我的儿媳，那就当我的女儿吧。”

顾城骁：“……”

林浅：“……”这都可以，算你狠。

“怎么，你有意见？”叶倩如故意挑起事端，反问道，“你随便跟个女人领证结婚都没有经过我们的允许，我们认个干女儿，你倒是有意见了？”

顾城骁的脸色并不好，以他的性子，他或许会直接摔筷子走人。

又是林浅，在桌下用手直接按住他的大腿，笑容可掬地接住了话茬：“没意见，没意见，城骁那么忙，又要顾工作又要顾家里，现在老爷子身体也不太好，哪里有闲心管这些琐事？别说一个干女儿，你们就算认一山头的干女儿，都没事，你们开心就好。”

叶倩如被怼得颜面全无，郑紫琪也感到了深深的羞辱，可她又没有立场反驳，实在憋屈。

“城骁，你听听，她这是专门气我的，她还想我接受她进咱家的门？休想！”

“欸，顾夫人，您这话不对，说反了呢。”

叶倩如和郑紫琪诧异地看着林浅，林浅优哉游哉地说：“要是有选择，我才不嫁给他呢，谁叫他爱惨了我，非我不可呢！”

所有人：“……”

“那我只能牺牲自我，成全他了，毕竟，他年纪那么大了，又情商堪忧，除了我，他很难找到其他人了。”

叶倩如的怒火直接拔高，噌地一下火冒三丈：“城骁，就她这样目无尊长的人，你是怎么看上的？”

林浅嘴快，脱口而出：“这叫情有独钟，您不懂。”

啪的一声，叶倩如将手里的筷子拍在桌上：“跟她说话，我都觉得是一种降低身份的耻辱，妈真的不懂，你到底是怎么看上她的。儿子，你长这么大，妈都没有替你操过心，你从小就有自己的主意，妈没管过，现在妈想管，是不是也管不了了？”

看着脸色深沉的亲儿子和狐假虎威的野丫头，叶倩如火力全开，看到林浅又跃跃欲试想反驳，她突然指着林浅呵斥道：“你给我闭嘴，我跟我儿子说话，轮不到你插嘴！”

林浅直接翻了个白眼，而她这个表情，直接戳伤了叶倩如。

叶倩如拍案而起：“儿子，你看看她，你看看她啊，这种嘴脸，你看得下去？你跟她在一起，迟早会被她毁了的啊！”

郑紫琪一直默默无闻地陪在叶倩如的身边，几乎没说话，存在感也很低，可正是因为这样，才越发凸显出了林浅的狂妄自大。

孰是孰非，孰优孰劣，一目了然。

“妈，今天是你过分了。”

叶倩如看着儿子如此维护林浅，简直痛心疾首，语带哽咽地说：“这顿饭，我不吃了，吃不下，紫琪，我们走。”

一顿晚餐不欢而散，气走了叶倩如，也让郑紫琪看足了笑话。

二楼卧室，林浅躲在房里装睡，顾城骁站在外面阳台上打电话，门窗的隔音效果太好了，她听不清他在讲什么。

隔着透明的玻璃移门，顾城骁颀长的背影有着一种遗世独立的神秘气息，那种高高在上的王者之气是他与生俱来的，是他存在于血液里的东西。

林浅摸不到，却能感受得到，他们之间有一种无法脱离世俗的差距，很大的差距。

打了好一会儿电话，顾城骁终于进来了，他放下手机，径直走到床边。

林浅闭着眼睛装睡，只觉得身边一沉，他坐在了她的身边。

“还装睡？行了吧，我知道你没睡着。”

“……”林浅识趣地睁开眼睛，感觉到他周身的凉意，问了一句，“外面这么冷，还打那么久的电话，说啥呢？”

“工作上的事。”

“不是哄你妈，或者跟你爸解释？”

“没那个必要，她带郑紫琪来，是她太过分了。”顾城骁深深地看了她一眼，面露无奈，“那样怼我妈，很爽是不是？”

林浅抿唇不语，她知道，接受训诫的时候到了。

可是，顾城骁温柔地抚摸着她的脸，眼睛里透着不同寻常的疼惜，她以为自己看错了，按着他的手，问道：“你不生气啊？”

“我生气，你就不怼了吗？”

“怼啊，我还口下留情了呢。还不是给你面子，要不然，我真怕把她怼哭了，那就不好看了。”

顾城骁不气恼也不烦躁，淡笑着警告她，也是在提醒她：“别把我妈想得那么简单，她是我亲妈。”

林浅看他笑得有点瘆人，说话时也不像在开玩笑，想来能培养出这么优秀的儿子的母亲，也不会是个简单的角色。

“她真的会吃了我？”她弱弱地问。

顾城骁白了她一眼，还是那句话：“你要修身养性，明白吗？”

林浅乖巧地点点头，然后嘴角一扬，眼梢一勾，突然伸出双手圈住他的脖子：“老公，我还没谢谢你救了我呢，要不是你，我早就见阎王去了。为了答谢恩公的救命之恩，小女子愿意以身相许报答恩公。”

她的声音轻轻柔柔的，像阳春三月的风撩拨着他的心弦，眼神也是媚得不行，弯起了一对月牙眼，不停地对他放电。

顾城骁面容冷漠，看似一点变化都没有：“刚说了要你修身养性，马上就不正经了？”

林浅用脚踢开被子，圈着他的脖子将他拉近自己，双腿顺势圈住他的腰，像无尾熊一样缠着他：“恩公，小女子愿意以身相许嘛。”

“……”

林浅是个行动派，以前光会纸上谈兵，现在要实际操作了，她就准备把自己知道的理论知识全都运用到实际中来。

他们都是成年人，没什么不懂的，都是名正言顺的夫妻了，害羞啥。

这么想着，她就这么做了：“你出差了这么多天，好不容易回来了，我们再不干点啥，大姨妈又要来了。”

“……”

“顾城骁，你别以为你没表情就可以装淡定，你看你的脸，比我的都红了，还装什么装？”

“……”

林浅是个急性子，一使劲把他拽到了床上，又一骨碌翻身骑在了他的身上，她直白地说：“你看你，矜持什么，我都没使劲拽，你就这么配合地躺下了，还说不想？逗谁呢你？”

顾城骁压抑着、隐忍着、强憋着，生硬地从牙缝里挤出一个理由：“等你伤好了再说。”

“好了啊，我没事啊。”

“医生说一个月不能剧烈运动。”

林浅一听就烦躁了：“我好没好，我自己不知道吗？医生总会把情况往最坏了说。”

她还戴着护耳帽，护耳帽两边各有一根长辫子垂下来，她这个姿势坐着，两条长辫子就正好甩在顾城骁的脸上。

林浅一边摇头，一边用辫子“抽”他：“我现在要对你使鞭子，你干不干？干不干？”

“……”顾城骁抱着她的脑袋说，“脑震荡不能这么摇。”

“我都是死过一次的人了，脑震荡怕什么，谁都不知道明天和意外哪一个会先来，想干吗就干吗，人生苦短，及时行乐才是真理。”

“……”

“你说话不算话，你白天还说使鞭子呢，怎么一到晚上就怂了？”林浅整个人都骑在他的身上，简直是在用生命诱惑他。为了证明身体无碍，她一个劲地摇头摆尾。

“够了，林浅！”顾城骁握住她的腰，制止她乱晃，他深呼吸着，喘着粗气说，“冷静点，理智点，咱以后的路还长着，也不差这十天半个月。”

林浅不想再跟他多费唇舌了，她霸气地扣住他的手腕，直接将他的双手压在了枕头上，她嘴角一勾，笑得极其邪魅，哪是她要为所欲为，根本就是他想要她为所欲为好不好！

她呼啦一下脱掉了身上的套头毛衣，连带着护耳帽也一并脱下。

她凌乱不堪的头发铺盖在脸上，半遮的双眼，若隐若现，玲珑的身段，妖娆如斯。

顾城骁喉结滚动，干涸的喉咙跟火烧一样难受，他所有的理智和坚忍，都在她冰凉的薄唇贴上来的时候彻底崩盘了。

啪的一声，灯光熄灭，干柴遇上烈火，顷刻间熊熊燃烧起来。

野狼战队总部。

经上级同意，顾城骁正式接手逮捕四叔的案子。

顾城骁翻看了五名疑犯的口供以及高纪钦从云川发回的资料。

四叔真的很狡猾，警方捣毁了他的老巢和无数个窝点，砍断了他的左膀右臂，他竟然还能逃得悄无声息。

能逃，说明他的势力还没垮。

四叔不垮，金三角随时可能死灰复燃。

他从缉毒大队那里获取了大量有关金三角的资料，可唯独没有四叔的资料，除了知道“四叔”这个名号，其他一无所知。

在云川那次逮捕行动中，缉毒大队将四叔等几个要犯追到了悬崖上，两方展开了激烈的枪战。

顾城骁和宋景瑜以狙击手的身份从旁协助。

接到射击命令之后，顾城骁和宋景瑜同时连开两枪，四个带头的首领被击毙了三个，四叔跳下悬崖，从此不见踪影。

那次行动，是顾城骁离四叔最近的一次对峙，四叔蒙着面，没人见到他的真实容貌，只能凭外形体征猜测他是五十岁上下的中年男子，个头偏矮，体型偏胖。

他们对抓捕回来的金三角成员连番审问，没人说得出四叔的外貌特征。

这个四叔简直是谜一样的存在。

“报告大队长，突击中队高纪钦归队。”

“进来。”

高纪钦一下飞机就过来了，连日来的高强度工作让他很疲惫，四叔的消失更让他心有不甘。他道：“报告大队长，十三名被绑架的少女已经送回各自的家乡治疗休养，她们都受到了不同程度的侵害，这帮人简直是泯灭良知的畜生。”

“张燕目前在哪？”

“张燕是京籍，目前在军医院治疗。”

顾城骁拿出一张手绘人像给他看：“这是根据四叔的体型画的，只有一个大致的轮廓。”

高纪钦接过画稿，这就是一个普通的人像轮廓，说白了，他们对四叔的了解仅此而已。

他沉重地说：“在云川的时候，我问过那些少女有没有见过四叔，她们说从来没人见过四叔本人，但四叔有一个性癖好，喜欢少女。所以，被绑架的都是少女。”

“这么变态？！”顾城骁暗想，跟华天明一个德行。

这是高纪钦第一次带队出征，第一次上前线捉拿要犯，也是第一次亲眼看到那些真实的、血淋淋的场面，这对他的身心也是一种极大的挑战。

那些受害者无助的眼神和绝望的叹息，以及那些遍地尸体、血流成河的画面，比他在资料库里看到的案例要来得震撼多了。

“老大，我现在特别后悔在上次行动结束之后离开云川，当时你训斥我，我心里还不服气。现在想想，如果我当时不回B市，而是一直追捕下去，或许四叔就抓到了。是我的犹豫和迟疑给了他一个喘息的机会。现在我想弥补都弥补不了。”

看着高纪钦此刻的样子，顾城骁就像看到了多年以前的自己，年轻的战士只有不断地锤炼，才能成为一匹真正的野狼。

他安慰道：“这不怪你，当时我们只是协助者，统领说撤，我们只能撤。好消息是，追捕四叔的案子现在正式由我们接手。”

高纪钦振奋地说：“我高纪钦一定要亲手把这个作恶多端的恶魔抓起来。”

顾城骁点了点头：“也不急于这一时，你先回去好好睡一觉，我们再来部署。”

“是，老大，这幅画能不能给我？”

“当然可以。”

高纪钦敬了一个军礼，退出办公室，尽管那幅画稿看不出什么，但他还是执着地研究着。

顾城骁刚坐下，门口又响起了敲门声：“进来。”

郑紫琪拿了一份文件走进来，一身军装的她英姿飒爽、腰杆挺直、走路带风，颇有巾帼不让须眉之姿。

顾城骁抬头看了她一眼，面色冷漠，不痛不痒的眼神丝毫看不出异样。

“报告大队长，这份文件需要您的签字，请过目。”

顾城骁接过来，翻阅了一下，郑重地签下了自己的大名。

“谢谢大队长。”郑紫琪后退了两步停下，没走，也没吭声。

“还有事？”顾城骁随口一问，头都没抬。

郑紫琪的语气忽然就变了，她圆润而又轻柔地说：“昨天我不请就自己去了，抱歉。”

顾城骁停笔，不过，依旧没抬头。

“我劝了你妈，劝不住，你爸身体不好，你妈身体也不好，我担心她，所以只好跟着去了。她一直在说你不尊重她，你伤了他们二老的心。她也不是故意去找碴，她去，一来是真心想见见你，二来也是想劝你离开林浅。”

见他不动，她以为他都听进去了，继续说道：“林浅的资料，你妈给我看了，说实话，她比我想象中还要不堪。城骁，你了解她吗？你知道她的出身和成长环境吗？难道你就一点都不在意她的言谈举止和行为作风？就算你不在意，你爸妈在意啊，顾家的脸面还要不要了？”

顾城骁放下手中的笔，从笔筒里重新拿了一支，在空白的纸上画了两下，可以写，然后继续伏案工作。

原来他只是换笔而已，郑紫琪嘴角一抽，脸上写满了难堪。

不过，多年来在顾城骁身上的屡战屡败已经让她练就了强大的内心，这点打击击垮不了她。野狼特战队，她都能考进来，她不信自己征服不了一个男人。

“当局者迷，旁观者清，城骁，你不要被蒙蔽了双眼，你爸妈难道会害你吗？我难道会害你吗？我比任何人都希望你好。”

郑紫琪的自说自话一点都打动不了顾城骁，她唯有放弃：“我就希望你能抽空多回家陪陪父母，最后，我再次为昨天的冒昧道歉，对不起。”

顾城骁终于抬起头来，郑紫琪一下双眼放光，期待地看着他。

“郑队，你的道歉，我接受，所以请你以后别再不请自来了。等我们办婚礼了，我会邀请你，到时候欢迎你来喝喜酒。”

“……”

顾城骁用最残忍的方式打击一个深爱他的女人，也是真的狠。

但是，在过去的十多年里，哪怕只是他最平常的一个眼神，她都能理解成他在给她暗示，所以，他只能用这种态度对她。

既然用说话的方式拒绝她没有用，那么，他就用实际行动来拒绝她。

不给她一丝希望，是他对她最好的祝福。

那天，灰蒙蒙的天空中忽然飘起了雪花，这是今天冬天的第一场雪。

瑞雪悄无声息地下了一个晚上，林浅清早醒来，迷迷糊糊一睁眼，还以为能看到落地窗外的一片金黄。她揉揉眼睛看清楚："呀，下雪了啊。"

天地都是一片白色，几乎没有分割线。

顾城骁刚准备出门，听到声音，转过头来问："今天起这么早？"

林浅掀开被子，没顾上穿鞋就下了床，光着脚丫子，噔噔地小跑到落地窗边："哇，瑞雪兆丰年啊，就是这雾霾好像更加严重了。"

带着惊喜，也带着一点遗憾，她扒着玻璃痴痴地看着外面，她记得妈妈走的那天也是那一年第一次下雪，那一年，冬天还要冷，雪还要白，天空还要透亮，以后每一年第一次下雪的时候，她都会想到那个情景。

只是，她再也想不起妈妈的脸。

那一年，她五岁。

妈妈离开她，已经整整十五年了。

顾城骁见状，赶紧折回来，二话不说地将她抱回被窝："你小心着凉。"

他的大掌握着她的脚丫，疼惜地责备一句："看，脚都冷了，怎么能光着脚下地走呢，太胡闹了。"

两人有了亲密关系之后，顾城骁对她的"管制"就越来越多了，从头到脚，从里到外，他都要管。

林浅看他穿着军装、英俊非凡的样子，就忍不住逗他："老公，陪我睡个回笼觉呗。"

"你个小妖精，我才不会中了你的奸计。"

林浅不乐意了，反驳道："咱俩谁奸？你个老奸巨猾的老司机，竟然还有脸说我？到底是谁天天喊着解锁新姿势，到底是谁每天晚上不做点睡前运动就喊睡不着觉？"

瞧这伶牙俐齿的模样啊，她越说越放肆了，顾城骁语塞，气笑了，张嘴就去咬她的脸。

"你还真咬啊？"林浅大喊起来，"咬人不咬脸，我可是靠脸吃饭的，你不能毁了我的铁饭碗。"

顾城骁投降了，将头埋在她的颈窝里，深深叹气："你啊……"

"我怎么了？我活泼可爱，青春无敌，请叫我林无敌。"

虽然她说的每一句话，他都接不上，但他从来没有像现在这样开心过。他从心里感到开心，开心得不想掩饰地笑出来，开心得想一直一直抱着她。

然而，顾城骁是理智的。

他直起身，整一整身上的军装，一本正经地说道："我得走了，你再睡一下，今天下雪，待会儿让司机送你去学校。"

"我今天想去看看张燕。"林浅突然说。

顾城骁沉默三秒，说："最好叫上同学一起去，我担心她的家长还在怪你。"

"好，我找林渝一起去。"

"有事随时通知我。"

"嗯。"

军医院门口，车水马龙，人来人往，林浅等了好一会儿才等到姗姗来迟的林渝，还有跟林渝一起来的、他们班的班长。

林渝和张燕、南音都是一个班的，同在一个微信群里，张燕失联的时候，南音是最积极的，整天怂恿大家声讨林浅。现在张燕找到了，真相也揭露了，南音反而没声音了。

"前段时间张燕的家属去女生宿舍闹着找你，又喊口号，又拉横幅，南音可是全程记录者，拍了好多照片、视频发到群里，还尽说些煽情的话，搞得张燕的父母就像她的父母一样。现在倒好，班长想找个人一起去探望一下张燕，南音屁都没放一个。"

播音班的班长沈佳妮是一个面相温柔却性格火暴的辣妹子，一提到这件事，她就忍不住要吐槽："我从没见过像南音这么虚伪的人，她口口声声说自己是张燕最好的朋友，我找她一起去探望张燕，你们猜她怎么说？她说忙着复习走不开，好像谁不用复习一样。"

听到这些，林浅是一点都不意外的，南音是什么人，她比谁都清楚。

沈佳妮又说："对了，我昨天在学院办公室碰到楚墨枫了，不过，我去的时候他刚走，只远远地看了一眼。听老师说，他做交换生的手续已经办好了。"

林渝扯了扯林浅的胳膊："他真要走？那你呢？"

林浅白了她一眼，恨死了她的口无遮拦："我发誓，我要是跟楚墨枫有任何见不得人的关系，以后我老公出轨！"

林渝扑哧一笑："好啦，以后不开你们的玩笑了，不要发这种毒誓诅咒自己，万一应验了呢？"

沈佳妮是第一次接触林浅，以前对她的印象都是听说来的，现在真正相处起来，才发觉那些谣言实在是无稽之谈。

沈佳妮说："林浅，关于你的那些不靠谱的谣言，全都是南音传的。"

林渝恍然大悟："哦，难怪咱们播音系总是先知道，我就纳闷了，林浅是金融系的，金融系的一个都不知道，播音系的说得头头是道。"

林浅唯有摇头叹气："等着吧，她会有报应的。"

三人聊着天就到了张燕的病房，因为张燕的特殊性，医院给她安排了一间单人间。

病房里，张燕的爸爸妈妈都在。

林浅走在最后面，可张爸爸还是一眼就认出了她。张爸爸自从得知女儿失联到现在，心情几经波折，面容憔悴了许多。不过，他本人的精神状态还是不错的，见到女儿的同学，也露出了和善的笑脸。

"谢谢，谢谢，谢谢你们来看张燕。"张爸爸特意看着林浅，郑重地说道，"林同学，我为我们以前的幼稚举动给你造成的困扰说一声抱歉，对不住。"

张爸爸和张妈妈并肩站立，一起给林浅鞠躬。

林浅惊呆了，这画风也转得太快了吧："叔叔阿姨不至于，别这样。"

张爸爸说："那时候我们也是错信了另外一位同学的话，又不知道张燕是被谁害的，所以才把矛头指向了你，希望你能原谅我们。"

林浅："叔叔阿姨，我要是在意，今天也不会站在这里。真没事儿，误会解开了就好，最主要是张燕平安。"

张爸爸和张妈妈心里很感动，这个冬天对他们家来说是最寒冷的冬天，但这些孩子，特别是林浅，带给了他们满满的温暖。

张燕的情况还算稳定，只是，她的脸上多了一道触目惊心的伤痕。

这道伤痕从嘴角一直延伸到耳垂，半个耳垂已经没有了，受伤的地方有些红肿，发炎的地方渗着水，溃烂的地方可以看见粉色的嫩肉。

她伤成这样，女孩们看了都心酸不已，这样的伤，恐怕会跟着她一辈子。

张燕不太能说话，只能很小幅度地张合嘴巴，她看着林浅，叫了林浅的名字，然后示意父亲拿来写字板，她是有话要对林浅说。

张爸爸将写字板递给张燕，大家围了过去，只见她颤巍巍地写下了一行字：那天是我故意找你的碴，对不起，但是，这并非我的本意，我欠了南音钱，还不了，是南音逼我做的，目的就是抹黑你、报复你。"

因为身上的伤，张燕写得很慢，字也歪歪扭扭的，张爸爸帮她翻了一页，她又写下一行字：你说得对，真正的朋友不会拿对方当枪使，可惜我明白得太晚了，再次向你道歉，对不起。

大家都有些不忍心，因为张燕不是只有脸上那道伤，她的手腕上也有瘀青，其他看不到的地方想必也有。

张妈妈默默地抹着眼泪，张爸爸又帮她翻了一页，她拿着笔，吃力地写下：你要小心南音，她手里好像有抹黑你的证据，她说要找一个合适的机会彻底毁了你。

“别写了，张燕。”林浅按住她的手，“你的意思，我明白，我没有怪你，我也不会怕南音，我行得端、坐得正，不怕她搞小动作。”

张燕拿开她的手，又写下：她无意间说过一次，我问她，她不告诉我。

“那就是没有，她这个人不值得相信，没一句话是真的。”林浅干脆抽走了写字板，说，“其他的，你什么都别管了，好好养伤吧，看你写字，我们都觉得累。”

张燕抿嘴微微一笑，眼睛红了，眼泪在眼眶里不停地打转。

她经历了人生最黑暗的半个月，她以为自己的命就葬送于此，如今侥幸存活，她感悟了许多。

这些天，她与父母的交流全靠写字板，父亲把她写的每一个字都当宝贝收藏着。

张爸爸一边收着写字板上的纸，一边说：“燕儿跟我说，自己以前交错了朋友，希望现在醒悟还来得及。”

林浅：“来得及，来得及，张燕，以后跟我们做朋友好了，我们也算不打不相识。”

沈佳妮：“是啊，张燕，你好好养伤，快点好起来，我们等你回来。”

林渝跟张燕交情一般，不过这个时候也不忘鼓励她一下：“是啊，其实大家都盼着你能走出来，只要能活着，没什么大不了的。”

张燕的视线一一扫过她们三人，微笑着点点头，动一动嘴唇，发出了很轻的声音：“好。”

离开医院之后，三人就在门口告别，各自回家了。

第7章 让各位见笑了

顾城骁这段日子都很忙，每天回到家都半夜了，为了配合他的时间，她一般都会提前睡觉，等他回来了再陪他切磋。

听小玲说，以前他忙的时候，直接住在部队里，那里有他专门的宿舍。

所以，她知道他是为了她才会两头跑的。

半夜，门外突然响起了敲门声，一阵阵急促的敲门声让林浅从睡梦中惊醒。

“少奶奶，你醒醒，出事了。”是小玲在外面敲门。

林浅随手套了一件外套就去开门：“出什么事了？”

“夫人打来电话找少爷，说老爷晚上起夜摔了一跤，叫不醒了。”

“啊？”林浅一下慌了，“那少爷呢？”

“年管家打电话给少爷，少爷关机……年管家让我来通知你一声。少奶奶，您要不要去看看？”

“要啊，当然要。”

林浅的心跳极快，捂着胸口，她都能感觉到心脏怦怦地跳，她的奶奶也是在起夜的时候摔了一跤，然后再也没起来。

深夜，气温零下十摄氏度，天寒地冻，林浅在接到通知的第一时间就赶到了医院。

医院急救室的走廊又长又冷，周围安静得针掉在地上的声音都可以听到，林浅穿着拖鞋，发出嗒嗒的拖沓声，还伴着回音。

她不知道老爷子在哪，只是本能地往抢救室走去。

这熟悉的场景和熟悉的心境直接将她拉回到三年前，奶奶去世的情景令她的心揪着痛。

抢救室的门紧闭着，外面有四个陌生人在等，靠墙的靠墙，呆坐的呆坐，他们的脸上都非常焦急，眼神木讷。

想到顾源的特殊身份，林浅决定还是去急诊前台问一问。

“请问，顾源在哪？一位老先生，摔跤导致昏迷，刚刚被送进来的。”

护士抬起头，探究似的看着她：“你是顾老什么人？”

“……”一个很简单的问题，却难住了林浅。老爷子因为顾城骁的一意孤行，身体都要垮了，现在她要是没经过老爷子的同意就说是他的儿媳妇，他不得气死？

就在这时，身后忽然传来了郑紫琪的声音：“干爹，你以后可得注意了，骨质疏松可不是小问题。”

林浅转身，循声望去，只见顾老爷子好好地坐在轮椅上，郑紫琪推着轮椅，叶倩如跟在旁边，一位穿白大褂的老医生正与她说话，再后面，跟了好几个医生。

老爷子穿得很厚实，腿上盖着毛毯，头上还戴着一顶厚呢子的鸭舌帽，他的精神状态看起来不是很好，微低着头，眼睛也闭着。

叶倩如认真地听医生说着，一脸焦虑。

他们都没看到林浅。

第一个看到林浅的人，是郑紫琪。

郑紫琪穿着一身正装，挺括的衣服让她看起来英姿飒爽，站在人群中显得特别突兀。

她抬眼往前面看去，一眼就看到了形单影只的林浅，她眼神中带着鄙夷，嘴角微露笑意，深吸一口气，更加挺直了背脊，那种与生俱来的自信以及相比之下的优越感，显而易见。

郑紫琪停下了脚步，轮椅一停，叶倩如和医生自然也停了。

“怎么了？”叶倩如还以为老爷子又怎么了，赶紧转过头来查看。

老爷子也因为突然的停住，而睁开疲倦的双眼。

他们都看到了林浅，她穿得很少，睡衣外面套了一件外套，脚下是一双棉拖鞋，还特别脏，鞋面上都是脏脏的泥水，浅黄色的裤管上也都是黑泥点，她的脸和露在外面的手都冻得通红，像极了一个乞丐。

越是位高权重的人，越看重脸面，像顾家这样的家世背景，像顾源这样有身份有地位的人，把脸面看得特别重。

他们看到如同乞丐一样的林浅，当下就气得不行，她睡衣都穿出来了，简直太丢人现眼。

顾源和叶倩如不约而同地选择了沉默，甚至有点害怕让别人知道这就是顾城骁娶的女人，这就是他们的儿媳。

林浅也识趣，从小就看惯了大伯大妈的脸色，公公和婆婆这么明显的眼神，她自然是看得懂的。

那是一种打从心底里带着厌恶的嫌弃，林浅的心又揪着痛起来，比起刚才的焦急和无助，现在更多了委屈和心酸。

双方正胶着时，顾城骁与医生一边交谈，一边走出来，他和郑紫琪同款正装加身，英挺潇洒、俊逸非凡。

瞧，他们是多么般配的一对啊，把工作装穿成了情侣装，一样的颜色，一样的穿法，一个英姿飒爽，一个干练威武，活脱脱的一对军营夫妻档。

“小浅，你怎么来了？”顾城骁一见到她，就奔过去，看着她单薄的身体和冻得通红的脸，他三分诧异，七分心疼。

顾家二老的脸色更加难看了，医生们则都是一脸好奇，好奇传闻中的新晋顾太太到底是什么样的人。

林浅已经冷得说不出话来了，舌头打结，浑身哆嗦。

顾城骁心疼得要死，二话不说就脱下衣服，将她整个人包裹住，还紧紧地将她搂在怀里。他上下搓着她的胳膊，用略带责备的口吻道：“你知道外面的温度多低吗？要冻坏的啊。”

厚厚的军大衣还带着男人的体温，林浅身体暖和了，心里也暖和了，那些委屈和心酸转瞬即逝。

在场所有人看得目瞪口呆，不敢相信顾家竟然有这样一位接地气的儿媳。

感受到大家异样的眼光，林浅轻轻推了一下顾城骁，她能体会到公婆的心情，身处这样的环境，她不得不顾及顾城骁的颜面。

可是，顾城骁大大方方地揽着她，护着她走到了大家伙的面前：“内人，林浅，让各位见笑了。”

没等大家回话，顾源愤怒地拍着轮椅的扶手，怒斥一句：“只要我有一口气在，我没同意的事，都不算数。”

“老爷子，你可别，身体要紧。”

“干爹别生气，您的血压一直偏高，可不能这样。”

“老首长，动怒伤身，您要控制好您的情绪。”

顾源气得不轻，大家围着他七嘴八舌地劝着，顾城骁哪怕再心有不甘，也不会在这个节骨眼上火上浇油。那是他亲爹，他比任何人都希望他爹能长命百岁。

林浅知道他的难处，掰开他的手，小步挪到了他的身后。

叶倩如愤恨地瞪着儿子，反问一句："你爸都进医院了，还想用这种手段逼我们点头？儿子啊，在你心里，难道她比我们还要重要吗！"

"……"顾城骁语塞，躲在他背后的林浅更是无语凝噎。

叶倩如心中有很多怨气，可这是医院，是公共场合，当着众人的面，她得保持住官太太端庄得体的高贵形象。

顾源也是，当众否认就是他的态度，表明态度之后，他也不愿看到有更难堪的事情发生。

天气很冷，眼下这尴尬的气氛，更冷。

郑紫琪缓和着说："干爹，干妈，我先送你们回去吧。陆军医，您要不也跟我们一起，有什么情况，路上再交代。"

所有人都感谢郑紫琪制造了一个台阶。

陆军医陆友明松了一口气说："好，那顾大队，我陪二老回去，您放心，老爷子没什么大碍。"

大家都急于将父子俩分开，见他们都沉默着不说话，大家按部就班，该干吗干吗，很快就各自散去了。

林浅是被顾城骁以公主抱的姿势抱着出去的，如此高调的做派，并不像顾城骁平日所为。

"你放我下来吧，我自己能走。"

顾城骁如钢铁般的手臂牢牢地抱着她，脚步一刻都没有停下。

他想让她知道，无论她在这里有多么难堪，他都要用实际行动为她保驾护航，谁都别想给他顾城骁的女人半个瞧不起的眼神。

谁都别想！

走出急诊大厅，气温骤降，寒风刺骨，顾城骁更加紧地抱着她，并且微微低头挡住她的脸："忍一忍，上了车就好了。"

霸气的军用越野车就停在急诊大厅的门口，他快跑两步将她送上车。

将车里的暖风开到最大，顾城骁一只手抓着方向盘，一只手牢牢地牵着她的手。

林浅突然想到什么，说道："年管家、陈妈，还有小玲也来了，我们不知道你爸在哪，所以分散着找的。"

“司机出来了吗？”

“嗯，张开送我们来的。”

“那好，张开会载他们回去的，别担心。”

林浅这才放下心来。

顾城骁用眼角的余光看了她一眼，太心疼她了，他忍不住说：“我该说你傻好，还是蠢好？”

“说好就行了。”

顾城骁笑了一下，一用力，将她拉进了怀里，大掌宠溺地摸着她的脑袋：“唉，真不知道该拿你怎么办才好。”

回到城邸，已经是半夜两点，也是回来之后，顾城骁才发现林浅的棉拖鞋是湿的，她的脚一直在湿冷的鞋子里。

他的心脏一抽，更加疼了：“你穿拖鞋也就算了，怎么还是湿的？”

“我不小心踢翻了保洁阿姨的水桶，那水黑乎乎的，很脏，就成这样了。”林浅望一眼被扔在脏衣篓里的睡衣睡裤，只能哀其不幸。

“那你怎么不多穿点衣服再出去？”

提到这一层，林浅抿了抿嘴唇，有点儿委屈：“一听说你爸摔了一跤叫不醒，我就着急啊，你又联系不上，万一真有什么事，那我身为儿媳妇是不是得拿主意？就算轮不到我拿主意，我也想着在这个时候怎么也得陪陪你妈啊，对不对？”

顾城骁捏着她的小脚，抬头看着她，说：“嗯，你想得没错。”

“而且我奶奶就是在起夜的时候摔了一跤，然后再也没起来……”

顾城骁心头一动，抱歉地说：“委屈你了……”

难怪一听说他爸摔了一跤，大冬天的，她只穿了睡衣睡裤和拖鞋就急急地去了医院，难怪她看起来那么焦虑和无助。

他虽然不想往坏处想，但多年的办案经验让他本能地觉得这件事情肯定哪个环节有问题。

微烫的水泡着双脚，林浅这才渐渐有了知觉，再加上，顾城骁轻轻柔柔地捏着她的双脚，她整个人都暖暖的。

可是，她还是有点吃醋，一想到郑紫琪那喧宾夺主的气势，而且他还跟郑紫琪穿得跟情侣一样，她就不痛快。

“那你呢，是不是跟郑紫琪一起去的？”

“是。”

顾城骁没有否认，这让林浅直接噘起了小嘴，醋意翻涌。

“别着急吃醋，先听我说。”

林浅直接扭开头：“哼，谁吃醋了，我管你跟谁在一起！”

顾城骁伸出手，手指一弹。

“呀，你往我脸上弹洗脚水？”

“自己的洗脚水还嫌弃？”

“自己的洗脚水，那也是洗脚水，难道你自己拉的大便就不臭了？你自己选择性嗅觉失灵，不能逼我认同你啊。”

顾城骁嘴角一抽，很自觉地选择转移话题，先把她的醋劲消了再谈其他的吧：“我正在开会，郑紫琪突然闯进来说我爸摔倒了。正好开会也开得差不多，兄弟们也都理解，我就跟郑紫琪一块儿去了军医院，郑紫琪非要跟着，我也没辙。

“我妈找不到我，就找到了她，那么巧，她正好在单位，就过去通知我了。

“在半路上，我们就接到电话，说我爸只是扭了脚而已。当时我爸的私人医生过去看了，怕骨头有事，就去军医院拍了个片。拍片结果显示骨头没受伤，只是扭到脚而已。另外他有点骨质疏松，年纪大了都会有。”

这才是正确的版本，这才是与结果相对应的版本，林浅有点生气，如果早点说清楚，她也不会那么着急赶去，或者，她压根就不需要过去。

她就像一个傻子，穿着睡衣睡裤和拖鞋就这么去了，又冷又怕，还讨不到一点好，丢了顾家的脸面，还招得公婆嫌弃。

难怪顾城骁会说她傻，她不是傻，而是真的蠢。

顾城骁摇摇头，笃定地说：“不会是我妈，特别是诅咒我爸这种事，我妈肯定不会做，我会查清楚。”

林浅撇撇嘴巴：“好吧，看在你的解释还算合理的分上，我大人大量，就不跟你计较了。”

“是，您是大人，大得很。”顾城骁拿毛巾给她擦脚，捏着她的脚踝，语调也尽是调侃。

林浅不甘示弱地直接把脚踩在他的肩膀上，玉足一勾，一下一下地蹭着他的脸。

自从开启了亲密模式之后，夫妻间的那点私密事被他们玩得淋漓尽致，头两天林浅还有点排斥，因为他实在太强大了，搞得她走路都难受，更别说满足他，可是，一旦过了前期的不适，且尝到了那美妙的滋味之后，她就不再抗拒了。

熄了灯，两人以最亲密的方式诉说着彼此的情意。

翌日，天气大好，晴朗明媚，那场瑞雪已经没了踪迹，雪后晴朗的天空湛蓝湛蓝的，格外透亮。

都说被爱情滋润着的女人是最快乐的，林浅的心情也如这天气一般，灿烂明媚。

顾城骁又出差了，归期未定，林浅以前巴望着他出差的时候，他不出差，现在想他天天回家了，他反而经常出差。

日子过得很快，一眨眼，一学期又过去了，B 市也迎来了最寒冷的腊月，气温一度降到最低。

大概是忙于复习考试的缘故吧，林浅并没觉得顾城骁已经出差了一个月，一考完试回家，她才觉得他已经好久好久没回家了。

"年叔，少爷什么时候回来啊？"

年管家给她的回答依旧官方："少奶奶，少爷出差执行任务，他任务期间不能与家人联系，没有消息就是最好的消息。"

林浅听腻了这样的回答，她这个丈夫什么都好，就是工作不好，一出差就不着家，还联系不到人。

年管家宽慰她说："少奶奶，军嫂都是这样的啊，像少爷还能回家，那些常年驻守在部队的军人，连家都回不了，一家老小全靠军嫂。"

"可他已经不是军人了啊。"

"可少爷一样也需要工作啊，还望您理解一下他。"

林浅叹气："好吧，这么说来，我还算是省心的，那我出去找我同学玩了，晚饭不用等我。"

年管家有些不放心，追着过去提醒一句："那少奶奶早点回来，晚上冷。"

"好啦。"

山中无老虎，猴子称大王，林浅一出城邸，就换了一张脸，整个一撒欢小鬼头，自由自在，轻松无忧。

"林渝，你在哪？"

电话那头，林渝的声音还带着睡意："还能在哪，考完试了，当然要睡个三天三夜，你找我有事？不管什么事，我都没空，谁也别阻挡我和被窝亲密。”

林浅摇头悲叹一句：“单身狗就只能跟被窝亲密，真可怜。”

林渝咆哮一句：“你少嘚瑟，你有老公了不起啊？”

“欸，你说对了，我就了不起，我就嘚瑟了，你咬我啊？”

“绝交！”林渝挂断了电话。

虽然林渝在电话里说得义愤填膺，但还是应了林浅的邀约，来到一家室内的游乐场。

毕竟，比起待在家里面对啰唆的妈妈和无趣的大姐，她还不如跟林浅一起玩。

谁叫她们臭味相投。

“哇，这家的臭豆腐太赞了，我必须发个朋友圈夸赞一下。”林浅塞了满嘴的臭豆腐，嘴角都沾上了甜面酱，毫无形象可言。

林渝鄙视她鄙视得不要不要的：“喂，好歹你现在是顾太太，能不能注意一下形象？”

林浅非但没收敛，还故意跷起了二郎腿，抬起胳膊就往林渝的肩上一搭，另一只手以拿烟的手势拿着竹签，还抖起腿来，嚣张得快上天了。

林渝无语地翻了翻白眼，直摇头：“没救了你。”

“告诉你，私底下的顾城骁跟你们见到的不一样，别看他平时威风八面、酷跩帅炸天的样子，在我面前，就跟小宝宝似的，黏人得很。”

与此同时，野狼特战队的情报部，大家正在监听室研究一组电话录音里的暗码。

他们在调整频道的时候，突然切换到了一个新的频道。

“别看他平时威风八面、酷跩帅炸天的样子，在我面前就跟小宝宝似的，黏人得很。”一个清脆悦耳的女声从众位战士的耳机里传来，大家一惊，正在好奇是什么情况的时候，耳机里又传来一句，“顾城骁在外人面前那么凶，回到家还不是要给我端水洗脚吗？”

顾城骁脸都黑了，就差原地爆炸。

会议室里鸦雀无声，调频的沈自安手一抖，赶紧切换频道。

可是，已经来不及了，兄弟们一个个互相看了看，有憋笑的、咳嗽的、挪椅子的，全都在缓解老大的尴尬。

顾城骁连续深呼吸了三下才从震惊中回过神来，他都能感觉到自己的脸一下子发烫起来，林浅那张嘴，他是见识过的，可那都是在他们两人相处的时候，谁能想，这丫头竟然背着他跟别人说这些。

羞、臊、怒，就是他当下最直接的感受。

不过，还有一种隐隐的自豪感也偷偷升起来，怎样，我伺候我媳妇不应该吗？你们想伺候，还没媳妇伺候呢。

因为之前的绑架案，顾城骁不放心林浅，担心林浅再次遭到四叔的报复，所以他给她的新手机里偷偷植入了一枚微型定位器，可追踪，可监听，只要手机跟她在一起，他就能监视她的一举一动。这当然是为了她的安全。

今天开会，他把手机交给了沈自安播放文件，好了，沈自安手拙，把他监视媳妇儿的频道调出来了，让兄弟们看了笑话，也撒了一盆狗粮。

顾城骁故作镇定，但会议室里的气氛明显不一样了，宋景瑜嘻嘻哈哈地调侃道："老大，想不到您还有这样的一面。"

顾城骁踩着台阶顺势而下，一脸傲娇地说："这算什么，等你们结了婚，就懂了，哦，首先你们得有女朋友。"

"噗……"众兄弟受到了一万点暴击，老大不正经的时候，比正经的时候还要打击人。

林浅和林渝吃完臭豆腐之后迅速转移了场地，来到一个室内攀岩馆。

佩戴上安全装备后，林浅和林渝同时往上攀爬，结果显而易见，林浅跟个小老鼠似的咻咻咻蹿上去了，林渝悬在半空，上没力气上，下又不敢下。

一直到林浅成功登顶返回，林渝还僵在半空中。

"喂，大淑女，你行不行啊？"

林渝有些不甘心："我这条路不好走。"

僵持许久，林浅看着不对劲，担心起来："你不行就下来啊，一撒手就可以了。"

"……死林浅，你还吓我？！"

林渝真的很害怕，双手双腿都在不自觉地发抖，她已经站在那里保持同一个姿势十多分钟了，体力也在逐渐消耗，这是她第一次攀岩，也是她第一次发现自己原来有恐高症。

"不开玩笑了，好吧，你身上有安全绳，放手就下来了，不会着地的。"

林渝往下一看，眼前一阵眩晕，什么东西都看不到，她赶紧闭上了眼睛。

林浅看着都着急了："下来啊，有安全绳，绝对安全，就跟小时候我们荡秋千似的。"

"你放屁，这都十几米高呢。"

"你能上去，就不能下来？"

"不能……"林渝害怕得快哭了。

下面除了林浅，还有好几位工作人员，都在指导、鼓励林渝，可是她就跟钻进了一个死胡同，在那一动不动。

时间越久，林渝就越害怕，那是一种无法克制的生理性的恐高。

林浅急得不行，抬头大喊："林渝，我上来了，你别怕啊。"

在工作人员的帮助下，林浅再一次佩戴上安全装备，迅速而勇猛地攀上去，还有另外两名攀岩经验丰富的男性工作者闻讯赶来，也准备上去。

"小浅，我害怕。"林渝崩溃地大哭，全然不顾什么淑女形象了，她的力气也消耗得差不多了，在那上面摇摇欲坠。

不消一会儿，林浅终于爬到了林渝所站的高度，但是，踩脚的地方只能踩住一只脚，林渝站在那，林浅就过不去了。

"小渝，把手给我，我们牵着手一起跳下去，好吗？"

林渝摇摇头，紧闭双眼，泪流满面："我不敢……我一睁眼就头晕……"

这时，后面的男性工作者也攀上来了，速度比林浅还要快："林浅，你一边去，我来。"

林浅转头一看，一阵惊喜："大哥？"

林浅敏捷地往下挪了两下，顾东君爬了过去，他的脚没有踩着力点，只用手指的力量悬挂着就移过去了。

他把小小的林渝护在胸口，一只手绅士而又有力地抓住她腰间的防护腰带。

"领导，您小心，太危险了。"喊话的人是跟顾东君一起上来救人的，顾东君紧张林渝，而他最紧张顾东君。

"靠着我，我带你滑下去。"顾东君对林渝说。

他的声音低沉而又浑厚，强烈而又有力，让林渝濒临崩溃的内心仿佛一下子照进来一束阳光。

她感受到身后犹如一座大山一样的防护，她慢慢地把眼睛睁开一条缝，只见一个陌生男人正在她的身后，他的额头因为这不得力的使劲而冒出了细微的汗珠。

“往我身上靠，快点，别害怕。”顾东君咬着牙，他的手指已经开始颤抖了，恐怕支撑不了她的重量太久。

这时候的林渝早已麻木，不敢动，也没法动。

“快！”话音一落，几乎在顾东君松手的同时立刻抱住林渝，林渝双脚一悬空，尖叫出声，整个人都快虚脱了。

下面的工作人员奋力拉住保护的绳索，顾东君和林渝缓缓下降，直至安全降落。

所有人都围了上来，林浅也下来了，她第一时间扑向林渝：“小渝，你没事吧？”

林渝瘫坐在地上，身体不停地发抖，正常人大概都体会不到有恐高症的人的害怕，他们对高度的恐惧是一种自身无法克服的病。而刚才跳下的瞬间，那自由落体式的感觉更是让她崩溃，尽管只有一刹那。

林渝的脸色煞白，眩晕到眼睛睁不开，甚至还有要呕吐的感觉，一阵阵地犯恶心。

攀岩馆忽然冲进来一群人，个个都是西装革履，像是高干团。

“领导，您没事吧？”

人群冲来，顾东君赶紧站起身，挡在林浅、林渝的前面，他解下防护装备，说：“我是没事，但不知道这位小姐有没有事，这里的负责人呢？”

一个穿着高级西装、打着深红色领带的中年男人，怯怯地站了出来：“是我。”

顾东君拿着装备，摔在负责人面前，质问道：“这种细绳的防护装备早在五年前就被淘汰了，没有减速装置，降落全靠人工，万一没有及时拉住怎么办？会出人命的！”

“是、是、是。”

“还有，你们这里的工作人员是怎么回事，人都站在那里那么久了，也不上去救，你们到底会不会攀岩？有没有急救的经验！”

顾东君越说越生气：“还有，这么大的攀岩馆竟然没有一块安全警示牌，连最基本的安全帽、护膝等防护装备都没有，急救气垫也没有，你们这里到底是怎么通过审核的？谁允许你们开门迎客的？负责审批的相关人员是谁？出来！”

没人想到顾东君会当场问责，他们连补救或是遮掩都来不及。

偌大的场馆顿时鸦雀无声，几个相关领导以及攀岩馆的人，不约而同地低着头，生怕被点名似的。

这个游乐场是位于B市市区、规模数一数二的大型游乐场，开业不到三个月，人气爆棚。可这三个月来经常被爆出安全事件，只是在安全事件被爆出的第一时间就被压下来了。

顾东君隐隐觉得这家游乐场背后有着不可告人的秘密，派人查了几次，又查不出蛛丝马迹，所以今天特意找了个由头，叫齐了接手过的领导人前来视察。

这么巧，他正好碰到了这么一件事。

“领导，严查这件事由我负责，”安全部部长自告奋勇地说，“我一定排查这里的不安全因素，为广大市民提供一个安全的娱乐场所。”

顾东君正愁没切入口，眼下这么好的机会，他可不会错过，于是，他二话不说就下了命令：“纠察队，现在立刻严查。郭部长，您监督，在场所有领导人都监督起来。”

郭部长愣了一下，机械地咽下一口唾沫，声音颤抖着应了下来：“是。”

大家也都应了下来，尽管心里十分不情愿。

顾东君如同一尊大佛，往那里一站，发号施令，谁都不可以违抗。

这边地上，林浅自责到想哭，看林渝完全没了活蹦乱跳的生气，她恨不得打死自己。

“我……晕……”林渝还是晕，一睁眼就天旋地转地晕，虽然已经脚踏实地，但感觉还是处于失衡状态，头重脚轻。

顾东君二话不说，打横抱起了林渝，亲自开道。

林浅拿回了两人的物件，赶紧跟了上去。

纠察队都是顾东君自己的人，其中更有顾城骁的亲信，有他们在查，他很放心，他现在要做的就是等待结果。

“大哥，你怎么在这？”

“我刚好来这里视察。”

“谢谢大哥，刚才要不是你及时出手相救，不知道会怎样。”林浅拉了拉林渝的胳膊，介绍道，“这是我二堂姐，林渝……这位是顾城骁的大堂哥，也是B市的大领导。”

也许是刚才经历的一切还让林渝惊魂未定吧，她始终都是一副虚弱的样子，连说话的声音都尤为轻柔：“谢谢大哥。”

林浅的心咯噔一下，狐疑地望向林渝：“喂，你属猫的，说话这么小声？别装了，快把你的真面目亮出来，你就是一个母老虎。”

“……”林渝简直快被她呛死了，不怕神一样的对手，就怕猪一样的队友。

顾东君：“有恐高症还攀岩，不要命了？”

林渝：“我也是第一次发现自己有恐高症。”

顾东君摇头微叹：“下次注意点。”

林渝不知不觉脸红起来：“哦……”

傍晚，城邸。

林浅正吃着饭，忽然接到了林渝的电话。

“刚听我爸妈说，要给爷爷办七十大寿，你回来不？”

林浅看了看桌角的请帖，城邸已经收到请帖了，她正在犹豫要不要去参加。

林渝又说：“你上次回来看他，爷爷开心了好一阵，你这又好久不来，他整天念着你，而且现在都放假了，你不来，他肯定很难过。”

“好吧，好吧，我去就是了，但顾城骁不一定能去。”

“你来就行，爷爷肯定很高兴。还有一件事，你大伯哥救了我一命，我是不是应该请他吃个饭好好谢谢他？”

林浅一下听出林渝的话外之音，调侃着说：“哦，原来醉翁之意不在酒啊。”

“什么嘛，哪有什么醉翁之意，就一个字，行不行吧？”

“行，包在我身上。”

这时，门口忽然有用人通报：“少奶奶，少爷回来了。”

“不跟你说了，我老公回来了。”火速挂了电话，林浅那种激动的心情简直难以言表，她赶快放下筷子，蹦跶蹦跶地跑出去了。

外面早已天黑，刺骨的冷风呼啸而过，地面结了一层厚厚的白霜，可即便这样，也阻挡不了林浅火热的心。

她像一只欢快的小鸟，根本不知道冷这回事。

庞大而又霸气的军用越野车驶进庭院，直接停在了大门口。车门被打开，一身戎装的顾城骁帅气地走了下来。

夜风中，寒霜里，顾城骁目光灼灼地望着那个小目标朝自己狂奔而来，他默契地蹲下一点，张开了双手，迎接她。

林浅一跃而起，直接扑到了他的怀里，双手挂在他的脖子上，双腿牢牢地圈住他的腰。

因为惯性，顾城骁往后仰了一下，感叹一句："我的天，都快被养成猪了啊。"

林浅咧着嘴号叫了一句："猪全身都是宝，谢谢您的夸奖。"

顾城骁瞪了她一眼，这是谢他呢，还是骂他呢？不过，他的嘴角始终挂着笑意，一低头就亲了她一口，这小嘴，还是那么甜。

天气实在太冷，两人面对面看着，好像在对对方吐白雾，顾城骁抱着她，赶紧往屋里跑。

管家和下人们都看呆了，这还是他们的少爷吗？

"吃饭了吗？"

"没有。"

"那正好，我也刚开始吃。你怎么不提前告诉我要回来？"

"给你一个惊喜啊，够不够惊喜？"

"哈哈哈，够、够、够。"

下人立刻盛了一碗热腾腾的白米饭出来，厨房又立刻加炒了几道菜。

顾城骁风尘仆仆的，黑了，也瘦了，但无论怎么变化，还是魅力依旧。

林浅看着他，咬着筷子，傻傻地笑。

正所谓"小别胜新婚"，这是他们相亲相爱以来第一次分开了这么久。

快速吃了晚饭之后，小两口就到二楼享受二人世界了。

顾城骁是突然回来的，所以林浅根本没来得及打扫战场，一进房间，顾城骁就看到了满床的书本和试卷，还有旁边的沙发上，连坐的地方都没有。

更让顾城骁不忍直视的是，床上的被子没叠，团成一团像小山一样被放在一角，另外竟然还有她的脏衣服，包括内衣裤。

他骤然冷却的热情让林浅有些难耐，她像八爪鱼一样缠在他的身上，问道："怎么了？"

顾城骁用眼神一指，说："我不在的时候，你很嚣张嘛。"

林浅回头一看："呀！"高兴过头了，她竟然忘了他是最见不得家里有一星半点凌乱的，她把卧室弄得跟狗窝一样，他肯定要开骂了。

她心虚地笑了起来，解释道："呵呵呵，我……我不是因为要考试而复习吗，就摊着啦，特意不让人进来打扫的，免得把我的东西整理好，我还得找，这样多方便！"

顾城骁直视她的眼睛，质问道："如果我没记错的话，你前天就考完了吧？！"

"……"林浅无言以对，两个食指并在一起，撩拨着他的胸口。

顾城骁放开她，往前一步，走到床边，近看一眼，床上的东西可真丰富啊，除了一眼就能看到的脏衣服和书本、试卷之外，还有一些类似面包屑的东西，床头柜上还有六个插着吸管的牛奶盒。

他用质问的眼神瞪着她："我不在的时候，你的日子过得可真舒坦。"

林浅缩了缩脖子，试图解释："床上舒服嘛，其实，你不应该只看到脏、乱、差的一面，还应该看到我努力备考的一面，你说呢？"

"你也知道你脏、乱、差？"

"……这不是重点。"

"那行，考试的分数出来了吗？"

"……"林浅觉得有点热啊，今天的暖气好像比往常要热，她抓了抓脖子，说，"没呢。"

顾城骁直挺挺地站着，问："既然你这么努力备考，那能及格吗？"

林浅咽了一下口水："你猜？"

顾城骁板起脸，突然提高了声音，又大又急："认真回答！"

林浅一哆嗦，小肩膀连着抖了三下："认真回答也得你猜猜看啊，你不猜，那我猜猜看好了。"

"你……"

"本来就是啊，考试结果还没出来，我怎么知道有没有及格。"

"你还有理了？"

"难道不是吗？"

顾城骁并不是一个好脾气的人，怒气上来的时候，一点就着："那我现在警告你，你要是敢挂科，看我不收拾你！"

林浅也是那种越挫越勇的人，开始还有点怕，可他说得她的脾气也上来了，一生气，她就爱怼人："挂科怎么了？我就想经历一下补考的过程，怎么了？我还有三门课连补考都没过呢，我就喜欢这个过程，刺激，怎么了！”

“……”顾城骁那个气啊，怒火噌地一下就上来了，比他爸的血压还要蹿得高、蹿得快，他转身迈腿，径直往门口走。

他的身体似铜墙，手臂似铁臂，肩膀就是连接铜墙和铁臂的金刚轴，一下撞到林浅。

“啊！”她当场就痛喊出声。

顾城骁顿了两秒钟，撞到她，他也有点疼，可是，他一回头就看见她四仰八叉地躺在那堆书上，特夸张的表情，跟个神经病似的，他那点愤怒之中燃起的心疼一下就被掐灭了。

“装，再装！”顾城骁气冲冲地直接走出去，打开过道门，朝楼下大吼一声，“张妈，马上上来清理一下。”

林浅看装可怜没戏，忍着肩膀的痛，一骨碌滚下床，赶紧跟出来。

她揉一揉肩膀，苦兮兮地噘着嘴，痛是真的痛，这个古板的男人怎么一点都不怜香惜玉呢，大坏蛋。

“别麻烦张妈了，我自己整理行不？”

“你能整理，还能拖到今天？”

“我……我不整理，我也睡了这么多天呢。”

顾城骁回头，突然冒出一句狠话：“那我什么时候也把你清理了。”

女人的心思往往要比男人复杂得多，脑回路更复杂，顾城骁在气头上随口的一句话，却让林浅百般解读，她的心猛地抽了一下，眼泪猝不及防就下来了。

“又装？！”

林浅抿紧嘴唇，听到楼梯上张妈上楼的脚步声，她转身跑去了阳台。

原来，安全感这种东西这么金贵，她攒了小半年呢，说没就没了。

面对着夜空，听着外头呼啸的西北风，隔着玻璃都能感觉到寒冷，她从来没有像此刻一样心痛过。

一无所有并不痛苦，痛苦的是，你曾经拥有过，却在一夕之间一无所有。

眼泪如同断线的珍珠一样往下淌，怎么都忍不住，她咬着嘴唇，不让自己发出声音，连呼吸都变得困难。

她回想了一下，顾城骁从来都没有说过喜欢她或者爱她，从来都没有承诺过会跟她过一辈子，当初他拉着她去领证，也不过是因为“责任”

二字，而不是因为爱她。

这一刻，林浅终于明白了爱情的滋味，她爱他，很爱很爱。

张妈速度很快，在顾城骁的指示下，她用床单一裹，把床上所有的东西都带走了，清理得很彻底。

过了好一会儿，顾城骁看她一直不进去，只好出来叫她："去洗澡。"

林浅依旧站在原地，不动，也不搭理他。

顾城骁走过去，握着她的肩膀将她转过来。面对面的时候，他看到了她湿润的眼睛以及脸上的泪痕。

"夸张了吧你，戏演够了，就收。"

林浅傲娇地挥开他的手，继续无视他。

"欸，你……"顾城骁搞不懂了，平常不是牙尖嘴利的吗，怎么今天骂了一句就哭了？这不像林浅。

终于，他僵持不过了，忍不住问："怎么了？我说错你了？"

林浅吸了吸鼻子，摇摇头："你说得一点没错，我做好了随时被你清理出门的准备，我知道我配不上你，你玩腻了，就会把我一脚踹开。"

顾城骁感觉到一阵头疼："这是哪跟哪？"

"你不用说了，我知道自己的身份，我想静静。"说完，她绕开他，径直去了客卧，就是不想跟他待在一块儿。

顾城骁默默地静思了许久，回想又回想，还是没明白怎么回事。

对骂啊，互怼啊，互相伤害啊，你喜欢随便你，怎么玩起了冷战呢？

顾城骁在房间里走来走去，走了好一会儿，终于忍不住敲响了客卧的门。

"睡了没有？"

没回音。

"好了，我不骂你了，我才回来，你就准备跟我分房睡？"

还是没回音。

顾城骁抹了一把脸，谨慎地转动门把手，门从里面被反锁了，可以！

吃了闭门羹的顾城骁被彻底激起了斗志，他走到阳台，打开窗户，肆虐的冷风像是找到了突破口一样，拼命地往大开的窗口灌进来。

他撸起袖子，二话不说就是干。

黑夜中，顾城骁的身体犹如草原上矫健的猎豹一样，敏捷、轻盈，又充满了力量之美，从大阳台到小阳台，对他而言就是小菜一碟。

翻越、破窗、进入，整个过程，他做到了稳、狠、准，并且全程无声。

他站在客卧的小阳台上，挑开窗帘往房间里看去，只见屋里只亮着一盏床头灯，昏黄的灯下，小丫头眼含泪水的样子楚楚可人、我见犹怜，看得他一下就没了脾气。

顾城骁手握阳台门的门把手，轻轻地开门进去。

“谁？”林浅吓得一下就从床上坐起来，“谁在外面？”她二话不说就掀被子下床，拿起床头的陶瓷摆件，准备与小贼一决高下。

门一被打开，弓着背、鬼鬼祟祟的顾城骁和仰着头疾恶如仇的林浅，就这样尴尬地相遇了。

林浅不可思议地看着这个夜潜入室的小贼，问：“大半夜的，你搞什么鬼？”

这个时候的顾城骁依然很沉稳，但沉稳中带着点窘迫，他拍拍裤袋，貌若无恙地说：“在我自己家里，我喜欢干吗就干吗，我翻窗当锻炼不行？”

“行，那你随意。”林浅甩手转身。

顾城骁炽热的目光紧紧地跟随着她，她一转身，他直接从她后面贴了上去：“别不理我……”

林浅一怔，他翻窗户已经让她吓一跳了，现在还这么软绵绵地求和，这是他能干出来的事吗？

顾城骁贴着她的背紧紧实实地抱住她，低沉的声音略微沙哑，就贴着她的耳朵轻轻说着：“一个多月没有好好抱抱了，我一回来，你就这样？”

“是你一回来就数落我这样那样的。”

“咱们能不能公平一点，我又没要求你怎么样，整理房间，你让用人来整理，不就一句话的事吗？”

“我就喜欢乱糟糟的，行不行？”

“……”有时候跟女人讲道理，就是给自己找麻烦，顾城骁是真真切切体会到了这个滋味，“行，你喜欢怎么样都行，只要你开心，你随意。”

林浅嘴角一抽一抽的，这求和好的举动太不像顾城骁平时的作风了。她浅浅地抿了一下嘴唇，终于笑着白了他一眼。

“那能告诉我，你到底为什么突然就哭了……你不说，我怎么会知道？你说了，我下次一定注意。”

林浅叹了一口气，其实她早就不生气了，有些情绪只是当时那么一下，后面自己想想也就消化掉了，再回头想想，就觉得自己矫情，她说：“没什么，被你吓的。”

顾城骁的心思并不在追根究底这件事上，他眼神炽热，一股燥热在身体里面不停地乱窜，正愁找不到发泄口。

他停顿了两秒钟，克制了两秒钟，事实证明，他并没有那么大的克制力，才两秒就忍不住了。

他直接将她压在床上，以实际行动倾诉着相思之苦：“对不起，吓到你了，我愿意向你下跪道歉。”

“啊？”林浅又吓了一跳，刚想说不用，这个流氓直接把她的睡裤给拉了下去。

林浅几乎很快就明白了他所谓的下跪道歉：“不要……你别……”

没有给她制止的机会，顾城骁咬得她浑身哆嗦。

夫妻之间，没有什么是解决不了的。

“白天你出去了？”

“嗯，约了林渝。”

“我知道你们姐妹关系好，无话不谈，但我们之间的私密事，就不用跟人家说了吧？”

林浅推开他的脸，正色道：“你怎么知道？”

顾城骁一顿，赶紧加快速度办事，不让她有闲暇的机会去想其他，否则，被她知道他在她手机里装监控的事，她又要跳脚了。

第8章
轩然大波

爷爷的七十大寿在湖湾景区内的湖湾大酒店举行。

酒店毗邻享誉国际的湖湾景区，酒店的主体大楼建立在湖中，周围是湖水，外立面好似一个半椭圆形的水晶玻璃球，一到晚上，夜景灯全开，远远看去，湖上的酒店，湖下的酒店倒影，看上去就像一个完整的椭圆形，浑然天成。

可见，林家这次是花了重金在办这次寿宴。

林浅和林渝一左一右搀着老寿星出来，老寿星笑得眼睛都快没了，现场如此大气和热闹，是老人家没有想到的。他不断地说着：“谢谢大家，谢谢，谢谢，大家坐，都请坐。”

其实不光是林爷爷，连林培和朱曼玉都没有想到会这么热闹，邀请名单上那几个顶级的贵宾都携眷出席，到场的宾客比他们预计中的还要多，本来预计坐不满的大厅，临时又加了五桌。

林培面上有光，笑得也特别开心：“爸，我祝您老人家年年有今日，岁岁有今朝。”

“谢谢，有你们在身边，个个都这么乖，我就心满意足了。”

林浅和林渝扶爷爷入座主桌，就到旁边的桌子上去了。

张局长看了一眼林浅，问道：“老林，我记得你不是只有两个女儿吗，怎么还有一个？”

林培略显尴尬，林浅的身份已经今非昔比，想像以前一样忽视她，已经不可能了，可老司令那边还没有松口，所以，他也不知道该怎么介绍她比较好。

“那是老二的女儿，”朱曼玉给丈夫使了一个眼色，笑容满面地说，“老二林旭，跟前妻生的女儿。”

张局长会意地点点头："哦，原来是林老二的女儿。"

张局长又看了林浅一眼，话中有话，却欲言又止，也不知道那个传闻是真是假。

就算是上流社会，也分好几等，顾家的圈子跟林家的圈子自然也不同，虽然顾城骁和林浅的事在顾家的圈子里已经尽人皆知。

虽然顾城骁和林浅的事在军队系统已经尽人皆知，但到了林家的圈子里，也只有身份最崇高的少数人听闻过。

林浅的到来让这桌的其他几位小姐都很诧异，陈可盈是林潇的闺密，她知道林浅，她以玩笑的口吻问道："潇潇，我一直以为你那个……"她指指林浅说，"那个是三弟，没想到原来是三妹。"

关青青就不这么客气了："麻雀穿上礼服就以为自己变成凤凰了，麻雀始终都是麻雀，就算回炉重造，也不一定有那个命变成凤凰。"

余欢更过分，指名道姓地嘲笑她说："林浅，这可是一次难得的机会跟我们坐在一起，你要珍惜。"

这些人都是林渝的朋友，以前都是有碰到过的，只不过有人不说，有人说出来而已。

林渝想反驳几句，却被林浅在桌下按住了手，随便她们说什么，她都笑意盈盈的。

"干吗拦着我，这些人狗嘴里吐不出象牙。"林渝用只有　　　　两人可以听到的声音说。

林浅拿筷子夹菜给她，劝道："吃菜都来不及，跟这些无聊的人说什么？快吃，快吃。"

寿宴过半，舞台上的歌舞表演一直都没有停歇过。

正当大家喝得欢时，台上的音乐声戛然而止，舞台旁边的两块巨大的液晶显示屏上突然出现了一段视频。

林培莫名地望向舞台："怎么回事？"

虽然照片又暗又模糊，但照片上的几个主角还是很清楚的，那上面正是今天寿宴的东家林培和朱曼玉。

全场的目光都被照片吸引了过去，一开始大家还以为这是林培和朱曼玉为父亲大人准备的惊喜，直到听到林培大喊一句"怎么回事"，大家才知道是突发事件。

视频不长，特意剪辑过的，把一些关键点放在了一起。

根据视频显示，林培和朱曼玉在等人的时候提前在茶杯里下了药，没多久，林浅来了。林浅喝了朱曼玉端过来的茶，一下就晕了过去。场景一转，餐厅变成了酒店走廊，两名身穿黑色西装的男士搀着林浅进了房间。

画面到此为止，给众人留下了无限的遐想。

视频一共才一分多钟，短到林培还没离席就播完了，视频的画面都是偷拍的角度，时间短，但内容丰富。

林培又慌又乱，跺脚大喊："把你们经理叫来，怎么回事？！"

这时，音响中突然传来一个经过处理的怪异的女声，为视频做了一番更加详细的讲解："大家好，冒昧地打扰到大家用餐，不好意思。今天我就想趁这个机会，让在座的宾客更加了解一下林家。"

"谁，谁在说话？！"林培疯了一样跑到舞台上，东找西找，可一无所获，"到底是谁？"

那个女声不急不缓地叙述起来，语气带着得逞后的得意："大家一定对林氏企业如何度过财务危机很感兴趣吧？这就是原因。"

全场哗然。

"林培夫妇与某高官之间有着不可言说的交易，这就是铁一般的证据。林浅身为受害人，不但不站出来举报，还助纣为虐，可怜、可悲、可叹！"

伴随着一声叹息，女声停止了，之后没有再继续，只有那简短的视频还在滚动播放。

酒店的工作人员及时检查电脑，才让视频停止。

可一切都来不及了，一切都突如其来，让人措手不及。

林培和朱曼玉一个劲地解释，一个劲地安抚宾客的情绪，都无济于事，宾客们避之不及，纷纷离席。

"张局长，您别走，听我解释，事情真的不是那样的，张局长，张局长……"

"郑董，咱们多年的交情，我有几斤几两，您最清楚。什么高官，我哪里认识什么高官？我认识的几个政府官员还都是您介绍的啊，欸，欸……"

眼下正是严打严查的时候，林培竟然与某高官有这种不法交易，那么，被查就是早晚的事，谁还愿意与他亲近？

爷爷更是大为震惊，从极乐到极悲的巨大落差，让老人家喘不上气。

他刚才有多风光，现在就有多落魄，一段视频，一段话语，一分多钟的时间，就毁了整个林家，高，真高！

林渝呆坐在位置上，还处于发蒙状态，“什么情况，浅浅，我爸妈真给你下药了？”一回头，她不见林浅，“浅浅，你在哪啊，浅浅？”

此时的林浅已经奔到了爷爷那里：“林渝，还愣着干吗，快来帮忙，快去把爷爷的药拿过来。”

现场乱成一片。

在慌乱之际，那个女声又响了起来，声音是经过变声处理的，听起来更加惊悚，给宴会厅慌乱的气氛更添了一丝诡异。

“大家别急啊，故事还没有讲完呢，今天我们要来说说这个林浅。她自从被林培和朱曼玉设计陷害之后，就开始了自甘堕落的人生，通过那位高官的介绍，她先后勾搭上好几位富豪。”

此话一出，宾客们又停了下来，有故事听还不好吗，特别是这么劲爆的八卦故事。

“她年轻，长得也不赖，在富豪圈里备受宠爱，有时候一晚上要同时伺候三四个老男人，为博得欢心，她使出浑身解数，技巧了得。

“她不但自己堕落，还要拉其他女生下水，身边几个关系好的女生全都被她带入坑了，她现在就是一个潜藏在高校的拉皮条的人。”

众人听得目瞪口呆，爆料者虽然一开始把枪对准了林培和朱曼玉，但终极目标是林浅。

林爷爷气得喘不上气来，连吞了六片药。

林浅越听越不对劲，这摆明了是冲着她来的啊，她这个暴脾气，怎么能忍受被如此诽谤。

“你到底是谁啊？！”林浅冲着舞台中央大喊一声，“你有胆污蔑诽谤，没胆出来是吧？”

酒店负责舞台的工作人员已经反复确认，后台根本没人在说话，舞台上的音响都已经关闭了。

这经过处理的不像人声的女声，是从宴客厅上方的广播里传出来的，环绕立体声遍布了整个宴客厅以及整栋酒店大楼。

“林浅，B大金融系一班，外号浅小爷，不学无术，行为放荡，是高校的毒瘤，是社会的败类，学校跟她有过关系的男生全都离校出国，这些在B大尽人皆知，可以随便找人问。”

林浅听得都气炸了，更别提爷爷，她伏在爷爷的腿边，说：“爷爷，您别信，那些都是假的，是污蔑，我没做过那些，没做过。”

宾客们议论纷纷。

“林家真是一个贼窝啊，大的贼，小的也贼。”

“小孩这样，家长也有责任，林老二多少年没回来了，压根就不管这个女儿。”

“走、走、走，我们还是走吧。”

与此同时，湖湾岸边，一辆豪华的林肯领航者慢慢驶来。

夜色下的湖面冒着青烟，翘首而望，近处是湖水，而远处则是冰面。

湖湾之所以享誉全球，正是因为这一壮丽的奇观。

湖湾之下有温泉泉眼，但泉眼不大，在严寒的冬季，温泉泉眼只能维持近处这一片的水温在零摄氏度以上，远处的三分之二都是冰。

整个湖湾犹如一条鱼，鱼头部分是水，其余部分是冰，而湖湾大酒店正好是鱼眼睛的位置，一亮灯，恰似一颗珍珠镶嵌在冰湖之上。

酒店大堂站满了人，都在等自家司机把车开过来。

这时，林肯通过狭长的通道驶到了酒店门口，稳稳地停在了那里。

侍者上前打开车门，一双锃亮的军靴踩在了红毯上。

车上的司机也下了车，递上一个细长的纸盒，然后又重新上车，将车开去停车位。

俊美的男子临湖而立，剑眉星目，英气非凡，一袭墨绿色的长大衣，挺括有型，在这茫茫的冰湖之上，他犹如俯瞰众生的天神，遗世而独立。

就算隔了一段距离，众人也得仰望他，好奇着，观望着，探究着。

顾城骁始终镇定自若地往里走。

他走近，张局长终于看清了他的脸，激动得舌头都不利索了：“顾、顾……顾队？”

顾城骁闻声，谦和有礼地点头回应，而后径直往宴会厅走去。

他这是……来林家祝寿的？

张局长二话不说，带着妻儿老小又跟了回去，郑董事一看张局长都返回了，他也赶紧跟上，后面的宾客不管是知情的，还是不知情的，都跟风地返回了。

“林浅在校内是出了名的‘公共汽车’，脚踩数条船，因此而引起大范围的聚众斗殴，还牵涉到社会人士。

“她在校外被好几个富豪包养，名牌傍身，豪车接送，全校师生都知道。”

“她自己堕落，还带着其他人堕落，多少个好好的女生就这么被毁了，她的钱，一方面来自富豪打赏，另一方面就来自拉皮条。”

“……”

那个处理过的女声，就跟病毒一样萦绕在整个酒店，阴森恐怖。

罪不及妻儿，祸不及家人，这种报复手段简直丧尽天良。

林浅不停地安抚爷爷，林培和朱曼玉都蒙了，林潇和林渝也莫名其妙的。

顾城骁进来的时候，正好听到那女声反复循环地细数林浅众多“污点”，不断地重复着，毫无章法。

“我知道了，总控室，快去总控室。”酒店经理一边喊，一边向门外跑。

宴客厅杂乱一片，三分之一的宾客已经离席，剩下的宾客都在等着离席，并且都在窃窃私语。

伴着那怪异的女声，顾城骁穿越一切杂乱，大步流星地朝主桌的方向走去。

“林浅，怎么回事？”

这沉稳的一声，就跟定海神针似的，一下子就稳住了林家人的心。

林培喝了酒，酒气和怒气一起上扬，鼻子红，眼睛也红，还浑身的酒气，他一下冲过来拉住顾城骁的手臂，激动地说：“顾大队，您听听，这可是赤裸裸的诽谤啊，我家小浅虽然父母不在身边，但我这个大伯管她还是管得很严的，那些乱七八糟的事情是没有的，怎么会有那些事？不可能有！”

朱曼玉扶着情绪激动的丈夫，声泪俱下地说：“自从你从我们家带走林浅开始，我们就活在巨大的阴影里，成天担惊受怕，今天，我就实话对你说了吧。”

林潇想要制止：“妈……”

“潇潇，你别拦着我，事到如今，我们只能忏悔，以求得原谅。顾大队，我们确实利用过小浅，华氏企业的华总看上我们小浅很久了，当时我们也是走投无路……”

林渝：“妈，你在说什么……你们竟然……你们有没有搞错？！”

“别着急，先听我说完，我们也是前不久才知道，原来那天晚上华总临时有事，没和小浅发生什么事。小浅啊，左右都是大伯大妈对不起你，如今我们也遭到了报应……”

在大家都以为林家的末日到了的时候，顾城骁的表情却是不痛不痒。

他弯下腰，将林浅拉了起来，他的手自然而然地搭在她的肩膀上，说："我是她丈夫，也是她第一个男人。这件事，我会调查清楚，各位请放心，我绝不会让小浅受这种诋毁和羞辱。"

林浅仰着头，这个高大伟岸的男人，以后就是她的依靠了："顾城骁，谢谢你。"

"傻不傻，咱俩还用谢吗？你的事，就是我的事。"

"那……你怎么会来，不是说要开会吗？"

"开完会就赶过来了啊，我办事效率很高的。"说着，顾城骁朝爷爷鞠了个躬，双手奉上贺礼，"爷爷，祝您老人家健康长寿，笑口常开。"

爷爷的心情如同过山车，起起伏伏，他接过礼物，笑着说："谢谢，谢谢，以后我们家小浅，就麻烦顾大队了。"

"叫我的名字就行了，我只是小辈。"

"好，城骁。"爷爷欣慰地点点头。

就这一会说话的时间，本来离席的宾客已经返回到原位，濒临崩盘的寿宴又恢复了热闹，甚至比之前还要欢乐。

本来大家都是冲着那个传闻来的，到了现场，发现不见顾城骁，林浅又不在主桌，大家就对这个传言有了深深的怀疑，现在亲眼看到顾城骁亲自向林爷爷拜寿献礼，一个个都换上了热情真诚的面孔。

朱曼玉用手肘推推丈夫，林培从茫然中回过神来，说："大家快入座、快入座。服务员，继续上菜。"

顾城骁的到来让寿宴挽回了颓势，也让林家风光了不少，就连林培和朱曼玉联手出卖侄女的丑闻，大家都选择性地忽略了。

正吃着，手机忽然响了起来，顾城骁接起来，语气平淡地问："有事？"

"哥，你在湖湾怎么也不告诉我？"

"有这个必要？"

"当然有了，我也在湖湾，"顾南赫嬉笑着说，"梦幻单身夜，全都是名模，你要不要……哦，算了，你已经有小嫂子了。"

"没事的话，我挂了，吃饭呢。"

"欸欸，哥，等等，刚才在下面发生的事，我都知道了，广播播放，整个酒店都知道了。"

"怎么？"

顾南赫愤愤不平地说：“敢这样对我嫂子，你忍得了这口气？要不，我也送林家一份大礼？”

“你别乱来。”

“我办事，你放心。”

挂了电话，顾城骁凑到林浅的耳边低语：“待会儿有好戏看。”

“什么？”

“告诉你就不惊喜了，等着看。”

林浅的好奇心被勾了起来，也不知道这个无所不能的男人还有什么惊喜带给她。

寿宴顺顺当当地进行着，话题虽然都围着顾城骁，但大家也不敢太放肆，毕竟顾城骁是出了名的黑脸，谁都不敢高攀。

大家正喝着酒，宴客厅的侧门忽然被打开，西装笔挺的顾南赫优雅从容地走进来。

那是一种有别于顾城骁的高贵，少了高冷，多了笑意，少了严谨，多了潇洒，但那种从骨子里透出来的王者之气，是跟顾城骁一模一样的。

顾家的儿子，果然都是一等一的才貌双全，席间的女性，特别是那些未婚的，全都被他吸引了。

顾南赫备受瞩目而来，身后的人自然而然也多了关注度，他的后面是酒店经理，再后面，就是被四个保镖押着入场的罪魁祸首，一男一女。

“发生什么事了，这两人是谁？”

“八成是那些造谣的人吧，被抓现行了。”

“瞧瞧，是谁啊？谁跟林家有深仇大恨啊？”

顾南赫走到主桌边，谦和有礼地鞠躬问好：“爷爷，您好，我是顾南赫，是您孙女婿的堂弟。爷爷，冒昧地打扰了，我祝您身体康健，吃得好，睡得香，身体棒、棒、棒。”

席间的林浅差点笑出声：“他怎么来了？”

顾城骁嘘了一声，小声提醒：“下半场开始了。”

林浅朝顾南赫后面的人看去，意外，也不意外，原来是南音。

她意外的是，南音怎么知道今天是她爷爷的生日，还找对了地方，她不意外的是，张燕曾提醒过她，南音手里有毁灭她的证据，原来就是这些。

爷爷以及林家人都受宠若惊，爷爷说：“谢谢，不打扰，我今天太开心了，只是这……”

顾南赫说："我在楼上参加派对，突然听到广播大放厥词，说的还都是我嫂子，我就立刻派人去查了。这人是在总控室被我们抓到的，我们进去的时候，她还拿着麦克风不放。

"我们调取了酒店监控查看，除了她，还有帮凶。抱歉，爷爷，她的帮凶正是酒店的人，这是我们酒店方面的过失。"

众人哗然，他们想到顾城骁会反击，只是没想到，反击的速度会这么快，前后不过十几分钟。

南音不可置信地看着顾家兄弟俩，顾南赫竟然称呼林浅为嫂子，那么，那个令人闻风丧胆的军中战神顾城骁，岂不就是林浅的丈夫？难道林浅那个不可言说的靠山，是顾家？

"不关我的事，不关我的事。"被两名保镖押着的男子已经腿软得站不直了，一直在打哆嗦，"是她让我这么做的，她说她在学校被一个同学搞得记大过，要我帮着出口恶气。"

保镖一松手，男子扑通一下当场跪下。

顾南赫问道："你们什么关系？"

"我是她表哥，我真是什么都不知道，她哭着求我放视频，还说只是想出口恶气。我想着妹妹受欺负了，当哥哥的能帮就帮吧。我发誓，我只是帮她放了视频，我真没想到她会偷摸着到总控室去广播啊。"

南音没想到会这样，没想到林浅的后台这么硬，也没想到表哥会撇清所有，她蒙了。

南音的双手被反扣在背后，她心里害怕极了，看这些保镖的架势，一看就不是汪洋找的那些社会青年的层次。

可是，她还是想垂死挣扎一下，为自己争辩道："难道林氏夫妇下药是合法的吗？难道林浅非法交易是合法的吗？抓人是警察的权力，你们有什么权力抓我？放开我，放开我！"

话音刚落，林渝从人群里冒出来，一个箭步冲过去，二话不说就连甩南音三个大耳光。

这件事情，她早就想做了。

南音感到两边的脸颊火辣辣地疼，又疼又糗又怕，她哭着挣扎起来，试图甩脱保镖的控制。

林渝立刻喊道："两位大哥抓牢了，她狡猾得很，你们一松手，她就跑。"

保镖不敢怠慢，更加大了手劲：“别动！”

南音恨死林渝了，一双泪眼狠狠地瞪着林渝。

“你看我干什么，我就是故意打你的，你去告我呀，姐姐我有的是时间陪你玩。”

林浅刚想制止，却被顾城骁按住了手，他看着她，默默地摇摇头。

林渝并没有打算放过南音，她忍南音也好久了：“稍等啊，各位，大喊大叫不是我这个淑女擅长的。”

说完，林渝跑到台上，拿了一个麦克风，让工作人员打开相关设备，然后一边说，一边走向南音：“各位亲朋好友，大家听我说，这位南音同学因为一点小矛盾就怂恿社会人士围攻林浅，被学校记下大过，这才是B大最官方的消息。校园网上公告栏还没撤呢，大家随时可查。

“打架伤人，那是故意伤害罪，是林浅大度，同意私了，南音才没有受到法律的制裁。可是，她不但不悔悟，还变本加厉，经常在学校散布林浅的谣言，什么包养、劈腿、小三等等龌龊的行为，都是她编造出来的，目的就是诋毁林浅。”

说话间，林渝已经走到南音的跟前，她冷笑了一下，说：“南音，我家浅浅又美又聪明又能打，就是比你强。”

“……”南音愤恨极了，通红的泪目中跳跃着仇恨的火苗，她恨林渝，也恨林浅。

林渝回头对顾南赫说：“顾总裁，报警吧，这种人绝对不能姑息。”

“不要……”南音终于服软，泪眼婆娑地看着众人，“对不起，不要报警，求求你们，不要报警，都是我的错，都是我瞎编的。”

听到南音的哭声，林浅偷偷地转过脸去，顾城骁往后一靠，挡住了她的视线，桌下，他紧握着她的手，用眼神告诉她：你别管，也别看。

林浅回过头，不管也不看。

“多吃点菜，再不吃就冷了。”顾城骁夹了一块鱼肉，挑走了鱼刺，再喂到她的嘴边，“我尝过，这鱼味道不错。”

顾南赫说：“林二小姐，你想的跟我一样，警察已经在过来的路上了。在她从学校出来祸害社会之前，先让警察管教管教。你们把这两条毒虫带下去，别坏了大家的兴致。”

“是！”保镖速度极快，立刻将二人带了出去。

在场的宾客目睹了一切，这可比歌舞要精彩多了，以后大家可得重新审视林家了。

林家从崩盘到反转，再到现在洗清冤屈，林培是感激不尽，他上前邀请道：“顾总裁，多谢，多谢，您若不介意，就留下来喝一杯薄酒吧。”

顾南赫笑着摇摇头：“不了，我就是过来串个门，给我嫂子洗刷冤屈而已。”

他朝顾城骁看了一眼，问道：“大哥也在，你这边结束了，过来找我们？”

“我对你们的单身派对没兴趣。”顾城骁冷静地回应。

“行，那就电话联系。各位，慢用，爷爷，慢用，大家都开心点哈，再见。”

顾南赫在众人的目送下离开了，那些想攀谈几句的人，只能远远地看着他的背影。

林渝也目送着顾南赫，突然，她在侧门口看到了一张熟悉的面孔——顾东君。

林渝瞬间石化，刚才她可勇猛了，连甩南音三个耳光，连蹦带跳地上了台，又气势汹汹地为林浅辩白，简直就是女汉子的范本啊。

可是，女汉子这种印象真的好吗？顾东君会不会觉得我不像女人？哦，不，我明明可以做一个安安静静的诗意女子，为什么要当女汉子啊！

朱曼玉看女儿一直呆立在原地，赶紧过去轻推一把：“小渝，干什么呢，站着不动？”

“啊？没……没事啊。”

“没事就快回座位上去，女孩子咋咋呼呼的，不好。”

林渝简直欲哭无泪：“妈，你是说，我刚才咋咋呼呼的？”

朱曼玉笑了笑，说：“刚才情况特殊，以后不准这样，多学学你姐，稳重点。”

林渝望着侧门口，那个心塞啊，哪里还有心思坐着吃饭，一入座就跟林浅在微信上聊起天来。

——“刚顾总裁说的什么单身派对？”

——“顾城骁说他们在楼上办单身派对，大概是交友的吧。”

——“待会儿你们去不？”

——“单身派对，我们去不合适吧。”

——“我要去。”

——“冷静点。”

——“我冷静不了，他一定看到我彪悍地甩人耳光了，这不是我。”

——“原来你喜欢他。”

——“是又如何？”

林浅有些意外，不放心地转头看看林渝，林渝用嘴型告诉她：“我一定要去。”

爷爷的寿宴结束，林家人送走了全部宾客后，也要回家了。

对于顾南赫大方地免去了全部酒钱，还退了订金的举动，林家人可是受宠若惊，这顿寿宴的花费可不是个小数目。

“爸，妈，爷爷，我去小浅家住几天。”林渝拉着林浅，一个劲地给她使眼色。

林浅笑得有些尴尬：“嗯，对。”

林培和朱曼玉没有反对的理由，还因此而高兴得很，朱曼玉说：“好，城骁，不打扰吧？你看这俩丫头感情这么好，我也不好说。”

朱曼玉最会来事，左一句“城骁”，右一句“城骁”，真把自己当成顾城骁的丈母娘了。

顾城骁说：“不打扰，年底了，我也比较忙，没空陪小浅，正好她们放假，能做伴。”

林家的车开离了酒店，林渝早已按捺不住了，急着要上去，她看他们慢吞吞地走着，一边跑，一边回头说：“你们不急，我先上去了。”

“至于这么赶吗？”

“至于！”

林浅看着林渝的背影叹了一口气，说：“我还真没见过她对谁这么上心过。”

她挽住顾城骁的胳膊，语调放缓，声音变柔，问：“真不介意林渝住你家？”

“是我们的家。”顾城骁纠正道，“家里地方大，来个亲戚住一阵有什么可介意的？刚好可以陪陪你不是？”

林浅攀着他的胳膊，脸贴着他的肩膀，如果身高允许，她真想贴上他的脸：“嘻嘻嘻，我就知道你最好了。”

顾城骁弯起手臂将她搂在怀里，说：“今天你受委屈了。”

“我没关系啊，只要你相信我就够了，其他人怎么看我，我一点都不在乎。”

“傻。”

“你聪明就够啦。”

“对了，林渝什么时候看上我哥的？”

“也就是上次大哥在攀岩馆救了她啊，英雄救美嘛，大哥好像年纪也挺大了，为什么一直没结婚？”

顾城骁摇摇头：“这是他的事，我怎么知道，不过……他俩不合适。”

“那我还觉得咱俩不合适呢，不一样过日子吗？”

“咱俩尺寸合适！”

“……”老司机的一句话，让林浅刹那间臊红了脸，他随时随刻“飙车”的毛病，什么时候能改一改啊？

冬季是湖湾景区最美的时候，那冰湖上的灯光特效举世闻名，世界各地的游客都慕名而来。

酒店是一个半椭圆的造型，越是楼高的地方，面积就越小，最上面几层都是一些高规格的私人会所，半开放，或者不对外开放。

湖湾大酒店二十层的观光厅，三百六十度的全透明玻璃墙可以将整个湖湾景区的夜景尽收眼底，这里也是观赏湖湾夜景的最佳地点。

这里只在特定时节对酒店的VIP客户开放，并且还得通过审核和提前预约，尽管条件苛刻，依然受人追捧。

民间一直有着“不到湖湾观光厅，就等于没来湖湾”的说法。

不过，今天的观光厅被顾南赫一人全包下了。

能包下整个观光厅的人，绝非有钱就可以办到，顾南赫是湖湾大酒店最大的股东，有钱、有权、有门路。

可是，他竟然包下观光厅用来开派对，这只能说，贫穷限制了人的想象力，有钱人花上几千万就跟普通人买包烟一样。

林渝莽莽撞撞地来到观光厅的门口，立刻就被人拦了下来：“小姐，这里是私人派对，请问您有邀请函吗？”

邀请函是什么鬼？林渝摇摇头。

“抱歉，小姐，没有邀请函的话，您就不能进去了。”

“我认识顾总裁。”

侍者像是见惯了这种伎俩一样，露出了不屑的笑容：“许多人都认识顾总裁啊。”

“……”这也是，林渝又窘迫又急，眼巴巴地看着里面劲歌热舞，却不能进去。

其实，在林渝看来，顾南赫就是一个地主家的傻儿子，挥金如土，又不干正事，只知道吃喝玩乐，是一个十足的纨绔子弟，她只是不想暴露自己的真实目的，才借用了顾总裁的大名。

可是，在侍者看来，林渝也不过是想攀附他们少主的无数人当中的一员。

一个不肯走，一个不肯放行，两人就在门口大眼瞪小眼。

“小姑娘，你这点小伎俩是瞒不过我的，你要是怀了我家少主的儿子，那我才真的佩服你。”

“顾南赫那么多花边新闻，我眼睛瞎了，才会看上他，快点放我进去。”

就在两人用眼神对峙的时候，顾东君忽然从里面出来，他认得林渝，但……忘了名字。

林渝眼前一亮：“顾大哥，顾大哥，他不让我进去。”

侍者好冤枉，连忙解释说：“她说找顾总裁，但没有邀请函。”

“谁说找顾总裁了？你这位大哥不但眼拙，还耳背……”一说完，林渝暗叫一句“糟了”，立刻换了一种态度，也换了一种声音，“呵呵呵，这位大哥，您误会了，我是说认识顾总裁，可我没说要找他。”

“这……不一样吗？”侍者有些费解，帮少主挡桃花也是挺累的。

顾东君好心吩咐了句：“让她进去吧。”

侍者不敢多言，毕恭毕敬地弯腰：“是，那小姐，请进吧。”

可林渝现在不想进去了啊，目标人物都已经出来了，她还进去干吗？！

顾东君笑容可掬，浑身一股高贵的儒雅之气，说：“进去吧，这种派对还是适合你们年轻人，我更适合早点回家睡觉。”

这一笑，把林渝迷得不要不要的，那是她身边所有的同龄男孩都不具有的稳重和成熟，她一点都抵抗不了。

她灵机一动，追上去问：“顾大哥，小浅他们在不在里面？”

她明知故问。

顾东君停步，转过身来，说："他们没来啊，不是在下面跟你们吃饭吗？"

"哦，呵呵，我们结束了啊，爷爷他们已经回去了，我以为小浅来这里了，所以来找她。我今晚住他们家。"这个理由完美，她默默地为自己点赞。

顾东君没有多想，随口就说："那我打个电话吧，正好我也要找城骁说点事情。"

"哦，好……"林渝的心脏突突直跳，两只手拽着衣角不停地搓，不会被打脸吧？！

"喂，是我……你们在哪……好，我上去找你。"顾东君简单地说了几句就挂了电话，"走吧，他们在顶楼。"

"顶楼？我能上去？"

"跟我走，你就能上去。"

"哦、哦、哦。"林渝松了一口气，幸好没被揭穿。

密闭的电梯里只有他们两人，顾东君随口问了一句："你是林浅的……姐姐？"

林渝又激动又失落，原来他已经不记得她了："是啊，我是她二堂姐，我叫林渝，上次在攀岩馆差点摔死，是你救了我。"

顾东君尴尬而又不失礼貌地笑笑："哦，我记得，我记得，你有恐高症。"

"对，呵呵。"

"那到了顶楼，你最好别往窗边站。"

他们才聊了几句，电梯就到了，顶层的面积比观光厅要小一点，但绝妙的是，顶层整个顶都是玻璃的，犹如被一个巨大的玻璃罩罩着，往下可见绚丽的夜景，往上可见浩瀚的星空。

这里也是一个小天地，泳池、沙发、吧台等，应有尽有。

"你可以吗？"顾东君问。

林渝点点头："没事，脚踩着实地就没事。"她在心里为他疯狂点赞，好细心、好贴心、好温柔、好 Man 啊。

顾东君是真的有事找顾城骁谈，两人找了一张沙发就坐下聊事情了，林浅和林渝坐在另一边，躺着欣赏那浩瀚无垠的夜空。

"别看了，跑不了。"林浅打趣道。

林渝转过脸来，有些失落："他连我的名字都不记得……"

林浅摇摇头，想到顾城骁的劝告，她也好言相劝："他大你十几岁呢。"

"什么十几岁，明明就大了十岁而已，他才三十岁，很年轻好不好？"

"三岁一代沟，十岁的话，四舍五入也有四个代沟了呢，那就是一条宽河了。"

"你跟顾城骁也相差十几岁呢，你们不是好好的吗？"

"瞎说，我们只相差八岁。"

"八岁呢，三岁一代沟，四舍五入一下也有三个代沟，河也不小了。"

"……"林浅发现自己完全说服不了林渝，也对，她以前对顾城骁没感觉的时候，也嫌八岁相差大，现在却觉得相差八岁而已，算什么。

当女人爱上男人，所有可能成为问题的问题都不再是问题，别说小河了，纵然是太平洋，也能跨过去，只因为——我爱你。

"林渝，难道你想倒追？"

"不然呢，你能叫他来追我？"

"……你今天说话特别厉害，我都说不过你了。"

"废话，你泡在爱情的蜜缸里都泡傻了，连南音都回击不了，不像我，孤家寡人，只能孤军奋战。"

"……"

"浅浅，你得帮我。"

"嗯，帮，你是想直接表白、欲擒故纵、暧昧不明，还是酒后乱性？"

"能跟你们一样直接领证吗？"

"……"简直疯了！

野狼受缉毒大队的委托，特战队一直在深入调查金三角的案子，警方剿灭金三角的老巢曝光之后，追查起来更加不易。

我在明、敌在暗的情势，对调查的进度可谓雪上加霜。

金三角几个骨干级元老，死的死，被抓的被抓，可那么大的集团，瘦死的骆驼比马大，金三角被剿灭了，无数个小团体就成立了。

近年来，金三角集团一直在洗白，甚至有许多分支已经洗白，这些小团体不惧法律，直接暴露在阳光下，无论从哪个层面来说，他们都是合法的，做的都是正当生意，赚的都是清清白白的钱。

猴王没了，小猴子们就在各自领域自立为王，这种情势，比原来更加复杂。

会议室里，顾城骁再次召集了所有人。

“我得到可靠的消息，有疑似金三角的余党在市区开了一家名叫‘乐玩’的室内游乐城，负责人叫谢忠，海外华侨。你们看看谢忠跟这位先生长得像不像。”

灯光关闭，投影仪将影像投射到白墙上，那是一个像素很低的侧面照，模糊不清。

“这是我上半年在南非的时候，偶然一次与金三角的人打交道，偷偷拍到的一张照片，此人叫沙坤，听人说是四叔的私生子。”

顾城骁点了一下，白墙上又出现了一张清晰的证件照：“这个人就是谢忠，根据行踪记录，他半年前来到B市，从一个叫陈国成的商人手中接下游乐城，经过两个月的改造，重新开业，因为得天独厚的地理优势，一开业就出名了。

“根据暗访调查，乐玩游乐城在这三个月内出了多起安全事故，但都被压下来了，甚至有媒体透露，有上面的领导发话，不准追踪报道。现在你们仔细看看这两个人，像不像。”

沈自安将两人的头像用精密的人脸识别软件对比了一下，得出的结论是相似度百分之二十：“老大，沙坤只露出侧脸，而且很不清晰，没法对比。”

宋景瑜：“是啊，老大，光看这两张照片，一点都不像啊，怎么确定谢忠就是沙坤，又怎么确定谢忠是金三角的某个人？”

魏男：“管他是不是，老大这么说，肯定有老大的道理。老大，要不我去跟谢忠几天？反正现在没线索，闲着也是闲着。”

高纪钦举手示意道：“男哥，带上我。”

魏男笑着说：“不错嘛，小伙子，亲眼见识过犯罪分子的血腥行动之后变得上进了，不用老大鞭笞就能觉悟了。”

高纪钦一脸苦笑：“是啊，革命尚未成功，同志还需努力。”

“大家听我说，”顾城骁又发话了，“乐玩游乐城之前的老板叫陈国成，是工商总局局长的亲外甥，审批环节需要严查，但不能明查，以防打草惊蛇。根据调查，陈国成几次创业都不成，这个项目算是比较成功的，可是他以不多的价钱转让给了谢忠。这还不算，陈国成目前待业在家，没事干了。”

郑子俊举了一下手，说：“在市区范围内开设这类游乐城本就不合规矩，陈国成肯定是走了关系的，他千辛万苦走通了路子，还搭上了亲舅舅，却在收获的时候拱手让人，这一点很值得怀疑。”

顾城骁点头：“子俊分析得不错，我另外还调查过陈国成，他除了明面上的银行账户以外，还有一个瑞士银行的账户，开设时间，正好是警方剿灭金三角老窝的两周之后，也正好是转让乐玩游乐城的时候。我怀疑他除了通过合同获得的合法钱款之外，还有一笔不菲的、不合法的钱款，就存在瑞士银行。

“而且，我见过沙坤一面，直觉上觉得沙坤跟谢忠长得很像，我觉得两件巧合的事情放在一起，就不一定是巧合。”

魏男：“老大，你的直觉特别准，就按这条线索查下去，肯定有戏。”

顾城骁看看其他人，大家似乎都赞成这个观点，他又说：“谢忠连身份都有，洗白洗得很彻底，就算我们查下去，还是打不进敌人内部。”

宋景瑜：“老大，您不会又想深入虎穴吧？”

顾城骁：“不入虎穴，焉得虎子？”

第9章

新媳妇见公婆，终有一拜（败）

天又下起了雪，这次比前几次都要大，暴雪淹没了道路，但阻止不了赶路的人。

顾城骁冒着暴风雪赶到了顾宅，顾源和叶倩如原本已经睡下，难得接到儿子难得的电话，又起床穿衣。

叶倩如站在落地窗前看着外面，茫茫白雪，望不到边际，她的心一直悬着："老爷子，你说城骁这么晚了还过来干吗？"

顾源闭着眼睛，听妻子问起，稍稍一睁眼，说："你整天盼着儿子回来，现在他主动说要回来，你还不高兴？"

"我不是不高兴，我是担心啊，你说城骁是不是又有大任务了？"

顾源转头看着窗外，说："只要国家有需要，他该干吗就干吗。"

"……"叶倩如深叹一口气，"是、是、是，国家的利益高于一切，服从命令是军人的天职，我都知道，你别跟我讲道理。"

说着，她忽然看见茫茫夜色中出现了一道汽车的灯光："来了，儿子来了。"

暴风雪疯狂地肆虐着大地，顾城骁顶风冒雪地跑进屋里，头上身上全是雪花。

叶倩如拍着他身上的雪，目不转睛地看着他的脸："儿子，你黑了，也瘦了。"

"那岂不是更帅了？"

叶倩如笑得合不拢嘴："那是当然。"

顾城骁脱了大衣，不急不缓地步入大厅："爸，你们都睡下了吧？不好意思，我这么晚还赶过来。"

顾源不动声色，始终表情严肃，手一挥，张口道："坐下再说。"

叶倩如亲自给父子俩泡了茶，她已经好久没有亲手为他们做过什么了，见到如此情景，她的心里又温暖又焦虑。

“儿子，又要去执行大任务了？”她忍不住问。

顾源冷哼一句，打断道：“他工作上的事，你别打听。”

“……”叶倩如语塞，乖乖地坐在儿子身边。

顾城骁拍拍母亲的手安慰道：“妈，这是我的工作，别担心。”

“还以为今年能一起过年呢。”叶倩如的眼睛里已经泛起泪花了。

“妈，别这样，你再这样，我就走了。”

“别、别，”叶倩如赶紧擦了擦眼泪，嘴角也带了笑意，“你说，你说。”

顾城骁握着母亲的手，目光望向父亲，恳切地说：“爸，妈，我不在的时候，你们别为难林浅，她是我的妻子，更是我最爱的人。”

久久没有回音，顾源和叶倩如都沉浸在这份突如其来的深情之中，在他们的印象里，儿子从来不会这样。

叶倩如撇撇嘴，言语中带着一些醋意，问：“你怎么会看上她？她那么……”

“妈，我回答不了你这个问题，因为我也不知道，第一次见面就爱上了。”

顾家二老：“……”

顾城骁又说：“爸，我从小都按着您指的路走，我也热爱这份职业，但我的婚姻，我想自己做主，希望你们能理解。”

他深夜来访已是意外，又难得言辞恳切地向他们倾诉内心，当父母的，难道还要逼他吗？

思忖片刻，顾源缓缓开口道：“你自己的事，当然可以由你做主，特别是婚姻大事。放心吧，我们不会为难她的。”

“谢谢爸，有您这句话，我就放心了。”

叶倩如有些吃味：“怎么，你今天就是为了她来的？”

“妈，我这不是为了咱家的团结和乐吗，你们因为她而情绪不好，甚至影响到了身体健康，我看着也着急，工作也不能安心。”

“这……”叶倩如既感觉暖心又感觉心塞，她这个从小高冷的儿子，变了，因为林浅，他变了。

“爸半夜摔倒被送去医院，林浅穿着睡衣和拖鞋就去了，并不是她鲁莽，而是她被人误导爸摔了一跤叫不醒，她的亲奶奶也是在起夜的时候摔了一跤，然后再也没起来。”

“有这事？”叶倩如半信半疑，“被谁误导的？”

顾城骁反问一句：“您觉得会是谁？”

叶倩如心里有数，除了郑紫琪之外，也没有别人了。

“当时我也不在家，她是想承担起儿媳妇最起码的责任。她自己的父母不在身边，她很想把你们当成自己的父母，只是你们一直不给她机会。”

“……”叶倩如回答不上来，只是默默叹气。

顾城骁没坐多久就离开了，他还要赶回城邸，这仅有的几个小时，他想回去见一见林浅。

叶倩如望着渐渐消失在雪夜中的车子，感叹道：“唉，只要那个林浅不惹事，不给我们顾家抹黑，就随他们去吧。”

车子已经完全消失在雪夜中，顾源像是祈祷一般，说：“要平安回来啊，儿子。”

城邸。

顾城骁回到家的时候，林浅已经睡下了。

温暖的房间，熟悉的味道，他没有开灯，悄无声息地脱下衣裤，从床尾钻了进去。

林浅正睡得香，忽然有什么东西入侵了暖和的被窝，还总往她身上贴，她哪里还睡得踏实。

是在做梦吗？她不愿意醒来，她梦到顾城骁回来了，抱着她的脚，给她暖脚。

她又梦见顾城骁那个不要脸的家伙一直在亲她、摸她，都快把她弄醒了。

“轻点啊，不要吵醒我……”她不知不觉地呢喃出声，声音很小，但暧昧十足，这梦境太过真实，以至于她有些激动。

一开始，顾城骁的身上还有从外面带进来的凉意，慢慢地，他的体温上升，他吻着她，从脚一路吻到了上面。

终于，逐渐醒来的林浅感到了异样，这哪是梦啊，分明是真实的。

她身子一缩，神经紧绷，几乎是下意识地大喊出声：“啊——”

尖叫声戛然而止，短促而又惊慌，林浅的嘴被一只大掌捂住了，整个人都被压着，动弹不得。

"嘘，我，是我，顾城骁，"他咬着她的耳朵说，"我是顾城骁，你老公。"

过度的惊吓让林浅完全清醒过来，而顾城骁的出现让她既生气又害臊。她抓他、挠他，还用膝盖顶他，嘴里骂骂咧咧的，全是脏话。

顾城骁压制着她，说："女孩子家家的，脾气不要这么暴躁行不行？"

"大半夜的，你被窝里突然来了一头狼，你气不气？你想不想骂人？"林浅四肢被控制，她就用额头去撞他。

"嗞……"顾城骁被撞得眼冒金星，赶紧伸手去摸她的额头，"汉子，我服了，我认错还不行吗？再怎么样，你也不能自残啊。"

林浅也痛得不行，龇牙咧嘴的："你真的讨厌死了。"

两人互相给对方揉着额头，虽然没开灯，只能看到对方的轮廓，但两人之间的眼神交流可一点都没减少，缠绵的感觉也是越来越浓。

几乎同时，他们默契地吻在一起，用人类最原始的方式诉说着对彼此的思念。

此时，外边的暴风雪终于有了减缓的趋势，风没那么嚣张了，渐渐平息了愤怒，大雪也没那么张狂了，渐渐变得悠扬舒缓。

林浅贴在顾城骁的胸口，那一起一伏的地方让她觉得特别踏实。

顾城骁脸上尽是满足感，慵懒地躺在那里，有些困倦，却舍不得睡，他抓着她的一小撮头发，把玩着打着圈。

"你的头发挺长了，别剪了，这样好看。"

林浅的头发已经快盖住整个脖子了，肩膀上面一点点。她越来越像个女孩了，可是，她一听这话就不乐意了，噘起小嘴说："好看什么啊，你都没看我，就说我好看，你肯定在说谎骗我，我才不相信你。"

"你好不好看，我不用眼睛看，我心里明白就行。"

"哼，假话，才不要听你的甜言蜜语。"

顾城骁抱紧了她，又开始咬她的耳朵："既然你不要听这些，那我还是用实际行动来表达吧。"

"……"林浅当即就投降了，"大爷，你饶了我吧，小女子还想见到明天的太阳。"

顾城骁笑了笑，抱歉地说："太阳一升起来，我就要走了，这一次，估计得离开好长一段时间，不能陪你过年了。"

林浅那颗才开心过的心啊，一下又跌进了比之前更深的深渊里，莫名其妙的伤感突然如潮水般涌来，席卷着吞噬着她那颗荡漾的心：“所以，你回来就是为了告诉我这个消息？”

“嗯。”

林浅猛地抱紧了他，心里难受得一抽一抽的。

气氛很安静，空气仿佛是凝固的，黑暗之中，顾城骁都能想象到她噘嘴抽泣的样子。他抱着她，轻声细语地安抚着她：“你乖乖在家，修身养性，等我回来。我爸妈不会再反对我们的婚事了，但要他们真心接受，应该还需要一点时间。你懂事一点，除夕陪他们守岁，新年给他们拜年，把这些小辈该做的事情都做好，他们心里也高兴，你就当是替我做的，好吗？”

“嗯，好，都听你的。”

“要是我妈为难你，能忍就忍，她也就是过过嘴瘾，过瘾了就好了，要是不能忍……”

“我忍！”林浅保证着说道，“我可以化身忍者神龟，因为他们是你的爸妈。”

“好，真乖。”

顾城骁亲吻着她的头发，窗外的天空有了一丝光亮，就快要天亮了，那被大雪洗刷过后的空气十分清新，就连很远的汽笛声都能隐约听到。

“快天亮了，睡吧。”

林浅把头埋在他的颈窝里，一抬膝盖，整条腿都缠在他的腰间：“等我睡着了，你再走好吗？”

“好。”

“一言为定，那我现在起来打游戏了，可以坚持三天三夜不睡觉。”说着，她一下抬起脑袋，作势要下床。

顾城骁无奈地笑笑，霸气地一勾，将她的身子拉了回来，还将她的脑袋按下：“我的大小姐，你就老老实实睡觉吧。”

“什么大小姐，我明明是小公主。”

“……好，我的小公主，快快睡觉。”

“给我唱一首摇篮曲。”

“……”顾城骁的内心是拒绝的，“抽你两鞭子好不好？”

“好啊，好啊，来啊，来啊，不抽，你就是小狗。”

“……”顾城骁完全败给她了，好笑又好气地说，“汪，汪。”

林浅扑哧一下笑出声，原来，高冷的顾大队长内心住着一个小闷骚啊，哈哈哈。

渐渐地，天空变亮了，太阳从东边的天空升起来，朝霞满天，染红了大半个天空，雪后的天空格外纯净，还带着一点空灵。

林浅不知道顾城骁是什么时候走的，只有满屋子他的气息提醒她，他曾经回来过，而不是梦。

除夕到了，林浅精心地梳妆打扮，准备去顾家。

顾家老宅坐落于香山脚下，雪后的香山格外美丽，阳光照下来，远远望去，整个山头都是发着光的。那种天然的静谧感令人不得不感叹大自然的鬼斧神工。

轿车慢慢驶进顾家大门，门上的春联、路上的红毯以及沿路的大红灯笼，都带着浓浓的年味。

听年管家说，每年过年，顾家是非常忙碌的，不但有许多人会上门拜年，还有一次隆重的聚餐，有近百位亲友聚在一起。

“看不出来，顾家还是挺传统的嘛。”

“是啊，老宅这边过年过节都很讲究，不像城邸，少爷什么都不讲究。”

林浅挺直了脊背，心情更加紧张了一分，难怪顾城骁让她陪老人家守岁，老人家不就是图个团圆吗。

车子在别墅的前面停下，已经有人上前开门了：“少奶奶好，小心点下车，老夫人念叨您一上午了。”

林浅慢慢下车，有板有眼地吩咐道：“后备厢里有些薄礼，帮我带进去。”

她的额前没有留刘海，全部头发梳到脑后绾成一个“丸子”，再配上一件正红色的长呢大衣，高贵而又优雅，随性却不随意，是非常正统的新媳妇拜年的装扮。

屋里，三位长辈早就在等着了。

透过落地窗，叶倩如一直在挑林浅的不足：“看看，看看，装得倒是挺像的，人矮就不要穿长款啊，知道的说她是来拜年，不知道的，还以为她是来讨债的。”

老夫人瞪了她一眼，训斥道：“这么漂亮的媳妇都不入你的眼，那我这个老太婆更入不了你的眼，我看我还是回自己的狗窝得了，以后过年你们都别接我过来，我宁愿清清静静一个人过，或者让小浅陪我过。”

叶倩如面如土色，一个劲地给丈夫使眼色。

顾源收了收报纸，正襟危坐：“人都来了，你少说几句。”

叶倩如：“……”你妈一来，我就没地位了。

林浅端端正正地进了门，依次给三位长辈敬茶，长辈们也按照惯例给了她红包。

这就代表，顾家正式接受了这个新媳妇。

奶奶是最开心的，她本来就喜欢林浅。敬茶仪式结束之后，她直接将林浅拉到了身边：“来、来、来，小浅，你今天特别漂亮，很有奶奶当年的风范。”

林浅单腿跪在沙发上，乖巧地给奶奶捶起了背，还说：“奶奶，您上次走了之后，我都想死你了。”

叶倩如的脸色，那叫一个黑啊。

“丫头的小嘴真甜，丫头啊，你的身体都养好了吗？”

“好了，好了，能打死一头牛了。”

“年轻到底是好啊，不像我们，你看看你爸，扭伤脚都要休养几个月。”

顾源：“……”

顾源能忍，叶倩如可不能忍，老夫人怼她也就算了，怼自己老公就不行。她带着十足的火药味，挑明了说：“妈，顾源那不是简单的扭伤，他还有轻微骨裂和骨质疏松，伤筋动骨一百天，他才二十多天就能下地走了，已经很好了。”

叶倩如的话虽然是冲着老太太说的，但这怒气全都冲着林浅，她的婆婆，她讨好伺候了这么多年，都得不到一点夸赞和肯定，林浅这个小丫头片子一来就得到了老太太的宠爱，这是什么道理？

“还有你，林浅，你看看你的姿势，坐不像坐，站不像站，成何体统？”

林浅一听，赶紧放下脚，双脚并拢站着。

“光打扮得好有什么用，人的气质是由内而外散发的，是从言行举止上体现的，不是穿几件名牌衣服、戴几样首饰就行的。瞧瞧你这样子，跟小孩穿大人衣服一样，怎么看怎么不合适。”

“……”忍，忍，千万得忍住，林浅眯着眼睛一笑，唯唯诺诺地说，“妈，您说得是，我以后一定改。”

老太太眉毛一挑，语气不善地说道：“老二媳妇，既然你把话说到这份上了，那不如你来教小浅好了。”

叶倩如：“……”林浅那么能打，别要了我的老命。

老太太又说：“小浅年纪小，你像她这个年纪的时候，未必做得比她好，你也是过来人了，知道该怎么做，反正城骁也不在家，那就让小浅住在这里，跟着你学。你用你的经验本事培养出一个多才多艺、气质俱佳的顾家少奶奶，怎么样？”

叶倩如那个心啊，抖了三下，连个屁都不敢放了。

而林浅，内心也是一万个拒绝：“奶奶……这个，这个……”不住在一起还好说，这要是住在同一个屋檐下，她想想都要离家出走啊。

“怎么，不愿意？”奶奶看看这边，看看那边，然后乐呵呵地拍拍林浅的手背，说，“真难得你们婆媳还有意见一致的时候。”

叶倩如：“……”

林浅：“……”奶奶您真顽皮。

老太太：“今年是小浅第一次在顾家过年，城骁也不在，她初来乍到，有什么不懂的，你这个当婆婆的就好好指点一下。下午老大、老三他们都要过来，你要是不怕被你两个妯娌看笑话，就继续闹吧。

“自打我那三个孙子出生，我们顾家就没添过新人，今年添了新人，不应该开开心心的吗？”

老太太声如洪钟，几句话就把叶倩如的气焰压了下去。

林浅从小就懂得察言观色，见此时气氛尴尬，连忙主动说：“妈，我会注意自己的一言一行的，我有什么不对的地方，还望您多多指正。”

顾源终于开口了，说：“行啦，都少说几句。妈，倩如为了这顿年夜饭和年后的聚餐忙好几天了，她凡事都以顾家为重，说林浅几句也没什么，她嘴快而已。”

林浅连忙打圆场，点头如捣蒜：“是、是、是，我知道妈是刀子嘴豆腐心，奶奶，您就别说了好吗？我是小辈，妈说我，是我的荣幸。”

老太太冷哼一下：“哼，谁知道她有心无心，句句带刺，也就你能忍她。”

“……”林浅哭笑不得，哎哟，奶奶啊，您这是在火上浇油，帮倒忙啊。

“得、得、得，我年纪最大，嘴巴最碎，我闭嘴。小浅，陪我看电视，最近那部青春校园剧特别火，看得奶奶少女心都回来了。”

老太太的节奏真的很奇特啊，林浅唯有干笑：“好，呵呵。”

叶倩如憋屈得差点掉眼泪，她为顾家劳心劳力，得不到一句好话，反而因为多说了林浅几句就被老太太指着鼻子骂，这口气，她真的很难咽下去。

午饭过后，大家都回房午睡了，林浅在小玲的引领下来到了顾城骁的房间。

“少奶奶，这就是少爷的房间，您就在里面休息吧。”

“嗯。”

这间房的装修风格跟城邸的很像，简单得不能再简单，也看得出来是打扫过的，窗明几净，一尘不染。

床头的墙上挂着一张巨大的照片，是顾城骁穿着军装敬军礼的照片，那张脸英俊得让人挪不开眼睛。

除了那张大照片，房间各处还有许多小照片，只要是能放的地方，几乎都摆着顾城骁的照片。

床头柜上更是放着一本厚厚的相册，林浅过去一看，是顾城骁从小到大的全部照片。

谁会那么傻把光屁股、穿肚兜的照片放在床头柜上？林浅当时就笑了出来。

可一想，她所认识的顾城骁不像会这么做的人，这些肯定是婆婆放的。

林浅心头莫名地一酸，顾城骁是一个军人，有任务了，说走就走，归期不定，而他就算回来，也有自己的住所，很难得才回这里一趟。公公婆婆很有可能要好几个月才能见儿子一面，这种情况下，他们一定很挂念儿子。

想到这里，林浅突然没那么生婆婆的气了，也为自己曾经对婆婆恶言相向而感到抱歉。

此时此刻，在遥远的云川，尼莫与众兄弟也围坐在一起喝酒、吃饭。

这里是一家规模不大的足浴馆，周围是这一带出了名的红灯区。

尼莫是从B市到S市的囚车上被兄弟们救出来的，如今大家都成了通缉犯。

尼莫自从重获自由，就变得十分木讷，远不如以前那般机灵，大家都认为他一定是在监狱里遭受了非人的折磨，以至于有点精神错乱。

尼莫端着酒杯站起身，说：“我敬大家一杯，多谢大家冒死救我出来，这份大恩大德，我尼莫毕生难忘。”

坐在尼莫对面的，正是这个临时团伙的小首领，人称黑爷。

黑爷挥挥手说：“坐下喝，坐下喝……遗憾的是，没能把达志、虎子他们也救出来，当时真是棋差一着啊，没想到，那些条子这么快就发现了。”

尼莫面带感激，也万分歉疚：“当时要不是达志推了我一把，我也没那么快跳车，可我有时候想想，就我现在这没用的样子，还不如把达志救出来好。”

“小兄弟，千万别这么说，我们还指望你跟四叔联系上呢。”

尼莫眉头骤然一蹙，镇定而又缓和地说：“我联系不上四叔，只有四叔联系我，四叔不联系我，我也不知道该做什么。”

“你放心，你是四叔的人，你跟着我们坤哥，坤哥也不会亏待你。”

尼莫趁机问道：“坤哥现在在哪？”

现场的气氛突然冷却下来，吃吃喝喝的兄弟们都停了筷子，尼莫一阵紧张，话已出口，进也不是，退也不是。

“我是不是不该问这个问题？”尼莫木讷地笑笑，还像大傻子似的抓抓头。

黑爷突然大笑一声：“哈哈哈，别紧张，坤哥也说要见见你，过了十五，就带你去见坤哥。”

尼莫笑着点头：“好，多谢黑爷。”

吃着喝着，大伙儿都挺放松，正所谓“酒足饭饱思淫欲”，黑爷忽然说：“兄弟们，坤哥说这段时间让大家受累了，所以让我要好好犒劳犒劳大家。”

啪啪两声，黑爷拍了两下手，然后，门开了，一排数十个身着轻纱的少女依次进来，她们个个面带桃花，轻纱里面未着寸缕，隐隐约约，是真空的。

刹那间，兄弟们都看呆了，席间只闻得杯盘撞击的声音，未闻其他。

尼莫也倒抽一口凉气，目光默默地定在了黑爷的脸上，不敢乱瞄，也不想乱瞄。

短暂的安静之后，是大家磨刀霍霍的淫笑声：“谢谢黑爷，黑爷您先挑。”

“甭谢我，这都是坤哥的意思。”

“谢谢坤哥，但黑爷也要谢。”

众人开始起哄：“谢谢坤哥，谢谢黑爷。”大家嘴上喊着“谢谢”，眼睛都已经直勾勾地看着那些身材曼妙的少女了，没想到这个穷乡僻壤的地方还有这等货色，个个都是极品啊。

黑爷站起身，从中挑了一个最高挑的，说：“尼莫，这个极品赏你了。”

尼莫的视线定在黑爷的脸上，摆摆手，说：“不、不、不，黑爷先挑。”

席间兄弟们开始起哄：“尼莫，没见咱们都急死了吗，你就抱着走得了，黑爷这是看得起你。”

“就是，黑爷可是冒着生命危险救了你，以后你可得在四叔面前给咱黑爷美言几句。”

“尼莫兄弟，难道你被条子给掰弯了？哈哈。”

尼莫露出了尴尬而又窘迫的笑容：“不是，不是，没有的事。”

黑爷又说：“尼莫兄难道不喜欢高挑款？那你自己挑，喜欢哪个，你就挑哪个。”

尼莫不敢再拒绝，再拒绝恐怕要引起大家的怀疑，于是，他逼自己扫了一眼那排女子。

“快点嘛，挑花眼了，对吗？快点，快点。”

“就是啊，快点挑，随便挑一个，还这么磨蹭？”

忽然，尼莫看到那位身披浅紫色轻纱的女子朝他做了一个手势，他不可置信到身体微微一颤：“她。”

紫纱女子轻步慢摇地走来，脸上是含羞娇俏的表情，她一来，直接坐在了他的大腿上，一只手勾着他的脖子，一只手拿起酒杯，说：“爷，我叫伊人，我敬你。”

伊人仰头，一饮而尽，然后莹润的双唇紧紧地贴上尼莫的嘴唇，将口中的美酒以嘴对嘴的方式喂过去。

兄弟们都看呆了，没想到这里的小妞还挺懂事，一个个都亢奋不已，跃跃欲试了。

黑爷也拉了一个坐在自己腿上，大喊一声：“陪好我的兄弟们。”

女子们穿梭在席间，一对一入座，每人都有，绝不偏私。

尼莫浑身僵硬，双手看似抱着伊人，其实他的手掌并没有贴着她的身体，只是悬空抱着。

他深邃而又复杂的眼神看着伊人，试图从她的眼睛里看出一点信息。

“狼。”在双唇分离的时候，伊人不动声色，低低地说了一个字。

尼莫一怔，慢慢咽了一下口水，若不是其他兄弟沉浸在美色之中，恐怕他当场就要露馅了。

“爷，第一次吗，这么紧张？”伊人帮他擦了擦嘴角的口红印，暧昧地说，“那我岂不是要给你封红包？”

经过这一提醒，尼莫紧绷的神经这才放松下来，他冷冷地说道：“不，我只是……不喜欢当众……”

这个时候，大家都沉浸在怀里的美色之中，没有人关注别人，几个猴急的，已经当众开始了不雅的举动。

黑爷满脸赤红，强力保持着最后一丝清醒，他说：“尼莫兄弟，好好享受。”

语毕，他便搂着怀中的女子步入了旁边的包厢。

尼莫带着伊人进了另一个小包厢，小包厢里没有开灯，只有窗台上点着一盏精油灯，散发着微弱的光亮，也散发着幽幽的香味。

里面仅有一张双人床，墙面是粉红色的，上面还贴着男女交欢的大海报。

昏暗的光线下，尼莫屏息，不作声，警觉地扫视着房间。

伊人亦然。

等确定房间里没有监视器之后，伊人低声说道：“狼王，我是紫衣。”

紫衣，是郑紫琪的代号。

顾城骁已经想到是她了，他径直走到包厢最里面，拿出一块白色的东西，抖开，是毛巾，他再往下翻了翻，翻出一件浴袍，不回身，只是往后递给她。

郑紫琪有些尴尬，赶紧接过浴袍穿上，她解释道：“我在外面转了三天，都找不到办法，只能用这个办法混进来。”

想到刚才的情景，顾城骁的心情有些沉重，这对郑紫琪来说实在是太难了，她的牺牲实在太大。

郑紫琪似乎明白他的心情一样，反过来安慰他：“我没事，反正这张脸也不是我的。”

隔壁传来女子高亢的尖叫声，她们叫得一个比一个大声，好像谁身下的女人叫得大声，谁就更厉害一样。

“你怎么也来了？”

“嘘……”郑紫琪突然一把抱住顾城骁，“别动，外面有人。”

顾城骁回过头往门口看去，门比门框小，下面露着一条门缝，外面的灯光从门缝中透进来，而此时，偷听者的一双脚遮住了灯光，从里面看出去十分明显。

“啊……爷，您慢点儿……”郑紫琪故意喊了一声，还试图将他的身体扳过来。

顾城骁回头瞪她：“你……”

“配合点！”郑紫琪踮起脚尖，想要将戏演到底。

简直疯了，顾城骁在内心低吼一句，一把推开她，用食指指着她，以示警告。

郑紫琪半假半真地问道：“我都这样了，你一点都不动心吗？”

顾城骁当下就起了怒意，在这种关头，身为一名卧底特种兵，她竟然还在想着自己的私事，这是非常不专业的行为，也是非常危险的举动。

可是，昏暗的光线下，顾城骁又不以正脸示人，郑紫琪看不到他脸上的怒意，她误以为他的内心在挣扎着、犹豫着。

她脱掉刚刚穿上的浴袍，再一次紧紧地抱住他。

“城骁……”她咬着嘴唇发出一声很低的、好似呻吟的叫声。

而顾城骁，几乎在她抱住他的同时，他本能地一甩一推，用他的反抗本能，直截了当地将她推甩出去。

“啊……”郑紫琪被甩飞出去直接撞到了门上，这一声，是她痛得喊出来的，那一刻，她羞愧到无地自容。

门外那人，好像也被吓到了，低低地呼了一声。

虽然极度难堪，但郑紫琪还得顾全大局，她将计就计地说：“爷，您弄痛我了，慢一点……”

顾城骁背对着她，将盖在鞋上的浴袍直接踢向她，一个字都懒得对她说。

这时，外面偷听的人忽然敲响了门：“尼莫兄弟，”那人是黑爷，“要懂得怜香惜玉啊，尼莫兄弟，哈哈。”

黑爷的笑声由近变远，门缝里的光也全照进来，他走了。

顾城骁始终背对着她，问道：“你来干什么？”

郑紫琪收起刚才的狼狈，重新穿上浴袍，说：“总部很久没有你的消息，怕你出意外，所以我主动请缨，过来打探一下，再者，还有一个消息要传递给你。”

“说。”

“赵明被双规了，正是由乐玩游乐城的项目查到了他以权谋私的铁证。除了赵明，同时落马的还有郭品川、乐玩游乐城前负责人陈国成以及一些高官。而我们怀疑的谢忠，已经不知去向。”

顾城骁思索片刻，很快理清了头绪，说：“如果不出意外，黑爷将在正月十五过后带我去见沙坤。”

“十五过后？哪一天？哪里见？”

“不知道。”

就在这时，外面突然砰的一声巨响，顾城骁转身和郑紫琪对视，两人都瞪大了眼睛，那是一记枪声。

除夕夜，一记枪声打破了小山村的寂静。

顾城骁走到门口，耳朵贴在门背面，听外面的动静。

“干什么？干什么？”是黑爷的声音，语气是极度的不满，“谁打扰爷的兴致，想死啊！”

顾城骁开了一条门缝，明晃晃的大厅里，许多兄弟都出去了，有的光着膀子，有的正在系皮带，有的干脆只穿了内裤。

“小雅，小雅，你醒醒啊，小雅……”在大厅里的姐妹们是目睹了的，她们在小雅跟前哭成一团。在包厢里的姐妹们也闻声跑出来，见状，哭着奔了过去。

顾城骁开大了一些门缝，探出去半个身子，只见衣衫不整的女人们都坐在一起，吓得缩成了一团，离她们不远处横躺着一个女人，胸口都是血，脚还在一抽一抽的。

“救救她，求求你们救救她。”

“你闭嘴，再废话，老子连你一起毙了！”说话那人叫高原，是团队里长相最为凶狠的一员，事实证明，高原不但长相凶狠，心也极其歹毒。

顾城骁走出去，郑紫琪跟在后面走出去，一出去，她就迅速进入角色，哭着小跑过去：“小雅怎么了？怎么会这样……她还活着，她还活着啊……”

愤怒的高原拿枪指着伊人：“那你陪她死好了。”

顾城骁握紧了双拳，正要出面制止，黑爷突然一掌拍在高原的后脑勺上，骂道：“大过年的，你杀人，这么不吉利的事情，你能不能不做？！”

高原收了枪，伊人逃过一劫，她双腿都吓软了，一下瘫在姐妹群中。

她默默地注视着其他女子，每一个都能在显眼的地方看到明显的痕迹，或牙印，或吻痕，甚至还有手指的抓痕。

她趁大家不注意，偷偷地在腰上和大腿上狠狠掐了几下。

黑爷是一脸的不高兴，质问道："高原，你怎么回事？"

高原自然有自己的理由，他愤怒地说："这小娘们这不让摸、那不让亲，其他几个都叫得欢，就她别别扭扭，啥都不许干，老子一火，就毙了她。"

说话的时间，小雅仅剩的一口气也没了，绷紧的双脚一下子就放松了。

姐妹们抱成一团，哭声连连，谁能想到会失去一个姐妹。

黑爷上去就是一耳光："坤哥说了很多次，我也说过很多次，咱们不能走老路子了。你以为这还是在咱的地盘上？你再不收敛收敛，下一次被毙的就是你！"

高原满脸不屑，擦了一下嘴角的鲜血，突然拿枪对着那具女尸，啪啪啪连开三枪。

"啊！"屋里尖叫连连，女人们吓惨了，伊人也跟其他人一样抱头痛哭。

"你当老子的话放屁是吧！"黑爷两步上前，以迅雷不及掩耳之势扣住高原的手腕，一折，一摸，一秒夺下了高原手里的枪。

黑爷反过来拿枪对着高原的头，恶狠狠地警告道："你信不信，我现在就爆了你的头？！"

高原这才放缓了语气，求饶着说："好、好，黑爷，我不敢了。"

黑爷："把这里收拾干净，明天被我看到一点血迹，你小子给我用舌头舔干净。"

黑爷扫了一眼其他人，包括衣着整齐的尼莫，他凶神恶煞的表情突然多了一份疑惑："尼莫兄弟，你是完事了，还是没做？"

尼莫脸上略微僵硬，微微一笑，说："做了一半。"

"呵，我的兄弟们也做了一半，瞧瞧你，再瞧瞧他们，他们果真是一群公狗。"

众兄弟："……"

尼莫："……"

尼莫尴尬而不失礼貌地笑了笑，他知道，黑爷对他一直都抱有一种警惕的态度，这并非是对他身份的怀疑，而是对尼莫本身的一种警惕。

在这里几天，顾城骁早已暗暗摸透了他们之间的关系。

黑爷的团伙是沙坤的手下，而尼莫是四叔的人，沙坤是四叔的儿子，儿子听令于老子，儿子的属下们自然也不敢怠慢老子的属下。

但，不怠慢并不代表看得起。

“坤哥帮”也未必完全臣服于“四叔帮”。

毕竟，四叔帮已经被警方围剿得差不多了。

“坤哥帮”很想一举取代“四叔帮”。

这就是越狱成功的尼莫所处的尴尬境地，顾城骁还得扮演这个尴尬的角色。

高原处理尸体的动作十分利索，拿棉被将尸体一裹，扛着就出去了，就跟扛着一袋米一样。

兄弟们互相之间暗暗地问接下来怎么办，是继续做没做完的事，还是把人都遣走，还是……全都灭口？

“黑爷，你做决定，兄弟们都听你的。”

黑爷余光扫了一眼尼莫，又看了一眼那个坐在女人堆里唯一穿着浴袍的女子。

女孩们都在哭，一来是心疼小雅的遭遇，二来是担心自己的遭遇。

有机灵的女孩低声求着说：“各位爷，我们不会说出去的。”

黑爷呸地一下当众吐了一口唾沫：“说出去也没事，哥儿们几个身上背的血债多了去了，杀人如麻这四个字说的就是我们。”

女孩们个个都瑟瑟发抖。

黑爷走上前，看着那一个个娇艳欲滴的姑娘，突然揪起伊人，直接将她的浴袍给剥了下来。

“啊……”伊人惊呼出声，本能地抓住衣襟，却还是被无情地剥去了那层保护罩，她害怕得浑身打战，脸上梨花带雨，好生可怜。

尼莫将视线一转，别开了。

黑爷从上至下扫了一眼女孩，只见女孩白皙修长的大腿上红迹斑斑，指甲抓痕显而易见，有些地方还被抓出了血，腰上、背上，乃至胸口，都是一块一块红，像是被捏的，也像是……被亲的。

见状，黑爷回头大笑着说：“尼莫兄弟，我都叫你轻点了，你怎么还下手这么狠？对待女孩子要怜香惜玉嘛，哈哈。”

顾城骁与黑爷对望，视线停留在黑爷脸上的同时，也不得扫一眼后面的伊人，她抱着身子瑟瑟发抖，浑身都是红斑，看起来确实像被虐过一样。

兄弟们也都大笑起来，纷纷调侃：“尼莫兄，原来你还有这嗜好啊。”

黑爷上前伸手搭在尼莫的肩上，调侃道：“嘿，你们这些粗俗的人懂什么，咱都要像尼莫兄学习，在外面是个翩翩君子，关起门来才当禽兽。”

尼莫只是笑着，除了尴尬之外，又添了几分不好意思。

“行啦，大家都是男人，别不好意思，刚才我都听见你房里噼噼啪啪的声音了，真带劲！”黑爷心中的疑惑已然放下，拍拍尼莫的胸口，说，“既然尼莫兄弟做了一半，那不妨把剩下的一半做完，别扫了兴。”

黑爷一发话，兄弟们都激动不已，争着抢着跑去拉女孩，简直就跟哄抢一样，生怕晚了就没了。

混乱之中，伊人被三四个男人团团围住，伊人咬着唇，忍受着这最屈辱的时刻，她半真半假，语带哽咽：“各位爷，你们别……别这样……”

尼莫暗抽一口凉气，一个箭步上前推开了兄弟几个，抓住伊人的手腕，一把将她拉进自己的怀里。

几个兄弟正在兴头上，满肚子的怨言：“尼莫兄，我们冒死救了你，你连女人都不愿意跟我们分享？再说了，她又不是你的。”

尼莫脸上突然露出了一丝狠厉，他挑起女子的下巴，对着她的脖子，张嘴咬了下去。

那画面，如同一个吸血鬼正在蚕食人类一样，凶残暴戾，且容不得与他人共食。

兄弟几个看傻了眼，早就听说四叔手底下的人个个都手段狠辣，可他们看尼莫平时木讷老实的样子，还以为传闻有假，现在看来，尼莫只是表面谦和而已，实际上也是一个变态的家伙。

黑爷搂着原来的女人，朝兄弟们挥了挥手，说：“抢什么抢，一人一个，那儿不是还有吗？”

“是、是、是。”

尼莫搂着几乎赤裸的伊人，一边吻，一边转进了包厢。

门一关，他就跟弹簧似的弹开了：“抱歉，情势所逼。”

郑紫琪摸了摸吃痛的脖子，笑着说：“刚才那情况，要不是你出此下策，我都不知道该怎么办，是我要谢谢你。”

脸虽然还是尼莫的脸，但眼神已然变回了顾城骁的眼神，他又走到里边拿了一件浴袍出来，偏着头递给她：“快穿上。”

郑紫琪伸手接过，她含情脉脉地看着他，手指刻意碰到了他的手。

顾城骁抽离得很快，立刻背过身去，说：“你就不应该过来，让自己遭受这种罪，何必？”

“可我担心你啊，沈队一直都联络不上你，我每一天都活在针尖上。”

他叹了口气：“这个地方太偏，我只是没机会出去寻找信号源而已。那你又是怎么知道我在这里的？”

郑紫琪：“我从高队那里听到这里是金三角曾经的一个据点，你跟沈队最后一次联系就在这附近，我推断你就在这里，所以就向上级请示了。”

顾城骁压低了声音怒斥道：“你简直在胡闹，靠推测就敢摸过来，万一我不在呢？你今晚准备怎么办？”

郑紫琪没有正面回答，而是坚定地说：“我的直觉告诉我，我爱的人就在这里。”

“……”顾城骁气得语塞。

外面和隔壁传来歇斯底里的声音，在一桩命案之后，他们还能当什么事都没发生过，依旧做着逍遥快活的事情，足以见得，这帮人简直泯灭良心、人神共愤。

郑紫琪坚定地表明了自己的立场：“上级派我来协助你，除非我死，否则，我势必要与你一起彻底消灭金三角余党为止。”

“……”顾城骁以上级的口吻命令道，“在这里，我是你的上级，我命令你立刻走。”

“顾大队，您的命令我恐怕暂时不能领，因为在我来之前就听妈妈桑说了，客人花重金包了我们半个月。”

顾城骁眼神一凛，问道：“是沙坤？”

郑紫琪点点头：“我听妈妈桑说是坤哥。”

“所以，黑爷所说的正月十五以后带我去见坤哥，应该不假。”

郑紫琪又暗笑一下，说：“我还听到妈妈桑在打电话的时候提到了B市，说哪天去了B市，要让坤哥尽地主之谊。”

顾城骁立刻想到：“没错了，沙坤就是谢忠，那时谢忠就在B市，顶着谢忠身份的沙坤一直在B市逍遥法外，警方却束手无策。”

郑紫琪：“可惜谢忠现在已经不知去向。”

天色擦亮，大年初一的曙光照耀在白皑皑的大地上。

林浅没怎么睡，不是认床睡不着，而是不敢睡，怕睡太死起不来。

顾家对她从反对到接受，顾城骁必定在其中做了很多努力，就算是为了顾城骁，她也要在过年这种关键时刻树立一个好形象。

一大早，来顾家拜年的客人就断断续续、络绎不绝。

林浅坐得腰都酸了，举起双手想伸个懒腰，叶倩如一个眼神扫过来，她只好悻悻地放下。

这时，又来了两位拜访的客人，管家急匆匆进来禀告："老爷，郑政委来了。"

老爷子赶紧拉了拉衣领，说："快请，快请。"

很快，客人进来了，林浅转头一看，那是一对身穿便装的老夫妻，男的壮硕挺拔，女的端庄秀丽，妇人的眉眼之间，有些似曾相识。

"老顾，新年好啊。"郑旭东一边拜年，一边走过来。

为表郑重，一直坐着的顾源站起身来迎接，脸上也挂上了笑意："新年好，快坐……小浅，去泡茶。"

"哦、哦。"林浅将沙发让出来，转身去厨房泡茶了。

叶倩如："老郑，采宁，你们来了，咦，子俊和紫琪呢？"

郑旭东："你们家城骁一走，子俊就没回过家，特战队得有人坐镇啊，至于紫琪嘛，也出差去了。"

叶倩如："紫琪也出去了？她一个女孩子，能吃得了这份苦吗？"

郭采宁眼眶有些湿润，说："可不是，我也总劝她，但她就是不听啊。唉，你们家城骁去哪，她就跟去哪，这不，出任务也跟着去了。我多问一句，她还拿军令压我。"

"他俩一起出的任务？"

"应该是，刘司令只给老郑透露了一点点，说是紫琪自己主动要求去的。"

叶倩如欣慰地说："那他们两个互相之间有个照应，也好。"

这时，厨房里传来咣当一声响，四人循声望去，只见一个茶杯打碎在地上，林浅慌慌张张地将碎片拾起来。

叶倩如不悦地叹气出声："看看她，总是毛手毛脚，一点分寸都没有。"

张妈听到声音，赶忙跑过去说："少奶奶，别用手捡，我来，我来。"

这一声"少奶奶"，让原本已经转开视线的郑氏夫妇又转头看过去，那是一个瘦弱单薄的女孩子，看上去还很小。

郭采宁也看到了林浅："倩如，这个就是……"

"嗯，就是她，"叶倩如冷冷地叹一口气，低声说道，"是我儿子眼瞎，放着那么好的紫琪不要，非要娶她，我真是……”叶倩如连着深呼吸两次，怎么都倾吐不完内心的郁闷。

郭采宁淡淡一笑，安慰一句：“是我家紫琪没福气。”

瞧瞧人家这胸襟，叶倩如更加惋惜。

张妈接过泡茶的任务，林浅站在厨房里发呆，原来，这二位是郑紫琪的父母，原来郑紫琪也是将门之后，原来顾城骁和郑紫琪一起出任务了。

她说不出心里是什么滋味，有吃醋，有生气，还有一种对郑紫琪由衷的敬意以及对自己本能的鄙视。

忙碌的初一上午过去了，午餐过后，林浅就离开了这个对她而言如牢笼的顾家老宅。

大年初一，阳光并没有很好，灿烂不起来，阴沉的天空，连空气都变得阴郁，正如林浅此刻的心情。

她去超市转了一圈，大年初一的超市相比往常有点冷清，她选了几样滋补品就去了林家探望爷爷。

虽然她与大伯大妈不来往，但爷爷她还是要孝顺的。

好在，她去的时候，大伯大妈不在，避免了双方见面的尴尬。

等她回到城邸，已经是傍晚了，阴郁的天空暗得很快，城邸因为男主人的缺席也变得异常冷清。

出于对郑紫琪的好奇，林浅左想右想，还是决定打电话问问顾南赫。

“小嫂子，怎么了？”顾南赫今天在家宴客，还没结束，周围还是喧闹一片。

“打扰您了吗？”

“不会，不要跟我客气……妈，我去接个电话……嫂子，您说。”

那头一下变得安静了，林浅有些不好意思：“我可能需要占用你很长时间。”

“没事儿，家里就那些客人，有我爸妈在就行，这要是单身派对，那才叫打扰我。”顾南赫还是没正经。

林浅靠在窗口，望着那冷清的夜，问道：“郑紫琪是怎么进特战队的？”

“当然是考进去的啊，你以为？”

“……”林浅佩服得五体投地，这不就是传说中的女兵王吗？而她，这回期末考试又挂科了，人跟人的差距怎么这么大啊？！

顾南赫似乎明白了她的心思，问道：“嫂子，你到底想问什么？”

林浅深吸一口气，直接问道：“郑紫琪喜欢顾城骁的事情，是不是你们身边的人都知道？”

顾南赫没有否认：“是啊，这件事我们身边的人，还有他们整个军队系统都知道。最初二哥结婚的消息传开，大家都以为新娘子是郑紫琪，纷纷跑去跟郑紫琪说恭喜，结果闹了个大乌龙。不过，嫂子，这些都是郑紫琪单方面的喜欢和追求，二哥一直都没有答应过，甚至还刻意与郑紫琪保持着距离。”

“真的是这样吗？”

“我哥那么宝贝你，你要相信他。”

林浅叹了口气：“好吧。”

之后顾南赫又劝慰了她几句，就匆匆挂了。

林浅的心情并没有因此而开心起来，原来郑紫琪对顾城骁的感情这么深。

郑紫琪是将门之女，拥有着高贵的出身、傲人的身材、绝世的美貌，她明明可以靠这些，却偏偏要靠实力。

往往比你优秀的人，还比你努力，这才是林浅自愧不如的地方。

她也知道这不是顾城骁的问题，可她越是爱他，就越计较这些，就越让自己陷入一个死循环当中，无法自拔。

第10章

二表婶，别来无恙

大年初五，顾家大家族聚餐，在国宾大酒店一号厅摆酒宴客。

顾家最大的一支队伍，自然就是顾源这支，如今军中身居高位的几位领导都曾是他的部下，再加上他的独子顾城骁又是不可多得的人才，所以即便他退了休，也一样受人尊重。

叶倩如和两位妯娌忙前忙后地招呼客人，今天的她们，比大年初一的穿着更加精致华美。

听说顾城骁结婚了，大家都很好奇顾家的新媳妇是谁，一来就开始找，找不到就开始问。

这一问，自然就传到了叶倩如的耳朵里。

当着两位妯娌的面，她抱怨地说："这个林浅，要来就早点来，不来就说一声，搞什么鬼？要是有人问起来，我该怎么说？"

这时，老三的媳妇指了指门口，说："这不是来了吗。"

叶倩如朝门口望去，只见门口出现了一位盛装打扮的女孩，衣着得体，妆面清爽，齐耳的短发尽显青春俏皮，稍稍中和了衣着的正式感。

老大的媳妇潘慧看过去，拍拍叶倩如的手背，欣慰地说："不是挺好吗，多好看的女孩子，难怪城骁会喜欢。"

精心打扮之后的林浅确实让人眼前一亮，小巧的面庞之上镶嵌着精致的五官，特别是她那双眼睛，灿若星辰，再加上她那白皙的肌肤，略施粉黛之后看上去简直吹弹可破。

别说是这种普通的家庭聚会，就算是名流聚会，像林浅这样的打扮出现，也绝对是众人目光的焦点了。

到底是年轻，那肌肤状态好得令人发指，是叶倩如她们这些贵妇去美容院打足玻尿酸都远不能及的状态。

叶倩如也看得目瞪口呆，确实，她看到了林浅对这次聚餐的重视，想想当初跟鬼一样的丑女变成眼下的仙女，她也是感慨良多。

林浅轻盈地走到叶倩如的面前，稍稍放低身子，礼貌地点头："妈，大妈，三妈，路上有点堵，我来晚了，不好意思。"

叶倩如颇感欣慰，佯装数落道："快去奶奶那里，都在问你，你给我先想好再说话。"

"哦。"

奶奶是辈分最高的老祖宗，大女儿嫁得好，三个儿子出类拔萃，三个孙子更是青出于蓝而胜于蓝，老人家面上有光，底气十足，走到哪都带着笑容。

林浅径直走到奶奶的身旁，甜笑着叫了一声："奶奶，抱歉，我来晚了。"

奶奶回头一瞧，开心得合不拢嘴："小浅来了啊，正说你呢，来、来、来，各位，这个就是我孙媳妇，城骁的小媳妇，还在B大上学呢。"

此言一出，众人纷纷朝林浅看去，有惊叹的，也有恍然大悟的。

林培出卖至亲一事虽然没有被高调宣扬，但在上流社会的圈内，还是传得尽人皆知。

更何况，林培的这个小侄女还嫁给了被誉为京城第一家族的顾家，这种自带话题的人，自然备受关注。

原来她就是林培的侄女，原来她就是顾城骁的新婚妻子，原来她长得这么美，怪不得顾城骁宁愿放弃条件更加匹配的郑紫琪，也要娶她。

顶着众人打量的目光，林浅始终浅笑着，奶奶一一给她介绍身旁的亲友，每介绍一位，她就亲切地称呼一位，直到——楚墨枫忽然跳进了她的眼帘。

楚墨枫就坐在奶奶的旁边，因为她过来的时候，眼睛只看着奶奶，再加上她看的都是他们的背面，奶奶也最后才介绍到他，所以她确实有些意外。

林浅一愣，刚想开口问好，楚墨枫绅士地站了起来，淡笑着开口说："二表婶，别来无恙。"

"你……你不是出国了吗？"

"初五是大日子，回来跟大家聚聚，也看看我太姥姥啊。"

老人家惊讶地问："小枫，小浅，你们认识？"

林浅面带尴尬，楚墨枫倒是很坦然："太姥姥，林浅原来是我同班同学啊。”

老人家恍然大悟：“哦，对、对、对，你也是B大的，这么巧，还是同班同学？”

“是啊，更巧的是，我们高中还是同桌呢。”

这一说，老人家大感好奇，一左一右拉着林浅和楚墨枫，非要他们分享他们的上学趣事，老人家也是童心未泯。

本来林浅还有些尴尬，很害怕亲戚们对她问东问西，被奶奶这一“搅和”，她反而轻松了。

反观楚墨枫，林浅发现，出了国喝了几口洋墨水的楚少似乎比以前开朗了许多，话多了，笑容多了，性格也变好了。

楚墨枫倒也是口下留情，没有抖出她的糗事，真的只是说了几件有趣的事，把老人家逗得哈哈直笑。

酒足饭饱，人有三急，林浅离席去了一趟洗手间。

当她从厕所出来的时候，她就看到楚墨枫倚靠在墙上，把本就不宽的过道挡住了。

“怎么，楚校草拦人堵人的毛病还没治好吗？还是更严重了？都发展成到厕所门口来守人了呢。”林浅越发毒舌了。

楚墨枫好像已经习惯了她的这项技能，也不恼，只是隐藏已久的那份思念和深情，终于忍不住在望向她的时候，通过眼神传递给了她。

林浅一怔，后退一步，别开脸，拒绝看他的眼睛：“注意你的身份。”

楚墨枫沉沉地吐出一口气，冰封似的眼神里多了几分无奈，他久久地看着她，头发长了点，皮肤更白了，脸蛋似乎圆润了点，气色也更加好了，看来，她在城邸当少奶奶的日子过得不错。

她过得好，他的心里既高兴，也不高兴。

“我晚上的飞机，那边学校很难请假，好不容易才请了三天假，刚回来就要走。”

“哦，一路顺风。”

楚墨枫欲言又止，他知道他该打消这份思念，距离不允许，身份更不允许，但这可是他从高中就喜欢的人啊。他默默喜欢了她四年，哪里是一朝一夕说放下就能放下的。

“我二表叔又不在，聊聊天也不行？”

林浅哭笑不得：“聊聊天当然行，你二表叔在，也能聊天，可你看看你那眼神，当我傻子啊？”

楚墨枫苦笑着点点头：“不错啊，现在变聪明了，还能看出我什么眼神，那你以前怎么没看出来我喜欢你？”

“喂，现在说这些有意思吗？”

“是没意思……”楚墨枫像是受了什么打击一样，一瞬间又变得颓废起来，他从兜里掏出一根烟，熟练地一按打火机，点燃，一口一口猛抽。

林浅看到他这副样子，简直意外，以前的楚墨枫也不抽烟啊：“你什么时候学的抽烟？”

“抽烟不用学吧，自然就会了。”

看着他叼着香烟、吊儿郎当的样子，林浅的心情特别复杂，不但狠话说不出来，还把那份对他的歉意都勾出来了。

从出国到现在，不过短短个把月的时间，楚墨枫确实变化挺大的，性格外向了不说，连烟都抽上了。

林浅看着这样的他，心里莫名地泛起了一股酸涩。

时间一分一秒过去，楚墨枫没有放她走的意思，而是不紧不慢地吐着烟雾，渐渐地，他吐出来的烟雾弥漫至整个过道。

“楚墨枫，那你现在是什么意思？”林浅没有那么多的耐心。

“我也不知道，”楚墨枫无奈地说，那声音低沉得不像他原来的声音，“我忘不掉你，你说我该怎么办？”

“……”

“我以为去了美国就能忘记你，可是，我每天都在想你，一天比一天更想你。”

“……”

“你一定不想我对不对？你跟着我二表叔……很幸福对不对？”

林浅深吸一口气，确定以及坚定地说：“楚墨枫，你再跟我说这些乱七八糟的话，我们连朋友都没得做，我说到做到！”

楚墨枫突然猛吸了一口烟，烟头那火星仿佛要点燃整个宇宙一般，带着主人最后的残喘，迸发出明亮的火光，随即又迅速熄灭了。

他看着她，当着她的面将烟头往地上一丢，啪的一声，一脚踩住，转着圈碾碎。

而后，他慢慢地吐出胸腔里的烟雾，像是放弃了最后的垂死挣扎。

就在这时，顾南赫忽然出来了，一眼就看到了两人。

“小枫？”他纳闷地走来，疑惑地看着两人，“你们……怎么了？”

林浅紧张得手足无措，倒是楚墨枫，双手插在口袋，用下巴一指地上的烟蒂，半怨怼半委屈地说：“三表叔，二表婶说要举报我抽烟。”

顾南赫诧异地看向林浅：“小嫂子管这么严？”他一边说着，一边从自己口袋里掏出烟来，勾搭着他的大侄子，说，“走，叔带你去抽烟。”

“……”林浅简直欲哭无泪，总觉得顾南赫智商不高的样子。

两个男人就这样避着她转进了男厕所，共同品尝男人的烦恼去了。

转眼就到了正月十五，过完元宵节，B大也要开学了。

林浅和林渝姐妹俩，还有同寝室的祝梵梵，约了一起去逛元宵灯会，三个正值花样年华的小姑娘并肩走在大街上，特别赏心悦目。

林渝：“喂，你见到顾东君没有？有没有提我要谢谢他请他吃饭的事情？”

林浅早都忘记了，嘴上却说：“见是见了，但他很忙，每次都来去匆匆，我跟他说不上话啊。”

“你不仗义，以前你可以为了我两肋插刀，自从嫁给顾城骁，你就对我视而不见、袖手旁观了。”

林浅脱口而出：“必须啊，有了男人，还要你干吗？”

“你……”论口才，林渝是绝对说不过林浅的。

“好啦，我心里有数，你看，现在顾城骁也不在家，我去约大伯哥，怎么说都不太好，对不？”

“好吧，反正你给我记着，我等你的消息。”

“好。”林浅敷衍着，对于林渝倒追顾东君这件事，她还是觉得不靠谱。

那时候祝梵梵还不知道林浅已经结婚，只知道她有一个神秘的男朋友，于是说：“对了，浅小爷，不如趁今天，把你男朋友叫出来让姐们看看吧。”

“男朋友？”林渝诧异地看着林浅，一秒便恍然了，“原来你就是这么欺骗你室友的啊，看来，你们也就是塑料姐妹花的关系。”

“呃……”

祝梵梵一听，有内幕啊，扼住林浅的脖子，逼着她说：“什么？！你竟敢有事瞒着我，信不信我掐死你？”

“信，信，女侠饶命，我说还不行吗？！”

在祝梵梵满身的肥肉和巨大的“凶器”的“威逼利诱”下，林浅把已婚的事实交代了。

“我家那位兵哥哥对我一见钟情，爱我爱得死去活来，没有我，他连呼吸都不顺畅，于是，非拉着我去登记。为了他不英年早逝，我只好委曲求全地答应他了。”

“……”林渝最看不惯林浅这副贱兮兮的样子，又贱又讨厌，“敢情你家那位还有呼吸道疾病？”

祝梵梵听了，大为诧异：“真的？浅爷，你没骗我吧？”

“我是拿婚姻大事开玩笑的人吗？”林浅拍拍胸脯，说，“所以，那些说我当小三、当二奶、挖人墙脚还爱劈腿的传言，根本就是南音杜撰的。我老公帅得天上有、人间无，我一个爱夫如命的良家妇女会做那些下三烂的事情吗！”

若是以往，林渝肯定听不下去，结个婚还得把自己夸到天上去，也就林浅这个厚脸皮的人干得出来，但是，她是知道事情真相的，是她的父母害了林浅，如今林浅能当玩笑说出来，一笑泯恩仇，她真的很感谢林浅的大度和包容。

林渝：“所以，南音被警察拘留又被学校开除，就是活该，就该好好治治她这个毛病。”

林浅嘻嘻一笑，一只手挽着林渝，一只手挽着祝梵梵，说：“不提那些不开心的，我们来提一点开心的，我老公部队里有许多长得很帅的兵哥哥，要不要举行一次联谊活动？”

一来，她早前答应了那些兵哥哥要给他们介绍妹子认识，二来，她也想让林渝借此机会转移目标，毕竟林渝想和顾东君在一起实在太不现实了。

林渝嗤之以鼻，当场否定：“欸，别算上我，我对兵哥哥不感兴趣。”

林浅的第二个想法，当场宣布失败。

祝梵梵眨着星星眼，连连点头：“好呀，好呀，我好期待……浅浅，你说我要不要减肥？”

林浅的第一个想法，相当可以。

“你确实该减肥了，哈哈，走，咱们去吃元宵。”

“我减肥，不吃了。”

“可以，你看着我们吃。”

“……”那怎么可以？！

元宵节，夜市上人满为患，步行街上几乎没有空的地方，人比花灯还要多。

她们正商量着要去哪里歇脚吃饭，林浅眼尖，突然在人群中看到一张并不熟悉却印象深刻的脸，那不是之前绑架她的歹徒之一吗，不是被抓起来了吗？怎么会在这里？！

“你们先找地方，找到告诉我，我去去就来。”林浅拔腿就跑，眼睛瞪得像铜铃，脚像踩着一对风火轮，风风火火地追了过去。

林浅不想打草惊蛇，就在后面紧紧地跟着，好在周围人很多，很嘈杂，不容易被发现。

尼莫是跟着黑爷出来的，既然能出来，自然有着光明正大的身份，这一点，也是顾城骁搞不懂的地方。

“真没事？我还是有点担心。”尼莫小心翼翼地问着，假装很担心的样子，毕竟他们现在都是通缉犯。

黑爷笑笑，低声说：“瞧你那胆小的怂样！是不是被警察关过，所以胆也变小了？”

尼莫尴尬地一抿嘴，装作真诚地坦白道：“失去过自由，才更珍惜自由。”

黑爷拍了一下他的肩膀，说：“你放一百二十个心，我既然能带你出来，就能保你平安，就刚才给你的身份证，代表了你是有身份的人，坤哥帮你搞定的，那都是真的。”

“真的？”

“那你以为？”黑爷反问，带着一丝傲慢的神情，好像在说，天下就没有坤哥办不到的事。

顾城骁心情沉重，为什么沙坤、黑爷包括四叔等人，都可以随便拿到清白的身份？就那张身份证，他看过、摸过、研究过，确实是真的。身份证是公安机关发放的，为什么这些通缉犯可以拿到？！

当初特战队瞒着警方，上演了一场金蝉脱壳的好戏，顾城骁假装成尼莫混进囚车，在秘密押送的途中遭到了劫囚，歹徒以为他们将尼莫救了出去，实际上是顾城骁混进了他们的内部组织。

这个周密的计划中，警方那边知道的只有秘密押送这段，这么巧，歹徒也知道押送的时间和行程；警方并不知道真正的尼莫已经被特战队看押起来，囚车里的尼莫是顾城骁所扮，这么巧，歹徒也不知道。

顾城骁不敢断言警方之中有奸细，但这当中的层层阴谋，简直细思之下就让人恐惧！

为了更像赏花灯游园的市民，黑爷和尼莫还一人搂了一个女人出来，都是在云川陪了他们半个多月的女伴。

伊人紧紧挽着尼莫的手臂，半个人都靠在尼莫的身侧，她娇滴滴地问："等你办完了事，带上我好不好？以后你去哪，我就去哪，好不好？"

尼莫还没回答，黑爷就调侃一句："嘿，尼莫兄弟，看来你对女人也是有一手，这么短的时间就哄得人家姑娘以身相许了。"

尼莫嘴角一斜，搂住伊人的腰，低下头稳、狠、准地吻住伊人的双唇，来了一个辣眼睛的法式热吻。

黑爷笑言："猴急什么，这么一会都忍不了吗？唉，年轻人就是冲动啊。"

跟在他们后面的林浅，虽然听不到他们之间的谈话，但这当街热吻的情景可是看得一清二楚，啧啧啧，现在的通缉犯都无法无天了吗？

不行，我得报警，一定得报警。

想着，林浅拿出手机拨了报警电话，眼睛直勾勾地盯着他们，紧紧地跟着。

"喂，我要报警，我是林浅，就是上次被绑架的顾城骁的太太。

"现在在 ×× 路步行街，我看到前段时间绑架过我的一个歹徒，他明明被关着，却出现在这里。"

"不是，我确定我没有看错，一定是他……好，我会一直跟着他的，你们尽快过来，谢谢。"

林浅一路尾随，远远地，她看到他们走进了一家小酒馆。

小酒馆里灯光昏暗，林浅找了一个与他们贴近的卡座坐下，正好还能听到他们说话。

黑爷看了看手表，说："可以再坐一会儿，喝点小酒，之后你俩回酒店，我们晚点回去。"

伊人："去哪不能带我们去？哼，黑爷，你想自己去快活，可别带坏了我的尼莫。"

尼莫？！对了，对了，林浅突然想起来，绑匪当中确实有个叫尼莫的，好像还是那帮绑匪中的小头目。

黑爷：“哎哟喂，我再不带尼莫兄弟出去透透气，只怕他要被你榨干了。”

伊人娇羞地否认道：“哪有啊……”

伴随着那个长长的尾音，林浅听得浑身都起了鸡皮疙瘩，她想到顾城骁以及更多的公职人员，为了维护国家的安全和社会的稳定，出生入死，兢兢业业，连回家过年都成了奢望，而这些可恶的逃犯，为非作歹，坏事做尽，日子却过得这么潇洒，太不公平了。

这时，林浅的手机响了起来，是警方的来电，询问她具体的位置。

“我们在 ×× 酒馆，对，对，步行街这里。”

“顾太太，为了你的安全，你还是先出来比较好。”

“不行，他们跑了怎么办？”

“我们已经到了，目标人物锁定，他们跑不了，您要是在里面，反而会影响我们的行动。”

“哦，那行吧。”

林浅信了警察的话，低着头默默地走出了小酒馆。

林浅一出来，只见从路边的黑色轿车里下来一个男子，大跨步地朝她走来。

“你？”

“顾太太，我叫陈勋，请跟我走。”

“哦、哦，陈警官好，”她以为这人是便衣警察，便要跟他上车，“你们要继续跟，放长线钓大鱼，对不对？”

陈勋显然没料到她会这么问，一时间反应不过来，先是愣了一下，然后生硬而又夸张地点点头：“对，对。”

林浅顿觉不对，看一眼车里面，没人，周围也没有看着像跟踪队伍的人。她在车门前停步，回头问道：“我不用上车，我就站在外面看着好了，你快去盯他们啊。”

陈勋拉开车门，试图将她推进车里。

林浅感觉更加不对头了：“你去抓逃犯啊，你抓我干吗？”

陈勋越是用力推她，她越不肯上车，见形势不妙，她猛推了一把陈勋，转身就跑。

“呃……”她只觉得后脑被猛地敲了一拳，然后铺天盖地的眩晕感席卷了她所有的意识，她还来不及做什么，双眼一闭，双腿一软，就这么瘫了下去。

陈勋有些无措，他也是心急了。

潜伏在不远处的郑子俊不得不跑过来，赶紧把昏迷的林浅背上了车。

医院的病房里，林浅做完检查被推回来，所幸并无性命之忧，不过，她还处于昏迷之中。

病房里站了许多人，包括城邸的管家、用人、司机。

郑子俊给大家的解释是，因为林浅影响到了他们的跟踪计划，怕影响大局，所以陈勋才打晕了她。

夜色如墨，晴朗的夜空挂着一轮圆圆的月亮。

从小酒馆出来之后，黑爷带着尼莫走进了一条离小酒馆不远的弄堂。

弄堂很狭窄，宽度只能容纳两三人，却极为幽深，一条小道笔直而又狭长，冷风穿堂而过，犹如一把利剑，刺得脸生疼生疼的。

黑爷与尼莫都戴着口罩，将外套的帽子戴上，犹如两位夜行者。

走了好长的路，尼莫疑惑地问："黑爷，还有多远才到？这里可真冷啊。"

因为太过安静，即便尼莫只是很轻声地说话，听起来也挺响的，黑爷回头就嘘了一声："小声点儿，马上就到了。"

尼莫紧跟上去，左右仔细观察着这个地方，脑子里有一张地图渐渐出现。

出小酒馆左拐直走，中间没岔路，这个方向，应该是与小酒馆平行方向上的某个地点。

而这条街上，有银行、有商场、有酒店，还有警局。警局？尼莫一怔，这条街上正好有一个城东分局。

黑爷在一道小暗门前止步："到了。"

尼莫抬头一看，这里不巧正在阴面，不见月光，除了黑漆漆的天和黑压压的墙，他什么都看不到："黑漆漆的，什么都看不到，有没有灯？"

"没有，你小心走路，过来。"

尼莫与黑爷并肩站在一个台阶上，黑爷敲了敲门，还说："天要下雨了，彩虹都出来了。"

停顿三秒，只听门里咔的一声，有人来开门了。

门开了一条缝，透出一小道光线，借着光，尼莫看到门里一个高大的黑影。

“坤哥，是我，我带人来了。”

“进来说。”

门开了，黑爷走进去，尼莫也迫不及待地走进去。进来的刹那，他在门边的墙壁上按了一下，留下一个隐蔽的记号。

进到屋里，里面就是一个比普通房间矮一截的房间，一床一柜一桌，不大，但因为东西少而显得挺空。

看格局，这里应该是一幢老式别墅的楼梯隔间。

借着明亮的白炽灯光，尼莫终于看清楚了那人的脸，也终于印证了他长久以来的猜测，谢忠就是沙坤，沙坤就是谢忠。

此刻的谢忠比他调查时候看到的证件照上的人要瘦一些，五官更加清晰，与他记忆中沙坤的印象更加贴近。

尼莫站在原地，反复确认，同时也开了口：“黑爷，他怎么不像四叔给我看的照片上的坤哥？”

黑爷一皱眉，训斥道：“嘿，你小子什么意思？你是在怀疑我，还是在怀疑坤哥？”

尼莫小心谨慎地说：“我只是想确认一下。”

沙坤是个猜忌心很重的人，本来他还怀疑来着，倒是先被人怀疑了，他觉得有趣，反而减弱了对这小子的怀疑。

黑爷:“坤哥，这就是四叔指定要救的人尼莫，我跟他相处了半个多月，他被条子折磨惨了，所以脑子不太好使。”

“受点折磨就脑子不好使了？”沙坤的猜疑瞬间加强了，上下打量着尼莫，“你长得挺高啊，死老头很器重你？”

尼莫谦和地笑笑：“一般一般，我只是个给四叔卖命的人。”

一句话道出了他对四叔的忠心，难怪四叔会把那么重要的东西交给他保管，难怪四叔要不惜一切代价救出他。

“死老头现在在哪？”

尼莫还是给出了和回答黑爷时一样的答案，说：“一向只有四叔联系我，我联系不到四叔，大概是他知道我安全，所以一直都没联系我。”

沙坤的狐疑又添了一分：“这么久了，死老头就一次都没联系过你？”

尼莫摇摇头。

就在这时，沙坤突然掏出一把手枪直指尼莫的太阳穴，尼莫立刻举起双手，闪烁不停的眼神带着怂相，却依然想维持一下绅士风度：“坤哥……好、好、好说话，别拿枪对着我啊，小心走火……”

“死老头吃饭用左手还是右手？”

“右手，四叔不是左撇子。”

“死老头最爱吃的菜是什么？”

“四叔没有最爱吃的，他不挑食，他只是比较喜欢吃鱼而已。”

“那他右眼视力多少？”

“几乎失明，好在他的左眼比较好，不近视，也不老花。”

终于，沙坤慢慢地放下了枪，一旁的黑爷也松了一口气。

尼莫吐出一口气，干干地笑了一下，问道：“坤哥还有疑问吗？”

幸亏他事先对四叔的情况了如指掌，要不然，真的很难过这一关，至于四叔的饮食情况，那真是猜的，全靠运气。

看来，他运气不错。

沙坤似乎没什么疑问了，老头子那么多微小的事情，不是亲近的人不知道：“你们等一等。”说着，他转身走向床边。

黑爷看了一眼尼莫，用手指了指自己的额头，灯光下那亮晶晶的东西，可都是汗啊。

黑爷用嘴型说：“兄弟，差点把我吓死。”

尼莫朝他笑了笑，以示抱歉。

沙坤从枕头底下拿出一个方形盒子，打开盒子，里面是一支宽扁的激光笔，笔头也是宽宽扁扁的。

他回身走过来，说：“晶片呢？我要验证一下。”

尼莫一阵迟疑：“在这里验？”

“是啊，只要验一下，就知道老头有没有骗我。”沙坤看他迟疑，又开始怀疑了，“怎么，你不敢？你不是尼莫？”

尼莫叹了一口气，说道：“为了晶片的安全，四叔把晶片植入了我的手臂中，我不知道能不能验证。”

“在哪？”

尼莫挽起衣袖，结实匀称的手臂里果真有一块硬硬的东西，是一块很小的正方形晶片，不仔细看看不出来，只有他指着，才能察觉：“这里。”

沙坤二话不说拉过他的手臂，用激光笔一照，那皮肤里的小小正方形的晶片果真发着淡紫色的光。

这下，沙坤完全信了他。

尼莫暗暗松了一口气，不入虎穴，焉得虎子，而要进入虎穴夺得虎子，没点准备怎么行？！

黑爷从没见过这么稀奇古怪的东西，人的手臂下还能藏东西，还能发光："什么东西？"他也拉过尼莫的手臂，想看个究竟。

但是，离开了激光笔的照射，尼莫的手臂丝毫看不出异样，更不会发光。

沙坤冷斥一句："不是你该问的别问，"他瞅一眼尼莫，说，"藏好，不要再让人看到了。"

"哦。"尼莫一边放下衣袖，一边问，"坤哥，这是什么玩意？四叔把晶片植入的时候，只说是很重要的东西，却没说是什么。"

"什么玩意还能告诉你？总之，就是很重要的东西，因为它，你的命也很重要，所以，千万保护好自己，你现在很值钱。"

尼莫装得似懂非懂，木讷地点头："哦。"

"死老头若是联系你了，马上告诉我，我现在也联系不上他。"

"哦。"

"你转告他，我现在很需要他的帮助，让他尽快来接应我，这个破地方我待不下去了。"

"哦。"

沙坤看尼莫光会点头，也不会说些其他的，带着嘲讽的语气说："还真是被条子折磨得脑子有问题了？"

尼莫笑着抓抓头发："没有，哪会！"

沙坤给黑爷使了一个眼色，吩咐道："好好伺候尼莫兄弟，少了谁，也不能少了他，懂吗？"

黑爷连连点头，心中暗喜自己押对了宝。

"那你们就走吧，随时联系。"

"好嘞。"黑爷又带着尼莫匆匆离开，原路返回。

再走一遍，尼莫更加确定了这个定位，在离小酒馆一公里左右的地方是一片古董建筑群，已经收归政府所有。

再往外一点，是城东分局所在地，这两处建筑前后相连，只隔了一道围墙。

能收留沙坤的，不是政府的人，就是城东分局的人。

尼莫仔细想想，就觉得极为恐惧。

这里是首都，黑爷只带了尼莫和两名女伴前来，大部队还在云川，沙坤的藏身之所也已经暴露，按理说，这是缉捕沙坤和黑爷最好的时机。

沙坤也算金三角的后起之秀，在金三角团灭之后，沙坤这支本来不受重视的小分支成了最受益的一支队伍。

因为之前不受重视，沙坤这支没有参与一些重大的犯罪活动，与警方打交道也少，所以现在他们洗白起来更加容易。

金三角团灭，他们受到的影响微乎其微，甚至还在金三角破败之后接手了原来金三角三成的业务，疯狂地扩大势力和吸纳资金。

沙坤比起过去的四叔更有手段，不但掌握了四叔管理的精髓，还有他自己的一套，打入政府内部，勾结官员，就是他最擅长的。

所以，顾城骁现在已经不满足于剿灭金三角的余党，而是要把存在于政府机关内部，甚至在军队内部的毒瘤，统统给找出来。

回到酒店房间，卸下人皮面具的郑紫琪立刻迎了过来："怎么样？"

顾城骁看到她以真面目示人，警觉地将房门的反锁链扣上，他一边脱外套，一边低声说："见到沙坤了，就是谢忠无疑，正如我们所料，那块小小的晶片确实很有用，幸亏魏男他们几个在尼莫身上查得仔细，不然，我很难骗过他们。你那边有什么新情况？"

顾城骁在行动的同时，郑紫琪也在行动，她趁此机会与沈自安和宋景瑜碰了个头，两边交换了信息，又拿了一些先进的装备武器回来，有备无患。

郑紫琪说："沈队说他们用最先进的仪器研究过晶片的副本，就这一块晶片并不能显示什么，这应该是某块芯片的组成部分。也就是说，四叔这只老狐狸把整块芯片拆解了，植入尼莫手臂里的只是其中一小部分。"

顾城骁并不意外，这一点他早就想到了，来之前也跟沈自安交流过。

他走到穿衣镜前，对着镜子，仰着头，用手指指腹从脖子里搓起了一道边。

郑紫琪站在旁边帮着他，两人一边交谈，一边把顾城骁的人皮倒模卸下来。

这种倒模是根据人脸一比一制成，戴上之后可以达到以假乱真的效果，只是所需用的胶水特别伤皮肤，必须隔一段时间就卸下来让本身的皮肤透透气。

这段日子以来，他们两人，互相打掩护合作得天衣无缝。

“你别动，我来，”郑紫琪看他本身的皮肤已经过敏，便主动把揭倒模的活揽了过去，“你的皮肤都快烂了，疼吗？”

“不碍事。”顾城骁高高地仰起了头，避开她的触碰。

郑紫琪恳切地劝道：“你听我的，卸下来之后好好做保养，不然，你的脸就烂了。”她踮起脚尖，高举起双手，从他粗糙的手中抢过那撕得血肉模糊的假人皮。

“皮肤都撕烂了，快给我！”郑紫琪满脸心疼，低吼着骂他，“都什么时候了，你还跟我别扭，我一个女孩子都不介意，你一个大男人还扭扭捏捏做什么？！”

顾城骁：“……”

郑紫琪的动作十分缓慢，倒模下，他的脸密布细汗，因为长期戴着倒模而皮肤过敏，脸上遍布红疹，想想就知道他此刻有多么疼。

“忍一忍，很快就好。”

顾城骁始终一脸无所谓的样子，即便额头的细汗已经如黄豆般大小，他都面不改色。

过了好一会儿，郑紫琪终于将他的倒模全部揭下，他的脸上，肉眼可见的伤口有好几道，全都是撕掉了皮肤而导致的皮肤溃烂。

“你这样不行，戴着倒模不做好保养工作，皮肤的状态会不断恶化，再过几天，你的脸就毁了。”

顾城骁不以为意，烂脸对于一个颜值顶尖的男人来说并不算什么大事，平常帅得多了，丑一下来玩玩也没事。

“你继续说。”他有些不耐烦，什么事都没有任务要重要。

郑紫琪偏不：“来，躺下。”看他直挺挺站着没有配合的意思，她凶了一句，“你不听话，我就不说了。”

顾城骁：“……”

他乖乖地横躺在床上，正面朝上，双眼紧闭，郑紫琪的纤纤玉手在他脸上按摩着，他只觉得脸上有一丝丝冰凉的感觉，把原本的刺痛感压下去了。

郑紫琪一边帮他保养，一边说：“宋队还给了我一些微型的武器装备，一来让我们防身用，二来也为收网的时候做好准备。”

“顾东君那边有没有消息？”顾城骁问。

“乐玩游乐城被查封，赵明被双规，郭品川被调查，还有前乐玩游乐城的负责人陈国成被捕，这些都是我来之前就发生的，现在的情况是，顾东君联合上级委派的调查组，秘密查清了事情的缘由。

“我们都以为乐玩游乐城是陈国成搞的，其实不然，真正的幕后筹划人是郭品川，郭品川负责疏通，陈国成负责运营。

“本来乐玩游乐城经营得好好的，但是郭品川突然要转手卖给谢忠，陈国成起初不愿意，后来大概是谢忠给的诚意金够多，所以陈国成也同意了。

“毕竟手续不合法，这个项目就像一颗定时炸弹，郭品川一见谢忠这么感兴趣并且诚意金给得十足，也就愿意脱手了，反正钱已经赚到了，何必留个定时炸弹在自己身边呢。

“赵明目前还在观察，情况还不好说，郭品川疏通关系的时候拉上了他，他也算是被带进坑的。但据顾东君所说，赵明绝不无辜。”

听到这里，顾城骁担忧地问了一句：“城东分局的人有没有参与这次调查？”

“应该没有，沈队说这次调查是机密，是由上面的调查小组直接调查取证，政府机关里只有顾东君秘密参与。

“案子目前的进展就是这样，顾东君他们也遇到了瓶颈，没有新线索，接下去的工作很难开展。你今天的线索对他们来说应该是重大突破，毕竟，谢忠，也就是沙坤，是很关键的人物。”

顾城骁始终闭着双眼：“嗯，希望案子能有进展。”

在云川的时候不觉得，但一回到B市，尤其还是正月十五，他就发了疯地想回家。

以前没结婚的时候，一个人在哪都无所谓，现在有了林浅，他无时无刻不在想念着她。他非常想快点了结案子，然后平平安安地回到有她在的那个家。

林浅，小浅，浅浅……他在心底默念着，也不知道她现在在做什么。

“城骁？”郑紫琪看他一直闭着眼睛，又不说话，还以为他睡着了，“想睡了吗？”

“没有。”

他的语气一贯地冰冷，不过郑紫琪早就习惯了，她一边按摩，一边问：

“是不是很舒服？”

顾城骁没有回答，不想增加此刻的暧昧。

“这是最基础的保养，别以为保养是女人的事，男人也一样，特别是像你这种情况，你稍等一下。”

说完，郑紫琪起身转去洗手间，倒了一些热水在洗手盆里，拿出一片修护面膜放到热水里泡了一下，然后才取出来。

她从洗手间出来，小心细致地将修护面膜敷在顾城骁的脸上。

“可能会有点疼，因为你的皮肤都烂了，忍一忍吧，这是帮你修护损伤的。”她轻声解释道，言语中带着无限的柔情，她多么希望她与顾城骁能够长长久久地拥有这一刻。

“需要多久？”

“十分钟。”

顾城骁闭着眼睛，如果真的烂了脸，毁容事小，露馅事大，所以，目前，他也只能接受郑紫琪的护理。

这半个月来，他们几乎时时刻刻都腻在一起，在外人面前表现得跟情侣无异，特别是郑紫琪，顶着小姐的身份，常常会当众挑逗他，行为举止都非常越界。

顾城骁虽然心里厌恶，但只能配合。

晚上两人也是共处一室，必要的时候还会逢场作戏一番，肢体接触更是免不了的。

只有在确定大家都睡去了，安全了，顾城骁才会去打地铺。

郑紫琪多么希望趁这次任务拉近与他之间的距离，她要让他知道，这个世界上只有她才能与他并肩作战，只有她才能助他一臂之力，可惜，他对她的温情只有在人前，关起门来，他对她异常冷漠，除了必要的关于任务的交流，别的时候根本一句话不说。

她承认她是带着私心来参与这次任务的，她连从军都是为了他，承认自己有这点私心算什么。

这些年里，顾城骁对她从拒绝到再三拒绝，再到最后的冷处理，她都咬牙坚持着，他每一次的拒绝和冷漠，都如同锋利的尖刺，一下一下扎着她的心。

爱着爱着就习惯了，痛着痛着就习惯了，她始终不愿放弃他，哪怕他已经有了妻子。

“十分钟到了。”顾城骁突然说话。

郑紫琪看得入神，一时忘了时间，直到听到提醒，才收起了心思，赶紧将他的面膜揭下来。

“别动，还没好。”郑紫琪重新将他的肩膀按下，然后用化妆棉将他脸上的液体轻轻擦去。

顾城骁的耐心真的已经到了极限，语带不满地问道：“还没好？”

“最后一步了。”郑紫琪挤了一些质地浓稠的修复面霜涂于他的脸上，又开始新一轮的按摩。

“你看我，也是每天都戴着倒模，但我后期的保养工作做好了，皮肤就没有问题。以后每天你给我一个小时，我来帮你做护理，要不了几天，你的皮肤就会恢复到以前了。”

顾城骁闭着眼睛，脸上原本针扎一样的刺痛感确实少了许多。

房间里暖黄色的灯光幽幽地照下来，孤男寡女，共处一室，这气氛就不一样了。

郑紫琪一时情难自禁，她的手指尖朝着他的下巴摸去，然后是脖子。

他的眼睛突然睁开，坐起身，光是那眼中的杀气，就让她退避三舍。

她默默站在他的身后，突然张开双臂从背后抱住他，好像为了避免被他甩开，她十指紧扣牢牢地箍住他的腰，整个人都紧紧地贴着他的背脊。

“城骁……”

顾城骁抓住她的手腕使劲掰，她早有准备，十指牢牢紧扣，说：“除非你把我的手指拽断！”

“疯子，又犯什么病？！”

“城骁，你听我说完……就今天，就一次，我发誓……你给我一次说话的机会，好吗？”

顾城骁松开了手，面带寒霜，眼神充满了暴戾，像一个即将进行一场嗜血杀戮的狂魔。

“请你给我一个合适的理由，为什么我不行？”郑紫琪豁出去了，“哪怕没名没分，哪怕永远见不得光，为什么我不行？”

事实上，在这半个月的卧底时间里，她不止一次脱光了站在他的面前，她明确告诉他，她不需要名分，她不需要公开，她甚至不会破坏他的家庭，她只求被他拥有，可是，他都无动于衷。

顾城骁说：“不是你不行，而是我对你不行，我只对林浅行。”

“……”郑紫琪心碎了一地。

顾城骁又补上一刀：“以你现在这种状态，我想我有必要向上级申请单独行动，不然，你的不理智的举措随时可能破坏我的计划。”

郑紫琪箍紧的手指瞬间一松，人就像被抽干了精气神一样，麻木地后退着，瘫坐在床边。

他回过头来，以居高临下的姿势俯视着她，用一种几乎不近人情的冷漠口吻说：“就算没有林浅，我也不会跟你有同事以外的任何关系。你在我眼里，跟普通战友没有区别，这是我最后一次跟你聊工作以外的事情，我希望你听进去，请记牢！”

冰冷的声音从郑紫琪的头顶飘来，她顿觉整个房间的温度都下降了许多，不寒而栗。

而后，顾城骁冒着被发现的风险，直接用酒店的座机打了一个电话。

“子俊，是我，我现在命令你，立刻马上把你妹带回家。”

郑紫琪一听，着急了：“不行，我还有任务。”

顾城骁充耳不闻，只对电话那头的郑子俊说：“对，是立刻终止她的卧底任务。”

此时的郑子俊正在从医院到部队的路上，身边还有陈勋，他转头看了一眼陈勋，还以为暴露了什么，问道：“黑爷怀疑她了？”

“不，她的存在极大地影响到整个计划的推进。”

“……”郑子俊当时就明白了，一定是他那个痴情的妹妹又做了什么惹怒顾城骁的事，顾城骁没有直接打给上级，而是打给他，也算是给他妹妹留了颜面。

顾城骁背对着郑紫琪，他现在连看她一眼都觉得厌恶，说：“马上过来把她带走，一刻都不得耽误。”

“这……”郑子俊还是担心着大局。

“这是我的命令。”

郑子俊接到电话之后，就立即绕道去了顾城骁所在的酒店。

在执行卧底任务期间，这种没有计划的会面是极其危险的，也是队内绝不允许的。

顾城骁之所以打电话给郑子俊，也是看在与郑家多年的交情之上，他容不下郑紫琪，却也不想惊动上级乃至整个军队系统。

郑紫琪本想争取留下，但眼看着顾城骁那黑面神一样的扑克脸阴沉可怕到极致，她就有些畏惧。

“城……”

“还有两分钟，收拾好你的全部东西。”

他的语气不容置喙，面上更是出现了杀伐果断的狠绝，让郑紫琪不得不乖乖照做。

会面的地方在酒店后门，顾城骁一袭黑色长风衣，黑帽子，黑墨镜，再加上一块宽厚的黑围巾，一米九的身高让人望而生畏，压迫感十足。

陈勋远远地站着把风。

郑紫琪也是全黑打扮，虽然知道顾城骁不可能改变主意，但她还是忍不住担心他：“你一个人要千万小心。”

顾城骁站着不动，盯着陈勋问道：“你怎么在这里？”

陈勋支支吾吾了半天都说不上来，看向郑子俊，向他求救。

郑子俊解释说：“今天小嫂子在灯市上偶然看见了你，小嫂子认出了尼莫的脸，一路跟踪你们，还报了警，要抓逃犯。”

“……”顾城骁大为震惊。

“幸亏陈勋刚好在警局，还听到了报警。陈勋以警员的身份把小嫂子骗了出去，小嫂子太聪明了，不相信陈勋，不肯走，他一着急就把小嫂子打晕了。”

“打晕？”顾城骁暴跳如雷，闪着杀意的目光直戳向陈勋，别说打晕，他连她一根毛发都舍不得别人动。

冷风中的陈勋缩在那里，低着头，默默地往外挪了挪。

“老大，放心，小嫂子没事，去医院做了详细的脑部检查，现在有城邸的管家和用人陪着，住一晚就可以出院了。”

顾城骁这才收回了那要杀人似的眼神，情况特殊，不便多说：“再联络，走吧。”

郑子俊点点头，拉着郑紫琪连拖带拽地走了。

天渐渐亮了，寒风呼啸，大地蒙着一层厚厚的白霜，不是雪，胜似雪，屋檐下一根根又粗又长的冰柱子，在渐渐升起的太阳的照射下，依然坚挺，顽固不化。

过了正月十五，这个春节就等于过完了。春节过完了，生活和工作也将步入正轨，随着过年大队伍的回潮，首都B市再一次热闹起来。

B大开学了，林浅带着不多的行李来到宿舍，一切还是原来的样子。

祝梵梵一看到林浅，就迫不及待地问：“浅爷，你昨天一跑就没影了，我跟林渝找了你好久都没找着，打你电话，你又不接，我们只好各自回家了。”

“哦，没事，后来跑回家去了，手机被我调成静音，我没听到。”

祝梵梵深深地鄙视了她一番。

这次开学，所有人都看出了林浅的变化，留长头发的林浅，稍稍一打扮，俨然成了一枚美少女。

她以前也不差，精致的五官就在那里，只是她的举止行为太过浮夸，再加上总是调皮捣蛋，很不受待见。

现在，她摇身一变，变成了集美貌与气质于一身的女子，大家发现，金融系的系花乃至B大的校花，都要换人了。

“哇，那是以前的浅小爷？浅小爷不是个男人吗？怎么过了个年变性了？”

“人家本来就是女生啊，你搞清楚！”

“咱学校新一届的校花该换人了，我投林浅一票，妥妥的。”

“那个南音，原来跟林浅在高中就是死对头，明明自己水性杨花，跟诸多男生搞暧昧，却非要反咬林浅一口。以前那些谣言啊，全都是从南音那里传出来的。”

“你们不知道吧，其实林家以前也很风光的，林浅之所以能进B大，是她爸爸捐了一座体育馆，可惜林家似乎没有什么好运，都快破产了。”

“不对，不对，你说的那个林家是林渝家，是林浅的大伯家。林浅的亲爸在国外可风光了，要不然，怎么会捐体育馆。还有林浅身上那些低调的名牌衣服都是怎么来的？”

“就是，别看林浅那件衣服款式简单，标价八万块。”

“我的天哪，原来林浅是隐形富婆啊。”

有关林浅的八卦又在校园里疯传开来，这个社会真的很现实，而学校又是社会的缩影，你落魄了，人人踩，风光了，人人捧，不但同学们对林浅另眼相看，连老师们对她的态度也是一百八十度大转变。

之前跟她有过过节并且处处针对她的高老师，又把她叫到了办公室。

她原以为高老师又要对她的高等数学成绩指指点点，毕竟她的高等数学成绩没有及格过，就连补考都没及格。

可是，不然，高老师笑容可掬地说：“林浅，这次考试比以前进步了不少，只差三分就及格了。”

什么，我没听错吧？还有这种夸人的操作？

“我翻看了你以前的成绩，哎呀，林浅，你大一两次期末考都没及格，连补考都没及格，你要注意了啊，不及格没有学分，学分不够，拿不到学位证书和毕业证书，搞不好还会被劝退。”

林浅低着头，说：“高老师，我一定努力学习，争取补考通过。”

“你有这份决心真是太好了，这样，我以后每天中午抽出一个小时的时间，你到我的办公室来，我给你补课。”

“啊？”林浅一脸受到惊吓的样子。

这个高老师四十多岁，除了是高等数学老师之外，还是学校的教务主任，平日里就以严格出名，专治各种调皮捣蛋、不学无术的人，而林浅就是调皮捣蛋、不学无术的专业户，两人的关系向来都是水火不容的。

大一的高等数学考试，林浅就没及格，遭到了高老师的严重警告，甚至在课堂上高老师还当众辱骂林浅像一摊烂泥一样丢人现眼。

林浅也不是好惹的，屡屡与他作对。

可是现在，高老师竟然笑眯眯地对她说要专门抽出一个小时的时间来帮她补习，这会是阴谋吗？

就在林浅举棋不定的时候，邻桌的辅导员杨老师忽然冲她点了点头：“林浅，高老师愿意帮你补习，是你的荣幸。”

“哦、哦，谢谢高老师。”

去年在期末考试之前，她真的花了很多的工夫去努力学习，她连高考都没这么认真过。

可是，因为她的基础实在太差，她觉悟得又晚，所以，即使比别人努力十倍，也成效一般。

而高等数学一直都是她攻克不下的难题，看着那些高等数学题，三道题有两道题看不懂，还有一道题靠蒙。

既然高老师主动提出要帮她补习，那是最好不过了。

从开学起，林浅就跟打了鸡血一样，上课专心听讲，中午吃了饭，准时到高老师那里报到，课余时间就泡在图书馆，整个一副变身为学霸的架势，人挡杀人，佛挡杀佛。

祝梵梵、宋怡、潘潘她们一开始还跟着她一起泡图书馆，可跟了几天，她们都熬不住了。

祝梵梵问："浅爷，你到底怎么了？"

潘潘："就是，补考没那么难，你就差几分而已，多做几份模拟试卷就可以了。"

宋怡："浅爷，你是不是走火入魔了？"

林浅额头上绑着头巾，头巾中央印着"奋斗"两个字，她目光发狠，言辞恳切地说："谁都别阻拦我发愤图强！"

室友们："……"

如果说，顾城骁的鞭笞让她被动前进，那么，郑紫琪的存在让她求知若渴，让她如同海绵吸水一般徜徉在知识的海洋里疯狂地吸收。

第11章
女追男隔层纱

两周后的周五，林浅简单收拾了一下课本和衣物，打算先去顾家一趟，然后再回城邸。

帝都进入三月，最寒冷的季节已经过去，可顾城骁那边依然没有音信。

林浅在校门口的水果超市挑了一些新鲜的橙子和车厘子，直接打车到了顾家。

顾家的老管家见到林浅，脸上的表情也不知道是惊喜还是惊吓："少奶奶，您……您怎么来了？"

"我下课早，想着很久没来了，就过来看看爸妈和奶奶。怎么，他们不在吗？还是奶奶回老家了？"

"没，老爷和夫人，还有老夫人，都在的，快请进吧。"

林浅提着两大袋子水果，一进门，就发现鞋柜下放着一双黑色的高筒靴。

高级绒面的过膝高筒靴，还是高跟的，很明显是年轻女子所穿的靴子。

林浅朝沙发那边看去，一个高贵英气的身影映入她的眼帘，只见郑紫琪端正地坐在那里，一见到她，礼貌地站起来朝她点头示好。

林浅纳闷地想，她不是跟顾城骁一起出任务了吗？怎么会来家里做客？难道顾城骁也回来了？

不待林浅反应过来，郑紫琪优雅从容地一笑，声音清婉地说："说曹操，曹操就到，林浅，干爸、干妈和奶奶正念叨着你呢，你就回来了。"

林浅没有错过公公脸上那一闪即逝的尴尬，以及婆婆脸上那种背地里说人坏话刚好被人撞破的窘迫样子。

她想，到底他们是念叨我，还是诅咒我，另当别论。

奶奶招招手说："小浅来了啊，奶奶正想你呢，来、来、来，快来我这边坐。”

林浅换了鞋进屋，刚想把沉重的水果放下来，却见柜子上放着两盒燕窝和两盒虫草。跟那些高档的滋补品相比，她这两袋不超过两百块钱的水果可谓不值一提了。

顾家什么都不缺，特别是应季的水果，她当时也是看着这些水果新鲜、味甜才多买了些，现在想来，顾家可能根本不稀罕。

林浅扯开了嘴角，以灿烂的笑脸示人，说：“奶奶等一等，我买了一些水果，可甜了，我拿去厨房洗洗。”

被忽略的郑紫琪尴尬了一秒钟，然后缓缓地坐下了。

林浅切了橙子，洗了车厘子，用果盘装好端出来。她故意问：“怎么我来了，你们就不说话了？”

顾源利索地站起身，打算走人：“紫琪，你多坐一会儿，我坐不久，得走走了。”

“干爹，需要我扶您吗？”

“不用。”顾源的行动比前段时间要利索多了，腿脚看起来也没什么大碍，他双手背在身后，慢悠悠地走向书房。

厅里剩下四个女人，老、中、青三代人。

林浅将果盘放在茶几上，以主人的口吻热情地招待着来客：“郑小姐，吃点水果吧。”

郑紫琪：“谢谢，我自己来。”

林浅：“你们回来了？顾城骁这人真是的，回来也不告诉我。”

郑紫琪：“他还没回来，我先回来了。”

林浅一愣，心情一下子变得紧张起来，脱口而出地问道：“他为什么还不回来？”

叶倩如不满地说：“城骁的工作都要保密的，你别问，问了也没用。”

林浅分明从郑紫琪的脸上看到了一抹得意的笑容，她是在向林浅炫耀，炫耀她知道的事比林浅多。

话不投机半句多，林浅又跟奶奶聊了几句，问候了一下老人家的身体，然后就以要回去复习为由告别了。

没想到，在她刚刚走出顾家前面的小径，准备去大路上打车的时候，郑紫琪开着车在她的身前停下了，还特意鸣响了喇叭。

“上车，我送你吧。”郑紫琪降下车窗，笑着对她说。

林浅果断拒绝了："不了，不顺路，谢谢。"

"难道你不想知道城骁的消息？"

林浅灵动的双眼突然亮起来："可……不是都要保密吗？"

郑紫琪嫣然一笑："无关工作的私事有什么关系，退一步说，你会到处去宣扬吗？"

林浅摇摇头。

"那还不快上来，外面很冷。"

于是，林浅赶紧上车，满眼期待地看着她。

郑紫琪长得真是不错，就算是女人看她，也会被她外在的和内在的东西所吸引。

而且，她专注开车的时候眼神当中的那份镇定，跟顾城骁的很像、很像。

她跟顾城骁，各方面，真的很像很像。

林浅感慨于自己的发现中，因为之前就得知郑紫琪为了追随顾城骁而成为女兵王的事，她心里对郑紫琪也多了一份敬意。

"顾城骁什么时候回来？"

郑紫琪摇头："这我不知道，我知道的只有我参与的部分。"

"那你……"林浅有些迟疑，"能告诉我？"

"无关工作的事情有何不可？"

林浅面带微笑，那一刻，她觉得自己以前就是一个心胸狭窄的小人，人家可是军人，她为自己曾经对郑紫琪的态度和行为感到万分抱歉。

"我就跟你说说我们出差时候的私事好不好？"看林浅满脸期待的样子，郑紫琪就更加来劲了，"听说元宵节上你差点撞破我们的计划？"

"呵呵，是啊，影响大吗？"

"只要没暴露，就不算大。"

林浅松了一口气："那就好。"

"你既然遇到了他，那肯定也遇到了我，那天我就跟他在一起。"

"……"林浅的笑容冰封在脸上，还没被塞的糖尝到甜头就被狠狠地甩了一巴掌，"什么？我没遇到他啊。"

郑紫琪莞尔一笑，悄悄地说："你不是认出了那个逃犯吗，那就是城骁假扮的，嘘……千万不要说出去，不然，城骁可就危险了。"

"……"林浅回想着那天的事，这就难怪了，原来那个尼莫是顾城骁啊，“那你？”

“我的身份就是他的女伴啊，你想起来了吗？有没有印象？”

当然有！林浅僵硬地盯着她的侧脸，怎么都笑不出来。

“我们的工作虽然危险，但好在能互相掩护，可是，我已经终止任务了，现在就剩下他孤军作战，我也很担心他。我……”

“等一下，”林浅打断道，“你就是在灯市上跟他拥吻的那个女人？”

郑紫琪抿嘴一笑，转而开启了解释安抚的模式：“那不过是逢场作戏而已，碍于我们的身份，难免的。”

——“可以再坐一会儿，喝点小酒，之后你俩回酒店，我们晚点回去。”

——“去哪不能带我们去？哼，黑爷，你想自己去快活，可别带坏了我的尼莫。”

——“哎哟喂，我再不带尼莫兄弟出去透透气，只怕他要被你榨干了。”

——“哪有啊……”

当时的对话毫无预兆地跳进林浅的脑海里，再配合着顾城骁在灯下霸气拥吻郑紫琪的画面，她觉得头皮有些发麻。

“其实，城骁是一个很不愿意受家庭摆布的人，越是家里安排的事情，他越抗拒。我跟他是从小一起长大的，我们对彼此太了解了，所以，我很能理解他闪婚的行为，其实，那是在跟家里宣战呢。”

郑紫琪看似漫不经心地说着，语调十分轻松，一点都没有之前被顾城骁严词拒绝时候的悲伤和颓废。

“我不介意他多走一些弯路，走了弯路，才能更加清楚自己的正途在哪里，所以，即使在他走弯路的时候，我也会陪着他、等着他，直到他回归正途。”

郑紫琪双手把着方向盘，稳稳地开着车子。

沿路两边的银杏已经没有了十二月时的惊艳，那片醉人的金黄终究在季节交替的过程中失去了颜色。

林浅脑海里全是顾城骁在灯光下霸气拥吻郑紫琪的画面，那画面如同一个魔咒一般萦绕在她的脑海里，挥之不去。

就算是逢场作戏，他也是真的亲了郑紫琪。

郑紫琪一边开车，一边说：“虽然城骁看上去不好相处，又凶又严肃，但他私下里其实是一个很细心的人。他说得少，做得多，他对人的关心不是挂在嘴上，而是放在心里。”

“城骁的工作很忙，碰上大案子，几年都回不了家，也回不了部队，但是，他的能力很强，只要是他接手的案子，总能在最短时间内成功完成，所以，上级对他也很重视。

“他二十六岁就立过功了，别人都羡慕他有一个当过首长的父亲，但是，他今天的成就完全是靠他自己得来的。他注定是要被写入史册的人物。

“那么，你，他的妻子，你觉得你有资格站在他的身边分享他的成功和荣誉吗？”

说到这里，林浅才听出郑紫琪话中的含义，原来兜了一圈，郑紫琪是想让她知难而退。

林浅多厚的脸皮啊，死猪不怕开水烫，我不如你又怎么样，我不如你，他还是选了我呢：“郑小姐，身份、地位、荣誉这些东西，你不用跟我说，顾城骁在选择我的时候就知道我没有这些。他以前不在乎，以后也不会在乎，我为什么要因为他不在乎的事情而自惭形秽？”

郑紫琪淡定依旧，浅笑的侧脸越发自信动人：“他不是不在乎，他只是在向他父母对抗而已，他不想事事都受家里摆布，特别是自己的婚姻大事。”

“你……什么意思？”林浅搞不懂她肠子里那些弯弯绕绕的东西。

“这么说吧，我是他父母选中的人，他想跟父母对抗，不想事事都爱家里摆布，特别是他的婚姻，所以，他以前才会一直那么冷漠地对我。

“他又是一个责任感很重的人，娶了你之后，就一定会对你负责，他现在也很矛盾，是继续与父母抗争下去，还是跟随自己的心。

“林浅，我之所以会告诉你这些，是不想看到他为难。这件事必须有一个恶人，那就由我来做这个恶人吧，为了他，我怎么样都无所谓。”

林浅分析着自己耳朵听到的内容，越听越觉得心脏难受，她牢牢抓着车门上的把手，睨了郑紫琪一眼，反问道：“他吻你不过是逢场作戏，你还当真了？”

郑紫琪转头看了她一眼，露出一个似笑非笑的表情：“你以为我们只是接吻？”

“……”

“当众接吻当然是逢场作戏，但关起门来没人的时候，他可不需要逢场作戏。”

强烈的心慌席卷了林浅整个胸腔，她最害怕的事、最不敢去证实的事、最不能接受的事，却在这一刻猝不及防地在她面前被揭露了。

“你放屁！”林浅大声吼道，仿佛她的声音越大，这件事的真实性就越低一样，“你少在这里挑拨离间，我才不会相信你这种鬼话。你巴不得我跟顾城骁吵架，巴不得我自己走，不好意思，我不会如你所愿的。”

郑紫琪的面色始终淡定，她的这份保持淡定的本事，也跟顾城骁好像，这让林浅真的有些崩溃。

“等顾城骁回来，我会把你的话一五一十地问他一遍，到时候谁最丢脸、谁最无耻，谁心里有数！他敢作就敢当，他若没做，知道你在他背后搞这么多小动作，你说他会不会更加讨厌你？！”

郑紫琪面上闪过片刻的不安，不过转瞬即逝，情绪激动的林浅丝毫没有察觉。

反观林浅，虽然嘴上说着理智的话，但她脸上那掩饰不了的震怒的表情，还是将她内心的惧怕展露无疑。

郑紫琪知道，这一次，她赢了。

她开着车，缓缓开口：“城骁左边人鱼线下面，有一颗红色的痣。”

“……”林浅的脑子一片空白，那种抓心挠肝的感觉弄得她慌乱不已，光是想想，都觉得痛苦万分的事情，竟然就这么赤裸裸地摆到了她的眼前。

她一直都介意着一件事，她一直连名带姓地叫顾城骁，可郑紫琪一口一个“城骁”，叫得比她还要亲密。

一个女军人，一个女兵王，身份尊贵，人格高尚，不至于用自己的名节来开玩笑吧？！

人鱼线下面的红痣，多隐蔽的地方啊，要不是他们真有什么，她会知道吗？那不是最亲密的人才知道的事吗？

男追女隔座山，女追男隔层纱，果然啊，是我高估了顾城骁，顾城骁跟其他男人没有两样！

如果我是顾城骁，有一个女人这么追我，为了我付出了常人难以想象的努力，为了我不顾自己的生死与我并肩作战，出生入死，就这份坚持，我也会感动吧，顾城骁会无动于衷吗？

看着神情恍惚的林浅，郑紫琪补充了一句：“即便是当面对质，他也未必会承认，因为他并不想让我背负第三者的骂名，而我，只要能跟他在一起，什么都不在乎，连命都可以不要。

“我们从有记忆开始就在一起了，我太了解他了，他对我并不是没有感情，而是感情太深而不想随随便便开始。

“他这么谨慎的人，为什么会突然闪婚，而且还选择了一个方方面面都差强人意的你，你真以为他爱你？他说出来，你信吗？

“林浅，你不要以为我是在挑拨离间，我们家和顾家向来交好，说到挑拨离间，你才是挑拨离间的外来者。

“是，城骁确实好几次说过，要我死了这条心，但是，我不甘心，凭什么我要成为他和他父母对抗的牺牲品？

“他拒绝我、逃避我、无视我，甚至用娶你来伤害我，我都可以承受，因为我始终相信，子女和父母的对抗都是一时的。等他走够了歪路，自然就会明白，他的父母不会害他，他的父母都是为他好，他会走回正途的。”

……

林浅终于回到了城邸。

她满心期待地上了郑紫琪的车，郑紫琪就跟给她洗脑一样说了一路，把自己和顾城骁两人相爱却不能相守的凄美故事强行灌输给她，让她感觉自己的耳朵以及心灵遭受了一场凌迟。

最后，她逃也似的下了郑紫琪的车。

“少奶奶，少奶奶？”小玲看到林浅一回来就脸色苍白，一副失魂落魄的样子，追着喊她，“少奶奶，你怎么了？”

林浅呆愣地回过头来，说：“没事，晚饭不用叫我，我不饿。”

二楼房间，林浅曲膝坐在飘窗上，也不干什么，就呆呆地坐着，保持这个姿势三四个小时。

她没想什么，一整个寒假都在想顾城骁，想得太多，此刻，她不愿再想。

从小她就知道自己是一个被抛弃的人，没人教她爱，她得不到爱，也不会爱人，是顾城骁不顾一切地将她捧在手心里疼着、宠着、爱着。

可是，男人毕竟是男人，哪怕心里爱着一个人，也不能阻止他跟另一个人睡觉，这是男人的一种本能，是所有雄性动物的天性。

不就是男男女女那点事吗，她接受得了就将就过下去，她接受不了就退出，有什么难的？！

外面是浩瀚无垠的夜空，早春的夜风连声音都透着阴寒，林浅振作了一下精神，快速简单地收拾了几件日常换洗的衣物，又出门了。

楼下正准备歇息的小玲看到少奶奶突然下来，手里还拿着像是行李一样的东西，便上前问道：“少奶奶，这么晚了，你还要出去？”

小玲的声音惊动了年管家，年管家也急忙过来：“少奶奶，您晚饭没吃，饿不饿？”

林浅试图用笑脸掩盖过去，无奈，她的心情实在糟透了，笑起来比哭还要难看：“你们别忙，我就是回来拿点东西，我还要回学校。以前没把心思放在学习上，以后我想好好学习了。”

年管家和小玲互相看了一眼，要不是有人做证，真不愿相信自己耳朵听到的话。

年管家：“可是，少奶奶，现在已经很晚了，在家里睡一晚，也不会耽误到学习的。”

小玲：“是啊，现在都晚上十点多了，你现在回学校，宿舍都关门了吧？”

林浅去意已决，待在那个每个角落都跟顾城骁欢爱过的房间里，她连呼吸都觉得难受。

“是啊，再晚就真的要关门了，还是得再麻烦张开一下。”

年管家又劝了几句，可林浅还是坚持，他也不好说什么，赶紧叫来张开，让张开送少奶奶去学校。

望着渐渐远去的车子，年管家若有所思地低语：“难道在顾家受了什么委屈？”

小玲也觉得是这样：“之前少奶奶还欢欣地打电话回来说要回家住两天，还说要去顾家看看，回来就这样了，重点是，还是郑小姐送回来的。”

年管家：“唉，我看不单单是在顾家受了委屈，想必郑小姐也跟她说了什么。之前老爷夫人也不是没给少奶奶受过气，少奶奶也没这样啊。”

小玲：“这个郑小姐，少爷都那么明确地拒绝她了，她怎么还不死心！”

让自己忙碌起来，也就没那么难受了，林浅终于找到了转移注意力的好办法，那就是——好好学习，天天向上。

林浅学的是金融，高等数学是极其重要的。

她高中就头痛数学，进了大学也从没认真学过高等数学，现在想努力了，也不知道从哪里下手，幸好有高老师。

还别说，高老师虽然严厉、不近人情，但他的课还是教得很好的，补了几天课，效果立竿见影。

“高老师，这是我做的试卷，你能不能批改一下？”林浅一来就先交上来一份试卷，是大一期末考试的模拟卷子。

高其正倍感欣慰：“好、好，你先看看我昨天讲的，我批改完给你讲解。”

高其正对着标准答案批阅试卷，越批越有劲：“林浅，这都是你自己做的？没看答案？”

“没有啊，我上午在图书馆做的，做着挺顺手，不然也不敢让您批改。”

高其正笑笑：“顺手就对了，现在是不是觉得高等数学没那么难了？”

“嗯，还挺有意思。”

高其正算了算分数，利索地写在试卷开头：“你自己看看。”

林浅低头一看，不自觉地哇了一声：“一百二十六分？高老师，您没批改错吧？”

因为林浅基础太差，所以高其正补课的内容都是大一的，这是林浅补课以来第一次尝试做期末的模拟试卷，她的目标是及格，没想到离满分都不远了，这太神奇了。

“没批改错，除非我拿的标准答案是错的。”高其正翻到最后面，说，“最后一道大题，差一点点就可以做对了，有点可惜。”

林浅太高兴了，一分耕耘，一分收获，这句话果然不是安慰人的。

“你花了多长时间做完的？”

“我没看时间，但确实花了好久，我上午上完两节课后去的图书馆，中饭都没吃，估计有两三个小时。”

“也不错，做不出来的题，即使给你一整天，那也是做不出来的。你能做出来已经很好了，对这个分数满意吗？”

林浅没有隐藏内心的真实想法，笑着点头：“满意，满意，谢谢高老师。”

“不用谢我，都是你自己努力的结果。高等数学这门课，只要你懂了其中的思路和规律，自然能举一反三。”

“是、是、是，那还是得谢谢高老师的。”

“大一的课程，你掌握得差不多了，今天我给你讲讲卷子。明天开始，我给你补上个学期的，用不了几天，你就能跟上课堂的进度了。”

“好、好、好，谢谢高老师。”

开年没多久，一场金融风暴席卷了整个亚洲，最先遭殃的就是那些小企业以及本就摇摇欲坠的企业，一场金融风暴下来，全部倒闭。

林氏企业不可幸免地也在倒闭企业的名单之中。

去年年底才风风光光大办寿宴的林家，不到一个月就倾家荡产了，世事难料啊。

林家倒了，林浅却没有想象中的开心。

以前好歹她还能被人说是林氏企业董事长的侄女，好歹有个身份背景在，即便这个身份背景跟顾家比起来根本微不足道。

现在，她被人提及的时候，总是会被说是倒闭的那个林氏企业的董事长的侄女。

林氏企业倒闭得突然，直到现在，她才发现，其实她与林家是一体的，因为她也姓林。

图书馆，午后暖和的阳光从窗外照进来，祝梵梵趴在长桌上昏昏欲睡，林渝一筹莫展，林浅的心情也很沉重。

“都安顿好了？”林浅轻声问。

“嗯，幸好爷爷以前的老房子没有卖掉，他们还能有个安身之所。”

那是林家的老宅，位于五环外的郊区，都快出B市了。她们这代没有在那里住过，但小时候当度假去老家玩过几次。

那里虽然环境不错，但医院、商场、银行什么的都离得很远，对住惯了大城市的人来说，生活在那里极为不便。

“你爸妈还有林潇姐住得惯？”

“住不惯也得住啊，不然，只能睡大街了。”

“怎么会这么突然？我看新闻说，金融风暴也就来了一阵，比起国外，我们国家算最稳定的。”

林渝粲然一笑：“大概是命中注定的吧，也可能是报应。”

“……”

“你现在还会恨他们吗？”

“不了，有什么好恨的，我除了多了一个不回家的老公之外，也没什么损失。说到底，也是我赚了，让我能嫁给顾城骁那样的人。”

“你跟顾城骁……怎么了？”也只有像林渝这样真正熟悉林浅的人，才能觉察到她的微妙变化。

“没，没什么啊。”

“少来，你一撅屁股，我就知道你想干吗，快说！”

林浅也想找人倾诉，憋在心里可把她憋坏了，可事关特战队的机密以及顾城骁的安危，她说不得。她只能说：“顾城骁有个单恋他的小青梅，最近向我宣战了。”

“啧，这就把你打趴下了？”林渝鄙视地睨了她一眼，“这可不像你浅小爷啊。”

“没事啦，就是生活太顺了，偶尔给我使点绊子，我就配合一下、装一下忧郁喽。”林浅做了一个搞怪的表情，斗鸡眼、吐着舌头，晃晃脑袋笑了笑，就把这件事蒙混过去了。

这段时间林家发生了太多事，林渝也是恍恍惚惚的，所以对林浅的事也没怎么上心。她说没事，林渝就真的以为她没事。

“对了，我听我爸说，二叔好像要回来了。”

这话落进林浅的耳朵里，她搞怪的笑容一下子变得僵硬，心脏跳得极快，面上却若无其事地说：“哦，好啊。”

林渝安慰道：“我知道你的心情，现在还不确定，等二叔真的回来了，我一定通知你。”

林浅撩了一下头发，翻了翻白眼，贱兮兮地说：“我才不care好吗。”

“行啦，行啦，在我面前装什么。我想二叔如果回来，肯定也想见你的，毕竟你是他女儿。”

“他想见，我就一定要见？本姑奶奶很忙的，一堆卷子要做，一堆书要看，不说了，我看书了。”

顾城骁那边的情况已经进入了白热化阶段，虽然他在沙坤那里蒙混过关，但许久得不到四叔的联系，让沙坤又开始怀疑他。

按理说，尼莫是四叔要求救的，这人都被救出狱近三个月了，四叔不该这么久不联系尼莫。

而顾城骁也知道自己的处境，如果再没有下一步的举动，沙坤肯定会按捺不住而向他下手。

那日，黑爷再一次带着尼莫来到了沙坤藏匿的地点。

他们一进门，沙坤就一个箭步上前，揪起尼莫的领口咒骂道：“你到底有没有联系上死老头？”

尼莫比沙坤高一大截，沙坤揪他的领口，无形中简直就是在自取其辱。

“信不信老子把你的手剁了？！”沙坤瞪着眼再次威胁道。

尼莫无辜地举着双手：“我也不知道啊，我想，很有可能四叔那边出了什么事，不然他不会这么久都不联系我。”

黑爷上前劝沙坤，说：“坤哥，有话好好说，都是兄弟。”

与尼莫相处了这些日子，黑爷已经完全被尼莫收买，黑爷也是向尼莫透露最多事情的人，包括沙坤目前在海外的势力、财力以及一些武器装备。

正如顾城骁所料，金三角倒了之后，沙坤接手了金三角的主要业务，就是贩毒和走私军火，这两样是最赚钱的。

而沙坤的主要势力集中在缅甸那边，他不但有自己的武装组织，还有先进的武器装备，作战能力丝毫不亚于一支正规军。

受亲爹四叔的影响，沙坤近几年也在尝试打入Z国，Z国政治稳定、繁荣富庶，几个大城市更是遍地黄金，沙坤的目的一是积累财富，二是帮金三角报仇，以赢得四叔的信任。

如今的金三角就是一盘散沙，缺了当家的，几个小分支只能各干各的，赚点小钱，倘若这时候出现一个领头人物，有能力，有财力，又有势力，那么，金三角死灰复燃就是分分钟的事。

沙坤只是被困在B市出不去，一旦让他逃离，让他启动他的武装组织，那么，两军交战，后果不堪设想。

顾城骁想得比较远，他不但要拖住沙坤，还要逮捕四叔，更要揪出我方内部的毒瘤。

他想，四叔肯定有隐蔽的方法联系尼莫，可他并不是真正的尼莫，不知道他们联络的暗号，他也让魏男他们抓紧时间审问真正的尼莫，但目前为止都一无所获。

眼见着沙坤的情绪越来越激动，对他的信任也一点一点减少，他说：“坤哥，四叔那边肯定出什么事了，要不，你带我们一起去找他？”

沙坤松开他，咒骂一句：“你个浑蛋，我要知道死老头在哪，我还问你干吗？！”

这时，沙坤兜里的手机忽然响起，是个未知的电话号码打来的，他警觉地接起来，问：“喂？哪位？”

顾城骁状若不在意，余光却紧紧地盯着沙坤的表情。

“什么？”沙坤惊恐不已，然后又缓慢地说，“哦，好……时间、地点你定，我一定准时过去。”

挂了电话，沙坤的表情淡定了许多，看看黑爷，又看看尼莫，说：“明早四点，我们去码头，马上想想该怎么去，才能躲过死条子的视线。”

顾城骁略有警觉，倒是黑爷，笑呵呵地问：“是见四叔吗？”

“别瞎猜，多什么嘴？！”沙坤睨了尼莫一眼，说，“不是死老头，是我另外一个兄弟，来救我的，你跟我们一起走吧。”他真正要的，是尼莫手里的晶片。

尼莫憨憨地笑了一下：“欸，谢谢坤哥，谢谢坤哥。”

他没有忽略沙坤在接到电话初时的惊恐表情，但一句“明早四点”又让他无暇细想。

这里只有他和黑爷，要帮助沙坤悄无声息地跑到码头坐上船，还得好好商量部署一番，他根本无法抽身联络沈自安。

但他也不着急，因为这个地方早已被特战队员盯牢，周围有严密的红外线网，别说是个人，就算是一只苍蝇，进出也会被查到。

与此同时，正在上课的林浅忽然收到了林渝的微信：“我爸叫我们今天回去一趟，有车过来接，你去不？”

林浅右手握笔，记着课堂笔记，左手拿着手机快速编辑着，刚写了一个“不”字，林渝那边又发来一条：“二叔回来了，想见见你。”

这句话让林浅的鼻子一下子泛起了酸，她停了笔，再无心听课。

她对父亲的记忆，只停留在五岁那年，事实上，自从她有记忆开始，父亲就不太出现，他偶尔回家，也是跟母亲吵架、闹离婚。

以前奶奶在世的时候，经常会翻看一本相册，她在奶奶的相册里看到过父亲，她现在对父亲的记忆，也就是照片里的样子。

十几年来，他对她不闻不问，只在她高考过后给B大捐了一幢体育馆，换取了她的入学资格。

听大妈说，她的父亲只是怕她成绩太差上不了好的大学而丢了林家的脸，所以才花钱让她进了B大。

对于这个说法，她从没怀疑过，所以，从没对他的施舍而感到感激，她甚至一度自暴自弃，不断惹事来给林家抹黑。

做让他们不痛快的事情，她特别痛快。

只有她自己知道，她这么做，无非是想引起一点关注而已。她以为，只要她闯的祸够大、够让林家丢脸，他或许就会回来看看她，哪怕是骂骂她，也好。

可惜，他从来没有回来过。

现在林家遭受了灭顶之灾，这么大的事情，他不得不回来。

林浅默默地将“不”字删除，手指不受控制地打了一个“哦”字，生怕自己会反悔一样，她赶紧按了发送。

下课，老师一走，教室门口就闹哄哄的，许多出去的女生都忍不住惊呼。

林浅拿了书包，急匆匆地跑出去，一出去，她顿时傻眼。

只见教学楼三楼的一整条走廊都铺了红地毯，红毯上面撒满了粉色的花瓣，中间有一道粉白相间的气球拱门，下面站着一个男生，男生捧着一束花腼腆地笑着。

要在老师离开之后没多久布置这些，这个速度，堪称惊人。

那个男生长得眉清目秀，高大阳光的外形，配合这韩式浪漫的画面，简直能把所有人的少女心都勾出来。旁边那些看热闹的女生，无一不在幻想被告白的人是自己。

气球拱门上面贴着一张爱心海报，正是林浅的照片。

照片上的她穿着一套粉色运动装，扎着马尾，拿着网球拍，灿烂的阳光把她的皮肤照得通透晶莹，笑起来更是满满的胶原蛋白，清丽可人，青春洋溢。

那是她在体育课上被偷拍的照片。

所有人都看到了，所有人都在看着要表白的他和呆愣着的她。

后边的人小声惊呼：“哇，这不是建筑系的大才子江一帆吗，才大三就已经被多家顶尖的设计院看中，父母都是著名的建筑师，前途不可限量啊。”

“啊，那是我的男神啊，楚墨枫出国了，我就剩下江一帆这一个男神了。”

“林浅真是不鸣则已，一鸣惊人，不是说她傍上大款了吗，怎么江一帆还向她告白？”

“那都是南音胡编乱造的，其实林浅有个富豪爸爸，她才是真正的富家千金。”

“……”

听着大家的窃窃私语，林浅感觉头皮有点发麻，怎么又在传她的八卦了？还有，这个男生是怎么回事？！

林浅本想遁走，可是，后面都是人，几十双眼睛齐齐地盯着她，她还能逃到哪里去。

江一帆站在拱门下，当众大喊：“林浅，我喜欢你，自从那天在网球场上第一次见到你，就忘不了你了。”

周围全是起哄声。

林浅小脸都白了，就算你要表白，也低调一点好不好？当众被拒绝什么的，丢脸的是你好吗。

江一帆是B大出了名的才子，高中的时候就勇夺全国建筑设计大赛一等奖，被保送上了B大。大二的时候，他设计的大楼拔地而起，并且成功拿下全球建筑设计大奖。

天之骄子的他一路走来都是风光无限，在设计上从没碰过壁，在感情上也是一张白纸。

他对林浅一见钟情，喜欢了就直接行动，一点都没有犹豫。

他没想过林浅会拒绝，应该说，他没想过会有女生拒绝他。

江一帆容光焕发，又对着林浅大喊一句：“林浅，我真的很喜欢你，我会把全世界都给你，做我女朋友好不好？”

所有人的目光都集中在林浅的身上。

林浅沉着脸，呆若木鸡地站在那里，在旁人看来她是太过于惊讶而呆住了，可她只想暗骂一句，做你大爷还差不多！

“答应他，答应他，答应他……”旁边看热闹的同学开始瞎起哄。

久久得不到应答，江一帆带着浅浅的笑容，捧着花束慢慢朝林浅走去。他的笑洋溢着自信，同时也带着一份青涩的害羞。

林浅倒是想后退来着，只是后边站满了人，她退无可退，更可恶的是，还有无数双手一个劲地推她上前。

“林……”

“等等，”林浅伸手挡在两人中间，生生地将他挡在半米开外，“这位同学，不好意思，我已经有男朋友了，而且我没打算换男朋友或者劈腿。”

江一帆愣了愣，但很快又恢复了笑容：“你找理由，也找得有新意一点，我知道那些都是别人诬陷你的，我相信我的眼光，你不是这样的人。”

“……我们很熟吗？你有多了解我？我真的有男朋友，我男朋友比你帅一千倍，我不骗你。”

江一帆有些尴尬，事情的发展与他设想中的并不一样，他向前弯了弯腰，低着声音说：“拜托，这么多人，给点面子行不？”

林浅叹了口气，依然拒绝：“不好意思，我是真的有男朋友了，不能接受你的告白。”

这话太直接了，就像林浅的性格一样，直来直去，即使会伤人也依然我行我素。

“林浅也太嚣张了吧，连江一帆都拒绝。”

“哇，这也太没面子了吧，林浅真是不知好歹。”

听着旁边众人的低语，江一帆的自信一点一点消失，慢慢地，心里也有了一丝难受：“林浅，这……我……我……你们什么时候开始交往的？”

一想到顾城骁，林浅就不自觉地骄傲起来，她嘴角噙着甜甜的笑，说：“我们已经交往半年了。”

不算不知道，一算吓一跳，她和顾城骁登记结婚都快半年了呢，可是，他们真正相处的日子，却是一双手都数得过来的。

江一帆对此并不相信，他注意林浅有一段时间了，她作息规律，从不外出，就算周末也是泡在图书馆里，这像是有男朋友的人？

“很抱歉，不管你信也好，不信也好，我真的已经有男朋友了，而且，我很爱我的男朋友。”

在众人的注视之下，林浅绕过江一帆，踏着红毯，推开围观的学生，快速跑开了。

这下轮到江一帆傻愣住了，他之前有多风光，现在就有多狼狈。从未有过败绩的他，竟然被拒绝了。

林浅一刻都不敢停留，快速跑到了校门口。

她一边喘着粗气，一边想，告白写封情书不就行了吗，非要搞这么大的排场？我尴尬，你难堪，何必呢？幸亏顾城骁出差了，不然，要是被他知道，又要吃醋了。

歇了歇，她拿出手机准备问问林渝出来没，可是，她刚拿出手机，手臂上突然传来被针扎的疼痛。

“这……”她瞪大眼睛看着扎在自己手臂上的小小的针管，这是什么玩意儿？

下一秒，她的左臂失去了知觉，连手机都拿不稳了，然后，一种天旋地转的感觉侵袭了她的大脑，蔓延至四肢百骸。

林浅倒地昏迷，一辆黑色的商务车迎面开来，车上的人走下来，以迅雷不及掩耳之势将她抱上了车，疾驰而去。

三月早春，寒风刺骨，海风裹着咸腥味一阵比一阵狂暴。

阴暗潮湿的小房间里，林浅被五花大绑丢在木地板上，眼睛被黑布蒙着，手脚都不能动弹。

冷，这是她意识恢复之后的第一个感受，她是被冷醒的。

意识越来越清晰，她的双手被反绑在背后，双腿只能并拢着曲一曲膝盖，而且，绳子绑得很紧，勒得她骨头和肉都疼。

又冷，又疼，林浅感到了前所未有的恐惧。

眼睛被蒙住，耳朵就特别灵敏，她屏息凝神，听到了外面凌乱的脚步声。

有人来了！

那人就在门口，越来越近，进来了！

林浅躺在原地不动，装死。

果然，门口响起了开锁的声音，然后才是开门声。

“进去吧，哼，女兵王，还不是一个女人？！”

伴随着粗鲁的男声，一个人被推了进来，还撞在了林浅的腿上。

女兵王？不会吧……

门被重重关上，外面还有防盗铁门，两道门锁得死死的，听脚步声，他们又走远了。

林浅动了动双腿，哑着声音问：“谁啊？”

郑紫琪还没有完全恢复体力，但她已然苏醒过来，眼前是一片漆黑，没有一丝亮光，闻着全都是浓浓的柴油味。

刚才她一路过来的时候，有海浪的声音，风也很大，摇摇晃晃的，不是很平稳，她基本确定她是在一艘货轮上。

“林浅。”

“是，是我，郑紫琪？”听到郑紫琪的声音，林浅既意外又开心，虽然很讨厌她，但这个时候听到她的声音，就像抓住了一根救命稻草一样，“你怎么也被抓来了？”

郑紫琪没回话，她也很懊恼，这对她来说，简直是奇耻大辱。

“这是哪啊？”

郑紫琪稳了稳情绪，慢慢挪过去：“过来，低头，把头转过去。”她用嘴准确地找到蒙住林浅眼睛的黑布条，咬住带子，用力一扯，黑布条就被扯落了。

没有黑布条，眼前还是一片昏暗，林浅用同样的办法咬开了蒙在郑紫琪脸上的黑布条。

两人就这么面对面坐着，心情起起伏伏，上面还有隐隐约约的脚步声不停传来。

四周是全封闭的，没有光线透进来，她们蒙不蒙眼睛都一样的，都是漆黑一片。

“这是一艘货轮，刚才我听到有人喊‘准备开船’。”

“不是吧，已经开船了？”

“摇摇晃晃的，应该是。”

“……他们要带我们去哪？”

“不知道。”

“绑架不都是为了钱吗？把我们送走是几个意思？我这么瘦，喂鲨鱼，鲨鱼也嫌硌牙吧。”

郑紫琪吐出一口气，不耐烦地说：“很明显，人家不是为了钱，城骁一定是暴露了。”

“什么？”林浅大惊，他们的计划，她不懂，可是，什么都不知道才最担心。

“是不是你到处乱说话？”

“没……没有啊，我对谁都没说过……他、他、他会不会有危险？”

“你说呢？！”

“……”郑紫琪的反问让林浅更加提心吊胆起来。

“如果只有我，我倒还有七分把握逃出去帮他，现在加上你，我们还得顾着你的命，你除了拖后腿，还能干吗！”

这话让林浅无言以对，她支支吾吾地说：“我……我也很能打的啊，我一个人打十几个都绰绰有余。”

郑紫琪连声叹气，不屑地抱怨道：“你们这种小打小闹就别拿出来说了，你再能打，人家一枪就把你毙了。”

一句话让林浅瞬间噤声。

忽然，船很明显地晃动了一下，船真的启动了。

“开了？”林浅惊呼一声，慌慌张张的，不知道该怎么办才好，“你快想想办法，我们要怎么逃出去？”

郑紫琪镇定地说：“你慌什么，越慌越乱，等到他们摊牌了，自然就会放我们出去。”

“什么意思？”

“说你蠢，你还不承认，他们为什么要绑架你和我，不就是为了威胁城骁吗？”

“……”林浅再一次语塞，她与郑紫琪已经撕破脸，郑紫琪对她的鄙视显而易见，可是，她也不需要抬举这个女人，听郑紫琪一口一个“城骁”叫得这么亲密，她心里真不爽。

林浅静下心来细细地想，绑架她们是为了威胁顾城骁，有价值才会被绑架，顾城骁很在意她们，她们才会被威胁。这么说来，连绑匪都知道郑紫琪对顾城骁来说很重要。

“呵……”林浅扯了扯嘴角，浅笑出声，或许，所有人都认为郑紫琪和顾城骁才是天造地设的一对。

“你笑什么？”

“我笑你可怜。”林浅开始回击，她是女兵王又怎么样，她出身高贵又怎么样，还不是跟自己一样遭人绑架、身陷囹圄？她凭什么辱骂人？

郑紫琪不解地问道：“我可怜？”

“你说你追顾城骁追得这么辛苦，他给你什么实际的好处了吗？

“我不知道你哪里来的优越感，你比我强又怎么样，还不是被人抓到这里来了？

“就算他跟你上床了又如何，我才是他法律上的妻子。他跟你睡了，是他婚内出轨，是你下贱无耻。你除了得到他的身体，还得到了什么呢？

“当然，你也可以说得到他的身体就够了，我呸，老子还真瞧不起你这种女人。”

郑紫琪像哑巴吃了黄连，心中苦涩万分，却不能言语一二，是啊，她对这个男人的痴迷程度已经到了自我幻想的阶段，能不可怜吗？

被刺中了痛处，郑紫琪悄无声息地落下了眼泪。

顾城骁结婚的消息公布之后，家人、朋友、战友们，都劝她放下，她也知道自己该放下了。

可是，就跟中了邪一样，她只要一看到这个男人，就无法自拔地想要得到他，哪怕只是身体上的安慰，哪怕只是逢场作戏的鱼水之欢。

事实上，就算她在顾城骁面前脱光了衣服，他也不会多看她一眼。

只有她自己清楚，对林浅说的那些话，都是她自编自导的谎言，她在赌，赌林浅会自己退出。

这场赌局，她没有必胜的把握，筹码也没有，赢了未必能得到这个男人，输了，她将再也不必妄想得到这个男人。

这场赌局，是她的最后一搏。

船不知道开了多久，也不知道开向哪儿。

密闭的空间里又黑又潮又闷，林浅迷迷糊糊的，一晃脑袋，只觉得这颗脑袋有千斤重。

她不想向郑紫琪示弱，所以一直强忍着不肯躺下来，但是，晕船这种事，不是你咬牙强忍就能克服的。

船上，黑爷和尼莫坐在甲板上闲聊，这段时间，他们一直在一起，黑爷十分信任尼莫。

黑爷往后看了看，没人，他恭维地敬了一支香烟给尼莫："来，好兄弟，抽一根。"他遮了遮风，亲自为尼莫点烟，"等见了四叔，你多关照我一下。"

尼莫不解地看着他："怎么？"

黑爷深深地抽了一口烟，慢慢吐出烟雾，才低声说道："四叔让我们救出你跟达志，但我们只救了你一个，我怕四叔责怪。"

"有坤哥保你，怕什么？"

"有些事你不知道，四叔其实很防着坤哥。要不是四叔这次被剿了老巢，坤哥也不会受到重视。以前组建金三角集团的时候，坤哥都进不了董事局。坤哥是被四叔压得死死的，没办法，才自己搞了小团队。"

"为啥？"

"儿子觊觎老子的产业，老子跟防贼似的防着儿子，懂不？"

尼莫表面上似懂非懂地点点头，内心透彻无比。

"你跟在四叔身边，难道这点都不懂？"

尼莫警觉地说："四叔说，让坤哥锻炼几年，你看，这次金三角被剿，坤哥却没事，这不是得亏四叔有先见之明吗？"

“这么说，倒也不错。”黑爷拍了拍尼莫的肩膀，一副“好兄弟一起走”的样子，说：“姜还是老的辣，在四叔没有放权之前，坤哥始终干不过四叔，所以，要是四叔怪罪起来，坤哥肯定会把责任往我这里推。到时候，你帮我说几句。”

“行，放心。”

“好弟弟。”

天渐渐亮了起来，海上的日出尤为壮观，东边的天空露出了鱼肚白，那一轮火红的太阳从海平面上跳了出来，然后朝霞染满天，金色的光芒从云层间穿透出来，洒满了整个海面。

一宿未眠的尼莫眼白上布满了红血丝，望着那清新温暖的海上日出，他站起身，说：“黑爷，我在甲板上四处看看。”

“忙什么啊，已经出海了，安全了。”

“以防万一，还是小心点为好。”说着，尼莫转身离去，沿着货轮外围的甲板一边走、一边查看。

天亮了，他不能这么近距离地跟黑爷坐在一起，他的脸毕竟不是真的，倘若近距离仔细看，还是能被看出来的。

“行，我去里面躺会儿。”黑爷没有怀疑，反而更安心地休息去了。

独立的小房间里，沙坤将窗户开了一条缝，远远地看着尼莫，要不是听死老头亲口说，他真的被这个小子骗了。

得知尼莫已经获救，四叔立即给尼莫发送了联络信号，信号很隐蔽，错过一次、两次很正常，但错过的次数多了，四叔那边就怀疑了。

经过多方查探，四叔终于联系上了沙坤，两边一交流，顾城骁的身份就暴露了。

四叔对顾城骁是再熟悉不过了，在云川的悬崖上，正是顾城骁带领的野狼特战队将他们逼到了悬崖边上。他的几个左膀右臂死的死、被抓的被抓，全都是顾城骁干的。他对顾城骁可谓恨之入骨。

这次既然顾城骁潜伏到他的地盘，那么，他就将计就计，准备来个瓮中捉鳖。

沙坤对顾家也是恨之入骨，本来他已经洗白了，用谢忠的假身份办起了乐玩游乐城，人脉广，资源好，赚得盆满钵满，哪知道被顾东君揭穿查封，后来又被顾城骁逼迫得走投无路。

对付顾城骁的事，用不着四叔动手，等到了公海，他第一个就把顾城骁毙了。

当当当。敲门声响起。

“进来。”

跛子开门进来，说：“坤哥，四叔的电话。”

沙坤接过手机：“喂？”

“人都在船上吧？”

“都在，安分着呢。”

“哼，这是暴风雨前的平静，别掉以轻心。”

“知道。”

“你给我长点脑子，别以为有点小钱就翅膀硬了。”

“是，这次多亏了你。”

“记住，咱的人不多，不能再少了，所以，不能跟他硬拼，只能智取。”

“咱的人再少，也有十来个，难道对付不了他一个？”

“你个白痴，他后面还有一个野狼特战队，不然，我绑架那两个女人干什么？！”

“知道了，都听你的。”

“在公海的接头点，我帮你准备好了武器和人手，那些雇佣兵都是最能打的，你一拿到晶片和顾城骁的人头就撤，千万不要恋战。”

“但是，你确定顾城骁手臂里的晶片是真的？”

“晶片和激光笔都是专门定制的，只要在这支激光笔下，晶片能发光，就是真的。”

“明白了，顾城骁的头和手臂，我一定带到你的面前。”

“好，我等你的好消息。”

挂了电话，沙坤将手机还给跛子，并说：“让你的兄弟们都打起精神来，一会儿都听我的命令。”

“是。”

跛子退出了房间，沙坤盯着尼莫的眼睛，迸发出仇恨的光芒，他就知道死老头不会真的来，不来也好，这正是他表现的机会。他忍了这么久，终于可以大干一场了。

这船上，除了黑爷之外，其余的人都是四叔的手下，他要让他们看看，他们未来的主人只会比他们现在的主人更加心狠手辣。

第12章

找到了顾城骁的软肋

天色已经大亮，整个天空湛蓝澄澈，海平面开阔而又明朗。

海平面的尽头，天与海的交汇处，一条笔直无垠的长线将天与海分割开来，上面是晴空万里的天，下面是沉静碧蓝的海。

远远地，顾城骁就看到了那艘漂浮在海上的游轮，那是一艘比货轮要大上十倍不止的观光游轮。

如果不出意外，四叔应该就在那艘游轮上。

货轮准备停靠，沙坤走上甲板，朝游轮上的人挥手。他嘴角露出一抹邪笑，为即将到来的成功而暗自庆贺。

尼莫和黑爷跟着沙坤一同登上了游轮，一上去，尼莫就立刻察觉了异样。

咔咔两声，伴着徐徐而来的海风，顾城骁清晰地分辨出了狙击步枪的声音。

作为一名出色的狙击手，他常年与狙击步枪做伴，这声音，一听便知。

下一秒，走在前面的沙坤一个箭步跑进最近的一扇舱门，砰的一声，反手将门摔上。

“什么情况这是？坤哥？坤哥……”黑爷丈二和尚摸不着头脑，仰头朝上面看去，“坤哥，干啥呢？”

这一仰头，他瞧见明晃晃的日头底下，顶层甲板上有一排枪眼对着他：“哎呀，妈呀！”他惊呼一声，一下瘫坐在地上。

“这……这……”黑爷坐着倒退几步，朝楼上的兄弟挥手示好，“兄弟们，我是跟坤哥一起来的，四、四、四叔可好？”

无人应答，那迎面吹来的海风越来越强劲。

顾城骁镇定地站在原地，此刻的他，眼神之中已经没了伪装尼莫时的憨厚和木讷，取而代之的是他原本的锐利和专注。

就像是雏鸟蜕变成雄鹰一样，他整个人的气场全开，霸气而又冷肃地站在那里，就像开疆辟土的先驱者，目光所到之处寸草不生，令人战栗。

他的气场，让数米开外用瞄准器对准他的雇佣兵，都不禁冒出了冷汗。

黑爷往前抓不到救命稻草，无论他怎么喊，上面的人都无动于衷，他只能后退着去抓顾城骁的腿，就差屁滚尿流了。

“尼莫兄弟，尼……”当他往后抬头一接触到尼莫的眼神时，他的声音戛然而止，身体不受控制地打了一个哆嗦。

黑爷这才后知后觉地发现，那顶楼的所有枪口，都是对准尼莫的，他一下抽回抓住尼莫裤管的手，连滚带爬地远离对方。

“坤哥，坤哥，这是怎么回事啊？”他有些崩溃，一边拍门，一边痛哭流涕，“让我进去，坤哥，我对你可是忠心耿耿的啊……”

正面对着阳光，有些刺眼，顾城骁微微眯了一下眼睛，只见三层之上的敞开式顶层上，五把狙击步枪齐齐对准了他。

这些狙击手全都来自欧美，有白人，也有黑人，所用的武器都是杀伤性极强的尖端武器。

很好，够刺激。

这时，沙坤已经上了顶层，他扶着栏杆，低头俯视着下面的男人，笑得极为张狂：“哈哈，没想到大名鼎鼎的狼王有一天会落到我的手里。”

枪口之下的顾城骁迎风而立，目光如炬，面上没有丝毫恐惧之色。

他周身散发出来的霸气和那份淡定的神情，反而让对方紧张。沙坤一挥手，朝后面的人命令道：“你们都过来，对着他，都对准了，他的这颗脑袋，今天，爷要定了。”

后面又出来五六个雇佣兵，举枪对准下面的男子。

这个时候，顾城骁几乎可以百分百肯定，四叔并不在这艘游轮上。

他心里略有失望，但想想，也并不意外。沙坤有今日一举，说明四叔早就知道他并非真正的尼莫，又怎么会露面？

果然，四叔是一只狡猾的老狐狸。

顾城骁心里默数着，当他默数到十的时候，离游轮十米开外的地方，露出了一艘深灰色的潜艇的尾部。

“坤哥，快看，那是什么？”

“是鲨鱼吗？”

“废话，这里哪来的鲨鱼，要有，也是鲸鱼。”

“不对，它升起来了……”

“是潜艇。”

沙坤的瞳孔骤然一缩，随即一声令下：“开枪，打死他！”

几乎同时，顾城骁已经嗅到了危险的气息，他闪身往前一跨，以半蹲的姿势侧身紧贴着船舱，以常人难以想象的速度跑到了侧面。

那敏捷而又矫健的身姿，犹如奔跑在原野上的猎豹。

黑爷直接看傻了眼，他还没反应过来，这人就不见了。

顶层的雇佣兵有十来号人站在前面，顾城骁这一闪，那十来号人的狙击步枪同时转动，有一半以上的枪杆直接打到了身边的人，甚至有的枪撞枪，发出了乒乒乓乓的凌乱之声。

沙坤有片刻的傻眼，不是说挑了精英来吗？还不如我呢？！

“下去追，绝不能放过他。”

野狼特战队在全世界特种兵里都是出了名的，特别是特战队的首领狼王，那简直就是所有特种兵眼中的神。

那些雇佣兵也是特种兵出身，退伍之后，为了各自的利益成了雇佣兵，拿钱办事，各取所需。

一听那男子是狼王，他们除了忌惮之外，还有一种暗暗较劲的心理，谁如果能把狼王杀了，势必将身价倍增。

“他在那儿，开枪！”

伴随着呼啸的海风，伴随着沙坤凶狠的大喊，砰砰砰……一连串带着杀气的枪声在这海平面上响起。

顾城骁几次与子弹擦肩而过，只要稍慢一点，就会命丧此地。他一跃而起，一头撞进船舱里。

沙坤完全傻眼，他们这么多人，这么强的火力，原以为可以分分钟拿下顾城骁，现在他才意识到，他是真的太心急了，狼王真的不是浪得虚名。

“追，快，追！”沙坤扯开了嗓门大喊，“谁能取下狼王的人头，我个人单赏一亿美金。”

一亿美金，足以让在场的所有雇佣兵以命相搏。

顾城骁一个翻滚站稳，从床单上撕了一条白布缠在手上，接着从满地的玻璃碎片中找了一块尖锐的长玻璃，用这只手握紧，另一只手握着门把手，随时准备迎接攻击过来的敌人。

雇佣兵们一个个人高马大，下来的速度也特别快，很快就锁定了这个房间。

顾城骁屏息凝神，在门锁被外面的人转动的第一时间，他用力往里一开，连着外面的人一同被带了进来。

“呃……”锋利的玻璃刀割裂了雇佣兵的颈动脉，血液犹如泉涌，喷薄而出。

顾城骁戴着人脸倒模，虽然脸上有些僵硬，但眼神充满了暴戾，他毫不犹豫地从倒下的雇佣兵手中抢走了一支狙击步枪。

门口又响起一阵火力更猛的枪声，外面的人都不敢进来，狼王的操作简直出神入化，对手都不知道自己是怎么死的。

“谁杀了他，谁就能拿到一亿美金，这只是我个人单赏的，还有四叔那儿的赏金！”沙坤看到他们一个个守在门口不敢进去，心急地大喊。

人为财死，鸟为食亡，在足够多的金钱的驱使下，就有许多人愿意卖命。

就在他们犹豫怎么攻进去的时候，顾城骁突然出现在他们的身后，举着枪，一枪一个，枪枪命中。

此时，潜艇的尾部渐渐上升，犹如放大好几倍的鲨鱼尾鳍，在海面上缓缓露出来。

沙坤站在顶层，眼看着潜艇渐渐浮出海面，他心慌意乱，朝着货轮上的同伙大喊道：“快把那两个女人给老子带出来。”

事情发展得太快，货轮上的同伙都蒙了，直到沙坤朝他们大喊，他们才反应过来。

顾城骁气势如虹，在枪林弹雨中谨慎而又专注地前进，不一会工夫，就顺利地解决掉整个雇佣兵团。

当他踏上楼梯来到顶层的时候，沙坤正坐在沙发上，长方形的餐桌上摆满了美食和美酒，他的手枪也被放在桌上。

不远处的海面上，潜艇已经完全露出水面，游轮和货船都在野狼特战队的掌控之下。

这样的情况，沙坤已经没了反抗的资本，实力悬殊。

对于放下武器投降的歹徒，顾城骁并不会用枪指着他。

“这么惬意？”

“可不，饿了这么久，要死，也不能做一个饿死鬼啊。”沙坤端起酒杯抿了一口红酒，“顾大队要不要一起喝一杯？你也饿久了吧？”

海面上依旧很平静，这里的一点小波澜根本不能与大自然抗衡。

顾城骁迎风而立，刚才还很慌乱的沙坤一下子变得这么淡定，他很好奇。

“四叔在哪？”顾城骁开门见山地问，尽管知道沙坤不会说，但他还是想试一试。

沙坤冷笑一下：“我也想知道啊，不如你查到了，然后告诉我？”

顾城骁面色清冷，相比较四叔，逮捕沙坤并不能让自己满意，因为沙坤早已是囊中之物，而四叔，这次若让他逃跑了，以后恐怕只会更难抓住。

“怎么？你很失望？”看到对方讳莫如深的脸色，沙坤提议道，“既然走到这一步，我也无话可说，被你们带回去之前，能不能满足我一个愿望？我想跟你单独来一场搏击。”

沙坤在缅甸当过兵，后来组建了自己的武装部队，全方位的军事化管理让他的部队披荆斩棘、无所不能。说到底，他也是一支军队的首领。

对于一个穷寇的挑衅，顾城骁无心应战，他并不想跟沙坤在这里浪费时间。

野狼特战队的队员们分坐三艘快艇，快艇绕着游轮和货轮转圈，只待顾城骁的一声令下。

“玩玩嘛，不玩，别后悔……”看着顾城骁阴鸷可怕的脸，沙坤很识趣地转换了方向，说，“你要是不想玩也可以，那我就找郑队玩玩。”

顾城骁眉头微皱，他口中的郑队，是郑紫琪吗？

从昨天到现在，他一直没能抽出身联络沈自安，也一直没机会查看沈自安有没有给他留言，难道这中间发生了什么事？

不过，他对沙坤的话始终持有怀疑的态度，因为特战队对沙坤的监控从未间断，沙坤的一举一动都在特战队的眼皮底下，应该没机会接触郑紫琪。

“怎么，你不信？”

“什么意思？”

“字面意思啊，你不跟我玩，那我只好叫美女来跟我玩玩了。听说郑队也很能打，不知道美女的拳头会不会跟棉花一样软。”

说完，沙坤朝下方挥了挥手，刻意大声地喊道：“请郑队出来。”

货轮那边收到讯号，两个壮男即刻将郑紫琪带到了游轮的甲板上，郑紫琪双手被反绑在背后，头被一个黑布袋子罩着。

沙坤：“打开，让郑大美人露露脸。”

黑爷一把扯落黑布袋子，因为突然的光亮让郑紫琪睁不开眼睛，她闭着眼，低着头，披散的头发被海风吹得凌乱不堪。

在货轮船舱里面的时候，黑爷并没有认出郑紫琪来，现在一把她拉到阳光底下，怎么看怎么眼熟。

“这……我是不是在哪见过她？”

旁边一个兄弟小声提醒一句，“她就是伊人。”

黑爷他恍然大悟：“哦，是你啊，原来你们两个都是卧底。”他怒气冲天，指着顾城骁大骂，“混账东西，把爷当白痴耍得团团转是吧？今天，爷就要你们尝尝苦头。”

说罢，黑爷掏出腰间的匕首，一把抓起郑紫琪的头发，以锋利的刀刃紧贴她的咽喉：“臭娘们，谁给你的胆子混进来的？”

“……”郑紫琪双手被绑，不能反抗，只能任由黑爷拖拽着。

“哦，难怪你跟尼莫，哦，不对，难怪你跟顾城骁天天腻在一起，打配合是吗？夫唱妇随是吗？你们把爷当猴耍，爷现在就要你好看。”

黑爷扬起匕首，尖锐的刀尖朝郑紫琪的脸划去。

郑紫琪往后闪了一下，锋利的刀刃直接削断了她的一撮头发。

也就是在那一瞬间，郑紫琪猛地一抬腿，一脚踹翻了左边的壮男，再凌空一跃，换另一只脚反踢，一下踢中右边壮男的身体要害。

“你……”黑爷惊讶得呆了，下一秒，他被郑紫琪一脚踢中了下巴，惨叫着滚落在地。

只是松了她的双脚，她都能以一敌三，她到底是怎么做到的？！后面几个兄弟你看看我、我看看你，都不敢上前。

那一刻，黑爷真不敢相信这件事，以前那个说话娇娇滴滴的、弱不禁风的伊人，竟然摇身一变，变成了特战队的女战士，还藏了这一身惊人的武艺，真是令人诧异。

然而，郑紫琪毕竟被捆着，难以全力施展拳脚，刚才那几脚还不足以让他们毙命，反而激起了他们的愤怒。

“你们在搞什么啊？”沙坤都看不过去了，“这么多男人，还干不过一个女人？白活了那么多岁啊。”

左边的壮男突然一个飞扑，从她身后将她扑倒在地，右边的壮男紧接着扑过去，然后是后面的兄弟一拥而上，将郑紫琪压得死死的。

“黑爷，”顾城骁大喊一句，“现在投降，我还能帮你说几句话，但你若执迷不悟，我也帮不了你。”

“你给爷闭嘴！”黑爷一口吐掉嘴里的鲜血，摸着吃痛的下巴，狠狠地咒骂道，“臭娘们，看来是对你太温柔了啊。”

黑爷狠狠揪住被压制在地的郑紫琪的头发，连续抽了她四个耳光，然后举起匕首，二话不说捅进了她的肩胛骨。

郑紫琪闷哼一声，温热的鲜血很快流到了甲板上。

黑爷将对顾城骁的恨意全部转嫁到郑紫琪的身上，抽出匕首，随即又是一刀，他难得相信别人，好不容易信了尼莫，竟然被骗，他深深地尝到了背叛的滋味。

黑爷也是心狠手辣的人，这两刀对他而言还算手软的：“起来，带过去。”

郑紫琪的肩膀被刺了两刀，鲜血直流，但她只是闷哼了两下，眼神依旧犀利。

顾城骁略有担心，不知道沙坤想做什么，反问道：“这样很好玩？”

“啧啧啧，黑爷，你太不怜香惜玉了。”沙坤故意说，“你把郑美女搞成这样，我怎么跟她打呢？”

顾城骁真的没空跟他浪费时间，举起狙击步枪，直接对准了他的脑袋：“投降吧，沙坤，你们已经无路可逃了。”

沙坤突然拿起手枪。

“你敢！”顾城骁发了狠地威胁。

“我不敢？”沙坤立即朝着走过来的人开了一枪，砰的一声巨响，子弹正好打在郑紫琪的脚下，“你们敢开枪，我们也敢，要不要比比是你解决掉我和我的兄弟们快，还是我的兄弟们解决掉郑大美女快？”

机灵的黑爷再次掏出匕首对准郑紫琪的心窝，其余的兄弟也纷纷举枪。

除非特战队的人能把他们同时击毙，不然，没死的人肯定会开枪打死郑紫琪。

眼下这情势，杀敌一千，自损八百，不划算。

顾城骁深吸一口气，慢慢放下枪：“好，你想怎么样，我陪你玩。”

“先让你的手下们离我们远点，别围着老子转悠，看了就心烦。”

顾城骁高高举起手臂，朝着不远处的战友做了一个撤离的手势。

很快，待命的快艇不得不撤离。

海面平静依旧，万里无云的天空沉静湛蓝，一望无垠的海面也是一片湛蓝。

郑紫琪趴在甲板上，后背被死死地踩着，刺痛的肩膀鲜血直流，鲜血渗出军装，流到了光洁的甲板上。

她抬起头，望着不远处的顾城骁，咬着牙说："城骁，别管我，不用管我，啊……"

黑爷抬起脚，重重地踩在她受了伤的肩膀上，让她痛彻心扉。

顾城骁眉头微蹙，腿边的手默默比了一个手势。

潜艇中，数名身穿潜水服的特战队员已经准备就绪，看到暗号手势之后纷纷潜入海中。

"说出你的条件！"顾城骁冷冷地挑明。

"一架直升机。"

顾城骁当场拒绝："你休想！"

"一个中队长换不来一架直升机？我一枪毙了她，你信不信？"

顾城骁紧抿唇瓣，没有一丝动摇。

沙坤看着顾城骁不痛不痒的样子，调侃道："看来，顾大队很公私分明嘛，对工作中的女伴好像不是很在意……那你对你生活中的太太，在意吗？"

顾城骁瞳孔一紧，睨着他。

"哈，对了，对了，就是这个眼神，我还以为顾大队只会威胁人，不会对人紧张呢。"

"沙坤，你到底想玩什么？"

"一个中队长换不来一架直升机，那么，再加一个顾太太呢？能不能换？"

"……"顾城骁的眼神瞬间变得阴寒狠戾，周身冒着一股冰冷的寒气，恍若海洋瞬间凝结成万里冰川，让人不寒而栗。

沙坤不自觉地缩了缩脖子，此刻迎着海风，他的面上看不出什么，但他的后背已然被冷汗浸湿。

不过，这让沙坤看到了一丝希望，他暗暗地想，看来，死老头也不是真想套死我，至少我找到了顾城骁的软肋。

“哈哈，这能交易吗？还是你需要时间考虑考虑？”沙坤乘胜追击，扶着栏杆以避免自己被他的眼神吓退，“你可以慢慢考虑，我先让我的兄弟们尝一尝顾太太的滋味，如何？”

“沙坤，你敢？！”如果说，被揭露身份的顾城骁是雏鸟展翅成雄鹰，那么，此刻的顾城骁则是地狱阎王附身。

阎王要你三更死，谁敢留你到五更？！

沙坤的双腿不自觉地哆嗦了一下，他确实不敢激怒此刻的顾城骁：“那……那你说，能不能换？！”

“我要看到完好无损的人。”

“好，带上来！”沙坤朝下面大喊一句。

林浅一直被关在货轮的船舱里，郑紫琪被带走不久，外面就传来了枪声，这让她又怕又怂，她怕自己小命不保，又怕自己的胆小丢了顾城骁的脸面。

外面突然进来三个人，一个给她的脚松了绑，另外两个把一些东西捆在了她的身上。

比起郑紫琪那个厉害的女兵王，这位顾太太实在是太乖了。

“你们……干什么？”林浅的头好晕，地在晃，天在晃，人在晃，她好想吐，“呕……”一张嘴，满肚子的水被吐了出来。

黑爷和两个兄弟嫌弃得不要不要的，这位顾太太的画风和那位女兵王的画风也相差太大了吧。

“吐我一手，太恶心了。”男子嫌弃地往她的衣服上擦着手。

才吐完的林浅觉得比之前好受了些，张嘴就怼：“你们才恶心，明明是人，却尽干些畜生的勾当，你们对得起生你养你的父母吗！”

“你说什么？”

“我说，你们比我吐出来的东西都脏！”

黑爷那个愤怒啊，连带着对顾城骁的恨意全涌上大脑：“全都捆上，捆多一点。”

林浅还以为他说捆什么，低头一看，妈呀，吓得她睁不开的眼睛一下子瞪得跟铜铃一样大。

那一排排的玩意，怎么这么像电影里歹徒用的炸弹啊？！

“要是不听话，炸得你粉身碎骨！”黑爷咬牙切齿地说。

“……”林浅脑子一片空白，吓得腿都软了，可不就是一股浓烈的火药味吗。

很快，林浅被架了出去。出去一呼吸到新鲜空气，她就瞬间觉得舒畅了许多，那地下室又闷又潮，更加容易引起晕船。

四周是无边无际的大海，天空和大海的尽头，几乎看不出分界线，海与天连在了一起，特别壮观。

可这种广袤的美，令她有点儿惊心动魄。

黑爷走在前头，两名壮汉不由分说地架着她走，远远地，她就看到了另外一艘游轮上站在最高处的男子。

站得高，人也高，特别是跟旁边一位矮矮胖胖的男人站在一起，两人一对比，愈发显得他高大威武。

尼莫，那是尼莫，林浅的内心抑制不住地激动起来。

他迎风而立，坚毅的目光望着她，隔得这么远，她都能感觉到他目光的炽烈。

虽然脸是尼莫的脸，但身型是她最熟悉的，风很大，吹得她的头发在眼前乱舞，她的眼睛一下子酸胀起来。

她不知道现在是怎样的情况，她不敢叫他。

顾城骁也看到了她，瘦弱的身体，苍白的小脸，泛白的嘴唇，惊慌的眼神，重点是，她身上还捆了一排炸弹，他几乎要原地爆炸了。

“沙坤，你把她怎么了？”声音不大，但戾气十足，他也是坐那艘货轮来的，他竟然不知道林浅也在船上。

他爱她、宠她，把她当女儿一样疼，她受一点小委屈，他都心疼不已。现在她竟然被他们折磨成这个样子，他快要疯了。

沙坤轻描淡写地说：“反正我没搞她，她也没有缺胳膊断腿，不正是你要的完好无损吗！”

顾城骁淬了毒的眼神狠狠地瞪向他，对他千刀万剐都难以解这心头之恨。

林浅被带到游轮上，这时她才看到趴在甲板上的郑紫琪，地面上都是血，郑紫琪的衣服上也全都是血。

她双腿打着战，浑身发着抖，可是，即便她再害怕，也不想当着顾城骁和郑紫琪的面倒下来，就算是死，她也要死得体面一点。

情敌当前，她也是有自尊的，她也是爱斤斤计较的。

“人我给你带出来了，直升机呢？”沙坤问道，时间拖得越久，对他们越不利。

“我没带手机，无法联络。”

沙坤二话不说将自己的手机丢给他：“别给老子瞎找借口，赶紧的。”

顾城骁拿过手机，拨了指挥中心的电话号码：“喂。”

“老大，我子俊。”

“为什么没有保护好林浅？！”

“对不起……”

“现在说对不起有屁用。”

对话的同时，坐镇监控台的沈自安立刻在键盘上按下一连串代码，将对方手机里的资讯拷贝下来。

郑子俊故意拖延着时间，问道：“老大，紫琪怎么样？”

“小伤，死不了。”

沙坤突然暴走大喊：“别废话，说重点！”

顾城骁忍住了火气，说：“一架直升机，多久能到？”

“最快也得半个小时。”

顾城骁那如深潭般的眼睛望向沙坤：“半个小时。”

“不可能这么慢。”

“要安排，要申请，要调度，不都需要时间？”

沙坤不信，他笑着说：“别当我是三岁小孩，在我的领地，我的交通工具就是直升机，你不用故意拖延时间。十分钟之内，我若没看到直升机，就把郑大美女丢下海，十五分钟之内，若再没有，我立刻引爆顾太太身上的炸弹，不如，大家同归于尽好了。”

这时，郑子俊说：“老大，可以了。”对方手机里的资讯已经全部被拷贝下来。

顾城骁意会：“好，十分钟，立刻去安排。”

沙坤嘴角闪过一抹满意的笑，他不甘心做困兽，他从来都不是屈服于命运的人。

另一边，郑紫琪一直趴在地上，甲板上的鲜血越来越多，慢慢汇聚成了一大摊，随着游船的晃动，那一摊血毫无规则地往外流开。

郑紫琪人也是奄奄一息，再也没有之前的嚣张。

林浅就在郑紫琪的旁边，那一摊血触目惊心，她从来没有看到过这样的场面，更没有想到，原来顾城骁和郑紫琪的工作环境竟然是这样的。

看着躺在那里气若游丝的郑紫琪，林浅再一次由衷地钦佩这个女人，她为了顾城骁，可以以身涉险。一个女人，潜伏在这么多豺狼里，她难道真的不怕吗？

“郑紫琪，你没事吧？你醒醒啊，郑紫琪？”林浅挣扎着，“放开我，我又跑不了，抓得这么紧干什么？放开！”

两个壮汉真没用力抓她，她一甩就甩开了，她直接跪在郑紫琪的身边，双手被绑在后面，她就用下巴推郑紫琪：“郑紫琪，郑紫琪，能听到我讲话吗？”

郑紫琪面白如纸，嘴唇也异样地白，几乎没有一丝血色，她慢慢睁开眼睛，说：“林浅，你身上有炸弹，怕吗？”

怕啊，林浅当然怕，可是，她忽然笑了一下，说：“我才不怕，顾城骁会救我。”

一句话让郑紫琪噤了声，是啊，用沙坤的话说，一个中队长换不来一架直升机，而一个顾太太，分分钟让顾城骁低了头。

太阳越升越高，海面上的温度随之升高，她们从B市过来，身上都穿着厚外套，没机会脱，现在已经热得浑身是汗了。

郑紫琪趴在地上，身上在流血，头上在流汗，体力消耗得很快。

“喂，你别睡啊，别闭着眼，睁开，快睁开。”

耳边林浅的声音有些聒噪，她真不想听。

“喂，我说，你们一群男人把一个女人伤成这样，像不像话？！”林浅突然发飙，“你们敢不敢给她止血啊？你们不敢，放开我，让我来啊。”

黑爷踢了她一脚，训斥道：“吵死了，再嚷嚷，也让你尝尝被刀捅的滋味。”

黑爷亮出匕首，那匕首的刀刃上，殷红一片，在太阳底下泛着血腥的红光。

林浅被那红光晃了一下眼睛，不得不忍下心里这口恶气，她暗暗琢磨，死胖子，千万别落到我的手里！

上面顾城骁看到黑爷对林浅动手，怒喊一声：“谁敢动她？！”

黑爷一颤，张合了一下嘴巴，终究没胆子接话，还默默地收起了匕首。

林浅哼笑一声，低骂一句：“瞧这怂样，还敢出来混，谁给你的勇气？

梁静茹吗？”

“你嘀嘀咕咕在说什么？”

“哦，没什么，就是觉得好热，衣服穿太多了，刚刚晕船，肚子里的水都吐出来了，现在又这么热，我感觉会中暑……大兄弟，我能不能把外套脱了？”

“闭嘴！”

林浅翻了翻白眼，他们没上当，真扫兴。

十分钟，说长不长，说短不短，所有人都紧绷着神经，所有人都不敢轻举妄动。

唯有林浅，总是不按常理出牌。

她又热又渴又饿，还憋得尿急：“老大爷，我能不能去解个手啊？再顺便脱件衣服，我太热了。”

“你喊谁老大爷？！长不长眼啊？”黑爷怒吼，他不过四十岁出头，只因为常年奔波逃命，看起来老而已。

“对、对、对，我不长眼，我就是个瞎子，但人有三急不能忍，能不能让我去解个手啊，小哥哥？”

旁边那些五大三粗的男人都被这句“小哥哥”逗笑了，严肃的场面顿时垮塌，这气氛，好像也没那么紧张了。

黑爷不悦地皱着眉头，不愿意成为旁人的谈资笑料，可是，这些人都是四叔的手下，他也没辙。

“臭丫头，你少给我贫嘴，忍着！”黑爷不敢让四叔的人闭嘴，但可以让林浅闭嘴。

林浅夹了夹腿，弯着腰，将身子缩成一团，小脸也皱成一团，苦兮兮地说：“这种事忍不了，我这身上已经是一股酸臭味了，要是再尿了裤子，不得熏死你们？”

他们无动于衷。

“我还没说我饿了，要吃口饭呢，我就解个手，还不让？有你们这么对待人质的吗，把我逼急了，我跳海里去。能不能有点人道主义精神，我就一弱女子，你们绑架我已经够龌龊的了，还不让人解手，好意思吗，你们！”

没人搭理她，林浅站起身，迈着小碎步跑了几步，突然脚底一滑，她哎哟一声摔在了甲板上：“欸，你们不怕我跑了啊？”

黑爷冷冷地看着她，对她完全不屑一顾："你能跑吗？你知道什么叫跑步吗？就你那两条小短腿，连跳海都翻不出去。"

"哈哈……"众人大笑，已经憋了好久了。

半昏迷的郑紫琪睁开眼睛，气得骂了一句："林浅，你能不能别这么丢脸？"

连上面的顾城骁都有些汗颜，不知道该怎么形容林浅好。

沙坤更是笑得捧腹："哈哈，没想到顾太太这么有趣。顾城骁，你挑女人的眼光可真另类。"

林浅双手被捆在背后，穿得又多，还捆了一圈炸弹，这一滑倒，整个人就跟不倒翁一样，倒不下去，也站不起来。

众人笑瘫了，这气氛也变得莫名怪异。

沙坤朝海面上看了一眼，那些快艇确实跟随着潜艇离开了不少，可是，这平静的海面让他更加不安。

时间一分一秒过去，灿烂的阳光，澄净的蓝天，可见度很高，望着那毫无杂质的天空，沙坤有些着急："怎么还不来？"

顾城骁："着急什么，这又不是岸边，能说来就来吗？"

下边的林浅实在是狼狈，她真的做不到从原地站起来，尝试了数次之后唯有放弃。

好在甲板很光滑，她干脆坐在地上，用脚一蹭一蹭地往前移动。

她挪动得吃力，他们却笑得更欢，全都在看她的笑话，同时也在看顾城骁的笑话。

林浅跟郑紫琪不一样，在旁人眼中，她柔弱娇小，脑子似乎也不好使，他们随随便便就能将她捏死，所以，大家都对她放松了警惕，只把她当成一个笑料，一个能侮辱顾城骁的笑料。

林浅一点一点慢慢地挪到边上，以背顶着船身，才吃力地站起身来。

一站起身，她看到旁边过道上横躺着一具尸体，失声尖叫："啊！有死人啊！"

她哆嗦一下，又不慎滑倒在地。

"哈哈，笑死我了。"

"哈哈，这是来搞笑的吧。"

"没想到大名鼎鼎的狼王，有个傻老婆啊，哈哈。"众人对她又是一阵嘲讽，连带着顾城骁和野狼特战队也一并讽刺进去。

在一片嘲笑声中，林浅咬牙不服，也不想动了，干脆坐在那里，背靠着船身乘凉。

重要的是，她若再动，手腕上那绳子已经松开的真相，肯定会暴露。

论勇论狠论打，她肯定斗不过这其中的任何一个，但论装疯卖傻，在这里，她敢说第二，没人敢说第一。

要脸干什么，命都快没有了，她还留着脸干什么。

她转头朝客舱那边看去，忍着心里的害怕，仔细看去，那条狭长的过道里，横七竖八地躺着许多人，都是一动不动的。

那过道里的血啊，还在不断蔓延开来。

这样的场面，她只在电影里看到过，如今活生生地出现在她的面前，说不怕是不可能的。

她的双手被“反捆”在后，外面又捆了一圈炸弹，炸弹正好遮住了她的手腕，所以，刚才没人发现那绳子其实是被她的双手紧紧捏着。

她抬起头，看到顾城骁站在顶层与他们的头目对峙，她想，就算帮不上忙，她也不能拖后腿。

约定的十分钟已经到了，可那湛蓝的天空下根本没有直升机的影子，平静得连一只海鸟都没有，沙坤心里很慌，吼声都颤了颤：“直升机呢？你在耍我？！”

顾城骁孤高冷傲地看着他：“我说需要半个小时，你不信，事实上，十分钟真的到不了。”

“放屁，”沙坤举枪对准下面的林浅，威胁道，“顾城骁，你信不信，我一枪毙了你婆娘？！”

林浅被那疯了似的吼声吓了一跳，再一看，一把枪远远地指着自己，她往左，枪也往左，她往右，枪也往右。

“你不会的，她若死了，我保证让你生不如死。”顾城骁笃定地说，沙坤还指望拿林浅换一架直升机，不会这么傻，连唯一的筹码都放弃。

沙坤命令道：“把这个扔下海。”

他指着地上奄奄一息的郑紫琪：“十分钟不到，扔一个下海，我说到做到，扔！”

郑紫琪被两个壮男一前一后抬了起来，甲板上很大一摊血，她因为失血过多已经完全失去了体力，如果就这么被丢下海，必死无疑。

林浅看看顾城骁，纹丝不动，话都不说一句，她那个心急啊，难道就这么看着郑紫琪被丢下海？

不行！

正当所有人的注意力都在郑紫琪那边的时候，林浅快速脱开已经松了的绳子，抽出一只手，再抽出一只手，人一站起来，那圈炸弹就掉落下来了。

她一边脱衣服，一边朝那具尸体跑去，因为在那具尸体的手里，有一把枪，一把很长很大的枪。

那个中枪身亡的雇佣兵是脑门中枪，临死还睁着眼睛，面目狰狞。

“对不起了。”林浅低语一声，将雇佣兵的眼皮合上，然后拿走了他手里的枪。

“妈呀，好重……”一只手根本拿不起来，她只好改用双手抱住，用手臂夹着枪身，用腰顶着枪柄，姿势怪异地举了起来。

郑紫琪的意识是清楚的，但过多的失血让她完全没有力气来抵抗这一切。

四个人合力将她举起了起来，就等沙坤最后的指令。

海面上突然来了一阵狂风，游轮晃动的幅度大了起来，站在甲板上的人也跟着摇晃起来。

林浅一个没站稳，枪又重，连人带枪直接撞到了船身上，枪柄撞击船身，发出了尖锐的碰撞声。

“呃……”是她大意了。

船上的所有人，包括顾城骁，全都不可思议地望着她。

林浅大概摸到了扳机的位置，大概瞄准了前方的歹徒，手指一用力，砰砰砰连续三发子弹一齐出膛，巨大的后坐力让她整个人都往后弹，再一次重重地连人带枪撞到船身上。

所有人都看傻了眼，这是往哪打的啊？

前方的大兄弟们个个都本能地半蹲抱头，但枪声一过，你看看我，我看看你，诧异过后就是满场的爆笑。

“哈哈，她完全是来搞笑的吧，我说。”

“往哪儿打啊这是，太先进了，我们这么大一群人站在这里让她打，她都打不到。”

“竟然还有这种操作，该回去吃药了吧。”

还有比较积口德的，一个劲地在那儿哈哈大笑。

在众人的嘲笑声中，林浅不服地咬了一下嘴唇，她不做多想，再一次扛起了枪，对准前方，果断地扣下了扳机。

砰砰砰砰……在一连串的射击中，那群撒着欢的大兄弟倒地了一半，顷刻间由大笑变成了哀号。

扛起郑紫琪的壮汉，一个大腿中两枪，一个小腹中了一枪，一个膝盖正中一枪，她跟着他们一起摔到了地上。

瞎猫撞上死耗子，她这误打，也有误撞的时候。

顾城骁反应极快，早在林浅第一次扣动扳机的时候就反应过来了，他一个箭步上前，一把捏住沙坤的手腕，利索地一折，咔的一声，手腕被折断了。

“啊！”沙坤发出一声号叫，顾城骁的速度太快了，他根本反应不过来。

然后，在林浅第二阵枪声响起的时候，顾城骁又捉住沙坤的另一只手，照旧一折。

“啊！”沙坤的两只手瞬间残废，一下子扑倒在地，痛苦不堪。

顾城骁的动作又快又狠，一把夺回被沙坤夺走的狙击步枪，砰砰两下，分别对着沙坤的两个膝盖开了两枪。

“啊！”沙坤的惨叫声与下面的哀号声一起合奏起来。

顾城骁单手举起狙击步枪，对着下面没有中枪的、准备拿枪打林浅的人，毫不留情地扣动了扳机。

下面的人一下子倒地三个，子弹正中脑门。

大家四处散去，乱成一团，黑爷双目猩红，举着匕首朝林浅跑去。

现场一片混乱，林浅眼看着黑爷的魔爪向自己靠近，扛着狙击步枪向他射击。

事实证明，她的枪法真的很烂，怎么都打不到黑爷。

这些穷凶极恶的歹徒，罪恶滔天，一旦被捕，不是被判死刑，也得被重判，所以这种时候肯定是抵死反击的。

黑爷就跟着了魔一样，举着匕首往她扑去。

狙击步枪对于林浅来说，真的太重了，她当机立断丢下狙击步枪，转身就跑。

海风很大，游轮很晃，过道很窄，但林浅的平衡力极好，黑爷尚且跑得跌跌撞撞，她却如履平地，一下子拉开了与黑爷的距离。

郑紫琪被摔在甲板上，目瞪口呆地看着这不可思议的一幕。

她记得自己在那个阴暗的小黑屋里警告林浅别拖后腿的话，她还自信满满地说只有自己才能助顾城骁一臂之力，但是此刻，情况好像反过来了。

那些歹徒死了好几个，没死的都躲进了隐蔽的地方，以免成为顾城骁的枪靶子。

顾城骁的视线看不到歹徒，他将狙击步枪往肩上一扛，纵身一跃，从三层楼高的地方抱着桅杆直滑而下。

游轮就这么大，藏无可藏，歹徒们看到一层过道里那些横七竖八躺着的雇佣兵尸体，更加心慌焦急。

于是，林浅就成了他们唯一的救命稻草，而且，得是活口。

林浅彻底活动开了，开玩笑，这是真枪实战的对战啊，肾上腺激素井喷了好吗。她这一活动起来吧，人也不怎么晕了，只是武力值要比正常水平低一些。

不就是打群架吗，又不是第一次，咱老司机就不用多说了，咔咔就是干！

顾城骁一跃而下，扛着狙击步枪疯狂地追过去，他绝对不能让林浅受一丁点伤，那可是他的命啊。

狭长的过道，林浅被黑爷和三个歹徒前后包抄，前面是狼，后面是虎，外面是蔚蓝的大海，跳下去就是死路一条。

她原地一跳，伸手抓住上面的栏杆，一个漂亮的一字马同时踢开前后的豺狼虎豹。

一边是黑爷，他被踢中了鼻子，顿时血流如注。

另一边是三个大兄弟，在这种空间狭小的地方，人多未必占优势，他们就跟叠罗汉似的一起倒在地上。最前面的四脚朝天，中间的成了夹心肉，最后面的当了人肉垫背，被压得差点吐血。

林浅身材娇小，身姿轻盈，完全可以在这里大展拳脚，哦，不，花拳绣腿！

她成功地摆脱围剿，快速往回跑去。

但……

“哎呀！”脚下一绊，她失去重心，一下往前扑去，之前跑得有多快，现在就摔得有多惨。

黑爷见状，快速从地上爬起来，举着匕首对准了她的咽喉：“臭丫头，看你还跑不跑？！”

“……哥，小哥哥，你在流鼻血……”林浅干干地笑着，指了指他的鼻子，“不擦擦吗？”

“我呸！”黑爷朝她吐了一嘴的血和唾沫，恶狠狠地一把揪起了她。

林浅闭着眼，暗骂一句，好臭！

她用哭腔乞求着：“小哥哥，小心你的刀啊，别划了我的脸啊，我可是靠脸吃饭的。”

黑爷一只手圈住她的脖颈，一只手持着匕首紧贴她的脖子，与飞跑而来的顾城骁来了一个正面相撞。

“后退！”黑爷叫嚣着，声音在抖，身体在抖，手也在抖，那锋利的刀刃削铁如泥，一个不慎就划破了林浅的皮肤。

顾城骁眼看着那殷红的鲜血从林浅的脖子流出来，他的心都揪到了一起：“好，我后退，你小心你的刀。”

“把枪放下！”

顾城骁深邃骇人的眼神直射黑爷，二话不说就将狙击步枪扔下了。

黑爷被他如此利索的动作吓得哑口无言，面对着熟悉的尼莫的脸，感受着陌生的来自地狱阎王的眼神，他有些不知所措，只知道他必须牢牢抓住手里的这根救命稻草。

后面三个兄弟也聚了过来，好像四个人抱成团，底气能稍微足一点。

“直、直、直……直升机呢？怎么还不来？”黑爷逼问道，“你别是耍我们吧？”

顾城骁目光如炬，盯着黑爷手上的匕首，然后抬手往上空一指：“已经来了，你若敢伤她，我保证你绝对上不了直升机，你会直接升天。”

黑爷一怔，紧绷的手微微发抖，那刀刃来来回回地擦着林浅细腻的皮肤。

那是真的痛，被割肉啊，林浅都不敢大声喘气了。

“注意你的刀！”顾城骁发出骇人的警告声。

黑爷颤巍巍地松了一下，但手臂箍得更紧，转换匕首的方向，以刀尖对着林浅的咽喉。

只要顾城骁敢过来，他就一刀刺进去。

就在这时，嗖地一下，后面一个紧贴着黑爷的兄弟，太阳穴正中一枪，倒下了。

还没来得及从震惊中反应过来，又是咻咻两下，后面的兄弟全倒下了。

没了任何的阻挡，从后面吹来的海风让黑爷感到背脊阵阵发凉，他知道，他已经走投无路了。

上面的直升机越来越近，海上的潜艇也已经逼近，甲板上，身穿潜水服的特战队员已经上了游轮。

一切都太突然了，明明约了是跟四叔去会合的，明明多了一个四叔身边的人当靠山做兄弟，明明以后有更好的前途、赚更多的钱的，他还没搞清楚状况，就天翻地覆了。

黑爷哆嗦着双手，箍紧了林浅，生怕不知道什么时候就被击毙了。

林浅跟顾城骁偷偷地交换了一个眼神，她柔声细语地问："小哥哥，你看，你再固执下去，就跟他们一样的下场了，要不，你投降好不好？

"小哥哥，你还这么年轻，家里肯定有亲人吧？你想想你的父母，他们愿意看到你这样吗？

"小哥哥，你有孩子吗？多大了？"

"爷还没结婚！"黑爷愤怒地纠正。

他一张嘴就喷出一嘴的血和唾沫，林浅闭着眼睛，如果可以，她还想闭上鼻子。

"哦，那你就更应该迷途知返了，进去几年再出来，还是一条好汉。"

"我还能再出来？"黑爷绝望的眼神中带着一丝希望，慢慢地望向顾城骁。

顾城骁随时准备过去救出林浅："只要你愿意配合警方，揭发检举，戴罪立功，完全可以争取宽大处理。"

黑爷是一个四十岁出头的糙汉子，微胖的身材，黝黑的皮肤，常年的生死逃亡让他看起来比同龄人要老，说他五十多岁都不为过。

但此刻，他就像一个孩子一样轻轻抽泣起来。

匕首掉落在地，黑爷也瘫坐在地，一个大老爷们，坐在地上，双手捂着脸，号啕大哭。

林浅大大地松了一口气，感觉自己是去鬼门关转了一圈，幸好阎王不收她。

“浅浅……”顾城骁一下将她拥住，几个月来的思念和刚才的惊吓，让他低沉的嗓音都带了微微的哽咽。

林浅一动不动，明明很想很想他，可一想到他与郑紫琪那些不清不楚的感情，她就心里犯堵。

顾城骁感觉到了她的生疏，只以为她是吓坏了，这种场面，她能不怕吗？！

他紧紧抱着她的脑袋，柔声安抚：“没事了，不用害怕，有我在。”

林浅微微垂着眼眸，疏离地说：“别抱了，我身上臭，我想洗洗，难受死了。”

直升机在上空徘徊，依靠绳索降下来一支小分队，快艇上的队员也陆陆续续上船，这次行动，活捉沙坤，说服黑爷转做污点证人，野狼特战队可谓大获全胜。

直升机带走了需要急救的郑紫琪，游轮和货船加大了马力往回行驶。

那些歹徒，受了伤没断气的全都被带到了甲板这里，沙坤的四肢都受了重伤，躺在甲板上嗷嗷叫痛，就他喊得最大声。

“顾城骁，你太阴险了，你个畜生，我做鬼也不会放过你。

“顾城骁，你个禽兽不如的东西，耍我是吧，你要弄不死我，就等着我弄死你吧。

“顾城骁，我杀了你全家！”

魏男是个暴脾气，听到沙坤躺在那里骂骂咧咧的，他拿起狙击步枪，用枪柄狠狠地打了沙坤的脸，噗地一下，沙坤的门牙都被打落了。

“等你做了鬼，那些被你害死的冤魂都会跟你算账，等你们算完账，再来找我们老大不迟。”

“你……你……”

“识相的话，就给老子消停点，不识相的话，再打落你一颗牙！”

“……”

魏男是个典型的东北汉子，高大魁梧，四肢发达，粗嗓门说起话来特别带劲，他这一训斥，沙坤真的不嚷了，认命似的躺着了。

宋景瑜带着一队人搜了一下游轮的客舱，出来说：“之前里头住的全是雇佣兵，看来，四叔身边已经没什么人了，已经到了花钱雇人的地步。”

高纪钦一脸不服：“这只老狐狸太狡猾了，自己的儿子也坑。”

郑子俊："这种人没人性的，布了个局要我们玩，他自己的儿子就是最大一颗棋子。"

宋景瑜："老大人呢？"

魏男："刚还在这儿啊，人呢？"

郑子俊嘘了一下，往上指了指，众人恍然大悟，闭嘴干活。

此时，顾城骁和林浅两人坐在游轮顶层的观光卡座里，欣赏大海，别有一番滋味。

无垠的大海，平静得宛若仙境，那份壮观辽阔让世人真正领会了什么是大自然。

顾城骁卸下人脸倒模，恢复了本来的面貌，林浅只在他卸下倒模的时候看了他一眼，然后再无眼神交流。

"抬头，我帮你处理一下伤口。"

林浅闭上眼睛，乖乖地抬头。

顾城骁用消毒棉球轻轻擦去她脖子上的血渍，那道细长的伤口就在靠近咽喉的地方，有五厘米左右长，伤口倒是不深，但一定很疼。

"忍一忍，这药会让你有点疼。"他轻声说着，还对着伤口轻轻吹气。

处理完脖子上的伤口，顾城骁又帮她处理手腕和脚踝上的伤口，那是被绳子勒伤的。

林浅有些烦躁，说："我觉得你身上每一处伤都比我严重，你还是管管你自己吧。"

可不是，他与那些雇佣兵打斗的时候，难免有被打到的时候，他们的拳头能把人活生生打死。他再厉害，也只是普通的凡人而已，被打到，一样会红肿瘀青。

再加上他现在那不太正常的皮肤，比起林浅，他看起来确实更严重。

因为常日戴着倒模，顾城骁的脸要比脖子、耳朵等处露在外面的皮肤白许多，甚至比他以前都白了许多。

他的脸上虽然有一些过敏的红点点，但整体的状况看起来实在太好了，皮肤细腻白皙，五官俊秀立体，再加上他那与生俱来的贵族气质，活脱脱一个十八岁小王子的形象。

林浅一不小心就看得入了迷，差一点原谅他。

顾城骁蹲下，仔细地给她的手腕涂消毒药水，边涂边说："我无所谓，受伤是难免的，但你受伤，我会很心疼的。"

林浅压抑住被情话撩拨的激动，带着一丝不悦的小情绪，说：“我也经常受伤，打个架受个伤有什么，又不是得了绝症，会死。”

顾城骁抬起头，直视她的眼睛，可她的眼睛一直在逃避他。

“看着我，”他用命令的口吻说道，“你有问题。”

“你才有问题。”林浅抽出双手，身子一转，干脆背对着他。

顾城骁一愣，这才发现，她或许并不是被吓到那么简单。

第13章
HIV病毒

游轮开始加速了，海风也越来越大，林浅向后坐着，低着头，两边的头发全往脸上乱扑。

顾城骁坐在她的身后，帮她挡掉一部分风，他大大的手掌摸着她小小的脑袋，一下一下梳着她的头发。

他走之前，她的头发刚好能盖住耳朵，现在已经长到耳朵下面一大截，就快到肩膀了。

他爱不释手地梳着她的头发，又轻捏着她的后颈，说："这么长时间不见，现在见到我了，不开心？

"我收回以前骂你不学无术、老惹事的话，我觉得你刚才特别勇敢，像个英勇的女战士，特别帅。

"浅浅，我为你的表现感到骄傲，我终于可以回家陪你了，你不高兴？"

林浅听得耳朵痒痒的，她发现，他生气的时候会叫她林浅，关起门来卿卿我我的时候会叫她老婆或者顾太太，平常的时候叫她小浅，而在他故意讨好或者心怀愧疚的时候，就会叫她浅浅。

林浅用肩膀推他，咬了咬嘴角，带着满肚子小情绪，说："我们是现在才见到吗？不是正月十五那天就见过了吗？你带着郑紫琪，还当众吻了她呢，多霸道啊，多奔放啊，你有当众吻过我吗？当着别人的面，你连我的手都没有拉过。"

"当时情况特殊，我有任务在身。"

"你的任务也包括跟郑紫琪假扮一对情侣双宿双飞？"

"……"

"那你的任务包括生孩子吗？"

“你别这样。”顾城骁感到很无奈。

林浅回过头来，看着他，原本还有满肚子抱怨要说，可一看到他的脸，她就说不出话来了。

只见他眼眶的红肿在白皙的皮肤的衬托下更加明显，眉骨上破了口子，虽然结了痂，但那伤口依然血淋淋的。

这样的他，好像一位浴血奋战之后带着胜利荣耀归来的王子，鲜血是他的战绩，伤痕是他的军功章，他一点都没有因为脸上那些伤而降低颜值，反而看起来更加Man。

林浅一咬嘴唇，一闭眼睛，又认命地别开了头。

这个世界太不公平了，她被楚墨枫偷吻了一下，他都气得想吃人，无论她怎么解释，他都不听，还把过错推到她的身上，可是现在，他自己借着做任务的理由跟郑紫琪交往甚密，当众接吻，孤男寡女共处一室，还不准她生气了？

“你别靠我太近，我想静静。”林浅挣开他的怀抱，往前挪了一下。

她现在真的不想跟他多说什么，一来地方不对，下面那么多人，还都是他手底下的兵，真的不适合谈这件事；二来也是她自己的原因，她不想看到他这张妖孽的脸就没有底线地原谅他。

顾城骁深深地叹了口气，无奈地点点头：“好，我先下去看看，你有事叫我。”

当下面的人看到他们的老大黑着一张脸下来，就知道情况不妙，全都避开他，有多远躲多远。

魏男：“我去船舱底部看看。”

宋景瑜：“男男，一起。”

高纪钦：“那我去清点一下枪支。”

郑子俊看着越走越近的顾城骁，心里瘆得慌：“我去联络一下海关，安排一下接头工作。”

“沈自安，过来。”

“……”沈自安晚了一步，被顾城骁叫住了，他真后悔上游轮，好好待在潜艇指挥台不就好了吗，非要上来看热闹。

“老大，你眼睛附近受伤了，我去叫医疗队……”

“不碍事。”

“咳咳，哦……老大，怎么说？”

他们这几个人当中，沈自安是做情报工作的，最年长，心最细，想的事情最周到，最重要的是，他是有女友的人，他跟他女友已经交往八年了，最懂女人心。

顾城骁把他叫到跟前，也没什么事，张嘴之前，顾城骁还有些不好意思，拉着他走到了甲板最前面，以防被其他人听到。

“林浅知道我跟郑紫琪在执行任务当中扮演情侣这件事了，怎么办？”

“……”沈自安先是一愣，然后忍不住笑了起来。

“严肃点，我是在认真地问你。”

“没办法，只能厚着脸皮跪舔。”

“啊？”顾城骁也有愣得嘴角抽动的时候，很诧异能从风度翩翩的沈自安嘴里听到“跪舔”两个字，果然是老司机。

“这种事，我们当然知道是逢场作戏，但你这样跟嫂子解释肯定不行，关键是，郑队跟您还关系不一般，嫂子心里肯定不痛快。”

“我发誓，我跟郑紫琪之间清清白白的。”

“你说没用，得嫂子相信才行啊。其实女人对男人信不信任，感觉很重要，感觉懂吗？”

顾城骁轻咳了两声，装作听不懂的样子。

沈自安挑了一下眉毛，一脸傲娇地说：“湘湘为什么对我死心塌地，因为我上缴的粮食充足啊，粮食一充足，她哪里还有心思怀疑这、怀疑那的。”

“……”顾城骁忽然觉得，他是第一次认识沈自安。

抵达目的地的时候，天都暗了，B 市依然很冷，这冷热的两次交替让林浅出现了发烧的症状。

顾城骁在交代完各项事宜之后，赶紧驱车带她去了军医院。

在医院，医生对他们身上的伤口做了更为细致的检查和处理，林浅都是皮外伤，消毒包扎就行，而顾城骁的眉骨有轻微的骨裂，需要养一段时间才能好。

医生给他们安排了一个双人间的病房，好让两人都能休息好。

半夜，林浅睡得很熟，也不知道是太累太困的缘故，还是高烧不退的缘故，顾城骁不淡定了，立刻找来医生询问情况。

“医生，她突然发烧，会不会伤口有感染？”

“按理说不会，伤口并不深，但也不能完全排除，主要还是考虑体力透支和冷热交替引起的发烧。”

“那怎么还不退烧？”

“顾大队别太担心，顾太太体温38℃，不算太高。倒是您，眼睛越发肿了，明天若是不消肿，要考虑清创。”

“我让你来，是让她赶紧退烧的。”

“顾太太若是烧到了38.5℃，就给她用退烧药。”

“……行，你出去吧，我看着她。”

医生叹了一口气，只好说：“顾大队，您自己也要保重啊。”

野狼特战队总部，医疗中队的中队长宁致远紧紧握着手机，拽着一条消息，就跟拽着死神一样。

他的身后，站着郑子俊、沈自安等人，大家集体商量过，这件事情，必须在第一时间通知老大。

电话通了，顾城骁不由分说地低吼一句：“大晚上的，打电话干什么？吵不吵？！”

宁致远的嗓子里好像被什么东西卡住了一般，说话特别吃力，语气也特别低沉，他说：“老大，刚才我们医疗队对抓回来的几个嫌疑人做了最基本的检查，其中有个叫张勇高的人，HIV检测呈阳性。”

电话那头是一阵可怕的沉默。

“子俊说，张勇高曾跟小嫂子发生过打斗，双方都受了伤，流了血……”宁致远喉头哽了一下，继续说，“倘若，我只是打个比方，倘若小嫂子的伤口与张勇高的新鲜血液有所接触，很有可能发生感染。”

宁致远的话说完了，电话里却听不到顾城骁的声音，他看了一眼兄弟们，大家全都屏息凝神，谁都不希望发生这样的事。

病房里，顾城骁完全石化，对自己所听到的不可置信。

良久，他终于发声问：“张勇高……是黑爷？”

“是。”

这简直就是晴天霹雳，顾城骁整个人都不对了，他身体僵硬，脸色发白。

他定定地看着躺在床上的林浅，在游轮上的时候，她曾与黑爷发生过近距离的打斗，黑爷流了许多鼻血。黑爷挟持她，拿匕首割伤了她的脖子，而黑爷，喷了她一脸的鼻血。

而且，她现在在发烧，她在发烧……

顾城骁笔直的双腿颤抖了一下，呼吸的声音也变粗了："感染的概率有多高？"

"很高。"

"很高是有多高？你给我说清楚！"

"如果小嫂子的伤口直接接触到张勇高的血液的话……老大，事不宜迟，赶紧给小嫂子服用阻断药，二十四小时之内最有效。"

顾城骁二话不说，连电话都来不及挂断，冲出病房找医生。

翌日，一缕阳光透过窗户照射进来，刚好照到林浅的脸上。

两道睫毛像小扇子一样覆在眼睑上，看着看着，顾城骁情不自禁地用手指轻轻地捏着她小巧而又微翘的下巴。

这次的意外，是可以预见的，也可以避免的，却因为他不够重视，才让她成了敌人的猎物。

他不能想象她被困在那个漆黑潮湿的小黑屋里时有多么害怕，不能想象她第一次见到那么多横躺着的尸体时有多么害怕，更不能想象，她被人挟持，被人拿刀子割破喉咙的时候，有多么害怕。

她的害怕，他不能想，也不敢想。

他的手指慢慢往下，滑到她贴着胶布的伤口上，他最爱她的天鹅颈，每一次相拥相吻的时候，他总是忍不住把头埋在她的颈窝里。

似是被扰得不悦，林浅皱起了眉头，顾城骁看到了，本能地用挡着她眼睛的手去抚平她的眉头。

阳光又跳进她的眼睛，她闪了闪睫毛，这一次，她是真的醒了。

她慢慢睁开眼，与那个男人四目相对，目光柔和，纯净的双眸里饱含着简简单单的深情。

"你长胡子了。"她忽然开口，带着一点小小的讶异。

顾城骁抬手摸了摸下巴，糙糙的，他说："嗯，回去刮干净，医生说你醒了就能出院，我们回家？"

这该死的低音炮！

林浅的心里产生了强烈的挣扎，好像有两个小人在吵架。

小人A：“浅浅，原谅他吧，那是他的工作，郑紫琪在挑拨离间，难道你真的要上当？”

小人B：“就算是工作，也不能超出道德底线吧？他是真的做了对不起你的事情，浅浅，坚决不能原谅。”

小人A：“你应该问问他，看他怎么说，说不定什么事都没有。”

小人B：“浅浅亲耳听到的，还能有假？这种事情，他肯定不承认，不要相信他，男人都是下半身思考的动物，他也一样。”

小人A：“可是，浅浅，他对你这么好，你真的舍得离开他？光看他这张脸都觉得赏心悦目，你还能看得上其他男人？”

小人B：“千万不要被他的美色迷惑啊，浅浅，难道你没男人就活不了了吗？”

林浅突然闭上眼睛，翻了个身背对着他，暗暗咒骂——都给老子闭嘴！

“还生气？”顾城骁戳着她的肩膀，用一种他平时根本不可能用的语气说道，“我们先回家好不好？回到家，你想问什么就问什么，只要无关案情，我保证毫无保留，全都告诉你。到时候你再决定如何审判我，好吗？”

这低音炮撒娇卖萌的技能，简直太魅惑人了，林浅听得浑身起鸡皮疙瘩：“喂，顾城骁，能不能正常一点？”

顾城骁有些难为情，倏地一下俯身凑过去，用嘴咬住她的耳垂，那是她最敏感的地方。

“啊呀，你干什么？”

“你让我正常一点啊，我现在很想把你吃了。”

“……”别骗我，我读书少，“就你这伤兵残将还能出院？”

“我没事啊，这些伤都是需要静养的，我请了长假，打算好好陪陪你。”

林浅转过头，狐疑地看着他：“真的？”

“骗你是小狗。”

“……你好幼稚！”

“跟你学的啊，你每次对着手机学狗叫，我就知道你又对林渝食言了，但我绝不食言。”

“……”

顾城骁没给林浅喘息的机会，火速办理了出院手续，火速带着媳妇回家了。

可是，出乎林浅的意料，顾城骁没有带她回城邸，而是来到了高层住宅的一套公寓里。

“这是哪？干吗带我来这？”

“这是我们单独的小天地啊，你不是总说城邸人太多，住不习惯吗？”

当时的林浅，只以为顾城骁是因为心怀内疚，所以才事事迁就着她，所以并没有多想什么。

公寓很大，装修风格是极简的现代风，就像许多男士偏爱的风格一样，整体是冷色调，摆设也是非常简单，除了必要的物件之外，没有一点多余的东西。

这风格很“顾城骁”。

但是，软装方面是另外一种风格，黑色的真皮沙发上铺了田园碎花的沙发罩，向日葵图案的窗帘让整个冷冰冰的客厅瞬间有了一丝暖意。

茶几上、餐桌上以及客厅的阳台上，都摆放着枝繁叶茂的各种花卉盆栽。

这个季节能有开得这么好的鲜花，他肯定花了不少心思。

还有卧室的大床上，粉紫色的床单被套，绝对不是顾城骁的风格。

林浅从进门开始，双脚就没有沾过地，顾城骁一直抱着她，抱着她粗略地扫了一眼家里各处，抱她欣赏了一下窗外的美景，最后才抱她上床。

“对这里满意吗？”顾城骁将她放到床上，自己也顺势扑了过去。

林浅用力推开他的嘴，说：“注意一下自己的伤好吗，骨裂啊，万一裂缝大了，裂到天灵盖，那你就完了。”

顾城骁的眉骨处缝了六针，只是外面贴着胶布看不出来，但整个眼眶还是肿的，瘀青蔓延开来，颧骨处也是青肿一片。

但即便这样，依然帅气不减分毫。

顾城骁脱了鞋爬上床，躺在林浅的身边，伸出一条胳膊让她枕着：“我们先躺一会儿，你有什么要问的，尽管问，之后，我们一起去附近的超市逛逛，买些吃的用的。”

“走开，不舒服。”

顾城骁调整了一下手臂的姿势，将她紧紧地抱着：“这样呢？”

“你今天就打算当一块狗皮膏药是吗？”

“嗯，算你聪明。”

“……”林浅挺无语的，这样的顾城骁真的叫她生气不起来，他怎么能无赖到这种程度呢？

“问吧，快问。”

既然他都这么说了，那林浅也不客气，第一个问题就是限制级的大问题，她问：“你跟郑紫琪到底有没有睡过？”

顾城骁如实说：“我们确实有一起躺在一张床上睡过，”感觉到怀里的女孩不安的躁动，他赶紧补充，“不过仅仅是睡觉而已，被子都不是同一床。”

“你有没有看过她没穿衣服的样子？”

“没有。”

“她有没有给你看过？”

“有，但我闭眼了。”看着林浅斜射过来的目光，他郑重地举起三根手指，说，“我拿顾家的家族荣誉发誓。”

林浅气得牙痒痒：“你给我举着，以下所有问题的答案你都要以家族荣誉发誓，如果有半句骗我或者隐瞒的，你就是顾家的罪人。”

顾城骁咽了一口口水，玩得有点大啊：“好，你问。”

林浅气势汹汹地问：“你没穿衣服的样子，有没有被她看到过？”

“裸上半身她应该见过，在部队训练的时候也经常裸半身。”

“她的嘴唇软，还是我的嘴唇软？！”

“……”顾城骁一脸委屈，“我抗议，这没有对比性。”

“你都亲过，怎么没有对比性？”

被逼到这份上，顾城骁还真是生平头一次：“你软，你甜，你香，你有毒。”最毒妇人心哪！

“你们亲过几次？”

怎么会有这么变态的问题？顾城骁闭上眼睛数了数：“没记啊。”

“那就是无数次。”

“不！”他立即打断，明明不是无数次，“绝对不超过五次。”

“哼，不超过五次都记不清，脑子不好使了啊，顾大队长。”

“是，我老年痴呆。”

林浅在心里偷笑一下，又问：“你有没有伸舌头。”

“绝对没有。”

“她有没有伸舌头？”

“有，我挡住了。”他真是被揭得连底裤都没了。

“她有没有故意迷惑你。”

顾城骁先是看了她一眼，她凛冽的眼神饱含着三分怒意、七分杀气，让他觉得这个坑挖得有点深：“有，但我拒绝了。”

“她迷惑你的时候，你当真没想过跟她发生点什么？”

“绝没有，即使你不相信我，也要相信特种兵的克制力。”

林浅睨了他一眼，用脚轻轻踢了他一下，说：“你说这话，我怎么就这么不信呢？你要有特种兵的克制力，我们能是现在的关系？”

顾城骁一顿，立刻说：“我只对你把持不住，我就是被你的美色所迷惑，我就是对你欲罢不能。”

“……”

这些回答，堪称教科书级别的回答。

他们休息了三秒钟，又有一堆问题向顾城骁逼近。

“你们每天都睡在一起？”

顾城骁连忙纠正：“确切地说是，在她参与任务的一个月的时间里，晚上我们确实睡在一个房间里，但她睡床，我打地铺，即使特殊情况，只能同睡一张床，也只是纯睡觉。”

“你对她到底有没有一刻动过心？”

“没有。”顾城骁拿正眼看着她，还逼近了她，“我只对你动心。”

“能不能让她对你死了这条心？”

顾城骁叹了口气，说：“我一直在做让她死心的事，但她就是不死心，所以我只能采取不听、不看、不理、不管的政策。”

“对，把她当空气最好。”

“嗯，我一直把她当空气，所以，你问完了吗？”

“暂时问完了，想到什么再问。”

顾城骁哭笑不得，内心已然崩溃，面上却不得不说：“好。”

卧室里有一面大大的落地窗，灿烂的阳光洒到房间的角角落落，原本冷色调的卧室因为有了那明艳清新的窗帘装饰，大气之中又带了一点小清新。

林浅不知道的是，所有的这些，都是顾城骁命令年管家在一夜之间办好的，大到窗帘的颜色，小到盆栽的种类，都是他亲口传达。

林浅这次发病急，高烧是退了，但低烧未退，说了一会儿话之后，她又累得犯困了。

顾城骁慢慢将她放下，又帮她盖好被子，然后才轻轻地走出卧室。

手机上有未接来电，他一看，有宁致远的，有郑紫琪的，有顾南赫的，还有他老妈的，他走到阳台，赶紧给宁致远回了电话。

“老大，小嫂子现在情况如何？”

“低烧，精神状态不是很好，胃口也不好，没吃东西，也不饿。”

“这是发烧的常见症状，你们现在在哪？”

“在香山的公寓里，就我和她。”

“老大，你应该告诉她实情，你跟她不能过多接触。”

“这些废话就不用说了，我不可能丢下她不管。”

“我明白，老大，小嫂子的日常生活是没关系的，正常接触都可以，我得提醒你的是，在夫妻生活方面千万要克制，三个月之内不要有。”

“不行，这会引起她的怀疑。”

“所以，你不如告诉她实话。”

“告诉什么，阻断药不是已经吃上了吗，一定会没事的。我不想给她造成心理负担。”

“好，老大，我知道我劝不住你，千万记住给小嫂子按时按点服药，阻断药有恶心呕吐的副作用，每周做抽血检查，一个月后基本排除，最后还得看三个月后的检查。”

“嗯。”

“你得理智一点，该注意的还是要注意。”

“知道了。”

结束了与宁致远的通话之后，顾城骁又打了几个电话报平安，他还特意打给了林渝。

林渝接到顾城骁的电话，大感意外：“顾、顾、顾……顾大队？”

“是我，林浅已经回来了，放心。”

“好、好，太好了，那我方便去看看她吗？”

“她可能是着凉了，有点低烧，我想让她好好休息，等病好了就会去学校。到时候你们自然可以见到。”

“好，那麻烦您好好照顾她。”

“应该的。”

“对了，小浅有没有跟你说过，她爸爸回来了，想要见见她的事？”

顾城骁有点诧异，他知道她的身世，可从来也没听她提到过她的亲生父母：“没有，她一直在低烧昏睡，可能还没机会跟我说。”

“本来约了她回家的，可就是那天她被绑架了，现在二叔也很担心她，一直在等她。”

“我知道了，等她退了烧精神好点，我带她过去。”

“好。”

打完所有该打的电话，顾城骁准备进厨房看看有什么可以吃的东西，刚转身进屋，郑紫琪的电话进来了。

他眉头微蹙，并不是很想接，之前她的未接电话，他也选择性地忽视了。

犹豫片刻，他还是礼貌性地接了起来：“喂。”

“城骁，你现在在哪？”电话那头是郑紫琪焦急的声音，“林浅被感染的事，我知道了，你现在必须离她远一点。”

“什么叫被感染，医生都不确定的事，你就确定了？我警告你，你最好闭上你的嘴巴，不然，我对你不客气！”

“城骁，我是担心你啊，她感染的是艾滋病啊，难道你不怕吗？”

“我最后再跟你说一遍，不要乱说，特别是在我爸妈面前，否则，别怪我连我们之间最后的战友情都舍弃。”

顾城骁说完就气愤地挂了电话，也难怪林浅会生气，有这样一个顽强，甚至是顽固的追求者，他也很苦恼。

林浅睡了半天，她是闻到米粥的香味醒来的。起床来到客厅，她看到那个画面就怔住了。只见在光线充足的开放式厨房里，高大英俊的男子挽起了衣袖，一只手扶着锅柄，一只手拿着勺子，正专心致志地搅动着锅里的粥。

一米九的大高个往那儿一站，连厨房都矮了一截。

他身形颀长，干净利索的板寸头，不需要打理就可以酷劲十足，还有他那骨节分明的双手，既可以拿枪，又可以掌勺，还有他的侧颜，完美到令人窒息。

林浅就这样看得入迷了。

事实上，有一个颜值巨高的老公，只要他在，她分分钟都能变花痴。

顾城骁在转头的瞬间看到了她，他拿着勺，朝着她笑，那个画面，看得林浅一下子心花怒放。

“醒啦，是不是饿了？”

再加上他那得天独厚的低音炮嗓音，林浅都陶醉得找不到北了。

“怎么了？还难受？过来，我摸摸额头。”

见男神招招手，林浅就跟被召唤的宠物一样，弹跳着蹦了过去。她一把搂住他的窄腰，脸靠在他的背上蹭啊蹭，双手摸着他的腹肌，每一块都特别明显。

“你有没有故意使劲啊？”

“没有。”

“没有使劲能这么硬？”

顾城骁傲娇地回过头来，嘴角一扬，笑着说：“块块肌肉都是货真价实的，不掺水，也不掺油，随时接受检验。”

林浅的魔爪又伸向了他的胸肌。

“别闹了，当心我收拾你。”

“哼，我的气还没消呢，还不知道谁收拾谁。”

顾城骁邪魅一笑，语气极其暧昧地说：“那你收拾我也行。”

“你滚蛋。”林浅狠狠地掐了一把他的胸大肌，这“豆腐”吃得好爽。

“我看你精神不错，头还晕吗？”

“不晕，就是饿了。”

“好，马上就有吃的了。”

家里没有其他食材，但一碗大米粥足以让林浅食欲大开。她太饿了，在游轮上晕船吐得昏天暗地，回来之后一直发烧，也没食欲，现在她感觉能吃下一头牛。

但是，在她一口气吃了两碗粥之后，胃里突然一阵翻涌，她跑去洗手间对着马桶哇哇吐了个精光。

顾城骁看在眼里、痛在心里，他知道这就是阻断药的副作用，在这三个月里，副作用很有可能会一直伴随着她。

他一边抚着她的背，一边说：“你吃得太急了，胃里本来没东西，这一下吃进去这么多，它要抗议了。”他只能这么说，“别以为现在精神好点就没事了，你受凉发烧，还是要多注意的。”

林浅吐得眼泪都出来了，吐得整个人都快虚脱了，她叹气道：“以前发烧，我照样玩、照样跑，现在发个烧，整个人都废了，唉，真是年纪大了。”

顾城骁哭笑不得，却也只能顺着她的话说：“是啊，再加上你这次还晕船，累得虚脱了，所以，症状要更严重点，来，起来，去喝点水漱漱口。”

林浅赖皮地瘫坐在地上，举起双手，眨眨大眼，撒着娇说：“抱抱。”

顾城骁二话不说将她抱起来：“好嘞，我的公主。”

下午，夫妻俩牵着手去逛超市。

顾城骁是自带光环的人，无论走到哪里，都会吸引无数目光。林浅跟着他走，感觉来自四面八方的羡慕之光将她团团包围。

“顾城骁，手心出汗了，能不拉着吗？”

“叫我什么？”

“名字啊，难道你不叫顾城骁？”

“我认为你应该用更加正式一点的名字叫我。”

“大队长？少爷？老大？”

顾城骁知道她是故意的，大掌扶住她的后腰，将她往自己的怀里一带，然后隔着两个口罩硬要亲她。

“别闹了好吗，这大庭广众的，很多人看着……好、好、好，我投降，老公，老公……”

顾城骁满意地点点头，并且郑重地说道：“以后就这么叫我，记住了。”

林浅大半张脸都被口罩罩着，只露出一双黑葡萄般的大眼睛，她眼珠子一转，睫毛一闪：“顾……啊！”

她才开口，顾城骁隔着口罩咬了她一口，隔着两层口罩啊，他都能咬下来，太凶残了。

“以后叫得不对，就要受罚，第一次犯错，小小惩罚一下，屡教不改，就要用大惩罚了。”

“大惩罚是什么？”

“你可以试试。”

“……”以前她就知道顾城骁霸道，也领教过他的霸道，但是眼下，她怎么觉得他的霸道透露着一丝贱萌贱萌的气息？

原来那个高冷的男神呢？原来那个酷炫帅炸天的兵王呢？

“有手汗是不？”顾城骁松开她的手，走到她的另一侧，伸出另一只手，眉毛一挑，示意她自己过来拉。

林浅那颗少女心啊，怦怦直跳，这死板严肃的糙老爷们，什么时候变得这么会撩人了？

“磨叽什么？赶紧啊。”

林浅抿着嘴唇，以免自己忍不住笑得太灿烂，她赶紧伸出另外一只手与他紧紧握住，还是十指紧扣的那种。

他不在身边的时候，她吃醋、彷徨、心痛，不想回城邸，每天过得都跟失恋一样。

她以为等他回来了，他们势必会大吵一架，她绝对不会原谅他任何形式的背叛，哪怕逢场作戏也不行。

她甚至，都想过他们离婚之后，她要怎么办。

可是现在，他回来了，还请了长假，每天都陪着她，时时刻刻都守着她，她根本没机会去想那些乱七八糟的事情。

顾城骁一只手牵她，一只手推车，一边走，一边往购物车里放东西。

“买几袋火锅底料吧，我想吃火锅。”

“上火的东西少吃。”顾城骁加快了速度，直接绕过摆放与火锅相关的物品的货架。

最后，他们买了满满两大袋子的东西，满载而归。

傍晚时分，回到家，一抬头，林浅就看到了那挂在山头的火红的夕阳：“哇，也太美了吧。”

她拉下口罩跑去阳台，都说后山的红叶堪称一绝，但她觉得，这后山的日落，惊艳程度绝不亚于红叶。

晴朗的日子，万里无云的天空很是澄净，夕阳西下，天空呈现出从紫色到蓝色的渐变，恍若梦境。

夕阳以可见的速度往西移动，一点一点藏进山里。

家里暖气很足，顾城骁脱下外套和口罩，把东西拎到厨房。

“快来看啊，快点，快点，太阳都快下去了。”

顾城骁看着朝自己招手的林浅，金黄色的余晖落在她的脸上，肤若凝脂，眉弯似月，朱唇皓齿，剪水双瞳里仿佛藏了星辰。

夕阳再美，也不及她的万分之一。

顾城骁快步走去，扳过她的肩膀，托住她的后脑勺，低头一吻，唇齿相依。

夕阳隐去，只余下西边山头那一点橙红色的晚霞。

天色迅速暗了下来，蓝紫色的夜空依稀可见点点星光，又是另外一番梦境。

一个绵长的深吻过后，顾城骁慢慢放开她，依依不舍的吻又落在她的额头上，他坚信，这么美好的女孩，一定能得到上天的庇佑，无灾无难。

林浅本来还有些懊恼，这么美的日落怎么能错过最后这一刻呢？可是，当她一看到他忧郁神秘的双眸之后，抱怨的话就说不出来了，取而代之的是深深的好奇。

“你怎么了？有心事啊？”林浅抬眸看着他的双眼，打趣道，“怎么像要失去我似的？就这么爱我啊？”

“是啊，就是这么爱你，怎么爱你都不够。”

“哇哦，原来我的魅力这么大啊，难怪会有学长向我告白，看来，我是该重新审视一下自己，看看能不能去当个大明星。”

美好的气氛就在这一刻骤然降温。

“你说什么？”顾城骁的脸色有点僵硬。

“能不能当个大明星？”

“前面一句。”

“……”哎呀，糟了，说漏嘴了。

“学校里有人跟你告白？什么时候的事？谁啊？”

一连三个问题充分表达了顾大队长的怒意和醋意，林浅赶紧安抚他，说道：“就我被绑架那天啊，一个丑男突然跑来跟我告白，我说我男朋友比他帅一千倍。”

“真的？”

“我可不敢撒谎，我还说我很爱我男朋友，让他死了这条心。”

顾城骁紧皱的眉头微微舒展，但还是有些不悦地说：“男朋友……我可是你老公。”

林浅踮起脚尖，双手往他的脖子上一勾，想忍住，却又忍不住笑：“是、是、是，醋坛子老公，我保证不在学校拈花惹草，规规矩矩的，等我一毕业，就公开你的身份，好吗？”

顾城骁依旧板着脸。

“要是现在公开，就您这至高无上的尊贵身份，我还能安安静静地上学吗？而且我挂了几门课，把你公开了，岂不是给你丢脸？我现在已经很努力在学习了，我要摆脱学渣的身份，我要拿奖学金。等我被肯定了或者有一定的成绩，再公开，你脸上也有光不是？”

林浅看着他那张冰山脸，嘟着嘴撒娇：“你看你，刚才笑起来的样子多帅啊，现在板着脸，一点都不可爱。你老婆我魅力这么大，我又不能阻止别人喜欢我，对不？”

见他不语，她圈住他的脖子用力往下拉。他太高了，她仰头仰得脖子酸，继续安抚他：“我不能阻止别人喜欢我，但我可以保证只爱你一个。你看你多帅啊，跟你一比，别人就是零，连零点一都没有的。”

林浅施展了安抚技巧的十成功力，也没能让顾城骁的笑容回来，她挫败地嘟起了小嘴，说：“老公，我亲爱的帅老公，你别绷着脸行吗？你严肃的样子让我紧张。”

忽然，顾城骁抱住她一挺身，直接让她的腿环在了他的腰上。

林浅睁大了好奇的双眼看着他。

他说：“听你说话真累，脖子都快断了。”

“……”所以，搞了半天，他是在不爽低头受累这件事？

“太阳都下山了，要做饭了，不然，我们家的小猪就没饭吃了。”

“……”他是谁？我是谁？我在哪？

顾城骁抱着她进屋，好好地将她放在沙发上，帮她拿靠垫，又帮她拿小毯子，自己则乖乖地去厨房了。

林浅将电视打开，可她根本无心看电视，视线全让厨房的美男给勾去了。

“你做什么给我吃啊？”她趴在沙发靠垫上，花痴地看着他问。

顾城骁皱了皱眉头，用手指拨了一下 iPad 上的菜单，说：“先从简单的开始，来个炒青菜吧，再来个西红柿蛋汤，我看就这两样比较简单。”

“没有肉吗？我记得刚才我们在超市买了肉的。”

“肉菜难度系数比较高，等明天我仔细研究研究再做，现在就简单点吧，我试试我的厨艺。”

“……要不，我来？”

“你坐着，我来。”

顾城骁霸气地命令她坐好，然后撸起袖子，把围裙一系，开始了他的厨艺锻造。

一个小时之后，两个菜被端上了餐桌，林浅一看，菜的分量少得她都不好意思下筷子。

“我试过味道了，咸淡正好，你尝尝。”

林浅咬着筷子，问道：“这些够我俩吃？”

“你吃饱就好，我无所谓。”

“刚才我看你洗了挺多青菜啊，也打了好几个鸡蛋，为什么只有这么一点点？”

“正因为有了那些失败的试验品，才有最后的成品。”嗯，他绝不会承认已经没有更多的青菜和鸡蛋供他挥霍了。

林浅吃了一口青菜，确实如他所说咸淡适宜，但除了这点之外，就没有任何惊喜了。她再喝一口汤，西红柿的酸味特别突出，隐约还能尝到鸡蛋的腥味。

一看她平淡无奇的表情，顾城骁就知道这两道菜是做失败了，他端起来就要撤：“算了，算了，不好吃，别勉强，我让城邸的厨师做好送来。”

林浅赶紧按住他的手：“放下，放下，谁说不好吃，好吃啊，青菜是青菜味，鸡蛋是鸡蛋味，就算是城邸的厨师，也不可能把青菜做出牛肉味是不？”

顾城骁跟个赌气的小孩一样，不悦地说：“但是，不好吃。”

“这是你第一次做菜给我吃，就算没熟，我也吃得高兴。这菜不但熟了，味道也不差，我很喜欢吃。就凭你这份心意，也够得满分了。”

听林浅这么一说，顾城骁冷峻的脸上有了一丝舒缓的神色，他一本正经地说：“我会越做越好吃的，你等着。”

“好。”得夫如此，夫复何求？！

待一切都收拾整理好之后，顾城骁拉着林浅来到阳台，这里不但可以欣赏后山的日出日落，还能欣赏到星空和城市夜景遥相呼应的景致。

当初他之所以买下这套公寓，除了这里环境清幽之外，最重要的就是这里的景观，一年四季，白昼黑夜，每一个时刻都有不一样的美景。

“哇，真漂亮啊……”当顾城骁把家里的灯一关，林浅又忍不住发出一声感叹。

浩瀚的夜空中，星月共舞，下面是繁闹的人间万家灯火，这天与地之间，是一片静谧山林里的点点星火，将天与地连成一片。

林浅觉得自己置身于宇宙，四周万物成片相连，渺小的自己仿佛是这浩瀚宇宙中的一粒尘埃。

这个画面，这种感觉，太震撼了。

而就在这时，就像主人公登台亮相一样，头顶的一盏射灯亮了起来。

在林浅诧异、呆愣之际，顾城骁掏出一个深蓝色的正方形锦盒，打开，是一枚钻戒。

那颗钻石在灯光的照射下熠熠生辉。

“你……”林浅诧异地看着他。

“我买的啊，你看看，贵不贵？”

林浅下意识地点点头：“贵。”

然后，顾城骁忽然举着锦盒单膝下跪：“本来都是我的人了，求婚什么的就可以免了，但你让我跪，那我就跪吧。”

林浅紧抿着嘴唇，心头一热，泪水一瞬间模糊了视线：“你这是……求婚啊？”

“嗯，意思意思，那你愿意不？”

林浅发誓，这是她听过的最胡扯的求婚誓词，但一样令她高兴得忘乎所以。

她吸了吸鼻子，连连点头。

顾城骁拿出钻戒，拉过她的手，轻轻地套在她的手指上：“希望以后能让你感觉踏实一点，嫁给我绝对不是在做梦。”

林浅笑着将他拉起来，一头埋在他的胸膛，千言万语被卡在喉咙，却不知道怎么开口，她的眼泪就跟决堤一样冲出眼眶，止都止不住。

他是那么高高在上，但是，这样的他，像个居家男人一样陪她逛超市，给她煮饭吃，还单膝下跪向她求婚。

她何德何能竟让他如此对待？！

林浅心头一动，踮起脚尖，樱桃小嘴主动贴上他的嘴唇。

顾城骁稍稍俯身，抱住她的脑袋，加深了这个吻。

不算亮的光线下，两人拥吻着转进了卧室，卧室里没有开灯，几乎是一片漆黑，两人喘着粗气默契地倒在床上。

这一刻，顾城骁期待多时，早在昨晚抱她回家与她共枕而眠的时候，他就想要了，只是当时的她低烧虚弱，需要休息。

就如他对宁致远说的那样，他不会因为林浅的特殊情况而刻意避开这种事，倘若林浅真的中招了，他也不会撇开她不管。

他对她的爱，早已超越了生死，日月可鉴。

深夜，林浅已经熟睡，顾城骁蹑手蹑脚地走出卧室，他拿出手机打给了宁致远。

“她今天精神状态不错，没发烧，胃口还行，但有呕吐乏力的现象。”

“这是阻断药的副作用，是正常反应。”

“她这种状况能去上课吗？”

“可以，日常的生活完全可以。”

“好……沙坤怎么样了？”

“沙坤的手腕和膝盖关节受到重创，即使治好，也不能完全恢复。”

“黑爷呢？”

“黑爷自从知道自己被感染，整个人都发蒙了，听子俊说，他也不愿意配合，一问三不知，很少说话，很少吃东西，非常消极。”

顾城骁皱起了眉头：“沙坤和黑爷都是关键人物，我还指望着他们提供线索抓到四叔，看紧他们。”

“我明白，老大，特战队有兄弟们，咱都把关着，一切都在按照程序顺利展开，您大可放心。”

“嗯。”

“您好好照顾小嫂子，也保护好自己。”

“嗯。”

第14章
爸爸回来了

天气越来越暖和了，花坛里的迎春花开满了鹅黄色的花朵。

一早，顾城骁就穿上了黑西裤和白衬衫，把刚刚睡醒的林浅迷得不要不要的。

林浅伸了一个懒腰，慵懒地说："老公，这一大早的，你在我面前上演美男诱惑，是何居心？"

"嗯，为了让你对我情有独钟。"

林浅嘻嘻一笑，托着腮帮子以纯欣赏的角度看着他："干吗呢，穿这么正式？"

昨晚他帮她洗过澡之后，她就直接睡过去了，没穿衣服，现在这种姿势，薄被滑落，只盖着她半个背，露着香肩，他才要问她居心何在好不好。

他朝她吹了一记口哨，说："小美妞，身材不错啊。"

那口气，十足的二流子。

"我就喜欢你什么都不穿的样子，别害羞嘛。"

"你行了啊！"林浅直接踢开被子，从床上倏地一下直站起来，背光而立，双手叉腰，霸气十足地说，"爷会害羞？你可真会开玩笑，比比，看看咱俩到底谁害羞？！"

见状，顾城骁喉结一滚，生生咽下一口口水。

那是怎样一幅画面啊，少女的周身包围着一圈金光，光照之下，皮肤上的透明绒毛形成了一层自然的柔光，让她那白皙莹润的肌肤泛着粉红。

虽然顾城骁早就研究透了她的身体，但那都是在晚上进行的，顶多开一盏台灯，微亮的光线之下，她的身体给人一种朦胧美。

而现在，在这么亮的光线下，她毫无保留地展现着少女的身姿，顾城骁差点流鼻血。

林浅看着顾城骁炽热的眼神，也觉得自己的行为太过奔放了：“不比了，不比了。”她赶紧缩回被窝，将自己盖得严严实实的，脸也一下子涨红了，“爷亏大了。”

顾城骁意犹未尽，一边松着领带，一边走进洗手间，他想他需要冲个冷水澡。

有了早上那一场惊艳的对决，林浅都不敢直视顾城骁的眼睛，从家里出来到车子上路，她都一言不发。

顾城骁知道她肯定是害羞了，也不揭穿她，只是时不时地用余光瞄她一眼，真是越看越可爱。

到了岔路口，林浅诧异地发现这并不是去顾家老宅的路。

“咦，不是去看爸妈吗？”他早上说带她去看长辈，她以为是回顾家。

“爸妈不着急，以后再看，我们去林家看看爷爷，一直没有正式拜访过他老人家，是我的失礼。正好这段时间有空，林家也发生了一些变故，我们应该去看看长辈。”

林浅听得心里暖暖的，她也早就想去看爷爷了。

顾城骁一只手把着方向盘，空出一只手过去拉住她的小手，他的手掌宽厚温暖，结结实实地包住了她整只小手，也包住了她的整颗心。

“专心开车。”

“自动挡又不用挂挡位。”

“那也得双手抓稳方向盘啊。”

顾城骁一脸得意地说：“我是老司机！”

“社会我城哥，人狠话不多。”

“哈，多谢抬举。”

根据林渝发的地址，他很快就开到了林培一家现在住的地方。

这里是B市的郊区，其实就跟农村差不多，农村自建房，也可以算是独栋的小洋楼。

“这是我爷爷奶奶的老家，我小时候跟爷爷奶奶回来过。十几年了，除了原来的石子路变成了水泥路，一点变化都没有。”

“这里环境不错。”这是他能想到的唯一的优点。

“是啊，以前奶奶就说，还是老家好，雾霾少，天很蓝，可是，大妈嫌弃得要死。说了几次之后，奶奶就不愿再提回老家的事了，怕引起婆媳矛盾。”

“爷爷奶奶对你好吗？”

“好啊，可惜我奶奶死得早。”

他摸一摸她的头发，说：“没关系，奶奶会在天上保佑我们浅浅的，我们浅浅每天开开心心的，奶奶也会安心。”

林浅再一次被他的话语击中了心脏，原来，他也会说这么温暖贴心又接地气的话呢。

林培现在住的地方，明显重新翻新过，外墙要比邻居家的新，围墙里面也挺考究，别家院子里都晒着谷子、玉米，他家院子里都是花花草草。

虽然林氏企业宣布破产，但“瘦死的骆驼比马大”，比起普通人家，林家也算得上有点钱的小康之家了。

大概是听到汽车的声音，林培一家都出来了，林培和朱曼玉一左一右搀扶着爷爷，林潇跟在后面。

他们都是穿戴得很讲究，看起来还跟以前无差别，特别是林潇，羊绒长大衣和长筒靴都穿出来了。

这样尽管显得比较正式，但跟周围的环境比起来，还是有点奇怪。

“城骁，”林培很激动，说话带着喘，“一早，小渝说你们要过来，我们就等着了。没想到你们来得这么快，家里也没什么准备，让您见笑了。”

这时候，当然少不了朱曼玉，她说：“是啊，我们家平时也没人来，你们难得过来，留下吃了饭再走，我们就去离这儿不远的农庄吃。”

“好，”顾城骁掠过其他人，看向爷爷，“爷爷，很抱歉，这么久不来看您。”

经历了这场变故，变化最大的就是爷爷了。他本来身体就不太好，这下精气神都没有原来那么好了，他颤巍巍地伸出手，一只手拉着林浅，一只手拉着顾城骁，浑浊的眼睛里渐渐湿润：“能来就好，能来就好啊。”

林浅：“爷爷，他出差刚回来，这几天休假，所以有时间过来看您，您身体好吗？”

朱曼玉抢过了话茬说：“你爷爷身体好着呢，没病没痛，能吃能睡。”

林培：“里面去说吧，不能一直站在外头。”

顾城骁点了点头，回头对林浅说：“帮我去后备厢拿东西。”

林浅诧异地问：“你还准备了东西？”

“废话，不能空着手来吧。”

林浅走到后面，后备厢一开，宽敞的后备厢都塞满了，全都是好东西。

林浅刚要张嘴，顾城骁就说：“让年管家准备的，你别一整天都这么大惊小怪的好不好？”

朱曼玉眼睛都看直了，一瞬间心花怒放，那官家的极品燕窝她已经断了一个多月，刚好顾城骁送来，对现在的她来说，简直就是雪中送炭啊。

她高兴着，却也嫉妒着，这么好的男人，怎么不是自己的女婿呢？

想着，朱曼玉给林潇使了一个眼色：“城骁，小浅，让潇潇帮你们吧……去啊，你去啊。”

比起林浅，林潇更加成熟妩媚，那种从小被养在金窝里培养出来的气质，是林浅那种被放养的孩子所没有的。

暖阳之下，她一头栗色的鬈发浪漫而又优雅，精致的妆容一丝不苟，从眼影到唇色，无一不是当下流行的、也是最适合她的妆容。

只是，现在的林潇，家道中落，再不是以前的大小姐，还尝尽了人情冷暖，内心多少有些自卑。

趁着林浅拿东西进屋的时机，林潇走到后备厢旁边，乖巧地说道：“给我吧，多个人拿就可以少走几趟。”

顾城骁顺手将手里的两盒递给她。

林潇接过燕窝的时候，顾城骁手背一凉，是林潇的手指不经意间碰到了他。

林潇面若桃花，含笑道：“抱歉，我不是故意的。”

顾城骁没多想，转而拿起后备厢里所有剩余的礼品，走进屋里。

林潇拎着燕窝默默地跟在他的后面，不可否认，这个男人确实优秀。

顾城骁和爷爷聊了几句，让老人家好好照顾自己，也让他对林浅放心。

林潇则是主动跟林浅攀谈，以前她最瞧不起林浅，现在倒是态度大变，热络起来了。

顾城骁看她们姐妹俩聊着，便说：“小浅，来的路上，你不是说想看看外面那座小湖吗，不如跟你姐出去逛逛？”

朱曼玉见缝插针，说道：“潇潇啊，你就带小浅去湖边散散步，然后直接去农庄吧，一会儿我们在农庄会合。”

“好。”

就这么愉快地决定了，林潇带着林浅一起出门了，这真是太阳打西边出来了。

姐妹俩一走，朱曼玉就抓住这个机会说：“城骁，我们林家前段时间资金链断了，又遇到金融风暴，破产得太突然了。”

顾城骁晦暗不明的眸子略有所动：“我知道，你们竞标政府的三号线工程，可惜没中，怎么，怪我爸不给你们牵线搭桥？”

一句话让朱曼玉尴尬得脸都僵了，她连忙解释：“不，不，哪能啊，这本来就是我们运气不好。”

“中标的金城集团确实方案更好，也实力雄厚，你们不该以卵击石。”

朱曼玉完全败下阵来，她这么一个八面玲珑的人，被顾城骁几句话就说得没脸再开口了。

她以为，他今天这么客气前来拜访，又对爷爷这么热情关心，有些话也能好好说说，谁知道他这么不给面子。

林培见妻子下不来台，便说：“你一个妇道人家懂什么，别多嘴……城骁，对不起啊。”

爷爷刚要开口，顾城骁拍拍爷爷的手背，安慰着说：“爷爷，林氏企业已经破产了，就别想了。听说浅浅的爸爸回来了，他很想帮大伯东山再起，是吗？”

爷爷点点头：“是啊，老二是有这个打算，老二在澳洲做得不错，帮一帮自家大哥也是应该的。”

顾城骁：“那他今天会过来吗？”

“会，已经通知他了，他说他一定到。”说着说着，爷爷就开始叹气了，“这么多年，他也没回来看看小浅，这次林家出事，小浅出事，他也很着急的。”

“他现在具体是个什么情况？”

爷爷望向林培，林培说：“我弟的情况还是我比较熟悉，这次金融风暴，澳洲也受到了很大的影响。我弟说，近年来，国外的经济一直都不太稳定，反而还是国内发展得更好，他有意把重心转回国内。他想让我跟他一起干，毕竟国内的环境我熟悉一些，人脉也比较广，我还在考虑，我更偏向于把林氏企业再做起来。”

顾城骁打断道：“他对浅浅有什么说法？”

林培不情不愿地转移了话题：“他只说想见见林浅。”

“好……冒昧地问一句，浅浅的亲生母亲还跟你们有联络吗？”

林培："没有。"

朱曼玉："她走了之后，就跟人间蒸发一样，连通电话都没有打过。谁知道她现在在哪，是死是活，我们都不知道，可怜了小浅，这么多年来，连妈妈长什么样子都不知道。"

其实，顾城骁有调查过林浅父母的资料。

林浅的爸爸叫林旭，在澳洲是一位地产大亨，在澳洲的华人商圈，林旭的丰越地产与顾业集团平分秋色，无论地位，还是实力，都举足轻重。

按理说，林旭这么成功，把林浅接到身边，也只是小事一桩，可他对自己的亲生女儿不管不顾。

究其原因，想必与林旭现在的家庭有关。

至于林浅的母亲，那个叫何歆的女人，早在十五年前就出了国，此后再没有回过国，也查不到她的任何消息。

朱曼玉给丈夫使了个眼色，让他再提提公司的事，她希望林氏企业能东山再起，继续当她的董事长夫人，倘若有了顾家的照拂，她的愿望肯定能实现。

可是，林培迟疑了几次，都没敢开口。

尴尬之中，林培的手机响了起来："喂？……什么时候来……他们已经到了……好。"

放下电话，林培说："我弟来了。"

不久，顾城骁就看到了林旭，林旭的样子比他的实际年龄看起来要年轻许多，林旭与林培站在一起，说他们是父子都不为过。

林旭早在澳洲时就与顾南赫打过交道，只听说过顾城骁这个名字，却没有真正见过。他回国，大哥大嫂告诉他，林浅嫁给了京城顾家的顾城骁——顾南赫的堂哥，他还有些不相信。如今一见，他心里的不踏实也变踏实了，看到顾城骁那英俊挺拔的样子，他有一种"果然英雄出少年"的感慨。顾家的儿子一个比一个强悍，顾南赫年纪轻轻就荣登富豪榜前十，听说顾南赫也是得益于有一个背景神秘的堂哥，那位堂哥，想必就是眼前这位顾城骁了。

在澳洲，顾南赫和林旭是两位名望相当的人，可在国内，在京城，顾家是数一数二的权贵，而林旭根本排不上名号。

"你就是小浅的丈夫？"林旭激动地握住顾城骁的手，又是惊又是喜。

顾城骁点头："是的，您好，林先生。"现在他还不知道林浅对这位父亲的态度，所以他并没有直接称呼对方“爸爸”。

当然，他的一句“林先生”确实让大家尴尬了三秒钟，却也无人反驳。

因为，林旭对这个女儿根本没有尽到抚养的义务，他根本不配当林浅的爸爸，自然也不配顾城骁称呼他“爸爸”。

顾城骁洞悉一切，当着众人的面有些话不好说，他就提出与林旭单独谈一谈。

林旭没有拒绝的理由，两人便进了一楼爷爷的卧室。

房间内，顾城骁直截了当地问：“林先生这么多年不曾回来一次，是忘了这里还有生你养你的老父亲，还是忘了你自己生的亲女儿？”

林旭没想到他这么直接，当下就涨红了脸，除了尴尬，更多的是惭愧，还有深深的无奈，他叹了一口气，说：“我也不想啊，但我在澳洲的事业都是靠我岳父才发展起来的，我妻子极不愿意接受我与前妻生的这个女儿，别说把小浅接到身边，就算我回国看她，都不准许。我知道我对不起小浅，所以，只能在生活上给她多点保障。”

“生活上给她多点保障？”

“是啊，我在金钱方面从来不会吝啬，只多不少。”

“你说的只多不少是指捐了一幢体育馆给 B 大？”

“不单单是这样，每年的生活费只会比捐赠给学校的钱多。”

顾城骁恍然大悟，林培和朱曼玉真够狠心的。

林浅在林家地位低下，行事谨小慎微，甚至从小就有一种观念，那就是林家人给灌输的——你爸妈都不要你了，你就是一个拖油瓶。

这对一个孩子来说，是多么残忍的一件事。

林旭看他忽然不说话，便问：“怎么了？”

“你所谓的生活费是打给林培的？”

“是啊，怎么？”

“那你最好自己问问他，把这些钱都花在了谁的身上。”

林旭显然也是现在才意识到，若有所思地说：“好的，我会去查，但他毕竟是我大哥，我爸已经年老，我不想让老人家操心。”

顾城骁点点头，也认同他的说法：“你们的家事，我不关心，我关心的只有浅浅。原以为你是不打算要这个女儿了，现在看来，并非如此。那么，作为她的父亲，我希望能和你谈一谈我和浅浅的婚事。”

这倒是让林旭很惊讶。他说道：“你们不是已经结婚了吗？怎么……”

“您有所不知，我和浅浅只是登记了，婚礼还没有办，如果您还认她这个女儿，如果她也接受您这个父亲，我希望您能参加我们的婚礼。”

林旭心头一热，没想到传闻中冷血无情的顾城骁竟然也有这么温情柔软的一面，他很高兴，为林浅高兴。

“好，好，太好了。”

顾城骁又问：“既然林夫人这么多年都不准您见浅浅，为何现在又松口了？”

林旭感慨地说：“半年前，我岳父过世了，我妻子是独生女，现家里是我在做主，而且这次我大哥的公司又破了产，就赶紧回国一趟。”

说到这，林旭欲言又止，犹豫了几次，话到嘴边又咽下去。

可能是职业的关系吧，顾城骁始终一副洞察先机的姿态，让林旭有种脱光了衣服在他面前的感觉。所以，他觉得顾城骁迟早会知道的，不如先说了。

“关于我现在的妻子，我与她还有一个女儿，她之所以不接受小浅，是怕小浅将来和妹妹争家产。在我妻子看来，我现在拥有的一切都是她娘家给的，所有的家产自然都要给我们的女儿。”

豪门里的这种明争暗斗，顾城骁也是知道的，听得多了，也看得多了。

顾家之所以能在京城屹立不倒，正是因为家风严明，兄弟之间团结友爱，齐心协力，从来没有其他豪门里这些乱七八糟的事。

“你现在可以向林夫人说明，浅浅是我顾家的人，绝不会要她家一分一毫的。”顾城骁信誓旦旦地说，“她只是希望得到一点点原本该有的父爱而已。”

“是，我明白。”

“对了，不知道您有没有关于何歆女士的消息？”

骤然听到前妻的姓名，林旭的脸部肌肉明显抽搐了两下，面色也十分凝重，他摇头道：“自从离婚，我们就没了联系，我们当年闹得很不愉快，最可怜的还是小浅。”

“时间也差不多了，我们去找浅浅，她虽然嘴上不提，但能见到你，她肯定很开心。”

“好。”

农庄是从小湖上建立起来的，除了正厅部分在岸上之外，其余的部分都建在水面上，故而取名为“梦里水乡”。

农庄很受北方人的喜欢，特别是大都市里的人，一到节假日或者周末，携伴带友的，蜂拥而至。

林潇带着林浅沿着湖边走了一圈，两人从小就不对付，自然没话说，互相之间除了尴尬，还是尴尬。

“我妈说他们过来了，不如我们先进包厢吧。”

“哦，好。”

到了包厢门口，林潇又说：“我先去点菜，你在这里坐一会儿，他们很快就来。”

“好。”

包厢的面积不大，中间一张木质的圆桌已经占了几乎整个包厢，不过，临水的一面装有玻璃移门。将移门打开之后，坐在这里吃饭，就好像坐在湖边吃饭一样，别有一番风味。

林浅找了一个最靠外的位置坐下，将移门打开，湖水在竹板下荡漾，发出碰撞的声音。

角落里还放着垂钓的工具，坐在这里还能直接放一根钓鱼竿出去钓鱼。

这一切对从小在北方长大的她来说，特别新奇。

如果有机会，她想去真正的南方水乡的人家看一看。

不一会儿，门口传来声音，林浅以为是林潇回来了，回头一看，直接愣住了。

只见一个儒雅成熟的男子从门外走进来，男子看上去有些岁数了，但一点都不显老，毛衣夹克，穿得比顾城骁还时髦。他的样子与大伯有些相像，但比大伯要年轻多了，他的样子，跟爷爷床头的相册里她爸爸的样子差不多。

林浅僵硬地坐在那里，目不转睛地盯着男子看，心里大概知道他是谁，但不敢认。

不止十五年了，自从她有记忆开始，爸爸这个人就仿佛不存在。她五岁那年，爸爸妈妈正式离婚，她也只见过爸爸一面。

看得出来，林旭也是一个英俊的男士，年轻的时候，颜值必定更高，林浅的整个轮廓跟他长得很像很像。

林旭双眼泛红，眼眸中流露着慈爱的目光，看着林浅，慢慢向她走来。

“小浅……认识我吗？”

林浅呆呆地坐在那里，一言不发。

林旭朝她走去，可她一下心慌了，突然站起身，绕开林旭直接钻到了顾城骁的怀里，她揪着他的衣襟，紧张到不行。

顾城骁轻轻搂住她的肩膀，低头在她的耳边说："是你爸爸，镇定一点，大方一点，嗯？"

其实林浅早就有了心理准备，只是突然见到，还是出乎意料地慌张。

朱曼玉热情洋溢地缓和着气氛，说道："大家坐下说吧，你们看，这里也没多大地方，都站不下了，坐、坐、坐。小浅，你爸难得回来，你们父女俩坐一块去。"

众人入座，菜也很快就上齐了，但饭桌上的气氛依然尴尬，哪怕有八面玲珑的朱曼玉在，也避免不了提早结束的噩运。

这一顿饭，大概只有爷爷是真的吃得很开心。

回程的路上，顾城骁让林浅坐林旭的车，自己则开着车跟在他们的后面。

林旭开着车，时不时看一眼坐在副驾驶座上的林浅，仿佛一眨眼，这个女儿就从咿呀学语的孩童长成了亭亭玉立的大姑娘。

终于，他打破了沉默，说："小浅，爸爸对不起你，这么多年也没回来看你。其实爸爸心里也十分记挂你。

"爸爸知道自己很自私，把你撇下这么多年不管不问，可如果我说是你阿姨那边不准爸爸回国看你，你会不会觉得爸爸是在推卸责任？你会不会更加看不起爸爸？"

林浅一听这话，什么脾气都没有了，别开了头，眼泪簌簌落下。

"这次回来，爸爸是有计划把重心转移到国内，或许不久之后，爸爸会常驻国内。我知道你嫁到了顾家，我很高兴，也很担心。如果你公婆对你不好，一定要告诉爸爸，明白吗？"

林浅抽了纸巾，擦了擦眼泪鼻涕，不可否认的是，不管她之前有多么恨父亲，可在听到他忏悔的那一秒，她已经什么恨都没有了。

她恨他，也是因为爱他。

林旭心里很难受，这种状态根本没法专心开车，他干脆将车在路边停稳。

"小浅啊，爸爸知道，这些年你在大伯家受苦了，你能不能给爸爸一个补偿你的机会？"

林浅一双漂亮的杏目又饱含着泪水，那可是她日夜思念的爸爸啊，血浓于水，她哪里会真的不认他？

“爸，你别不要我就好了……”

“欸，我的好女儿，我怎么会不要你。”

林旭张开手臂，一把将女儿抱在怀里：“你永远都是我的乖女儿。”

父女俩哭成一团，把十多年来的相思全化作眼泪，这种骨肉亲情是怎么都割舍不掉的。

林旭见过林浅之后，才安心回了澳洲，不过，他也说了，未来会经常有机会回国，甚至会在国内常驻。

晚上又是夫妻二人独处的时间，阳台的榻榻米沙发上，林浅舒舒服服地躺着，享受着最后有暖气的这段时光。

就算是晚上的后山，也不是全黑的，似乎有反光一样，那一片山头是橙黄色的，很是神奇。

顾城骁端了一碗冰糖燕窝出来：“老婆，饭后甜点。”

林浅坐起身，小心翼翼地接过碗，一脸甜蜜地看着他：“我怎么觉得你越来越像家庭主夫了？每天变着花样给我做菜不说，对饭后甜点还有研究，果然啊，不会开枪的老司机不是好厨子。”

顾城骁摸摸她的头，一屁股坐在她旁边的榻榻米沙发上，说：“嗯，我也发现我很有做菜的天分，年纪大了，去开家餐馆也不错。我当主厨，你就是老板娘，每天让你数钱数到手抽筋。”

“土不土，现在都用支付宝，扫一扫就行了，还用得着数钱吗？”她吃了一大口冰糖燕窝，又说，“不过，我喜欢看余额，每天看着那个数字越来越大，我就开心。”

“小财迷，老实告诉我，你藏了多少私房钱？”

“我的钱不都是你给我的吗，你还不知道啊？”

“我不知道。”

“哼，骗人，反正我再多，也没你多。”

顾城骁侧躺着，眼睛直直地看着她，她真的属于好看且耐看的小女孩，特别是头发长长之后，每一个角度都能让他着迷。

感觉真是一种神奇的东西，到底是什么原因让他对她过目不忘，他也不知道，他只知道从第一眼见她开始，他那颗万年冰封的心就开始慢慢融化了。

感觉来了，爱情就有了。

他爱她，爱到愿意用生命去守护她。

“吃完啦，真好吃，谢谢老公。”林浅放下碗，看着顾城骁看自己的眼神越来越炽热，不禁调侃一句，“老公，你要不要也来一点饭后甜点？”

“我不爱吃这些。”

林浅拢了一下头发，笑盈盈地扑过去，噘起小嘴，蜻蜓点水般在他的嘴角边啄了一下：“我说的甜点是这个，你也不爱吃吗？”

顾城骁抿唇轻笑，单单一个轻吻可不能满足他，他二话不说，大掌绕到她的脑后，直接将她的脑袋推向自己，另一只手也不闲着，捏住她的细腰一拉，让她整个人扑倒在他的身上。

他的整套动作行云流水，干净利索，丝毫不给她喘气的机会。

“嗯……”林浅双手拍着他的肩膀，试图推开他，但她那点力气哪能与他抗衡，她的反抗只会勾起他更大的占有欲而已。

在她缺氧之前，顾城骁终于松开了她，可是，他的手并没有放开她：“你那哪算什么甜点，这样才算。”

语毕，又是一阵翻天覆地的热吻。

吻到激动时，顾城骁抱着她一个翻转，两人直接交换了位置。

榻榻米没有固定的形状，哪里受压，哪里下沉，两人这一翻转，榻榻米的一边骤然下塌，顾城骁的一只膝盖直接滑到了地板上，林浅也滑坐在地。

但是，顾城骁依然没有停止，两人的嘴唇才分开半秒，顾城骁一看到她迷离的杏眼，就又不受控制地吻了上去。

就跟在战场上一样，顾城骁完全掌控着大局，他牵着她的小手放到自己的身上，好让她知道她对他的小小举动也能引起惊涛骇浪。

林浅又羞又沉醉，但半年的夫妻生活已然将她调教成了合格的少妇。她带着一点羞怯，带着一点勇敢，她的手顺势在他身上游走。

顾城骁倒抽一口凉气，低吟一声：“小妖精，爱死你这样了。”

他啃着她的耳朵，说着一些忘我的话，低沉略哑的嗓音简直就是天赐的低音炮，听得林浅耳膜都痒。

倏地，他抱起林浅，两人双双往大床倒去，开始了一场默契十足的情感交流战。

卧室里没有开灯，只有客厅的灯光通过敞开的门透一点进来，房间里春色撩人，忘情的男女抛开一切羁绊，疯狂地融进彼此。

天亮了，调皮的阳光跃进窗棂，照在房间大床上四只交缠的腿上。

地板上一片凌乱，足见昨晚战况之激烈，房间的每一处都有他们欢爱过的痕迹。

习惯了早起的顾城骁今天却破天荒地赖起了床。

有阳光如此，有美人如此，他舍不得离开这温暖的被窝。

他用手指戳了戳她的小脸，那满满的胶原蛋白仿佛快溢出来一样。

“嗯？”林浅不悦地睁开眼睛，看到是他，她又闭上了眼睛，“干吗呢，一大早的？”

他语调慵懒地说：“你今天要去上课了。”

林浅眨了眨眼睛，是啊，缺了一个星期的课，成绩好不容易才赶上来，可千万不能再掉下去：“今天几号了？”

“十六。”

林浅猛地惊醒，这下她是彻彻底底醒了：“我今天高等数学补考。”

说着，她动作利索地翻下床，刚要去捡地上的内衣裤，哎呀一声，猝不及防地摔了个狗吃屎。

她的动作越快，摔得越惨。

“我的小姑奶奶，你就不能小心点吗？”顾城骁长长的胳膊一捞，就将她拉回了床上，“我看看有没有摔伤。”

“你还说我，还不是你，你……”

“我？我怎么了？”

林浅白了他一眼：“你浑蛋！”

顾城骁不乐意了：“一大早就骂我是浑蛋，也不知道昨天晚上谁比我更浑蛋。”

“……顾城骁，你要脸吗？”

“脸能当饭吃吗？你都不要脸，我要什么脸？”

“……”这男人骚贱起来，真的没女人什么事，“好，我说不过你，我要赶紧上学去了。”

看着她光溜溜的身子东奔西跑的，顾城骁笑着摇摇头：“慢慢来，我送你去，来得及。”

B大，一辆霸气的军用越野车在门口登记之后开了进去，直接开到了教学楼下面。

因为之前林浅的“车震事件”在学校里闹得沸沸扬扬，当时还有目击者拍下照片和视频上传至学校论坛。视频中，林浅确实从一辆庞大的越野车下来，整理了衣衫之后，才徒步离开，而男主角一直没有露面，身份神秘。

当时还有人深扒过这些照片和视频，事件当中的主要工具就是这辆越野车，经过多个品牌的越野车型对比，都找不到正确的品牌和型号。

现在，事件的当事人开着同样的车再次出现在校园内，立刻引起了旁观者的关注。

“快看那辆车，好眼熟啊。”

“我想起来了，这辆车不就是去年林浅上的那辆吗！”

“对、对、对，我当时亲眼看见林浅从车里下来，面带潮红，衣衫不整，好像就是这辆车。”

这时，车门被打开了，从副驾驶下来的人正是林浅。

“我的天啊，真的是林浅，她不是说自己有男朋友吗，难道这是她男朋友的车？”

“怎么可能，那辆车绝对来头不小，就凭林浅能找到什么好男人？！”

“哼，我看她就是被什么人包养的，能把南音斗垮的女人，怎么可能是小白兔。”

“嘘嘘，别说了，那个男人……下来了……”

顿时，窃窃私语的女生们顷刻间集体哑言，那是谁啊，高大颀长的身形能够遮光蔽日，异常英俊的脸庞使得日月无辉，最独特的是他那高贵的皇族气质，令他整个人仿佛天神下凡一样，不可一世，无懈可击。

“等一下，”顾城骁手里拿着围巾，阔步追上林浅，“整天丢三落四的，别再着凉了，知道吗？”

在所有人惊诧的目光中，那个如神祇一样的男人温柔体贴地帮林浅戴上围巾，还不放心地叮嘱几句，这简直就是偶像剧里的画面啊。

“我在外面等你，考完就出来。”

“知道啦。”

男人淳厚的低音炮和女孩清脆的声音回荡在校园里，这狗粮腻死了许多八卦的女生。

之前林浅被绑架，全社会高度关注，B 大校园内自然也一样，大家都在猜测林浅遭遇了与张燕一样的事情。

虽然有警方的官方证明，也有林渝的说明，但没有见到林浅本人，大家都不太相信林浅平安无事地回来了。

现在林浅一现身，还带着那位神秘的男友一同现身，这让那些平日里总叨叨的八卦女全都闭嘴了。

林浅渐渐适应了阻断药，副作用没有刚开始那么大了，当然，她并不知道那是阻断药。顾城骁告诉她那是维生素片，她也没有怀疑。

两周之后，顾城骁带林浅以体检的名义验了一次血，HIV 呈阴性，他暂时松了一口气。

宁致远："老大，大多数人两到三周就可以确定或者排除了，我看小嫂子没问题。"

顾城骁点头："我也希望如此。"

宁致远："黑爷情绪很不好，几次试图自杀，幸亏看守的人及时发现。"

顾城骁："他处于什么阶段？"

宁致远："他目前处于潜伏期，不用治，也治不好，说白了，就是等病发。一旦病发就等于等死，所以，他特别消极，也不愿意配合调查。"

顾城骁："那沙坤呢？"

宁致远："目前已经转入普通病房，我提取了他的 DNA，放入资料库进行比对，但没有查到四叔的身份。要么他们不是父子，要么四叔的 DNA 没有被采集入库。"

顾城骁："他的手机有没有调查？他跟四叔通过电话。"

宁致远："他们是通过加密的电话号码联络的，沈自安已经破译了，是云川的电话号码，但追踪过去，那里只是一家小卖部，周围也没有监控之类的。"

顾城骁："等于这条线索又没戏？"

宁致远："没戏……"

顾城骁沉默良久，说："在我回去之前，继续拷问沙坤、黑爷，关键时候用点手段，不用太客气。"

宁致远："明白。"

第15章 秋后算账

林旭回到澳洲之后，积极筹备将重心转移国内的事情，第一个大动作就是宣布与顾业集团合作，强强联手。

消息一出，林旭和他的丰越地产一下子上了热搜榜，再加上顾业集团的助力，丰越地产在国内的知名度一下子就打响了。

林培是看到消息才知道，林旭根本无心助他东山再起，林旭进军国内市场，从另一方面来说，已经表明了他要单干的态度。

啪的一声，朱曼玉将手里的碗筷摔在桌上，气愤地骂道："不守信用的小人，说好了兄弟俩合作的，他倒好，一声不吭就单干了。"

林培朝妻子使了个眼色："别在饭桌上撒气。"

"你个没用的男人，还不许我说了？人家的企业越做越大，你倒好，破产了，什么都没了，你可真能干啊！"

林潇只管自己吃饭，反正她妈妈三天一小吵，五天一大吵，有人搭理，就吵上一会儿，没人搭理就自言自语，她都习惯了。

林培闷声说："你要嫌我没用、嫌我穷，你就走。"

这一说，朱曼玉直接踢开凳子，一屁股坐在地上，又是号又是喊，就差满地打滚了。

"林培，你个没良心的人啊。"

"我这辈子还有什么指望，死了算了。"

"潇潇，你马上叫小渝回来，我们母女三个一起跳湖算了。"

……

丰越地产在宣布与顾业集团合作的一周之后，林旭带领自己的核心团队回国，正式入驻B市商圈。

林旭早就有回国的打算，在澳洲的时候，与顾业集团早就达成了合作意向，这次可谓一拍即合。

全球都在爆发金融危机，澳洲也受到了不小的波及，而且还有愈演愈烈之势。

而国内在年前爆发了一次小范围的金融危机之后，政府及时救市，现在国内经济一片欣欣向荣，受到的影响是最小的。

所以，林旭的目标很明确，要在巩固澳洲产业的同时，也要在国内站稳脚跟，并且扩大版图。

丰越地产和林旭这两个相互挂钩的名字时不时就登上热搜榜，林浅想不知道都难。

从新闻报道中，她知道了林旭的很多创业故事，也对这个陌生的父亲有了一些表面的了解。

林旭现在的妻子叫容子衿，是个独生女，林旭是容家的入赘女婿。

当时的容家并不像现在这样势力庞大，林旭入赘之后，一直跟着老丈人东奔西走。

林旭脑子灵，动作快，为人又很真诚，所以，没几年工夫，容家的丰越地产就上市了。

然后就跟滚雪球一样积累了大量财富，丰越地产越做越大，现在的容家是澳洲华人圈的第一大家族，掌握着整个澳洲的经济命脉。

但是，容家一直都是林旭的老丈人当家做主，直到半年前老丈人去世。

老丈人去世之后，林旭又凭着自己的经验和智慧将丰越地产再次做大，他有老一辈留下来的保守精神，也有年轻一辈敢闯敢拼的魄力，可以说，容家能有现在的规模，离不开他的英明领导。

这些都是林浅从新闻报道里看到的，整个篇幅都在叙述他的传奇经历，传扬他的管理理念以及歌颂他的丰功伟绩。

但是，她之前所知道的都是那些不可告人的事情。

他们以前的故事也很毁三观，痴情女爱上已婚男，已婚男为痴情女抛妻弃女，从此两人远走高飞。

容子衿的家族在澳洲是很有名望的家族，而容子衿是家里的独生女。

林旭为了爱情，甘愿入赘。

这样来说，他们应该是真爱吧。

想到这里，林浅又想起了自己的母亲，那个在她记忆里已经模糊到面目全非的可怜女子，成了他们爱情的牺牲品。

——“小浅，爸爸回国了，现在住在一号院，你和城骁什么时候有空就联系爸爸，爸爸想见见你。”

这条微信她还没回复，突然多了个爸爸，还好像挺关心她的样子，她有点不适应，怪怪的。

这天阳光正好，顾城骁洗完澡从浴室出来，刚好看到林浅慵懒地躺在沙发上发呆，手里还拿着手机。

他悄悄凑过去，低头的时候，发梢上的水珠滴落下来，恰巧滴到了她的脸上。

他偷袭失败。

林浅抬起头看他，只见他蜜色的肌肤紧致而又湿滑，胸肌和腹肌块块条条一清二楚，胸挺背阔，腰细臀窄，比标准的倒三角还要好看，比例完美至极。

林浅还没看他的脸，就已经要流鼻血了，大白天洗澡也就算了，洗完澡竟然只裹了一条浴巾出来，这实在是动机不纯，居心叵测。

她赶紧蒙上眼睛，努着嘴说道：“能不能穿好衣服再出来？”

顾城骁故意走到她的跟前，按着她的小脑袋往自己的小腹上撞：“就不穿，就不穿，我就不穿。”

“……”什么鬼？幼稚！

他们的距离很近，姿势很暧昧，林浅闻到一股清新的茉莉花香，以及一股温热浓郁的、荷尔蒙爆棚的男人味。

她当下就不乐意了，仰起头轻吼一句：“喂，这是我的头，不是鼓槌好吗。”

“老婆，不要这么凶嘛，小蝌蚪要找妈妈了。”

“……”这个老浑蛋，开起黄腔来越来越有一套了。

在她的无语凝噎中，顾城骁捧着她的脑袋一下一下往自己的小腹上撞。

如他所愿，浴巾散开了，掉落在地。

画面太污，林浅闭着眼睛不忍直视。

“大白天的，不要这样好吗，我还是一个宝宝。”

可顾城骁昂首挺胸地指着她的眼睛：“睁开，看一看你的最爱。”

“……”她简直要疯了。

林浅豁出去了，一下睁开眼睛。她呆了，木讷地眨着眼睛。

顾城骁开玩笑地说道："怎么，吓傻了？又不是第一次看见，至于吗？你这样，我会很骄傲的。"

是，她确实不是第一次看见，可她是第一次在这么亮的情况下看见他的全貌，让她愣住的是他左侧人鱼线下面的那颗红痣。

郑紫琪说他们发生了关系，为了证明自己的话，她准确地说出了这颗痣的位置和颜色。

本来林浅也忘记了，想着顾城骁对自己这么好，对郑紫琪又这么冷漠，他怎么会做对不起她的事呢？她才不会相信一个外人的话。

可是，眼前这颗红痣，就跟眼里的细沙一样，让她难受至极，硌硬得慌。

顾城骁疑惑地看着她，大拇指揉着她的唇瓣，问道："怎么了？真的吓傻了？"

林浅一下挥开他的手，转身背对着他："穿好衣服再跟我说话。"

顾城骁听她语气不对，反应也不对，于是乖乖地折回卧室，穿戴整齐了才出来。

"怎么了这是？"他跟她挤在一起，圈着她，黏着她，恨不得和她成为连体婴儿。

林浅白了他一眼，开门见山地质问道："为什么郑紫琪会知道你这个地方有红痣？"

"哪儿？"顾城骁一脸茫然。

"那儿！"林浅用手指了指。

顾城骁拉开裤头，特意在窗口明亮的光线下照了照，那里确实有一颗小小的红痣，在连他自己都注意不到的地方。

"哦，从小就有啊，我妈说娘胎里带出来的，我、我哥、我弟，还有她、她亲哥，我们打小就认识，小时候一起洗澡、一起睡觉，她知道也不奇怪啊。"

顾城骁越是说得轻描淡写，林浅心里越不爽："什么，你们小时候一起洗澡，一起睡觉？！"

"都是小时候的事啊，大家年纪差不多，父母都忙，我们一群小孩子整天一起玩，在我们眼里，她跟我们没差别啊。"

"怎么会没差别？"林浅简直暴怒，连鼻孔都能喷出火来，"那么明显的不一样，眼瞎啊？！她看过你，你是不是也看过她？"

顾城骁抱住抓狂的她，用力按着："林浅同志，你讲讲道理好不好，都说了是小时候，小时候！”

“小时候是什么时候？小时候的跨度很长的好不好，我还觉得我现在也是小时候呢。”

顾城骁真是被逼急了，说：“难道你小时候就没有玩得好的异性？”

林浅一想，还真有，幼儿园之前，她没多少印象了，对幼儿园里的事倒是印象挺深的，比如，没事脱小男孩的裤子玩，亲亲人家啦，掏掏鸟蛋啦，越想，这种事情还越多。

“我……我……我像是那么邪恶的人吗？”

顾城骁盯着她看，看得她心虚，她只好承认：“就算有，现在也都不联系了啊，名字都不记得了。哪像你们，低头不见抬头见。”

“冤枉，你讲讲道理好不好？”

“那她怎么就记住了你这颗痣呢？她怎么没把你当成姐妹呢？你们青梅竹马、两小无猜，你敢保证你对她没动过歪念？”

这似乎是个死胡同，绕来绕去，都不能给她一个完美的解答，顾城骁一不做二不休，直接办事。

“呀，你讨不讨厌？！”

“我讨厌，还是你蠢？你为这事跟我闹，不正好中了她的圈套吗？我以前以为，只要我拒绝她，不理她就好了，没想到，她还把心思用在你的身上。我再告诉你一遍，我没有跟她发生过关系，即便是有肢体接触，也是为了工作。”

顾城骁强压住她，不能太用力，怕把她压痛了，也不能力气太小，让她跑了。在这张柔软的小沙发上办事可真够费劲的，他觉得很有必要换掉。

“你别动，听我说！”他霸道地宣布着，双眸中却饱含着深情，如同万年冰川融化成绵绵温泉，浸润着她的心田。

林浅不再挣扎了，只怕她越挣扎，他就越带劲：“那你说啊。”

于是，顾城骁开始解释：“那次任务，她之所以提前退出，就是因为她招惹我不成，我们一起工作，一起当卧底，有太多机会发生关系了，但是我不会。

“以前不会，现在不会，以后也不会，或许我这么说，你会觉得我矫情，但我必须让你知道，在我心里，这种事情是很神圣的，随便跟什么人都可以做，那跟野狗有什么区别？

“她这么跟你说的目的，不就是挑拨离间吗，她敢出来见我，我就敢跟她当面对质，我顾城骁向来敢作敢当，但我没做过的事，别妄想扣在我的头上。

“别生气了好吗？无端朝我发火，我很冤枉的。”他忽然化身性感小甜心，冲着她的脖子吹热气，还娇滴滴地说，“宝宝超级委屈的。”

“……”你的形象能不能前后一致点啊！这样多变的人设，你不累吗！

顾城骁才不管她乐不乐意，霸王硬上弓，等负距离接触了，她享受都来不及。

“顾城骁。”

“在。”

“你不要脸。”

“脸算什么，我要媳妇。”

“你个臭流氓。”

“多谢媳妇的肯定，我可以更流氓。”

“……”

林旭以澳洲华人首富的身份高调回国，各种洽谈接踵而来，忙归忙，但他内心的充实感是在澳洲没有的。

正所谓“落叶归根”，年轻的时候离家，谁都盼着功成名就之后荣归故里。

林旭赎回了林家的别墅，把老父亲和大哥一家接回了林家，对于他们如何对待林浅的事也只字不提，因为，无论如何，林浅是跟着他们长大的，是他没有尽到父亲的责任，不能怪别人。

那天，林家别墅装扮一新，林旭开了一辆加长型的豪车亲自去接父亲回来。

下了车，林旭扶着老父亲走在前面，林培一家三口走在后面，风风光光地进了屋。

庭院已经被清扫过了，花坛里的花草也都是新植的，整栋别墅焕然一新。

步入大厅，厨房里飘来一阵诱人的香味，林旭说：“爸，我给咱家请了个大厨，今天您尝尝他的手艺，如果不合胃口，咱就换了。”

老爷子高兴得合不拢嘴，儿子有出息了，比什么都好。

林旭对林培说：“哥，你张罗张罗，请以前的亲戚朋友吃个饭，我做东，一来告知大家我们搬回来了，二来活络一下人脉。”

“好。”

朱曼玉问道：“小叔想小办，还是大办？”

林旭：“当然是越大越好。”

朱曼玉胸有成竹地说：“好，包在我们身上。”

林培一家在前楼安顿下来，林旭扶着老父亲去后面的小洋楼。

这幢三层的小洋楼还是以前建的，那时候他们一大家子都住在这里，后来大哥的事业做起来了，又在前面建了更好更大的别墅。

银行来查封的时候，前楼里面值点钱的东西都被拿走了，而小洋楼这里，基本没动。

林旭来到林浅以前住的小房间，那还是他和前妻何歆的房间，床、衣柜、梳妆台，都是原来的，只是添了一套小型的组合书桌。

他慢慢走到书桌前，随手抽了一本书出来，那是一本小画册，上面有歪歪扭扭的“林浅”二字。他记得这本画册，是他握着林浅的手写上去的名字，也是他与林浅为数不多的共处时光。

他翻开，第一页的标题就是——我的爸爸妈妈。

看到那幅画，他的心脏猛地抽痛起来，原来林浅画的是爸爸妈妈和她三个人牵着手，可现在，这幅画变成了小林浅站在两根“黑柱子”中间，林浅用黑色的笔把爸爸妈妈都涂成了黑黑的柱子。

那一年，林浅只有五岁，五岁的孩子其实什么都懂了，爸爸走了，妈妈走了，对她而言，就是失去了全世界。

内疚、懊悔、自责，一下子凝聚起来，像气团一样积压在他的胸口，让他连呼吸都困难。

林旭的眼泪夺眶而出，他庆幸自己回国的这个决定，庆幸在自己的有生之年，还能弥补女儿。

军医院，检验科，顾城骁颤巍巍地接过新鲜出炉的验血单子，他深呼吸了足足三下，才有勇气看这份最终的“判决书”。

HIV 阴性，完全排除了林浅感染上艾滋病的可能。

顾城骁重重地闭了闭眼睛，那如同三辈子长的噩梦总算幻化成晶莹的泪珠，消散在岁月的长河里，他终于能够轻松地、大口大口地呼吸那清新的空气，终于能惬意地品味那甘甜的人生。

而他的这一切举动在林浅的眼里，好像他就是一个精神病。

“干吗呢，拿个报告单还这么激动？怎么，我身体里是长金子了，还是长钻石了？”

顾城骁平缓了一下呼吸，笑笑说：“你身体健康，我高兴。”

林浅无语凝噎：“我本来就说没事，反胃吐了一下而已，你一定要我来检查，多此一举。”

“检查一下更放心，你看，多好。”他走上前，张开双臂将她搂在怀里，“走，回家庆祝一下。”

“啊？这还用庆祝？”

“当然了，必须弥补我一下。”顾城骁咬着她的耳朵低喃。

林浅虎躯一震，他口中所说的“弥补”，肯定就是她心里所理解的“弥补”，不行，不行，她再也不上他的当了，小身板经不起他的折腾啊。

“不回家，你说要请我吃大餐的。”

“回家一趟再去，也来得及。”

“别，我怕我到明天都下不了床。”

顾城骁那高贵冷艳的脸上露出了骄傲的笑容：“谢谢夫人的肯定。”

“……”

那顿大餐，顾城骁特意点了一瓶红酒，直接把林浅给喝醉了。

最后，还得他背着她回家。

四月的B市，气候适宜，繁花似锦，路边樱花树都开花了，一阵风吹过，落英缤纷，美不胜收。

顾城骁背着林浅走在樱花树下，他回头一看，那丫头正半张着嘴睡得香，他无比嫌弃地用肩膀顶了顶她：“老婆，醒醒，这儿都是樱花，非常漂亮。”

林浅并没有真的睡着，只是反应有些迟钝而已，她睁开眼睛，一脸稀奇地问：“咦，怎么下雪了？”

“不是下雪，是樱花。”

林浅揉了揉眼睛，尽量把眼睛睁大一些，然后哇的一声大叫起来：“也太美了吧，粉白色的樱花雨，啦啦。”

顾城骁问她：“要不要拍照？”

“要。”

“下来，”为了满足她的愿望，顾城骁将她放下来，掏出手机，“睁眼。”

“哦。”

“亲我。”

“哦。”吧唧一口。

“笑一个。”

“哦。”

“微笑。”

“哦。”

“露牙笑。”

“哦。”

顾城骁拍了许多张：“走，回家吧。”

“哦。”

这里就是后山脚下，离他们住的公寓并不远，顾城骁又背上林浅，慢悠悠地走着回去。

在他宽阔的背上，林浅闭着眼睛，嘴里不清不楚地呢喃着：“老公，我有点晕。”

“嗯，眯一会儿，马上到家。”顾城骁默默地加快了脚步。

“老公，我爱你。”

顾城骁的嘴角不自觉地扬起了微笑的弧度，心情也格外美丽：“嗯，我也爱你。”

迷迷糊糊的林浅头伸过来，小巧的唇瓣在他的耳边亲了一口，问他：“老公，你会不会有一天不要我了？”

“当然不会，怎么会这么想？”

林浅像一只小猫一样在他的背上蹭着，撒了好一会娇，才大着舌头说：“我也不知道啊，总觉得你会突然有一天，就不要我了。”

顾城骁停下脚步，回头，看着她的眼睛，郑重地对她说：“我，顾城骁，一辈子，都不会不要你林浅！”

坚定的誓言，忠贞的情感，在两人四目相对中，他向她传输着这一份执着的信念：“我，顾城骁，对天发誓，这一辈子都不会不要你林浅，听明白了吗？”

林浅的眼睛胀胀的，把那句“我的第六感好像这么说”的话，生生地咽了下去。

“听明白了吗？”顾城骁又用肩膀顶她，严肃得有些生气的样子，他不喜欢她总说这些话。

“嗯，那我们永远都在一起。”

顾城骁加快了脚步，其实，无论是特战队的生活，还是工作，都要承受常人难以想象的压力，就算他们在训练中有一千次的完美操作，在实战中也无法完全避免失误。

失误就意味着牺牲，就意味着你的生命到此结束。

世界并不是和平的，战争是很残酷的，多年来，他都是用一种几近冷血无情的状态来提高自己的能力，再来统领这支队伍。

在工作业绩上，他无疑是很成功的，那一枚枚军功章就说明了一切。

可是，他这冷血无情的面具戴得久了，就摘不下来了，甚至把他内心深处的热情和阳光都逐渐泯灭了。

他的力量日渐强大，可他的心，日渐阴沉。

是林浅，是她的到来让他骨子里的热血被激发出来，是她的到来让他人性当中的七情六欲被挖掘出来，让他觉得，他也是一个普通人，有爱，有需要，会软弱，会流泪。

沉默了一路，他们回到家的时候，外边的天色全暗了。

叮的一声，电梯门开了，顾城骁背着林浅走出电梯。

来不及将她背到卧室，在玄关，他就把她放下来了，他迫不及待地捧着她的小脸亲吻。

可能是酒精作祟，林浅竟然意外地配合，在黑漆漆的屋子里，她不用怕撞到什么，更不用怕会摔跤，反正他总能保护着她。

黑暗的房间里，没有一丝亮光，不过，他们两人之间不需要亮光，也能完成一个个默契的动作。

林浅感觉自己又一次打开了新世界的大门，时不时地发出感叹，竟然还能这样。

从客厅到阳台，从浴室到房间，从沙发到飘窗，从站着到坐着，顾城骁用人类最原始的欲望，用最直接、最实际的行动，倾诉着他对她的爱意。

林浅的体力早都耗尽了，后面她实在是怕了，几番求饶，顾城骁才放过她。

入睡的时候，天边露出了一道白光，都快天亮了。

野狼特战队总部，休假归队的顾城骁一回来就立刻投入到沙坤的案子中。

关押室里，顾城骁再一次见到了沙坤。

沙坤在逮捕的时候受了枪伤，经过治疗休养已经恢复了八成。

此时的沙坤与顾城骁印象中的沙坤形象更为相近，没了谢忠时期的油腻浑圆，消瘦得厉害，脸颊有点凹进去，背佝偻着，腿脚也不便利，在两名战士的搀扶下才能勉强走一段路。

沙坤坐在囚椅上，眼神空洞，目光呆滞，隔着一面透明的玻璃墙，他看到前面坐着一排人，就跟往常一样。

他只略略扫了一眼，就这么呆呆地坐在那里，嘴里喋喋不休地说道："你们每天问我同样的问题,要问到什么时候去？不如一枪杀了我好吧？"

没人搭理他。

顾城骁忽然开口道："坤哥，别来无恙。"

沙坤呆滞的眼神骤然一紧，原本松松垮垮的身体突地一下紧绷起来。他坐直了身子，目光锐利地瞧向那一排人当中的老大。

"顾城骁？！"沙坤诧异地惊呼出他的名字。

"没错，是我。"

之前沙坤看到的顾城骁是尼莫的样子，现在才是顾城骁的真容，他调侃一句："顾大队，长这么俊，不去当明星可惜了。"

话音刚落，囚椅通电，一阵电击，击得他全身抽搐。

沙坤咒骂一句："顾城骁，你最好别让老子活着出去，要不然，我绝对饶不了你。"

又是一阵电击，时间比之前还要长，直到他哭喊着求饶为止。

看着前面那如蝼蚁般苟活的男子，顾城骁面若寒霜，眼中没有丝毫怜悯之色，他就像阎王一样站在那里，带着审判的口吻，说道："我当然不会让你活着出去，沙坤，咱们新账旧账一起算。"

还有旧账？沙坤不明白他话中的含义，但也无所谓了，他又不能反抗什么。

起初，顾城骁还跟每日的流程一样，问了他几个关于四叔的问题，他的回答也跟往常一样，三个字——不知道。

后来，顾城骁站起了身，幽深的双眸直刺沙坤，语调也更加严厉了一些，他用一种悲壮的口吻，开门见山地问道：“六年前，陕西汉中偏远农村发生了一起强奸妇女案件，次日，那户人家发生火灾，一家七口葬身火海，其中包括三个小孩。这桩恶意报复的惨案，是不是你干的？”

沙坤愣愣地坐在囚椅上，顾城骁的气场实在太过强大，就算隔着玻璃墙，都无法阻挡这股冲击波，而且，不单单是顾城骁，他的那些属下们，一个个都盛气凌人的样子。

他仔细回想了一下，说：“你说的是范杨木的老家吧？”

顾城骁和在场的人无一不集中了注意力，全都聚精会神地等待着沙坤的阐述。这桩惨案岂止是范杨木心里的痛，更是整个特战队所有队员心里的痛，特别是与范杨木一起并肩作战过的老战友们。

沙坤活络了一下四肢，重新坐好，不急不缓地开口道：“这件事不是我干的，是四叔干的。”

“你该清楚这里不接受假话！”顾城骁警告道，不怒自威。

“六年前的我根本不受死老头重视，我还在缅甸街头当混混，我怎么到陕西去放火杀人？”

“那你怎么知道是四叔干的？”

“后来死老头给我安排了事情做，我多少听到一些他使的手段，这都不算惨的。”

“只是听说吗？有没有实质性的证据？”

沙坤一摊手：“没有，他们最常用的手段就是一把火全烧了，什么都不会留下。要有，你们也不会现在还来问我。”

顾城骁相信他不敢说谎，但也相信他一定知道得更多。

“你怎么知道他叫范杨木？”当卧底的时候，谁都不会用真名，沙坤却叫得出范杨木的真名。

沙坤抖了抖腿，他的膝盖本身就有伤，更加痛，像是骨头被碾碎的疼痛。

而后，他说了一个令人震惊的消息，他说：“老范就跟着死老头做事啊。”

顾城骁：“……”

在场所有人：“……”

震惊过后，性子冲动的魏男狠狠地爆了一句粗口：“你编故事也编得符合逻辑一点，你会给你的灭门仇人做事？！”

范杨木最后一次出任务，只进行了半年，然后就杳无音信，总部通过各种隐蔽的方式联络并且寻找过他，都没有任何消息。

如果他已经牺牲了，那么，他就是为国捐躯。

如果他还活着，却不联系总部，那么，搞不好就要背上“叛国”的罪名。

“老大，这个沙坤的话不可信，三个月了，我们就没从他嘴里挖出点有用的东西来，东拉西扯全给你扯屁话。”

在场的人纷纷点头，魏男的话不无道理。

顾城骁晦暗不明的眼神淬了毒一样剜了沙坤一眼，问道：“你最后一次见到范杨木，是什么时候？”

沙坤皱眉，看似很认真地想了想，然后十分吃力地说：“我来B市之前，大概一年多了吧。”

“你确定你所见到的人叫范杨木？”

沙坤机械地点头。

顾城骁瞳孔一缩，再次厉声问道：“你确定你所见到的范杨木就是陕西汉中一家七口葬身火海的范家的范杨木？”

沙坤缓缓抬起头，再一次，重重地点下头去。

顾城骁整个人都僵了。

暴跳如雷的魏男冲进审讯室，揪住沙坤的衣领，直接将人拎了起来。

这一举动，触痛了沙坤膝盖上的伤，痛得他惨叫连连。

宋景瑜怕魏男真闹出人命来，赶忙进去拉架：“魏子，别冲动。”

“老子就要弄死他！”魏男气得大吼，手上的劲道一点都不肯收，“耍我们，玩我们，还想污蔑我们的人，这种畜生就该死！”

宋景瑜抱住魏男的胳膊，加上旁边两位兄弟帮忙，这才制止了魏男。

宋景瑜说：“魏男，你冷静点，老大还在，老大自会分辨。我们谁都想打死他，但不要让这种人脏了我们的手，法律会惩治他的。”

此时的沙坤奄奄一息，脸上、手臂上没一处完好，血淋淋的，样子十分恐怖。

沙坤蜷缩在囚椅里嗷嗷喊痛，谁能想到，不久前还叱咤“毒坛”的坤哥，如今竟是这副面貌。

宋景瑜怕出事，看了看沙坤，问道：“老大，要不要叫宁致远过来看看？”

顾城骁应允了，但眼中的戾气久久不能散去。

回去的路上，李不言开车，他一看老大的脸色就知道今天肯定没问出什么结果，他也识趣地没问。

顾城骁、魏男、宋景瑜坐在后面，关上与驾驶室相连通的那扇小窗，这里就是一个小型的密闭会议室。

大家的脸色都不好。

顾城骁扫了一眼旁边的两人，问道："你们觉得沙坤说的话可信度有多高？"

冷静下来的魏男面色深沉，刚毅的脸庞棱角分明，他声音沉沉地说道："那我宁可相信杨木已经捐躯了。"也不愿接受他叛变的可能，接受不了——这是魏男忍着没说出口的话。

顾城骁凌厉的眼神瞄向宋景瑜，宋景瑜也是一名狙击手，或许是同样的职业让他们有一种独特的默契，让他们思考问题比别人更加周全，所以，他很想听听宋景瑜的说法。

宋景瑜也是沉默了好久才开口："或许，沙坤只是在提高自己的利用价值。"

顾城骁眼前一亮，果然，他们的默契错不了。

得到老大首肯的目光，宋景瑜大着胆子说："我们对沙坤进行了三个月的审问，什么都没问出来，我认为他八成就是什么都不知道。而越是什么都不知道的人往往越没有利用价值，说白一点，绑匪绑架人质，如果人质没有利用价值了，绑匪会如何？"

"撕票！"魏男说。

"对，沙坤应该常干这种事，所以他应该非常了解利用价值的重要性。他或许会觉得，只要让我们觉得他有利用价值，他就可以暂时逃过法律的制裁，所以才会趁老大问起杨木家的事的时候，那样回答。我觉得他的说法还有待考量，但可以确定的一点就是，杨木家的灭门惨案就是金三角的报复行为。这也讲得通为什么沙坤会知道这些事，或许，沙坤就是参与者之一。只是时间太久，我们又没有足够的证据，他完全可以随便编造脱罪的理由。"

说到这里，宋景瑜顿了顿，讳莫如深地望向老大。

顾城骁："还有什么，继续说。"

宋景瑜深吸一口气，分析道："老大，您不是之前一直怀疑我们内部有内鬼，但是怎么查都查不到吗？或许，不是我们内部有鬼，而是我们的鬼在别处。"

顾城骁眉头微蹙，宋景瑜说的，全是他心里想的，只是他不愿意这样推测而已。

魏男听得模棱两可，急着追问："这话几个意思啊？说清楚点？"

"老大，你肯定也想到了，所以才停止对沙坤的逼问，要不然，就刚才那种状况，再使点力，沙坤还会说更多。为什么我们每次行动，四叔都会逃脱，并且逃脱之后都没有留下线索？这很明显是一种反侦察手段，对方很熟悉我们的运作方式。而如果是我们中的内鬼，或许就不止让四叔一人逃脱了。所以，对杨木究竟是死还是活，我暂时保留意见。"

顾城骁深吸一口气，他始终没有放弃寻找范杨木，一来他不能放弃自己的战友，二来，范杨木是军中的高级将领，知道军队许多机密。

可这么多年来，他们一直找不到范杨木。

你永远叫不醒一个装睡的人，一如你永远找不到一个刻意躲避你的人。

顾城骁陷入了沉思……

番外

第一章 女追男隔层纱

某日，一接到林浅的电话通知，林渝就赶去了城邸。

“人呢？”林渝一到就四处张望。

“在书房跟我老公谈事。”林浅看她那成熟的打扮，眼睛都看直了，“你怎么穿成这样？”

“怎么，不好看？”

林渝特意从姐姐的衣柜里找了一套裙子出来，黑色的紧身抹胸连衣包臀裙，最简单的一件式却也最考验身材，外面披了一件长袖的红皮衣。

她脚下是一双黑色细高跟，也是姐姐的。

林家的姑娘身材比例都很好，虽然她没有姐姐那样“波涛汹涌”，但也是前凸后翘，玲珑有致的。

重点是，她把头发吹卷了，还化了个妆，丰盈的大红唇性感妖娆。

林浅说不出好看还是不好看，只觉得这样的林渝跟平常的林渝简直判若两人。

“好不好看嘛？”林渝追问道。

“好看是好看，可你确定他喜欢这种风格？”

林渝眼神一沉，嘴巴一噘，闷闷不乐地说：“反正他不喜欢我平常那种类型的。”

“你怎么知道？”

“上次他连我名字都没记住。”

“好吧。”

“你去看看他们有没有出来。”

林浅有些为难，“这……不太好吧……”

“你姐姐我的终身幸福就寄托在你身上了，难道你忍心让我孤独终老吗？你自己找了个好归宿，就忍心让你的好姐姐我一世孤独？我……”

“停！我去还不行吗？”

林浅被逼无奈地走到楼上，刚要敲门，书房的门就开了，顾东君和顾城骁一前一后出来了。

林浅撞了个正着，她尴尬地笑笑说：“谈完了？呵呵呵呵，大哥留下来吃饭吧，这都快到饭点了。”

顾东君婉言谢绝道：“谢谢了，不过我还有其他的事要去忙，下次再聚。”

“哦哦，呵呵呵。”

前面的顾东君先一步下楼，迎面就撞见了林渝。

“顾大哥，这么巧你也在啊。”

顾东君：“……”

顾城骁：“……”

林浅：“……”林渝你可以再做作一点！

林渝笑盈盈地望着顾东君，顾东君潜意识里都有些抗拒下楼，他镇定地说：“嗯，真巧，我马上走了，你多坐一会儿。”

林渝赶紧踩着小碎步上前，问道：“你要去哪？”

“……回单位。”顾东君面对面看着林渝，他真是挺佩服这个小姑娘的，这天是暖和了，但也没热到穿短裙的程度吧？

林渝眉头一皱，紧接着说：“真是巧，我正好要去政府大楼旁边的图书馆，顾大哥，能不能坐您的顺风车啊？”

林渝这么一说，顾东君也不好拒绝，“你不多坐会儿？快到饭点了，不吃了饭再走？”

“不吃了，吃饭哪天不能吃，坐顺风车比较难得。”

“哦，那行，走吧。”

林渝暗喜，眼梢都在发光，视线已经跟着顾东君走了，她伸手往后招了招：“浅浅再见，妹夫再见，我走了，不送。”

走前面的顾东君：“……”

站后面的顾城骁：“……”妹夫？！！！

以及林浅：“……”看不出来啊林渝，你这脸皮没比我薄啊。

——

能够坐上顾东君的车，林渝觉得自己朝目标迈进了一大步，他的车就跟他的人一样，内敛、沉稳、大气。

她坐在副驾驶，本就短的裙子一坐下来更加短，再加上脚底的高跟鞋令她的膝盖高出了座椅，所以，一不小心就走光了。

林渝端正地坐在那里，问道：“顾大哥平时工作很忙吧？我经常在电视新闻上看到你，不是这里调研，就是那里开会。”

“嗯。”顾东君一边开车，一边淡淡回答。

林渝时不时转头看看他，中规中矩的普通发型，却难掩他的俊逸和尊贵，从饱满的额头，到高挺的鼻梁，再到菲薄而又略微内包的嘴唇，整个侧脸的线条无比诱人，林渝完全被这侧颜杀给折服了。

自从喜欢上顾东君，她一个爱看娱乐小鲜肉的追星族，每天准时准点蹲在电视机前看起了实事新闻，就为了顾东君偶尔出现的那几秒。

如果看到了顾东君，她能开心一整夜，如果看不到，她就去微博刷他的照片看一整夜。

从来没有一个男人，能让她着了魔一样地迷恋，迷恋到忘乎所以，不可自拔。

“顾大哥，要不咱们一起吃中饭吧，反正你总要吃的啊。”

“我在单位食堂吃就行了。”

林渝绞尽脑汁，又说：“呀，我忘记带钱了，顾大哥，你请我吃饭好不好？”

顾东君稳稳地开着车，眼睛始终看着前面，余光都不瞄过来：“我手机转给你吧，我身上也没带钱。”

“我连手机都没带。”

“手机都没带？那你去城邸怎么付的钱？”

“呃……这……手机约的车，但手机忘带了，我跟司机师傅说晚上回家拿到手机再付，给他多付钱，他同意啦。”这个理由，成功地说服了她自己。

顾东君摇摇头叹气，也不说话，直到车快开到图书馆的时候，他才说：“那我先带你去吃饭。”

说着，他开车转进了一条小巷子，妥妥地将车停在了巷子口的停车位上。

林渝心中暗喜，嘴上甜甜地说：“谢谢顾大哥，那我就恭敬不如从命啦。”

单独约会，第一次哟，耶耶耶！

下了车，巷子口的道路有些不平，林渝踩着十二厘米的恨天高歪歪扭扭地走着，巷子口的风有些大，她露在外面的一双细腿瑟瑟发抖。

顾东君连叹了好几口气，终是不忍心，绅士地过去扶住了她的手腕：“小心点。”

林渝那颗心啊，怦怦乱跳，她感觉自己呼吸都加快了，胸口的小鹿一个劲地乱撞着。

那是一家快餐厅，可能是因为今天周末的缘故吧，到饭点了人也不多，宽敞的大厅里坐着不多的人，显得有些冷清。

“你吃什么？我去拿。”

“你吃什么我就吃什么，我不挑食。”

顾东君看着她那雀跃的闪烁的眼神，有些为难，也有些尴尬，点点头就转去拿餐了。

林浅坐在位置上，视线一直定格在他的身上，做梦都不敢想象会有这样一天，她竟然能与他单独吃饭。

看看，他多迷人啊，连背影都熠熠发光，颀长的身型，宽厚的肩膀，笔直的腰杆，比电视画面里好看一万倍，不止。

顾东君很快就端来了两个托盘，托盘各自装了三份菜一份饭，一荤一素一汤，各吃各的。

“谢谢顾大哥。”林渝接过托盘，顺势说，“顾大哥，你加我微信吧，回头我把钱转给你。”

顾东君在她的对面坐下，淡淡说道：“不用了，没多少。”

“那不行的，一定要还的。”重点是加微信啊大哥，“186××××2110，你加我。”快加我快加我快加我啊啊啊！

“真的不用了。”

“要的，一定要的，我最不喜欢欠人钱了，要不然我加你也行，你把你手机号码告诉我。”

顾东君看着她那望眼欲穿的眼神，忍俊不禁，直接揭穿了问道：“这是现在流行的要别人联系方式的手段？”

“……”林渝哑言，唯有干笑。

“快吃吧。”

林渝没辙，小眉头皱得紧紧的，您倒是给我啊！

吃着吃着，她搭在肩上的外套忽然掉了下去，皮衣外套，有点分量，掉在地上声音不小。

顾东君没法忽视掉这一幕，就连相近几桌的顾客的视线，也往这边瞄过来，这肤白貌美的大好风光，岂能错过？！

林渝放下筷子弯腰去捡，可一低头，胸口春光乍现，她踩着十二厘米的恨天高啊，试了几次都没捡到外套。

顾东君又是一阵摇头叹气，起身走过去，弯腰拾起衣服，又给她披在肩上，还叮嘱一句：“穿上就不会掉了。”

“……”穿上怎么勾引你？！“不用，这衣服就是披的。”

顾东君回到座位上继续吃饭，他吃饭很随意，也很快，三下两下就吃得差不多了，他擦擦嘴站起身来，说：“你慢慢吃，我还有事先走了。”

“啊？欸……我……我也吃饱了，一起走。”

“我回单位工作。”

“我去图书馆啊。”

“图书馆就在边上，你吃完再过去。”

林渝看他坚持要走的样子，脱口而出：“那你先加我微信，不然我跟你去单位。”

“……”顾东君一顿，本想随便敷衍一下就过去了，但好像这个丫头没他想象中的那么好敷衍。

他又重新坐回座位上，两手自然地置于餐盘两侧，他在脑子里整理着说话的内容，然后以侃侃而谈的方式说了出来。

他说：“林小姐，我现在手头有许多事情要忙，真的没有工夫玩你们小孩子这种你追我赶的游戏，你大概什么意思我心里有数，我也希望你尊重我的意见，好歹大家也算亲戚。为了以后见面不尴尬，就到此为止吧，好吗？”

林渝愣愣地眨眨眼睛，不服输地问：“不就是问你要个号码吗？”

“要了号码之后呢？”

“追……”林渝赶紧抿住嘴唇，生硬地辩解道，“做做朋友不好吗？”

顾东君直截了当地说：“志同道合才能做朋友，我们应该没有共同的话题。”

“……”一定要这样吗？不不不，肯定是我打开的方式不对。

“好了，你慢慢吃，吃完早点回家，下午要降温了。”顾东君看了看手表，说，“我真的要走了，再见。”

林渝无话可说，只能目送他匆匆离去的背影。

怎么这样呢？怎么跟我想的完全不一样啊？不是说“男追女隔座山，女追男隔层纱”吗？

说好的纱呢？

第二章 前女友求复合

被顾东君当面明确拒绝之后，林渝简直就是心灰意冷，几次想再找他，都忍住了。

就连顾东君突然被停职调查，她都只是通过林浅来问一问情况。

一天，她在学校里看到了社工团的招募海报，社工团要在市区范围内招募数名大学生，在暑假期间赴山区支教。

她报了名，以为只要离顾东君远一点，她应该就没这么难受了。

暑假，两姐妹一起去了大青山。

不曾想，被停了职的顾东君也去了。

大山里的生活很枯燥，却很充实。

学生们过来上课不容易，林浅和林渝又是新人，所以花了大量的课余时间在备课上，一整天下来，几乎没有自己的时间了。

顾东君也很忙，除了每天上课之外，其他时间一直在自己的寝室里，伏案写着什么。

林浅不敢去打扰。

林渝更不敢。

大约一个月之后，忽然有一位小姐找到了学校。

那位小姐穿着一身迷彩服，脚踩一双登山鞋，戴着帽子、墨镜、面罩，把自己包得严严实实。

尽管如此，但依然遮不住她那高挑的好身材。

她喘着粗气，连口水都顾不上喝，急切地问：“顾东君在这里吗？”

当时被问的人正是林渝，她点点头讷讷地说：“嗯。”

“他在哪？快带我去。”

林浅听到声音也走了过来，好奇地打量着眼前的人。

看着两位好奇的眼神，女子赶紧拉下了面罩，也摘掉了墨镜，礼貌而又诚恳地说：“谢谢两位了。”

“你……”林浅和林渝都瞪大了眼睛，不敢相信自己看到了红得发紫的大明星——杨柳儿。

她们将杨柳儿带到了顾东君的门口。

“大哥，有人找你。”

“来了。”顾东君起身开门，一开门，他就愣在了原地。

杨柳儿人如其名，笑起来眼睛弯成了一条柔美的杨柳。

他看着她，她也看着他。

“不请我进去坐坐？”

顾东君这才回过神：“那进来吧。”

杨柳儿走了进去，回头朝林浅林渝说了句“谢谢”，就关上了门。

一关门，林渝上前一步，猫着腰，耳朵紧紧地贴在了门上。

林浅哑着声音问：“偷听墙角不好吧？”

“我不管，我必须要知道杨柳儿为什么跑这儿来找他。”

林浅无比同情地看着她，说：“其实……其实……你要有心理准备。”

林渝特不爽她在这个时候还支支吾吾的：“有话就说。”

“我也是听顾城骁说的，杨柳儿是顾东君的前女友。”

“呵，只是前女友而已。”

看到林渝脸上的表情变化，林浅很不忍心告诉她：“他们两个几年前都准备结婚了，后来不知道因为什么分开了，之后顾东君一直没再找。本来我以为你放弃了，就想着没必要告诉你了。”

“谁说我放弃了，你姐我是那种被拒绝一次就放弃的人吗？我这不是一直在等待机会吗。”

“所以你说要来大山里治疗情伤，是假的？”

“疗伤不假，伤愈了才能再战啊。”

“……”

里面，顾东君看一眼她的装扮以及她鞋子边缘的泥土，便问：“你怎么来这儿了？”

“我是专门来找你的，你躲得可真好，要不是你妈告诉我，我绝对找不到这地儿。”

“我妈？”

“嗯。”杨柳儿上前一步靠近了他，“东君，其实我……”

顾东君后退一步，将书桌前的椅子挪了出来：“坐一下吧，我给你倒杯水。”

杨柳儿确实也累了，坐下，接过水杯，咕咚咕咚喝了大半杯水。

顾东君看她的样子，没有浓妆艳抹，没有名牌加持，褪去了大明星的光环之后，她还是几年前那个少女。

那个不谙世事，天真活泼的少女。

接触到他的眼神，杨柳儿颔首一笑：“你这样看着我干吗？我脸上脏了？”

顾东君撇过头去，为自己的一时失态而感到尴尬。

“你找我有什么事？”他的表情一瞬间恢复了清冷。

人在面前，话到嘴边，杨柳儿却不知道该怎么开口，当年他们都快结婚了，可她没有经过他的同意就私下与经纪公司签约，一头扎进了纸醉金迷的娱乐圈。

聚少离多让这份感情最终走向了灭亡，到了最后，连一句分手都没有说。

所以这一次见面，顾东君是很尴尬的。

杨柳儿酝酿了一下情绪，说：“我相信你是清白的。”

“谢谢。”

两人之间这份莫名的生疏让杨柳儿坐立不安。

她站起身来，走近他，问道：“东君，以前是我任性不懂事，现在我想兑现当年的承诺，你还愿意吗？”

顾东君沉默着不说话，脸上的表情也没有太大的变化。

“我知道我很自私，什么都只为自己考虑，没有想过你的感受，对不起。这些年，我真的厌倦了娱乐圈的生活，我想回到我们原来的地方，重新开始，好吗？”

顾东君依然默不作声，顿了几秒钟之后，他突然转身走向门口，以迅雷不及掩耳之势打开了门。

“哎哟……”正在门外偷听的林渝和林浅，两个人齐齐摔了进来。

林渝更是一头撞到了顾东君的鞋上，一时间，她满脸涨红，头都没敢抬起来。

杨柳儿有些生气，质问道："你们在外面干什么？不知道这种行为很没礼貌吗！"

到底是大明星，有派头有架子，说话也绝不含糊。

林浅不好意思极了，赶忙和林渝相互扶着站起来。

顾东君朝她们无奈地笑笑，回头介绍道："这是林浅，城骁媳妇儿，这是林渝，林浅的堂姐……这位嘛，你们两个应该认识吧？"

林浅点头如捣蒜，机敏地说："认识认识，我们这不是想看看大明星吗，我们从来没见过大明星本人呢。杨姐你好，我们都是您的粉丝，您的电影我们一部不落都看过呢。"

听说是顾城骁的媳妇儿，杨柳儿很是意外，又听她们说是自己的粉丝，意外之中又多了一份自傲。

她收起了刚才的不悦，转而笑容款款地说："原来是顾太太啊，你们好，我很荣幸。"

林浅笑着，推了推还在发愣的林渝。

林渝难为情地说："不好意思啊，我们马上走，马上走。"

顾东君看着失魂落魄的林渝的背影，心里某个地方被猛敲了一下。

说不出那是什么感觉，怪怪的。

第一次见她，她攀爬在高处害怕得浑身发抖，胆小又柔弱。

第二次见她，她当众反驳了伤害林浅的恶人，仗义而又勇敢。

第三次见她，她刻意打扮得成熟妖娆，却因为风格不适而怪异夸张，也是这一次，他知道了她的心意。

第四次见她，她化身热情开朗的支教老师，用无私的奉献和乐观的性格影响着这里的孩子们。

每一次见她，她都不一样，开心时大笑，伤心时大哭，她敢爱敢表达，是一个特别真实而又爽快的人。

可是最近这段时间，她又刻意地躲着自己，这让他忽然觉得心里别别扭扭的，说不上是什么感觉。

林渝一跑就跑出了学校，林浅怎么都拦不住。

第三章 独处时光

时间一分一秒过去，当夕阳隐去最后一抹余晖，天空渐渐变成蓝紫色的时候，门外林浅焦急地敲响了门：“大哥大哥，林渝跑后山上去不见了。”

顾东君一听，几乎不过脑子，本能地将杨柳儿的手扯开了。

他疾步走去开门：“什么叫不见了？她没事儿跑后山上去干吗？”

林浅扫了一眼他身后的杨柳儿，动了动唇瓣，但最后什么都没说。

顾东君会意，一边往外走一边问：“天一黑山上很危险，她什么时候去的？带了什么东西没？”

林浅必须跑起来才能跟上他的脚步，她气喘吁吁地说：“就刚才从你寝室出来就直接跑后山上去了，她什么都没带，我要跟着，她不让，她答应我太阳下山之前回来的，但天都黑了她都没有回来。”

顾东君走得急，慢慢也变成了小跑：“那她去了大概半个小时，这种山路，半个小时走不远。”

“她说想找个地方静静，马上就回来的，她肯定也知道晚上山里危险，所以我猜她是不是在返回的途中走错了路。”

“你先别急，我找校长商量一下。”

“嗯。”

寝室里的杨柳儿一脸错愕，林渝就是刚才偷听的那个小丫头吗？为什么一听说她不见他就这么紧张？他以前只对我紧张的。

他们赶到校门口的时候，校门口已经聚集了许多人。

很快，在顾东君的组织和指导下，女同胞蹲守大本营，男同胞两两一组，带上定位器和指南针，分头上后山找人。

临时救援队即刻出发了，顾东君跑在最前面，如果林渝因此而出点什么事，他这一辈子都不会安心的。

这大山里面，白天还称得上景色壮丽、气候宜人，到了晚上，气温骤降，阴森可怕。

后山的背面就是原始森林，任何一只蛇虫鼠蚁都有可能带有剧毒，更何况还有毒蛇猛兽在夜里蛰伏，时刻等待着猎物的到来。

“林渝，林渝……”顾东君用手电照着，照到哪里，喊到哪里。

这后山上山路崎岖，盘根错节，很容易走迷路。

突然，同伴被脚下的什么东西绊倒了，“啊”的一声，他痛得站都站不起来。

顾东君连忙回头：“怎么样？”

“没事，就是脚扭了。”

顾东君不作他想，便说：“你在这里等救援，我继续上去找。”

“那怎么行，你一个人太危险了，更何况你对这里也不熟啊。”

“没事儿，这不有定位器吗，而且我方向感很好，不会迷路的。”

事不宜迟，顾东君拿起对讲机向其他同伴讲述了一下地点，就一个人上路了。

越往上爬，气温就越低，那是人体能够明显感觉到的温低。

山上渐渐起雾了，手电的光线穿不透大雾，能见度很差。

“林渝，林渝……”顾东君不停地喊着，希望林渝能听到他的声音。

功夫不负有心人，他的呼喊终于得到了回应，“我在这儿。”他模模糊糊地听到了一声。

“在哪？林渝，是你吗？”

顾东君屏息凝神，竖起耳朵仔细听。

“是，我脚扭了，动不了。”

顾东君大喜，连忙问：“你周围有没有明显的标志？”

“黑漆漆的什么都看不到。”

顾东君赶快联系了同伴，让所有四散的人往他所在的地方集合。

“林渝，你除了扭脚之外其他有地方没有受伤？”

“没有。”

“好，你喊一下，我确定不了你的位置。”

于是，林渝就在那里大声唱歌：“啊，五环，你比四环多一环。”

“啊，五环，你比六环少一环。”

“终于有一天，你会修到七环。”

“修到七环怎么办？”

“你比五环多两环……啊呀妈呀！”

正喊得起劲，突然一个黑影从头顶跳了下来，林渝吓得心脏都跳到了嗓子眼上。

顾东君用手电一照，林渝用力地拍着起伏不定的胸口，哆嗦着说：“吓死我了，我不在这摔死冷死，也会被你吓死。”

顾东君打着手电，蹲下身来检查她扭伤的脚："动一动……嗯，骨头应该没事，扭到筋了，回去得歇着，再不能到处乱跑了。"

语毕，顿了一小会儿，他又看似漫不经心地随口问道："你刚才唱的什么歌？"

"《五环之歌》啊！你没听过？"

"听过。"

"那你还问？"

"我不知道歌名。"

"……"聊不下去了。

顾东君忽然正色道："想没想过后果？我们一群人上山找你。"

林渝低下头："对不起……"

顾东君摸着她的脚踝，感觉到她的脚踝非常冷，于是，他脱下外套披在她身上，又主动坐到了她的身边："等大部队来救我们吧。"

"嗯。"面对喜欢的人，林渝根本做不到心如止水。

她寒冷的身体感受着他外套上的余温，身体紧挨着他，一股股的暖意注入了她的身体，她感觉与他紧挨着的左手臂都是暖暖的。

这是他们极少的独处时光。

深坑里十分潮湿，地面和四周都是岩石，岩石上布满了青苔。

顾东君感觉到林渝正在瑟瑟发抖，他没问什么，直接伸出手臂揽住了她。

他安慰她说："别怕，等等就会有人来救我们了。"

林渝的那个心啊，岂能不心动？！

可是，这里真的好冷，越来越冷，那是一种能渗入骨子里的湿冷，多披一件外套根本抵御不了这种寒冷。

顾东君转头看了她一眼，二话不说将她抱坐在自己的腿上，双手从她的后面紧紧地搂住了她。

"你……"林渝那个难为情啊，虽然知道这是他的善举，即使不是她而是别人，他也会这么做，但是在当下，她的心脏还是受到了一万点的甜蜜暴击。

她整个人都是僵硬的，甚至都不知道双手该往哪里放，只能端端正正地放在自个儿的膝盖上。

"我什么？"顾东君追问道。

天哪，他的声音就在她的耳后响起，口鼻呼出的气息扑打在她的颈后，温热的气息，带着淡淡的烟草味道，像是迷药一样蛊惑着她的心。

顾东君低声问道：“你的心跳怎么这么快？”

“……”废话，这不都是被你撩的吗？！

“你真没事儿？”

林渝赶紧摇头否认，“没事没事，我这是激动的，终于有人来救我了，谢谢你啊，呵呵呵。”

顾东君忽然问：“你跟林浅干吗躲在门外偷听？不知道这样很没礼貌吗？”

“……我们只是好奇，呵呵呵，只是好奇。”

“好奇可以直接问我，用不着偷听。”

“……”真是一个聊天终结者啊。

这里安静得可怕，连虫鸣声都没有，只有两人的呼吸声。

林渝再一次鼓起勇气挑起了话题：“我真的是你女友的粉丝，能不能让她给我签个名啊？我可喜欢她了。”

顾东君一愣，转而问道：“你们是好奇她？”

“啊？……嗯。”

顾东君也是一阵尴尬，原来是他自作多情了。

林渝笑呵呵地说：“杨柳儿也，国际巨星也，她有几千万粉丝呢，能在这里遇到她本人，我实在是太幸运了。她不但人长得好，身材也好，唱歌演戏综艺都好，她还热衷于慈善事业，简直完美到无可挑剔。”

她话锋一转，带着一种甘拜下风的口吻，说：“原来我还不甘心呢，现在不了，你有这么一个完美的女友，哪里看得上我……呵呵，你拒绝我是对的，我没事儿啊，自己消化消化就好了。”

“所以你跑后山上来静静？”

“嗯，呵呵呵呵。”

顾东君的心没来由地一抽，他也很疑惑为什么自己会有这种感觉，总之看到她故意傻笑装作没事的样子，他就有点……说不上来的感觉。

他没什么表情，更没什么语气，只是淡淡地说：“她不是我女友，是前女友，女友跟前女友是两个概念。”

林渝心想，不一样吗，人家可是来求复合的，杨柳儿啊，国际巨星啊，大老远地跑来深山密林里求复合，哪个不长眼的男人会拒绝？除非你眼瞎。

“我跟她的事情早就已经过去了。”幽静的深谷里，顾东君低沉的粗嗓音带着几分沧桑，也带着几分无奈，“既然以前能分开，就说明我们并不是彼此正确的人，那现在又何必再错一次？”

“你是说你没答应复合？”林渝回头看着他，几乎是脱口而出。

那种跳出来的极为明显的喜悦，让她一说完就后悔了：“对不起啊，我没有幸灾乐祸的意思。”

顾东君笑笑，唇角往上一勾，极为魅惑。

林渝赶紧转正脑袋，这个男人不能多看，多看一眼，她就多沉沦一分。

没过多久，上面有了喊声，之后，其他几个小组的救援人员陆陆续续都赶来了。

他们终于得救了。